Andreas Eschbach

**Das Marsprojekt** – Die blauen Türme

Weitere Titel von Andreas Eschbach im Arena Verlag:

*Das Marsprojekt – Das ferne Leuchten*
*Das Marsprojekt – Die gläsernen Höhlen*
*Das Marsprojekt – Die steinernen Schatten*
*Das Marsprojekt – Die schlafenden Hüter*

*Gibt es Leben auf dem Mars?*

*Black*Out*
*Hide*Out*
*Time*Out*
*Die seltene Gabe*
*Perfect Copy*
*Aquamarin*
*Submarin*
*Ultramarin*
*Gliss*

*Andreas Eschbach,*
geboren in Ulm, studierte in Stuttgart Luft- und Raumfahrttechnik und wurde durch den Thriller »Das Jesus-Video« bekannt. Die Fortsetzung »Der Jesus-Deal« eroberte 2014 erneut die Bestsellerlisten. Mit »Eine Billion Dollar«, »Der Nobelpreis«, »Ausgebrannt«, »Ein König für Deutschland«, »Herr aller Dinge« und »Todesengel« gehört Eschbach zu den deutschen Top-Thriller-Autoren. Seine Romane für junge Leser erschienen im Arena Verlag. Andreas Eschbach lebt als freier Schriftsteller mit seiner Familie in der Bretagne.

Arena

## Das Marsprojekt

# Die blauen Türme

Andreas Eschbach

MIX
Papier aus verantwortungsvollen Quellen
FSC® C110508

3. Auflage als Sonderausgabe im Arena-Taschenbuch 2021

Rottendorfer Straße 16, 97074 Würzburg

Dieses Werk wurde vermittelt durch die Literarische Agentur
Schlück GmbH, 30827 Garbsen
Umschlaggestaltung: Frauke Schneider unter Verwendung eines
Fotos von © shutterstock (2); © dreamstime (1)
Gesamtherstellung: Westermann Druck Zwickau GmbH
ISSN 0518-4002
ISBN 978-3-401-50999-0

Besuche uns unter:
*www.arena-verlag.de*
*www.twitter.com/arenaverlag*
*www.facebook.com/arenaverlagfans*

# Inhalt

# 1 Auf dem Weg zum Mars

Der Flug zum Mars war das Langweiligste, was Urs Pigrato in seinem ganzen Leben mitgemacht hatte. Unglaublich langweilig. Zum Schreien öde. Wenn er *das* geahnt hätte ...!

Zugegeben: Selbst dann hätte er nichts dagegen tun können. Denn seine Mutter hatte entschieden, dass sie zum Mars fliegen würden, und seine Mutter war eine Frau, der man nicht so leicht widersprach.

Los ging es einigermaßen aufregend. Praktisch von einem Tag auf den anderen. Urs kam von der Schule nach Hause und erfuhr, dass sie auf den Mars umziehen würden. Und zwar sofort. Es war fast, als müssten sie vor irgendetwas fliehen.

»Unsinn«, sagte Mutter und reichte ihm eine kleine rote Plastikbox mit Deckel. »Wir müssen einfach nur das Raumschiff kriegen.« Sie legte ihm ein Merkblatt der Raumfahrtbehörde auf die Box. »Du darfst so viel mitnehmen, wie hier reinpasst, maximal zwanzig Kilogramm. Und um 16 Uhr 30 müssen wir am Flughafen sein.«

»Was?! Das ist ja schon in drei Stunden!«

»Zwei Stunden und fünfundfünfzig Minuten, um genau zu sein.«

»Aber ich ... Meine Freunde! Von denen muss ich mich doch wenigstens verabschieden!«

»Dann beeil dich.«

Er beeilte sich. Telefonierte alle zusammen, während er die lächerlich kleine Box vollpackte. Sie trafen sich noch einmal in der *Mall*, dem großen Einkaufszentrum um die Ecke, und es kam ihnen allen vor wie ein böser Traum. Als er zurückkam, sprach Mutter mit einem Mann im Anzug, der sich »um alles mit der Wohnung und so weiter kümmern würde«. Urs nutzte die letzten zehn Minuten, seine Box noch einmal umzupacken. Dann kam das Taxi und kurz darauf saßen sie in einem Zubringerflug, der sie von Genf über Korsika, Sizilien und das Mittelmeer direkt zum Raumflughafen Barqah brachte.

Als sie am Weltraumbahnhof landeten, war es schon dunkel. Endlose Reihen von Scheinwerfern beleuchteten Betonboden, soweit das Auge reichte. Ein Bus fuhr sie an Shuttles vorbei, riesigen, schon von Weitem nach Treibstoff stinkenden Maschinen, die auf den ersten Blick wenig vertrauenerweckend aussahen. Die Düsen waren schwarz angelaufen und auf der zerkratzten, schrundigen Außenhaut war jeweils mindestens ein Drittel der Hitzekacheln durch welche in anderer Farbe ersetzt. »Keine Sorge«, meinte einer vom Raumhafenpersonal, als er ihre Blicke bemerkte. »Die sind erprobt und bewährt. Auf die alten Kähne ist Verlass.«

Am Check-in stellte sich heraus, dass sie völlig umsonst Hektik gemacht hatten. Der Flug zum Mars würde erst fünf Tage später starten als vorgesehen, weil es Probleme mit der Ausrüstung gab und noch nicht alle Passagiere da waren. So blieb ihnen das Ausbildungsprogramm nicht erspart, das für Raumreisende vorgeschrieben war: Verhalten in Notfällen, Umgang mit Andruckliegen, Atemmasken und Luftschleusen und so weiter. Am Schluss gab es eine richtige Prüfung und es hieß, wer durchfalle, dürfe nicht mitfliegen.

Endlich der Start ihres Shuttles. Eine übermächtige Kraft

presste sie in die Liegen, während es um sie herum donnerte und toste. Die Erde wurde kleiner und kleiner unter ihnen und schließlich zu jener zerbrechlich aussehenden weißblauen Sphäre, die man von Fotos her kannte und die doch so anders wirkte, wenn man sie in Wirklichkeit sah. Wie eine gewaltige Kugel aus Glas, über der sie schwerelos dahinschwebten.

*McAuliffe Station*, der große Weltraumbahnhof! Ein chaotisches Treiben, Reisende vom Mond zur Erde und von der Erde zum Mond oder zu den anderen Raumstationen. Trubel. Bewegung. Die bewundernden, manchmal neidischen Blicke, wenn man erzählte, dass man zum Mars unterwegs war. »Zum Mars, sieh mal an«, sagten viele und nickten achtungsvoll mit dem Kopf. Zum Mars, das war immer noch etwas Besonderes.

Schließlich ging es los. Die BUZZ ALDRIN, eines der ersten Raumschiffe mit dem neu entwickelten Fusionsantrieb, startete – um drei Monate lang durch die Leere zu fliegen!

Drei. Monate. Lang.

Urs hatte sich nicht vorstellen können, wie es sein würde, drei Monate lang faulenzen zu *müssen*, nichts zu tun zu haben, überall nur im Weg zu sein. Die ALDRIN war eng. »Wir sind kein Passagierschiff, Madam«, sagte ein brummiger Astronaut zu seiner Mutter, als sie sich beschwerte, wie klein die Kabinen seien. In den Gängen kamen kaum zwei Leute aneinander vorbei. Das Essen war synthetisch und schmeckte wie Kleister oder jedenfalls wie Urs sich vorstellte, dass Kleister schmecken musste. Und es gab nichts zu tun, rein gar nichts. Nur warten, dass die Zeit verging und man endlich ankam.

Die einzige Abwechslung war die vorgeschriebene Gymnastik, bei der man sich dauernd entweder den Kopf oder den Ellbogen irgendwo anstieß. Dauerlauf auf der Stelle, mit Fitnesscomputer am Handgelenk, der Zeit und Puls und so weiter kontrollierte und mit Säuselstimme mahnte, wenn man sich nicht genug anstrengte. Nachdem sie einen Teil des Weges zum Mars zurückgelegt hatten, musste man sich für das Training mit Gummiseilen am Boden anbinden. Das Raumschiff rotierte nämlich um seine Achse, um eine Art künstliche Schwerkraft herzustellen, und diese Rotation wurde im Lauf des Fluges allmählich verringert. Bis sie auf dem Mars ankamen, sollten sich alle Passagiere an die dort herrschende Schwerkraft gewöhnt haben, gerade mal ein Drittel der Schwerkraft auf der Erde. Schon auf halber Strecke fühlte Urs sich leicht wie eine Feder.

Ja, und immer wieder mussten sie sich untersuchen lassen, um zu überwachen, wie gut oder schlecht der Körper mit dem erzwungenen Faulenzen zurechtkam. Urs' Mutter war alles andere als begeistert. »Eine Reise stelle ich mir anders vor«, protestierte sie beim Bordarzt, einem dicken, gemütlichen Mann aus Pakistan. »Ich bin doch keine Dose oder irgendein Stück Fracht.«

»Ich kann auch nichts machen«, erwiderte der Arzt ruhig. »Drei Monate bis zum Mars ist immerhin Rekordzeit. Die großen Transporter brauchen vier.«

»Auf denen reist es sich aber auch ganz anders«, behauptete Mutter. Doch der Arzt gab ihr nur recht und ging wieder.

Gut, es gab Bücher. Elektronische natürlich nur, dafür Zehntausende davon. Das meiste allerdings altes Zeug; die aktuell angesagten Titel konnte sich die Weltraumbehörde offenbar nicht leisten. Filme gab es auch, aber die waren noch älter und langweiliger. Urs zog es vor, in den Stunden bis zum Ablauf der Mindestwachzeit durch das Schiff zu streifen. Das war nicht gern gesehen, also stellte er es so an, dass man ihn möglichst wenig sah.

Er dagegen sah viel. Er beobachtete die Wissenschaftler, wie sie über ihren Computern saßen, die Köpfe zusammensteckten und in verhaltenem Ton diskutierten, wenn sie nicht gerade in Sprachmodule murmelten oder auf Tastaturen herumtippten. Ab und zu hörte Urs beeindruckend klingende Satzfetzen. »... vielleicht verbirgt sich die Funktionalität auf submolekularer Ebene?«, sagte einer einmal, und ein anderer erwiderte: »Sie reden von Quanteneffekten?« Ein älterer Mann brummelte etwas von »Kultstätte«, worauf ihn eine lockenhaarige Wissenschaftlerin anzischte und meinte: »Das ist ja wohl eine Allerweltserklärung, die überhaupt nichts erklärt.«

Urs wusste, worum es in den Gesprächen ging. Nicht weil er verstand, wovon die Rede war, sondern weil es nur eine Sache gab, um die es gehen konnte. Auf dem Mars war vor wenigen Wochen eine geheimnisvolle technische Anlage entdeckt worden: zwei blaue Türme in der marsianischen Wüste. Man hatte keine Ahnung, wer sie erbaut hatte und wozu. Aber es gab keinen Zweifel, dass es sich um Hinterlassenschaften Außerirdischer handelte, und da man wusste, dass es auf dem Mars auch in der Vergangenheit nie höheres Leben gegeben hatte, musste man sogar davon ausgehen, dass es Wesen aus einem anderen Sonnensystem gewesen waren, die die Türme errichtet hatten.

Das hatte natürlich für enormen Aufruhr auf der Erde gesorgt. Die ALDRIN war das erste Schiff, das Forscher und zusätzliches Gerät zum Mars brachte, um die dortigen Wissenschaftler zu unterstützen.

Dass Urs unterwegs zum Mars war, hatte einen anderen Grund: Sein Vater war nämlich zurzeit als Statthalter der

Erdregierung auf dem Mars abkommandiert. Nach der Entdeckung der Türme war seine Dienstzeit um weitere sechs Jahre verlängert worden und daraufhin hatte Urs' Mutter ein Machtwort gesprochen. »Eine Familie kann nicht acht Jahre lang voneinander getrennt leben!«, hatte sie gesagt und bei der Weltraumbehörde die sofortige Übersiedlung zum Mars verlangt.

Und deshalb waren sie nun unterwegs.

Obwohl es die längsten drei Monate seines Lebens waren, ging selbst die Zeit an Bord dieser dröhnenden Sardinenbüchse von einem Raumschiff vorüber. Sie näherten sich dem Mars. Vom Beobachtungsfenster im Bug aus konnte man ihn inzwischen mit bloßem Auge sehen, eine große Kugel in der Schwärze des Alls, eine Kugel aus rötlich goldenem Stein, staubverhangen und matt glänzend, irgendwie alt und müde aussehend.

Urs starrte hinab auf den Roten Planeten und fragte sich, wie es sein würde, dort die nächsten Jahre zu verbringen. Im Moment lebten knapp über zweihundert Menschen auf dem Mars, zum größten Teil in der Marssiedlung. Es gab zwar noch eine Forschungsstation der Asiatischen Allianz, doch die war vergleichsweise klein. Auf der Erde wurde viel über die Marssiedlung geschrieben und diskutiert, allerdings kannte Urs sie hauptsächlich aus den Erzählungen seines Vaters. Der selber auch nie zum Mars gewollt hatte. Einmal – Urs war da wie alt gewesen? Fünf oder sechs? – waren ein paar Marssiedler bei ihnen zu Hause zu Besuch gewesen und Urs erinnerte sich, wie Vater abgewunken und gesagt hatte: »Lasst gut sein; keine zehn Pferde bringen mich auf den Mars.«

Und vor zwei Jahren war er dann doch gegangen.

Zweihundert Menschen. Obwohl schon feststand, dass es mehr werden würden in den nächsten Monaten, waren von den zweihundert Siedlern nur ganze vier in seinem Alter. Carl und Elinn Faggan. Ariana DeJones. Ronny Penderton. Jeder auf der Erde kannte diese Namen und die meisten kannten auch die Gesichter dazu. Die Presse nannte sie die *Marskinder*.

Dass er sie einmal persönlich kennenlernen würde, hätte sich Urs nie träumen lassen. Hoffentlich würden sie miteinander klarkommen. Aber wenn sie nur zu fünft waren, würden sie wohl oder übel zusammenhalten müssen.

»Wir haben noch ein Problem«, sagte Carl. Er schaute ernst drein, wie immer, wenn es ein Problem gab.

Ariana hatte heute überhaupt keine Lust auf Probleme. »Noch eines?«, fragte sie.

»Ja«, nickte Carl. »Es heißt Urs Pigrato.«

Wie immer, wenn es wichtige Dinge zu besprechen gab, saßen sie in ihrem Versteck zusammen, der *alten Station*. Die hieß so, weil sie das Überbleibsel der Unterkunft war, in der die Mitglieder der ersten Marsexpedition gelebt hatten. Sie hatten damals Treibstofftanks in den Boden vergraben, zu behelfsmäßigen Wohnungen umgebaut und von dort aus ihre ersten Expeditionen gestartet. Das stand so in den Geschichtsbüchern. Aber dass diese Bauten noch existierten, war in Vergessenheit geraten. Die Marskinder hatten den Zugang vor Jahren durch Zufall gefunden: In einer dunklen Ecke der mit allen möglichen Dingen vollgestopften Abstellräume, die seit jeher ein aufregender Spielplatz gewesen waren, hatten sie ein rostiges Schott entdeckt, das anders ausgesehen hatte als alle anderen Durchgänge der Siedlung. Man musste ein Handrad drehen, um es zu öffnen, und dahinter war ein schmaler, mehrfach gewundener Gang ohne Beleuchtung zum Vorschein gekommen. Sie hatten sich Lampen besorgt, waren seinem Verlauf gefolgt und direkt in die alte Station gelangt. Sogar alte Poster von 2055 hatten noch an den Wänden gehangen.

Sie hatten beschlossen, dass diese Räume das ideale Geheimversteck waren, und den Zugang hinter allerhand Bauteilen versteckt, die nicht mehr benötigt, aber trotzdem aufbewahrt wurden. Man warf auf dem Mars nichts weg, denn alles konnte irgendwann wieder von Nutzen sein.

Die erste Frage der heutigen Krisensitzung war gewesen, wie lange der Zugang noch versteckt bleiben würde, bei all den wilden Bauarbeiten, die in der Siedlung im Gange waren, seit man wusste, dass jede Menge Leute von der Erde kommen würde. Wissenschaftler vor allem. Wissenschaftler waren zwar in der Regel genügsame Leute, trotzdem mussten sie irgendwo schlafen und zu essen brauchten sie auch. Entsprechend war die Marssiedlung seit drei Monaten eine einzige Baustelle.

Zum Glück war Carls und Elinns Mutter die stellvertretende Bauleiterin, sodass sie immer auf dem Laufenden blieben. Heute Morgen hatte sie beiläufig erzählt, man werde, sobald die neuen Techniker von der Erde da seien, auch die zweite Ziegelmaschine wieder aufstellen: Das war Alarmstufe Rot! Denn es war die flache Wanne ebendieser Maschine, die das geheime Schott abdeckte.

Und nun das zweite Problem: Urs Pigrato.

»Wieso Urs?«, wunderte sich Ronny. »Ich dachte, Pigrato heißt mit Vornamen Tom?«

»Ich rede von seinem Sohn«, erwiderte Carl. »Pigratos Frau und sein Sohn sind an Bord der BUZZ ALDRIN, die in ein paar Tagen die Umlaufbahn um den Mars erreicht.«

Ronny drehte sich zu Ariana um. »Ach ja, genau! Diese Bazille, vor der uns dein Vater gewarnt hat.«

Ariana verzog das Gesicht. »Dad hat uns nur von ihm *erzählt*. Mehr nicht. Er hat ja nicht mal gewusst, wie er heißt.« Sie sah Carl an. »Woher weißt du das denn?«

»Er steht auf der Ankunftsliste, ganz einfach. Und die ist seit zwei Wochen abrufbar.«

Ariana zuckte mit den Schultern. »Urs. Was ist das überhaupt für ein Name?«

Als Elinn sich leicht vorbeugte, sahen alle sofort zu ihr hin. Elinn war immer sehr ruhig gewesen, aber in den letzten Wochen war sie so still geworden, fast schon nicht mehr anwesend, dass jede ihrer Äußerungen den Charakter von etwas Sensationellem hatte.

»Was ist mit ihm?«, wollte sie wissen.

Carl räusperte sich. »Mehr weiß ich auch nicht über ihn. Seinen Namen und dass er fünfzehn Jahre alt ist. In unserem Alter also. Das heißt, wir werden ihm nicht aus dem Weg gehen können. Er wird mit uns zusammen Schulaufgaben machen, vermutlich sogar Stationsarbeiten bekommen, genau wie wir auch.«

Ronny riss die Augen auf. »Bestimmt will sein Vater, dass er uns ausspioniert.«

»Genau«, nickte Carl. Er machte eine Geste, die die alte Station umfasste. »Und wenn Pigrato erfährt, dass unser Versteck hier ist, außerhalb der Sicherheitssysteme der Siedlung, dann ist der Zugang einen Tag später zugemauert, wetten?«

Die anderen nickten finster. Sie hatten seit zwei Jahren unter dem strengen Statthalter zu leiden, der nie einen Hehl daraus gemacht hatte, dass seiner Meinung nach Kinder auf dem Mars nichts verloren hatten.

Und nun brachte er seinen eigenen Sohn her? Wie passte denn das zusammen?

»Aber was sollen wir deiner Meinung nach machen?«, fragte Ariana. »So tun, als ob er nicht da wäre? Ihn vergraulen? Oder was?«

Carl schüttelte den Kopf. »Wie lange, glaubst du, könnten wir so etwas durchhalten?«

»Zwei Tage. Dann würden unsere Eltern davon erfahren und uns eine Standpauke halten, dass uns Hören und Sehen vergeht.«

»Eben.« Carl zog einen Karton hervor, der bis jetzt unbeachtet zwischen zwei metallenen Schränken gestanden hatte, und grinste siegessicher. »Aber niemand wird uns Vorwürfe machen, wenn wir uns endlich mal so richtig aufs Lernen konzentrieren, oder?« Er hob den Deckel ab und holte etwas heraus: einen Kopfhörer. Dick, unverkennbar alt, deutlich angestaubt. »Hier. Die kann man an Stelle der Lautsprecher einstöpseln. Die perfekte Ausrede, nicht mit ihm reden zu müssen, wenn er im Schulraum auftaucht. Und außerhalb davon gehen wir ihm einfach aus dem Weg.«

»Galaktisch!«, hauchte Ronny und nahm ihm den Hörer aus der Hand. »Der sieht ja aus wie in den ganz alten Filmen.«

Ariana runzelte die Stirn. »Fleißig lernen? Wie lange willst du *das* durchhalten?«

»Pigrato hat immer gesagt, Kinder hätten auf dem Mars nichts zu suchen. Also nehme ich mal an, seine Familie wird wieder mit der ALDRIN zurückfliegen oder spätestens mit einem der beiden Transporter, die in zwei Wochen kommen.« Carl nahm Ronny den Kopfhörer wieder aus der Hand und legte ihn zurück in die Box. »Wir sind einfach höflich zu ihm, bleiben auf Distanz, reden so wenig wie möglich mit ihm. Nur ein paar Wochen. Bis wir ihn wieder los sind.«

»Von mir erfährt der kein Sterbenswörtchen«, versprach Ronny.

Carl stellte den Karton auf einen Stuhl und wischte sich die Hände ab. »Und jetzt sollten wir uns um eine neue Tarnung für den Eingang kümmern. Ich habe gedacht, wenn wir statt der Blechwanne einen der Schränke davorschieben, die Rückwand herausnehmen und dann ein neues Schloss einbauen . . .«

Der Mann schloss sorgfältig die Tür seiner Kabine, die winzig war wie alle Kabinen an Bord der BUZZ ALDRIN. Er schaltete seinen Computer ein und wartete, bis die aktuellen E-Mails geladen waren. Die Liste war kurz und die meisten Nachrichten betrafen dienstliche Angelegenheiten. Lediglich eine war offensichtlich privater Natur. *Kurzer Gruß von Lauras Hochzeit* stand im Betreff und es handelte sich um eine Video-Mail. Der Mann öffnete sie.

Eine Gruppe ausgelassener, festlich gekleideter und offenbar leicht angeheiterter Menschen erschien auf dem Bildschirm. Sie winkten heftig in die Kamera und jemand rief: »Alles Gute auf dem Mars!« Dann war es schon vorbei und das Video fror mit dem letzten Bild ein.

Der Mann zog das Kabel ab, das seinen Computer mit dem Bordnetz verband, vergewisserte sich noch einmal, dass die Tür abgeschlossen war, und übertrug das Video in ein Programm, das wie ein Bildbearbeitungsprogramm aussah. Er drückte einige Tasten. Das Programm fragte ein Passwort ab, das er sehr sorgfältig eingab. Dann wartete er, bis die in dem Video verborgene geheime Nachricht entschlüsselt war und auf dem Schirm angezeigt wurde.

*Nach den vorliegenden Daten ist ein Bombenanschlag auf die blauen Türme nicht Erfolg versprechend. Das Material scheint so gut wie unzerstörbar zu sein. Sie werden die Forschergruppen auf anderen Wegen stoppen müssen. Wir arbeiten an entsprechenden Plänen. Warten Sie auf jeden Fall weitere Anweisungen ab, ehe Sie aktiv werden.*

Der Mann las die Zeilen mehrmals, nickte dann nachdenklich und löschte alles – das Video ebenso wie die Nachricht selbst. Dann schaltete er den Computer aus und legte sich schlafen.

Durch ein winziges Bullauge war der Mars zu sehen, groß, rostrot und sehr, sehr nahe.

# 2 Landung auf dem Roten Planeten

Vor dem dunklen Schlupfloch am Ende der Nabe hingen eine Frau und ein Mann in der Schwerelosigkeit, je einen Fuß locker in einem Haltegriff eingehakt, beide in der grauen Montur der Besatzung. Die Frau rief Namen von ihrem Lesegerät auf und gemeinsam halfen sie dem oder der Betreffenden, den Raumanzug richtig zu schließen, ehe es hinüberging in das Landeshuttle, das sie auf den Mars hinunterbringen würde.

Es war das erste Mal in seinem Leben, dass Urs einen Raumanzug trug. Auf *McAuliffe Station* hatte kein Mensch einen getragen, da war es zugegangen wie auf einem normalen Flughafen. Während der Vorbereitungen in Barqah hatte man sie mit einem Laserscanner vermessen und irgendwann auf dem Flug war dann dieser Anzug aufgetaucht, schneeweiß, weich wie Seide und mit seinem Namen auf der Brust. Maßgeschneidert, wie es aussah. Aber niemand hatte sich die Mühe gemacht, ihnen den Umgang damit zu erklären. »Später«, hatte es immer geheißen.

Eigenartig, so ein Ding anzuhaben. Es umschloss einen von allen Seiten und fühlte sich an wie eine gepolsterte Jacke, bloß am ganzen Körper. Man fühlte sich dick und unbeweglich. Und die Verschlüsse mussten eine Wissenschaft für sich sein, er hatte jedenfalls keinen zugekriegt und seine

Mutter auch nicht. Den Helm trug man, wie es aussah, an einem Haken am Gürtel; dort baumelte das sperrige Teil und knallte alle paar Augenblicke gegen einen der Helme der anderen, die alle auch keine erfahrenen Raumfahrer waren und sich unsicher an die Haltegriffe klammerten.

»Pigrato, Marciela? Pigrato, Urs?«, rief die Frau endlich.

»Hier!«, hob Mutter die Hand und nickte Urs zu voranzugehen.

Urs stieß sich von seinem Griff ab, erwischte auch tatsächlich den nächsten, den er angepeilt hatte, und hangelte sich so zum Ende des Raumes durch. Er fand, dass er das schon ziemlich gut hinbekam.

»Hallo«, nickte ihm der Mann zu, als er zum Stillstand kam. »Dann wollen wir dich mal einpacken.« Er bückte sich hinab und schloss mit zwei raschen Handbewegungen die Verschlüsse, die die Hosenbeine mit den Stiefeln verbanden.

Urs hatte aufgepasst, aber nicht mitbekommen, wie er das machte. »Können Sie mir das noch mal zeigen?«

»Dafür ist leider keine Zeit«, meinte der Mann. Er hatte einen dünnen Kinnbart und sprach mit leichtem mexikanischem Akzent. »Aber nach einem Monat auf dem Mars kannst du das im Schlaf, glaub mir.« Zwei weitere Handgriffe und die Handschuhe schienen mit den Ärmeln verschmolzen zu sein. »Und bitte umdrehen.«

Urs drehte sich um. Aus den Augenwinkeln sah er, wie der Mann eine Sauerstoffpatrone aus einer Halterung neben sich an der Wand nahm, dann spürte er, wie sie hinten in das Versorgungsteil seines Anzugs eingesetzt wurde. Es zischte kurz, irgendetwas in dem Anzug bewegte sich, dann sagte der Mann: »Alles klar.«

Die Frau sah Urs an und deutete auf den Durchstieg. »An Bord mit dir.«

»Was ist mit dem Helm?«, fragte Urs. »Muss ich den nicht auch aufsetzen?«

»Erst nach der Landung. Oder im Notfall. Leg ihn bitte in das Fach über deinem Sitz.« Sie sah auf ihre Liste. »Du hast Platz zwölf. Freu dich, das ist ein Fensterplatz.«

Die Kabine war eng. Die Liegesitze hatten dicke Anschnallgurte. Immer drei davon waren nebeneinandermontiert, ähnlich wie in dem Shuttle zur Raumstation. Bloß waren diese viel schmaler und hatten längliche Aussparungen, in die das Versorgungssystem auf dem Rücken der Raumanzüge genau hineinpasste. Rasend unbequem, man saß wie festgenagelt.

»Jetzt haben wir es ja hoffentlich bald überstanden«, meinte Mutter, nachdem sie sich ebenfalls festgeschnallt hatte. Sie deutete auf das Fenster. »Wie ist das? Sieht man da was?«

Urs verrenkte den Hals, um hinauszuspähen. *Fenster* war eine reichlich übertriebene Bezeichnung; es war ein Guckloch, kaum so groß wie seine Hand. Und alles, was zu sehen war, waren Sterne, die kalt und starr im schwarzen Nichts strahlten. »Nein«, sagte Urs. »Bloß Weltraum.«

Ein Mann mit ungekämmten blonden Haaren und einer Menge Muttermalen im Gesicht, den Urs öfter bei den Wissenschaftlern gesehen hatte, bekam den Platz neben Mutter und fing sofort ein Gespräch mit ihr an. »Miss Pigrato, nicht wahr? Habe ich das doch eben richtig gehört.« Er verrenkte sich, um ihr die behandschuhte Hand zu schütteln. »Wir sind uns noch nicht begegnet, kaum zu glauben, oder? Mein Name ist Wim Van Leer, ich bin Journalist.«

»Ach wirklich?«, wunderte sich Mutter. »Sie werden sicher über diese fremden Bauwerke berichten, oder?«

»Ja, aber nicht nur. Beispielsweise würde ich Sie gerne einmal ausführlicher interviewen. Sobald Sie sich eingelebt haben, natürlich.«

»Ein Interview? Mit mir? Was wollen Sie mich denn fragen?«

»Oh, ich denke, als Frau des Statthalters der Erdregierung auf dem Mars haben Sie allerhand zu erzählen . . .«

Und so weiter und so weiter. Das übliche Geschwätz von Erwachsenen. Urs schaltete die Ohren auf Durchzug und äugte wieder hinaus ins All.

Das Shuttle drehte sich mit dem Raumschiff und nun kam etwas Großes, Orangerotes ins Blickfeld: der Mars selbst, riesig, zerschrunden und völlig wolkenlos. Rostig wirkende Ebenen, dunkelgraue Flecken und jede Menge Krater. Da – das mussten die berühmten Valles Marineris sein, die auffälligste Formation auf dem Roten Planeten. Eine gigantische Schlucht, Tausende von Kilometern lang. Sie sah aus, als habe einst ein riesiges Raubtier seine Fänge in den Mars geschlagen und Stücke davon herausgerissen.

Geheimnisvoll. Urs konnte es kaum erwarten, dass das Shuttle startete. Auf einmal war er sich sicher, dass ihm eine aufregende Zeit bevorstand.

Ariana lümmelte auf dem Schreibtischsessel ihres Vaters, drehte ihn einmal rechts herum, dann wieder links herum. Links herum gab es ein leises, quietschendes Geräusch, rechts herum nicht. Interessant.

»Wieso habe ich bloß das Gefühl, dass dir langweilig ist?« Vater stand vor den weit geöffneten Türen seiner Arzneischränke und sortierte abgelaufene Medikamente aus.

»Weil es so ist«, sagte Ariana. »Hier ist einfach nichts los.«

Dr. DeJones musterte eine Tube und stellte sie wieder zurück. »Ja, erfreulicherweise sind die Leute so gesund, dass sich in der Krankenstation bloß Staub ansammelt. Und da du den dankenswerterweise schon gewischt hast, bleibt tatsächlich nicht mehr viel für dich zu tun. Das hier mit den Medikamenten muss ich selber machen, leider.«

Ariana drehte sich mit dem Sessel einmal ganz herum. »Das meine ich nicht. Ich meine nicht die Krankenstation. Ich meine den ganzen Mars. Es ist einfach *öde* hier.«

»Findest du?« Vater schüttelte ein paar Tabletten aus einem Glasfläschchen in einen kleinen roten Sammelbehälter, legte das Fläschchen selbst in eine blaue Box und zerriss anschließend den Karton, um die Schnipsel in einen dritten Behälter zu werfen, eine große gelbe Schachtel. Recycling war auf dem Mars keine Frage des Umweltschutzes, sondern des Überlebens. »Ich frage mich allerdings, was eigentlich passieren muss, damit du das Gefühl bekommst, es sei *etwas los*. Zum Beispiel kommen in den nächsten paar Tagen über achtzig neue Leute in die Siedlung – Wissenschaftler, Techniker, was weiß ich. Nimm dazu die Funde im Daedalia Planum, die blauen Türme auf dem Löwenkopf, bei denen es sich eindeutig um nicht von Menschen gebaute Maschinen handelt . . . Also, wenn du mich fragst, wird das hier auf absehbare Zeit der interessanteste Ort im ganzen Sonnensystem sein.«

Ariana drehte wieder links herum. Quietsch. »Was habe ich von den Türmen? Da dürfen wir sowieso nicht hin. Obwohl wir bei der Entdeckung dabei waren.«

»Du meine Güte. Da müssen sich jetzt eben Spezialisten darum kümmern. So läuft das nun mal.«

»Schon klar. Aber das heißt unterm Strich, dass es weitergeht wie immer.«

Vater seufzte. »Wir führen diese Diskussion seit einiger Zeit ungefähr alle vier Wochen und es ist auch immer das

Gleiche. Du sagst, es ist nichts los, ich erinnere dich daran, dass sehr wohl etwas los ist. Soll das auch so weitergehen?«

Ariana schwieg. Dr. DeJones schloss eine Tür und widmete sich dem nächsten Fach.

»Wie ist das eigentlich mit dem Raumschiff?«, fragte sie nach einer Weile. »Wie lange bleibt das hier, ehe es zur Erde zurückfliegt?«

»Die BUZZ ALDRIN? Die bleibt jetzt, glaube ich, drei Wochen. In zwei Wochen kommen noch die GANDHI und die KING, die neunundzwanzig Tage bleiben und dann zurückfliegen.«

Ariana schob die Schreibtischunterlage umher, versuchte, sie haargenau an der Tischkante auszurichten. »Aber zurück fliegen die doch alle weitgehend leer, oder?«

»Ich denke schon.«

Pause. Man hörte nur das Rascheln der Medikamentenschachteln.

»Findest du eigentlich nicht«, fragte Ariana, »dass es Zeit für mich wäre, mal was anderes zu sehen als immer nur den Mars?«

Vater hielt inne. Er stellte einen Karton zurück, drehte sich um, lehnte sich gegen die Arbeitsfläche des Arzneischranks, nahm die Brille ab und begann, seine Nasenwurzel zu massieren. »Willst du mich gerade fragen, was ich davon halten würde, wenn du zur Erde gehst?«

»Was würdest du denn davon halten?«

»Und wie stellst du dir das vor?«

»Ich könnte bei Mom wohnen und dort zur Schule gehen.«

»Was meint sie denn dazu?«

»Weiß ich nicht. Ich habe sie noch nicht gefragt.«

Er setzte die Brille wieder auf und widmete sich erneut

seinen Schachteln. »Dann schlage ich vor, dass du das zuallererst einmal tust.«

»Und dir wäre es vollkommen egal? Ob ich hier bei dir lebe oder bei Mom auf der Erde?«

Vater seufzte wieder. »Egal wird mir das sicher nicht sein. Aber in erster Linie will ich, dass du glücklich bist. Und wenn sich herausstellen sollte, dass du auf der Erde glücklicher sein wirst als hier, dann hast du natürlich meinen Segen.« Er musterte eine Schachtel, als habe er dergleichen noch nie gesehen. »Immerhin hatte ich jetzt acht Jahre lang das Vergnügen, dich ganz für mich allein zu haben. Vielleicht ist es nur gerecht, wenn deine Mutter auch einmal etwas von dir hat.«

Ariana schwenkte unschlüssig mit dem Sessel hin und her. »Ich kann sie ja mal fragen, was sie meint.«

Er drehte sich um, verschränkte die Arme. »Eins muss dir aber klar sein: Der Flug zur Erde wird kein Problem sein – erst recht jetzt nicht, wo so viele Schiffe unterwegs sind, dass man die ganze Station damit evakuieren könnte –, wohl aber der Rückflug. Ich wette, dass die Flüge zum Mars auf Jahre hinaus ausgebucht sind. Das heißt, falls es dir auf der Erde doch nicht so gut gefallen sollte, wirst du nicht ohne Weiteres zurückkommen können. Also überlege es dir gut.«

Die Tür zum Raumschiff wurde geschlossen und ein großes, massiv aussehendes Handrad gedreht, um sie zu verriegeln. Jemand sagte »Achtung!« und im nächsten Moment dröhnte ein knallender, metallischer Laut durch das Shuttle. Draußen bewegten sich die Sterne. Es war zu spüren, wie der ganze gewaltige Körper des Landeboots sich drehte, und man hörte fauchende Geräusche, als die Steuertriebwerke gezündet wurden, um es in die richtige Lage zu bringen.

Dann kam eine Durchsage: »Meine Damen und Herren, hier spricht Ihr Pilot. Wir beginnen jetzt mit dem Abstieg auf die Marsoberfläche, die wir in zwanzig Minuten erreichen werden. Bitte lehnen Sie sich zurück und achten Sie darauf, dass Sie Ihre Zunge nicht zwischen den Zähnen haben, denn im Verlauf des Landeanflugs können jederzeit starke Bremsmanöver notwendig werden. Vielen Dank.«

»Die Zunge nicht zwischen den Zähnen . . .?«, hörte Urs jemanden sagen. »An was die nicht alles denken.«

»Los geht's!«, rief ein anderer aufgekratzt.

Als hätte es auf diese Aufforderung gewartet, zündete das große Triebwerk. Der Andruck presste sie alle in die Sitze. Aber nur für ein paar Sekunden, dann war wieder Stille. Durch das winzige Fenster sah Urs den Mars, der schräg über ihnen zu hängen schien wie eine riesige, rostige Eisenkugel.

Eine Weile passierte nichts weiter. In der Kabine herrschte gespannte Stille. Dann hörte man wieder die kurzen Schubstöße der Steuertriebwerke; sie klangen, als klopfe jemand mit einem großen Gummihammer von außen auf die Hülle. Draußen schwenkte der Mars herum, bis er ordentlich unterhalb des Shuttles zu sehen war, wie es sich gehörte.

Und ja – er begann, näher zu kommen.

Zuerst glaubte Urs, sich das Geräusch nur einzubilden, aber nach und nach wurde es unüberhörbar: ein unheimliches, leises Fauchen und Heulen, als schrien auf der anderen Seite der Hülle Tausende verzweifelter Geister. Das hieß vermutlich, dass sie gerade in die dünne Atmosphäre des Mars eintauchten. Das große Triebwerk arbeitete nun öfter und offenbar in eine andere Richtung, denn sie wurden jedes Mal heftig nach vorn in die Gurte geschleudert.

Urs spähte zum Fenster hinaus. *Oh, là là*, das war aber

schon ziemlich nahe alles, oder? Und sie bewegten sich noch verdammt schnell, wenn man bedachte, dass das Shuttle demnächst da unten aufsetzen sollte . . . Steine, überall nur Steine. Wie hatte Mutter nur auf die Idee kommen können, ihn hierher zu schleppen? War es auf der Erde nicht schön genug gewesen?

Also, allmählich wurde es Zeit, dass der Pilot mal bremste. Oder sonst irgendwas machte. Wirklich, man sah inzwischen jeden Stein da unten, jede Schlucht und jeden verdammten nadelspitzen Felsen. Vielleicht wäre es allmählich angebracht, die Helme aufzusetzen, nur so für alle Fälle . . .?

Da, das Triebwerk. Ein mörderischer Ruck, der die ganze Kabine gemeinschaftlich aufstöhnen ließ. Und dann plötzlich nur noch eine Bewegung abwärts, wie ein Fahrstuhl, und endlich das sanfte, knirschende Geräusch, mit dem die Landebeine aufsetzten.

Urs atmete tief durch. Gut, das war also geschafft. Gerade rechtzeitig, ehe er angefangen hätte, sich ernsthafte Sorgen zu machen. Er spähte hinaus. Oder war das doch eine Notlandung geworden? Ringsum war nur Wüste zu sehen. Keine Spur irgendeines Bauwerks, das nach Marsstation aussah.

# 3 Zwischen Mars und Erde

Die Tür zum Schulungsraum wurde aufgestoßen und ein kleiner Rollwagen hereingeschoben. Darauf stand ein Computer samt Bildschirm.

»So, Freunde«, meinte der Mann, der den Wagen schob, ein glatzköpfiger Computerspezialist namens Jed Latimer, »technischer Nachschub für eure gute Stube. Aufstellen könnt ihr das selber, oder? Wir haben unten noch eine Zillion Dinge zu erledigen. Bis übermorgen kommen achtzig neue Leute, aber bis jetzt haben wir nur dreiundvierzig Wohnungen bezugsfertig. Peinlich, was?«

Carl sah von seinem Lernprogramm auf, dankbar für die Unterbrechung. »He, unsere Mutter ist Bauleiterin. Das hören wir seit Wochen jeden Morgen und jeden Abend.«

»Ach so, na klar.« Latimer stellte die Gerätschaften auf den Boden. »Dann wisst ihr ja Bescheid. Und tschüss!« Die Tür klappte wieder zu.

Carl und Elinn sahen einander an.

»Wo sind eigentlich die anderen?«, fragte Carl. Jetzt mussten sie dem Pigrato-Sprössling auch noch den Bildschirm aufstellen, also ehrlich!

Elinn strich sich das widerspenstige rostrote Haar zum hundertsten Mal an diesem Morgen aus der Stirn. »Ronny hat sich zu den Rovern gemeldet, obwohl er mit seinen Lektionen fast zwei Monate im Rückstand ist. Und wo Ariana ist, weiß ich nicht. Ich glaube, ihr Vater wollte, dass sie ihm hilft, die Krankenstation sauber zu machen.«

»Irgend so was hätte ich mir auch ausdenken sollen. Das Schulzeug ist so was von langweilig . . .« Carl sah aus dem Fenster. Unten machten sich die Rover startbereit und da war tatsächlich Ronny unter den anderen Gestalten in Raumanzügen, die um die Fahrzeuge herumgingen, die Radaufhängungen checkten und was sonst so zu tun war. Ronny war erst dreizehn, aber er konnte alles steuern, was einen Steuerknüppel hatte. Erst recht einen Rover, der so konstruiert war, dass jeder ihn fahren konnte.

»Also gut«, meinte Carl und stand auf. »Wo tun wir ihn denn hin, den Spion von der Erde?« Er sah sich in dem kleinen Schulungsraum um. Einen zusätzlichen Tisch und einen Stuhl hatten sie schon heute Morgen vorgefunden, als sie angekommen waren. »Am besten nach nebenan, würde ich sagen, oder?«

Elinn sagte nichts. Sie sah nur verträumt aus dem Fenster und war mit ihren Gedanken mal wieder ganz woanders.

»Schon gut.« Carl schob den Tisch an die Stirnseite der beiden anderen, an denen sie sich bisher zu viert gegenübergesessen waren. Wenn sie demnächst zu fünft hier saßen, würden sie eben in einer Art Halbkreis sitzen. Der Bildschirm war schnell aufgestellt, Schreibtablett und Tastatur funktionierten ohnehin drahtlos. Mit einem satten Klicken glitt das Kabel in die Steckdose, aus der Strom und Daten gleichzeitig flossen. Carl schaltete ein. Yep, tat alles.

»Schau«, sagte Elinn. Carl wandte den Kopf. Seine Schwester deutete zum Himmel. Hoch oben in der milchbraunen Himmelskuppel leuchtete ein kleiner, sich rasch bewegender Punkt auf.

»Das Shuttle«, nickte Carl. »Es landet gleich.«

Unten setzten sich die Rover in Bewegung.

»Okay, alle aufstehen, bitte«, hieß es, nachdem die Gurte von selbst aufgeschnappt waren. »Nehmen Sie die Helme aus den Fächern. Wir helfen Ihnen, sie aufzusetzen.«

Urs beugte sich zu dem kleinen Fenster, sah hinaus. Was sollte denn das? Hier war doch nichts. Mussten sie jetzt etwa zur Marssiedlung *laufen?* Das fing ja gut an.

Auf einmal kam ihm alles wieder ganz und gar verrückt vor. Was suchte er eigentlich hier, auf dem *Mars?!* Er hatte sich wohlgefühlt zu Hause, hatte jede Menge Freunde gehabt und jede Menge Spaß. Und nun war alles weg, vorbei, von einem Tag auf den anderen. Nur weil seine Mutter sich das mit dem Mars in den Kopf gesetzt hatte. Was konnte er, bitte schön, dafür, dass sein Vater auf dem Mars arbeitete? Zwang ihn doch niemand. Und seinen Mails zufolge gefiel es ihm hier ja auch nicht, also warum kündigte er nicht einfach und suchte sich einen anderen Job?

Es ging langsam voran. Die Leute von der Besatzung kontrollierten bei jedem noch einmal alle Verschlüsse, befestigten dann die Helme und prüften noch einmal alles, ehe man in die Schleuse geschickt wurde. Immer wenn drei Personen in der Schleuse waren, wurde sie eingeschaltet. Ein fieser, hoher Laut nervte, während die Luft abgesaugt wurde, man hörte die Leute aussteigen und dann zischte es, weil sich die Kammer erneut mit Luft füllte.

»Okay, junger Mann, jetzt du.« Der Mann mit dem Kinnbart checkte ihn ab und fand offenbar alles zufriedenstellend. »Jetzt den Helm.«

Ein eigenartiges Gefühl, plötzlich dieses Ding auf dem Kopf zu haben. Eine große, gläserne Blase. Klar, er hatte den

Helm zum Spaß aufgesetzt, nachdem man ihnen die Raumanzüge in die Kabine gereicht hatte. Aber jetzt galt es; jetzt musste alles funktionieren.

Der Helm rastete hörbar im Halsring ein. Gleich darauf beschlug er von innen. Na, toll.

»*Murmel, murmel*«, hörte er den Mann aus weiter Ferne und wie unter meterdicken Decken hervor, »*murmel, murmel* wir gleich.« Im nächsten Moment spürte Urs einen Hauch kühler Luft um sein Gesicht und der Beschlag verschwand. Er hörte auch wieder, was um ihn herum gesprochen wurde. Offenbar hatte der Anzug Außenmikrofone.

Er betrat die Schleuse zusammen mit seiner Mutter, die dreinsah, als sei ihr das alles auch etwas unheimlich, und dem Journalisten, der sie den ganzen Flug über zugesülzt hatte. Das Schott fuhr zu, man hörte Verschlüsse einrasten, dann jaulte die Pumpe wieder los.

Oha, so fühlte sich das also an! Der Raumanzug begann, sich aufzublähen, je weiter der Druck in der Schleuse sank. Urs wurde leicht mulmig zumute. Ihm war, als wickle ihn jemand in dicke Decken, immer noch eine Lage und noch eine. Und so sollte er jetzt gleich eine Leiter runterklettern?

Die Außentür ging auf. Mattes Licht kam herein. Urs war der Erste, der hinaustrat auf den kleinen Gitterbalkon, den man zusammen mit der Leiter ausgeklappthatte. Von den Triebwerken stiegen immer noch helle Schwaden auf.

Wow, was für ein Anblick! Endlose Weite ringsherum, Geröll, Steine, Sand ...Urs hatte das Gefühl zu träumen. Am unteren Ende standen die anderen versammelt, alle in ihren prallen weißen Raumanzügen. Einer hüpfte umher, kickte ein paar Steine durch die Gegend, aber es sah reichlich unbeholfen aus.

Nun sah Urs auch die Fahrzeuge, die sich mit einem Affentempo dem Shuttle näherten. Sie sahen aus wie große, dicke Käfer mit aufgeblähten Köpfen, die auf riesigen Ballonreifen fuhren.

»Na, wie wäre es damit, die Leiter runterzusteigen?«, vernahm Urs eine Stimme hinter sich. Es war der Journalist, der gerne auch aus der Schleuse herausgekommen wäre, aber nicht konnte, weil Urs und seine Mutter den Balkon blockierten.

Unten kam das erste der Fahrzeuge neben der Gruppe der Wartenden zum Stillstand. Urs traute seinen Augen nicht: Am Steuer saß ein Junge, der kaum älter als dreizehn sein konnte!

Allerhand. Das war jetzt wieder ziemlich abgefahren. Er begann, vorsichtig die Leiter hinabzusteigen.

Also, was würde sie schreiben? Zunächst die E-Mail-Adresse, klar. Dann: *Liebe Mutter!* Oder war das zu gestelzt, zu sehr in Richtung *Sehr geehrte Frau Mutter?* Weg damit. Besser so: *Hi, Mom, ich bin's, deine Tochter.*

Ariana hielt inne, überlegte. Vielleicht war es nicht gut, gleich mit der Tür ins Haus zu fallen. Immerhin lag die letzte Mail an ihre Mutter schon eine ziemliche Weile zurück. Monate. Oder noch länger.

Sie rief die Liste ihrer Mails auf, filterte die heraus, die sie mit ihrer Mutter gewechselt hatte. Oh weia. In ihrer letzten Mail hatte sie sich für ihr Geburtstagsgeschenk bedankt, die Kette mit den roten Steinen, die sie sowieso nie trug. Und die hatte sie zu ihrem *dreizehnten* Geburtstag bekommen. Zum vierzehnten war nur eine Grußmail gekommen, aber sie hatte komplett vergessen, darauf zu antworten.

Man konnte sich wohl schlecht nach fast zwei Jahren melden und sagen, *Hi, Mom, übrigens, ich ziehe jetzt zu dir!* Das ging wirklich nicht.

Besser, sie schrieb erst einmal ein paar Mails einfach so. Um den Kontakt wiederherzustellen.

Sie starrte die grau gestrichene Wand des Terminalraums an, als wolle sie herausfinden, ob starre Blicke Löcher in Farbe hinterließen. Gar nicht so einfach.

*Hi, Mom, ich bin's, deine Tochter. Ich wollte mich mal wieder melden und dir ein bisschen erzählen, was hier so vor sich geht. Tut mir leid, dass ich mich so lange nicht gemeldet habe ...*

Nein. Zweimal »melden«. Und überhaupt, es war blöd, eine Mail mit einer Entschuldigung anzufangen, dass man so lange nichts geschrieben hatte, und dann von nichts anderem zu reden als von den Gründen dafür.

*Hi, Mom, hier ist deine dich liebende Tochter, die du auf dem Mars zurückgelassen hast ...*

Das klang, als wolle sie ihr Schuldgefühle machen. Obwohl – vielleicht wollte sie das ja auch? Mom und Dad waren gemeinsam zum Mars gekommen, hatten ein Kind gekriegt – sie – und dann hatte Mom es nicht mehr ausgehalten als Marssiedlerin und war zur Erde zurückgekehrt. Dad war geblieben. Und sie auch. Angeblich hatte man sie gefragt und sie habe gesagt, sie wolle bleiben. Ariana erinnerte sich nicht mehr daran, aber ihr Vater pflegte sie nicht zu belügen, nicht einmal in kleinen Dingen.

Seltsam. Warum war Dad damals eigentlich nicht zusammen mit seiner Frau zur Erde zurückgegangen? Ihr dämmerte, dass es da noch andere Gründe gegeben haben musste als bloße Unverträglichkeit zwischen ihrer Mutter und dem Mars.

Was wusste sie eigentlich über Mom? Dass sie jetzt in Flagstaff, Arizona, lebte, einer kleinen Stadt auf dem nordamerikanischen Kontinent. So viel wusste Ariana, auch wenn sie ansonsten gnadenlos schlecht war in Geografie: Flagstaff lag in der Nähe des Grand Canyon, dem irdischen kleinen Bruder der Valles Marineris: ein lang gezogenes System atemberaubender Schluchten und Täler. Und sie wusste aus dem Geschichtsunterricht, dass in Flagstaff das erste Observatorium eigens für die Beobachtung des Mars gestanden hatte. Ein Mann namens Percival Lowell hatte es im Jahre 1893 errichtet und den Mars dann fünfzehn Jahre lang beobachtet, in der Hoffnung, Anzeichen intelligenten Lebens darauf zu entdecken.

Das war natürlich Zufall. Mom lebte in Flagstaff, weil ... weil ...

Eigentlich hatte sie keine Ahnung, warum ihre Mutter ausgerechnet in Flagstaff lebte. Mit Moms Eltern konnte das nichts zu tun haben; die lebten an der Atlantikküste, in der Nähe von Atlanta.

Hmm. Ariana löschte alles wieder. Sie würde die Mail ein andermal schreiben. Sie musste erst noch ein bisschen darüber nachdenken.

Wie die anderen kletterte auch Urs auf die Ladefläche eines der Fahrzeuge und kam sich schrecklich unbeholfen dabei vor. Zu allem Überfluss drückte und zwickte der Raumanzug an allen Ecken und Enden. Maßgeschneidert? Ha!

In seinem Empfangssystem gingen die Stimmen durcheinander. Immerhin war es erstaunlich gut konstruiert: Es berücksichtigte, aus welcher Entfernung ein Funksignal kam und wie weit es entfernt war, und spielte die entsprechende Stimme so in die Lautsprecher ein, dass man das Gefühl bekam, den Betreffenden ohne technische Hilfe zu hören. Gelesen hatte Urs schon davon, aber es war interessant, das mal selber zu erleben.

»Alle an Bord?«, kam die Durchsage von dem Jungen, der das Fahrzeug steuerte. Das musste dieser Ronald Penderton sein, genannt Ronny. Er war als einziges der Marskinder nicht auf dem Mars geboren, sondern hatte die Reise zusammen mit seinen Eltern im zarten Alter von vier Monaten angetreten. In den Büchern, die Rekorde und ähnliches Zeug verzeichneten, wurde er als jüngster Raumfahrer aller Zeiten aufgeführt.

»Okay, es geht los«, krähte die Stimme. »Alles gut festhalten!«

Und es ging los. Mit einem Ruck sauste das schneeweiße Mobil vorwärts, hüpfte über Steine und Bodenspalten hinweg und preschte auf den Horizont zu. Die anderen Fahrzeuge folgten. Man tat gut daran, sich festzuhalten, wirklich wahr!

»Ganz schönes Tempo«, sagte jemand.

»Das ist noch gar nichts«, meldete sich Ronny gut gelaunt. »Sie sollten mal dabei sein, wenn ich wirklich *schnell* fahre!«

Der Mann, der neben Urs saß, verdrehte die Augen. »Du meine Güte«, hörte er ihn murmeln. »Das hätten wir uns mal erlauben sollen in dem Alter.«

Eine andere behandschuhte Hand legte sich auf Urs' Unterarm. Es war Mutter, die ihn mit leuchtenden Augen ansah. »Na?«, meinte sie. »Ist das ein Abenteuer oder nicht?«

Urs musterte sie verwundert. So hatte er sie ja noch nie erlebt oder jedenfalls schon lange nicht mehr. »Na ja«, erwiderte er gedehnt. »Jedenfalls ist es besser als der Flug.«

Sie versetzte ihm einen halb ärgerlichen, halb amüsierten Klaps. »Du alter Miesepeter. Es war höchste Zeit, dass du mal rauskommst aus diesem behüteten Stadtleben.«

Sie überquerten einen kleinen Hügel und da endlich sah Urs die Marssiedlung. Eine metallisch glänzende Konstruktion aus kugelförmigen Modulen und röhrenartigen Verbindungsschächten, gekrönt von gewaltigen Antennen aller Art und umschlossen von einem halbkreisförmigen Ringwall, der aussah wie ein zur Hälfte eingeebneter Kraterwulst.

Und hinter dem Ringwall ...

... leuchtete etwas. Geradezu magisch.

»Was ist denn das?«, murmelte Urs. Er kniff die Augen zusammen, versuchte, Konturen zu erkennen. Ein silbriges Schimmern stieg hinter dem Kamm des halbrunden Hügels auf, etwas, das heller leuchtete als es reines Silber getan hätte ...

Das Fahrzeug machte einen Schlenker, um einer Bodenvertiefung auszuweichen, fuhr dabei eine kleine Erhebung hinauf und von der höchsten Stelle aus sah Urs endlose Reihen praller Blasen, die im Licht der matten Sonne schimmerten wie Perlmutt.

»Das sind die Treibhäuser«, sagte der Journalist. Wie hatte der noch mal geheißen? Wim Van Leer. Klugscheißer Van Leer. »Dort wächst fast alles, was wir von jetzt an zu essen bekommen werden.«

»Wieso nur ›fast‹ alles?«

»Es gibt noch Anlagen unter der Oberfläche. Zuchttanks für Fische, Pilzkulturen, solches Zeug.«

»Pilze?« Urs verzog das Gesicht. »Ich mag keine Pilze.«

»Dann, mein Lieber«, sagte Klugscheißer Van Leer scheißfreundlich, »kommen schwere Zeiten auf dich zu. Die Küche der Marssiedler ist nämlich berühmt für ihre Pilzrezepte. Nirgendwo im bekannten Universum werden so viele verschiedene Pilzsorten regelmäßig verzehrt wie hier.«

»Danke für die Auskunft«, knurrte Urs und hoffte, dass der Typ jetzt den Mund halten würde.

Aber er fing gerade erst an. Faselte von der Bedeutung der Marssiedlung für die technische Entwicklung der Menschheit, von den vielen Erfindungen, die man für die Besiedlung des Mars gemacht hatte und die jetzt allen zugutekämen, all das übliche Geschwätz eben, wie man es immer im Fernsehen hörte, wenn es mal wieder darum ging, ob die Raumfahrt zu teuer war oder nicht. In den letzten Monaten hatte es solche Diskussionen bis zum Abwinken gegeben und das Thema stand Urs bis *hier*.

Sie näherten sich der Station. Der größte Teil davon, das wusste Urs natürlich, lag unter der Oberfläche. Die Bauten hier oben enthielten nur technische Anlagen, einige Labors und Computerräume, Werkstätten zur Instandhaltung der Fahrzeuge und Raumanzüge und dergleichen. Das eigentliche Leben fand wenigstens dreißig Meter unter der Oberfläche statt.

Das Fahrzeug beschrieb vor einer der großen Schleusen eine enge Kurve und kam abrupt zum Stillstand. »*Mars City*«, sagte die helle Stimme aus dem Cockpit. »Bitte alles aussteigen, die Fahrt endet hier.«

»Und herzlich willkommen in der Marssiedlung«, rief eine andere Stimme, die aus der Station selber zu kommen schien und die Urs schon lange nicht mehr gehört hatte: die Stimme seines Vaters!

»*Bonjour papa!*«, rief er.

Ein hörbares Luftschnappen. »*Bonjour mon fils!*«, antwortete sein Vater ihm. »Marciela? Bist du auch da?«

»*Sì*«, schniefte Mutter mit merklicher Rührung. »*Sono quì.*«

Urs schluckte. Au weia, das würde jetzt gleich rührselig werden. Wenn Mutter ins Italienische fiel, dann waren Tränen fällig.

Die Schleusen der Siedlung nahmen locker zehn Leute und mehr auf und es gab drei Stück davon. Drinnen wartete man schon auf sie, half ihnen beim Ausziehen der Raumanzüge, die in Gestelle an der Wand gehängt wurden. Ein eigenartiger Geruch lag in der Luft, der Urs bekannt vorkam, den er aber nicht zuordnen konnte ...

Noch während er sich umsah – alles war klobig und massiv gebaut, keine Spur von Design –, drängelte sich sein Vater durch die Menschenmenge und er und Mutter fielen sich in die Arme.

In diesem Augenblick wusste Urs plötzlich wieder, wo er den Geruch, der hier alles überlagerte, schon einmal gerochen hatte: auf dem landwirtschaftlichen Gut, das sie vor ein paar Jahren von der Schule aus besichtigt hatten. Einen Tag lang waren sie durch Ställe, Silos, Mist und Dreck gelatscht und hatten sich alle möglichen schmutzigen Tiere anschauen müssen.

Das durfte nicht wahr sein. Die Marssiedlung stank wie ein Bauernhof?!

# 4 Ankunft in der Marssiedlung

Es ging vorbei. Das Umarmen und das Anschauen und, natürlich, auch der blödeste aller Sprüche: »Was bist du groß geworden!« Hätte er vielleicht klein bleiben sollen? Immerhin war Vater seit zwei Jahren von zu Hause weg, was erwartete er? Und im Übrigen hatte er sich auch verändert. Er sah älter aus, sein Haar war dünner als früher und er hatte sich eine komische, schlurfende Art zu gehen angewöhnt in der niedrigeren Schwerkraft. Mutter tat sich auch noch sichtlich schwer damit. Und man musste wirklich aufpassen, dass man nicht plötzlich versehentlich einen Sprung irgendwohin machte. Aber Urs hatte genug Erfahrung mit Sprüngen von den *Magnet Scooter*-Turnieren her, er würde schon klarkommen.

Einen Moment verschlug es Urs regelrecht die Sprache, nämlich als sie mit einem furchterregend rasselnden und wackelnden Fahrstuhl abwärts fuhren, unten endlich die Türen vor ihnen aufgingen und die *Plaza* vor ihnen lag, der zentrale, große Platz der Siedlung. Den kannte er natürlich von Fotos, aus Zeitschriften und so weiter; wann immer über die Marssiedlung berichtet wurde, durfte ein Bild von der *Plaza* nicht fehlen.

Bloß dass die in echt irgendwie anders aussah. Kleiner. Da war der Springbrunnen in der Mitte, der auf solchen Fotos immer groß und prächtig wirkte, mit Tischen und Stühlen darum herum, alles ganz gemütlich. In diesem Augenblick kam er Urs aber nur vor wie eine Parodie auf die Fontäne im Genfer See, die sie vom Wohnzimmer ihrer alten Wohnung aus hatten sehen können.

Rechter Hand, das musste die *Main Street* sein, mit den Galerien im ersten Stock und den Arkadengängen unten. Hatte er sich auch irgendwie anders vorgestellt, irgendwie ... Puh. Anders eben. Größer. Großartiger. Wenn man auf der Erde war und etwas über die Marssiedlung las, dann dachte man, wow, der Mars. Aber nun stand er hier, wahrhaftig und wirklich, aber es war nichts übrig von diesem *Wow*-Gefühl. Das, was er sah, war im Grunde auch nichts anderes als eine *Mall*. Bloß dass es keine Läden gab; als Marssiedler bekam man Dinge entweder zugeteilt oder holte sie sich aus einem Lagerraum.

Urs seufzte. Okay, eine *Mall* war er gewöhnt. Das war sozusagen sein natürlicher Lebensraum, seit er denken konnte. Die Gänge auf und ab rasen, mit Freunden an den Brunnen oder Pflanzkübeln herumhängen, reden, Streiche aushecken oder Spiele spielen, herumtoben, bis einen die Wachleute verscheuchten ...

Bloß dass er hier keine Freunde hatte. Vielleicht war es das.

Und alles war aus Ziegeln! Man stelle sich vor! Da flog man mit der fortschrittlichsten Technik Millionen Kilometer durch den Weltraum, um schließlich in einem Bunker unterzukommen, der aus primitiven Backsteinen gebaut war, wie sie schon die alten Ägypter hingekriegt hätten. Klasse. Das erzählte er seinen Freunden zu Hause besser auch nicht.

Ja, und eben der Geruch. Man gewöhnte sich daran, einigermaßen jedenfalls, aber ab und zu biss einen ein widerlicher Gestank in die Nase, dass einem die Tränen kamen. Der Bauernhofgestank, der hatte definitiv gefehlt auf den Bildern und in den Filmen, die er gesehen hatte.

»Riecht es hier *immer* so?«, fragte jetzt auch Mutter, während Vater sie in einen der abzweigenden Gänge lotste.

»Normalerweise nicht«, war die Antwort. »Aber durch die Erweiterung der Siedlung ist das Belüftungssystem gerade etwas überlastet. Die ALDRIN hat zusätzliche Bauteile mitgebracht – hoffe ich wenigstens –; sobald die eingebaut sind, sollte es besser werden.«

»Das klingt, als hättest du anstrengende Monate hinter dir.«

»Kann man wohl sagen. Bis zur Entdeckung der Türme haben wir uns abgerackert, die Auflösung der Siedlung vorzubereiten, und seither rackern wir uns ab, sie zu vergrößern.« Er hielt vor einer Tür und zog eine Schlüsselkarte aus der Tasche. »Kommt erst mal herein. Was ist mit eurem Gepäck? Wisst ihr da schon etwas?«

»Das kommt, sobald die großen Container geleert werden. Hat man uns zumindest gesagt.«

»Gut.« Vater öffnete die Tür und ließ sie eintreten. Der Raum dahinter war riesig und so, wie es aussah, war das bloß der Vorraum.

»Meine Güte«, sagte Urs. »Das ist ja ein Saal.«

»Warte, bis du ins Wohnzimmer kommst.«

Eine weitere Tür und dahinter . . . Wahnsinn. Platz zum Tanzen. Das waren wenigstens dreißig . . . ach was, bestimmt *vierzig* Quadratmeter.

»Die Marssiedler bauen irrsinnig große Wohnungen. Völlig ungemütlich. Wären auf der Erde überhaupt nicht zu bezahlen.« Vater öffnete Türen in eine Küche, in ein Badezimmer, ein Schlafzimmer. »Die Wohnung ist doppelt so groß wie die eines Senators, könnt ihr euch das vorstellen? Ich weiß nicht, wer auf der Erde noch in so einem Palast wohnt. Abgesehen von den paar Superreichen – Yules Whitehead und solche Leute.«

»Whitehead wohnt auf der Raumstation MIR-3«, sagte Urs. Das wusste nun wirklich jeder.

Mutter schritt die Zimmer ab, mit einem Leuchten in den Augen. »Ich weiß nicht, was du hast. Das ist doch viel besser als die Kaninchenställe, in denen wir bisher gelebt haben. Mir gefällt es. Wo ist denn dein Arbeitszimmer?«

Vater öffnete eine Tür zu einem weiteren großen, vollkommen leeren Raum. »Das wäre es laut Bauplan.« Er durchquerte ihn mit hallenden Schritten. »Aber ich käme mir hier ja völlig verloren vor. Ich benutze stattdessen das hier.« Er öffnete eine Tür am anderen Ende. Dahinter lag ein kleines Zimmer, das schon eher so aussah wie Büros auf der Erde aussahen: vollgestopft bis in den letzten Winkel mit Möbeln, Unterlagen, Geräten. »Das ist praktisch; es hat eine zweite Tür zum Hauptgang. Eigentlich war es als Vorzimmer gedacht für das eigentliche Büro. Aber was soll ich mit einem Vorzimmer? Das waren Baupläne aus anderen Zeiten. Als man noch dachte, die Marssiedlung wird einmal eine Marsstadt.«

»Wer weiß?«, meinte Mutter mit rätselhaftem Lächeln. »Könnte doch gut sein, dass sie gerade erst anfangen, diese Zeiten?«

»Wo ist denn mein Zimmer?«, wollte Urs wissen.

»Das kannst du dir aussuchen.«

Es gab tatsächlich zwei zur Auswahl. Nach reiflicher Überlegung entschied sich Urs für das kleinere davon. »Ich muss mich auch erst an so viel Platz gewöhnen.« Zu Hause hatte er ein drei Quadratmeter großes Zimmer gehabt – nur sein Bett und ringsum alles zum Herausklappen, Bildschirm, Musikanlage, Schreibplatte und so weiter. Von nun an würde er Reiseproviant brauchen für den Fußmarsch vom Bett zum Schreibtisch.

»Kommt, lasst uns in die Küche gehen. Ich habe einen kleinen Kuchen aufgetrieben und ich kann uns einen Kaffba machen. Die berühmteste Spezialität des Mars – unnachahmlich, unvergleichlich. Ihr werdet sehen, der schmeckt wirklich gut.«

Man sollte nicht glauben, dachte Urs, dass Vater immer auf sein Kommando auf dem Mars geschimpft hatte.

Als er sich endlich unbeobachtet wusste, rief der Mann seine E-Mails ab. Es waren zwei, eine routinemäßige Mitteilung seiner Versicherung und ein Gruß eines australischen Freundes. Er hatte ein Bild beigefügt, das ihn vor dem Ödland des Outbacks zeigte.

Der Mann lächelte. Er hatte keinen Freund in Australien.

Er überspielte das Foto auf seinen eigenen Computer und startete das Entschlüsselungsprogramm. *Wir haben jetzt einen Plan ausgearbeitet*, stand da schließlich zu lesen. *Machen Sie sich bereit für den Empfang einer großen Datenmenge. Einer SEHR großen Datenmenge.*

Der Mann hob die Augenbrauen. Was sollte er dazu wohl tun? Das Mailsystem war, wie es war. Er konnte einfach nur warten.

Er las weiter. Und was er las, war nicht dazu geeignet, seine Augenbrauen wieder sinken zu lassen.

»Genial«, murmelte er. »Das ist wirklich genial.«

Dann löschte er alles – Bild, Nachricht, Mail.

# 5 Kühler Empfang

»Wann kriege ich die berühmten blauen Türme zu sehen?«, fragte Urs am nächsten Morgen beim Frühstück.

Vater lächelte. Mutter lächelte auch. Die beiden schienen sich noch zu verstehen, trotz der langen Trennung.

»So bald wie möglich«, versprach Vater und nahm einen Schluck aus seiner Tasse. »Nicht heute und nicht morgen – wir haben einfach zu viel zu tun mit den Neuen, die jetzt nach und nach herunterkommen –, aber irgendwann in den nächsten Tagen.«

»Okay«, meinte Urs. Das Frühstück schmeckte ziemlich ungewohnt. Es war eine Art Getreidebrei mit geriebenem Obst und gehackten Nüssen darin. So was hatte er noch nie im Leben gegessen, aber es war gar nicht so schlecht.

Genau wie der Kaffba, jenes legendäre Getränk, das aus geröstetem Getreide, Kakao und einer Menge indischer Gewürze gebraut wurde und von dem es hieß, dass sein Geschmack sich mit nichts anderem vergleichen ließe. Das, musste Urs zugeben, stimmte. Und auch er hätte nicht beschreiben können, wonach ein Kaffba eigentlich schmeckte. Er hatte eine milchbraune Farbe, ohne auch nur einen Tropfen Milch zu enthalten: Da auf dem Mars keine Kühe lebten, gab es auch keine Milch.

»Du kannst nachher gleich hinaufgehen in den Schulraum«, sagte Mutter. »Man hat dir schon ein Bildschirmgerät aufgestellt. Und je eher du dich eingewöhnst, desto besser.«

Urs ließ den Löffel sinken. »Also ehrlich, um mich einzugewöhnen, dazu brauche ich wirklich keine Schule . . .«

»Du hast jetzt drei Monate ausgesetzt, das reicht ja wohl.« An Bord der BUZZ ALDRIN hatte es keinen Anschluss ans Schulnetz gegeben, worüber sich Mutter ziemlich aufgeregt hatte, was in Urs' Augen aber einer der wenigen Pluspunkte des Fluges gewesen war. »Die anderen Kinder sind da vormittags auch und die musst du schließlich irgendwann kennen lernen.«

»Hier, ich habe noch was für dich«, sagte Vater und holte ein Gerät aus der Tasche, das er vor ihn hinlegte. Es war ein kleiner Metallkasten mit einer Tastatur und einem schmalen Display.

Urs musterte es verblüfft. »Was ist das?«

»Ein Kommunikator.«

»Was?« Urs nahm das Teil in die Hand. »Ist nicht dein Ernst. Woher stammt das? Aus dem Museum?«

»Für den Alltag reicht es.«

»Muss man da etwa noch . . . *Nummern eintippen* oder so was?«

»Ganz genau. Als ich ein Kind war, gab es überhaupt nur solche Geräte, anbei bemerkt. Einen Knopf im Ohr hatten damals nur Schwerhörige.«

Urs warf seinem Vater einen schrägen Blick zu. »Na ja, das ist aber schon eine ganze Weile her, oder?«

»Urs, werd jetzt nicht frech«, sagte Mutter ungehalten.

»Ich habe dir die wichtigsten Nummern einprogrammiert«, erklärte Vater und hob sein eigenes Gerät hoch, um zu demonstrieren, wie man die Auswahl bediente. Dabei war das nun wahrhaftig kein Hexenwerk. Wie im Museum eben. Urs war schon in genug Museen gewesen; die Schule zwang einen förmlich dazu. »Im Notfall kannst du einfach die 020 wählen, dann landest du bei einer KI, die Spracheingabe versteht und dich mit dem gewünschten Gesprächspartner verbindet.«

»Verstehe.« Immerhin, es gab eine KI hier auf dem Mars. Eine Künstliche Intelligenz. Wahrscheinlich auch so ein Uraltprogramm, gerettet beim Einsturz eines Computermuseums.

Er hatte ein mulmiges Gefühl, als er die Treppen zur Oberen Station hochstieg. Der Schulungsraum befand sich im Modul zwei. Alles klar. Die anderen Kinder waren bestimmt schon dort und wussten, dass er kommen würde. Sie würden ihm vermutlich erst mal drei Stunden lang Löcher in den Bauch fragen. Was war groß dabei? So was hatte er schon oft mitgemacht, früher vor allem, als sein Vater jedes Jahr in eine andere Stadt versetzt worden war. Und eigentlich hatte er immer leicht Freunde gefunden.

Zum Modul zwei ging es nach rechts, besagte ein direkt auf die Wand gemalter Wegweiser. Das Gitter im Verbindungsgang schepperte unter seinen Schritten, darunter lag hellroter Staub: Marssand, vermutlich.

Er fand eine Tür, auf der unmissverständlich *UNTERRICHTSRAUM* stand. Urs drückte die Klinke.

Da saßen sie, alle vier, Kopfhörer auf dem Kopf und in ihre Lektionen vertieft. Sie sahen auf, musterten ihn mit einem flüchtigen Blick und wandten sich wieder dem Geschehen auf ihren Bildschirmen zu. Einer von ihnen, der Älteste – das musste Carl Faggan sein –, nahm seinen Kopfhörer ab und nickte ihm gleichmütig zu. »Hallo. Du musst Urs Pigrato sein, nehme ich an?«

»Ja«, nickte Urs. Logisch. Wer denn sonst?

Carl stand auf, deutete auf den einzigen noch freien Platz. »Hier, den haben wir gestern für dich aufgestellt.«

»Danke.«

Der andere zögerte. »Du, ähm, weißt, wie man damit umgeht? Ich meine, wir haben hier auf dem Mars oft nicht den Stand der Technik, den die meisten von der Erde gewöhnt sind. Diese Kisten waren schon altmodisch, als wir auf die Welt gekommen sind; aber sie funktionieren eben.«

Urs legte seinen Kommunikator auf den Tisch, den Carl ihm zugewiesen hatte. »Kein Problem. Ich glaube, ich werde zurechtkommen.«

»Gut«, meinte Carl. »Dann viel Erfolg.«

Das war's schon. Damit kehrte er auf seinen Platz zurück und verschwand wieder unter seinem Kopfhörer. Die ande-ren hatten ihn zusammengenommen vielleicht an die zwei Sekunden lang angeschaut.

Urs setzte sich und schaltete den Bildschirm ein. Die vier schienen ja schlimme Streber zu sein, alles, was recht war. Das ging doch wohl auch entspannter, oder? Was für eine Karriere wollten die denn machen, hier auf ihrem rostigen Wüstenplaneten?

Er meldete sich an. Das zumindest funktionierte wie erwartet: Er brauchte nur seinen Namen und seinen Schülercode einzugeben und schon hatte er genau die Lektion auf dem Schirm, die er vor drei Monaten auf der Erde zurückgelassen hatte. *Mathematik. Der Logarithmus.* Puh. Inzwischen hatte er das meiste wieder vergessen. Er blätterte einige Schritte zurück, bis er sich in Bereichen wiederfand, wo er sich noch auskannte.

Immerhin half ihm die konzentrierte Stille, schnell wieder reinzukommen. Im Nu hatte er den Stoff parat und konnte an die neuen Lektionen gehen. Er erschrak, als plötzlich das ältere der beiden Mädchen aufstand, »ich muss« sagte und ging. Urs sah ihr nach. Das war wohl Ariana DeJones. Sie sah anders aus als auf den Bildern in den Medien. Älter. Und ziemlich hübsch. Bloß dass sie etwas Unnahbares an sich hatte, so, als sei mit ihr nicht gut Kirschen essen.

Na ja, das musste er ja auch nicht. Womöglich gab es auf dem Mars überhaupt keine Kirschen.

Gleich darauf stand auch das andere Mädchen auf, lächelte einmal in die Runde und verschwand gleichfalls. Elinn Faggan, erinnerte sich Urs. Das Mädchen, das an Marsianer glaubte. Der kleinere Junge – eben derjenige, der am Vortag das riesige Marsfahrzeug gelenkt hatte, als sei es nur ein Spielzeug – blies die Backen auf, ließ die Luft pfeifend entweichen, knipste seinen Schirm ebenfalls aus und verdrückte sich mit einem flüchtigen »Tschüss!«.

Urs nahm seinen Kopfhörer ab und winkte Carl zu, den seinen auch abzunehmen, was dieser unwillig tat.

»Sag mal, seid ihr immer so fleißig? Das ist echt abgefahren. Kein Witz, kein Spaß . . . Als wäre man in einem Kloster oder so was.«

Carl hob die Augenbrauen und seine Nase gleich mit dazu. »Ja, also . . . Ich weiß nicht, wie das bei euch auf der Erde ist, aber hier müssen wir uns ziemlich ranhalten. Das reine Zuckerschlecken ist es nämlich nicht gerade, auf dem Mars zu leben.«

Urs klappte die Kinnlade herunter. Der Typ redete wie ein verknöcherter Sechzigjähriger!

»Okay«, sagte er. »Von mir aus. Aber wenn nach ich weiß nicht wie vielen Jahren ein Neuer in eure Schule kommt, dann würde ich an eurer Stelle wenigstens mal zehn Minuten opfern, um ihn zu fragen, wie er heißt, wo er herkommt oder was für ein Mensch er ist, oder? Das müsste doch drin sein.«

»Nun, wir wissen ja, wie du heißt.«

»Und was wisst ihr sonst?«

»Alles andere wird sich im Lauf der Zeit von selber herausstellen.« Carl schaltete seinen Computer ab und stand auf. »Du entschuldigst mich, aber ich habe einen Termin.«

Und dann saß Urs allein da.

»Einen Termin?«, wiederholte er ins Leere und starrte hinaus auf die marsianische Geröllwüste vor dem Fenster. »Was für *Termine* hat man denn in unserem Alter?«

Zurzeit war es extrem schwierig, eine Trainingsstunde mit Kim Seyong zu vereinbaren, weil dieser wie alle Techniker eine Menge zu tun hatte. Und nun, da es endlich einmal wieder geklappt hatte, misslang Ariana praktisch alles. Ihre Schläge gingen daneben oder waren nicht präzise genug, ihre Würfe klappten nicht und beim Abrollen verrenkte sie sich beinahe den Arm, was unter Marsschwerkraft fast schon ein Kunststück für sich war.

»Was ist los, Ariana?«, fragte der in Los Angeles geborene Koreaner schließlich. »Du bist unkonzentriert. Deine Gedanken sind ganz woanders und du schaffst es nicht, sie in diesen Raum zu bringen.«

Ariana hielt inne, nickte. »Ja, stimmt. Tut mir leid.«

Kim Seyoung setzte sich mit einer geschmeidigen Bewegung und klopfte vor sich auf die Matte. »Setz dich und erzähl mir, was los ist.«

»Ich will Sie nicht mit meinen persönlichen Dingen belästigen«, wehrte Ariana ab.

»Wenn es dein Ju-Jutsu beeinträchtigt, ist es auch meine Angelegenheit.«

Also setzte sich Ariana und erzählte, was sie bewegte. Dass sie nicht wusste, ob sie zur Erde und zu ihrer Mutter ziehen sollte, um dort zur Schule zu gehen und etwas anderes zu sehen als immer nur den Mars und immer dieselben Leute. »Damit meine ich natürlich nicht Sie«, fügte sie hastig hinzu, als ihr bewusst wurde, dass Kim auch zu diesen Leuten gehörte.

Er nickte mit einem feinen Lächeln. »Du möchtest wahrscheinlich vor allem andere in deinem Alter kennenlernen.«

»Ja, genau!«, nickte Ariana rasch. »Wenn das bloß nicht bedeuten würde, dass ich dazu Elinn und Carl und Ronny und meinen Dad und den Mars verlassen müsste!«

Kim nickte verständnisvoll. Dann schwieg er, schien sich das alles durch den Kopf gehen zu lassen.

»Der Grund, warum wir Entscheidungen so schwierig finden«, sagte Kim Seyong schließlich leise, »ist der, dass wir spüren, dass wir damit Weichen für unser Leben stellen, ohne zu wissen, wohin die Wege uns führen werden, die zur Wahl stehen. Wenn wir das wüssten, wäre es einfach. Wir bräuchten nur das Leben zu wählen, das uns besser gefällt. Aber wir wissen es eben nicht. Und es scheint so ungerecht, dass wir uns trotzdem entscheiden müssen. Vor allem, wenn es bedeutet, etwas aufzugeben, ohne dass wir uns sicher sein können, dass wir das, was wir uns stattdessen erhoffen, auch tatsächlich bekommen werden. Und ob es uns überhaupt so gut gefallen wird, wie wir uns das vorstellen.«

Ariana nickte. Da war ein seltsamer Kloß in ihrem Hals.

»Aber«, fuhr der Ju-Jutsu-Lehrer fort, »ich habe manchmal den Eindruck, dass wir uns zu viele Sorgen machen. Dass wir manchmal glauben, eine Wahl treffen zu müssen, wo wir sie in Wirklichkeit gar nicht haben. In den wirklich wichtigen Angelegenheiten wählen die Dinge uns aus, nicht umgekehrt.«

Ariana sah ihn an. Das Lächeln seines faltigen Gesichts tat ihr wohl.

»Und was heißt das für mich?«, fragte sie dann.

Er neigte den Kopf. »Dass es vielleicht nicht nur in deinen Händen liegt. Gib diesem Gedanken eine Chance.«

»Heißt das, ich soll gar nichts machen? Die Dinge einfach laufen lassen und hoffen, dass es sich irgendwie ergibt?«

»Nein, das wäre unachtsam. Tu weiter dein Bestes. Überleg. Schick deiner Mutter endlich eine Mail. Erkundige dich. Aber«, fügte Kim hinzu, »lass bei alldem die Welt ringsum nicht aus den Augen. Falls das Schicksal dir laut zuruft, solltest du imstande sein, es zu hören.«

Na, was sollte sie damit nun anfangen? Ariana zögerte. »Gut«, meinte sie schließlich. »Ich werde die Ohren spitzen.«

Kim verbeugte sich kurz zum Zeichen, dass die Unterredung beendet war. Ariana tat es ihm gleich und sie erhoben sich wieder.

Er ging in Ausgangsposition. »So, und nun noch einmal *Hasami Waza*. Und achte diesmal auf die richtige Scherbewegung der Beine.«

Diesmal klappte es.

Tom Pigrato, der Statthalter der Erdregierung auf dem Mars, bekam an diesem Tag Besuch von einem Mann, von dem man ihm vorab nur den Namen mitgeteilt hatte.

»Thor Eikanger? Was ist denn das für ein Name?«

»Norwegisch«, sagte der Besucher, zu dem einem auf Anhieb nur ein Wort einfiel: »bullig«. Er hatte kurzes blondes Haar mit ersten grauen Strähnen darin, Muskeln wie Berge und einen entschlossenen, finsteren Blick. »Ich bin in Trondheim geboren.«

»Und Sie sind zuständig für Sicherheitsfragen?« Pigrato studierte das Beglaubigungsschreiben, hielt das Hologramm darauf unters Licht. »Ich dachte eigentlich, dass alle Aspekte unserer Sicherheit bereits hervorragend abgedeckt sind. Jedes lebenswichtige System existiert doppelt, einschließlich der Fusionsreaktoren. Wir besitzen ausreichend Ersatzteile. Unsere Vorräte an –«

»Diese Art von Sicherheit meine ich nicht«, unterbrach ihn der Mann. »Mit allem Respekt, Sir, aber aus meiner Beglaubigung sollte eigentlich hervorgehen, dass mein Bereich die militärische Sicherheit sein wird. Die Funde am Löwenkopf stellen einen bedeutenden Machtfaktor dar. Es ist elementar wichtig, dass nichts von dem, was sich an Technologie daraus ableiten lässt, in falsche Hände gelangt. Sie wissen selbst, wie labil die Föderation nach wie vor ist.«

Pigrato studierte den Briefkopf des Amtes für Waffenkontrolle, als hätte er ihn noch nie gesehen. Dabei wusste natürlich jeder, was es damit auf sich hatte. Die in Toronto in der berühmten gläsernen Pyramide residierende Behörde beaufsichtigte alle militärischen Einheiten und Polizeikräfte der Erde. Sie überwachte, dass nirgends verbotene Waffen entwickelt oder gar eingesetzt wurden oder Waffenbestände die vereinbarten Grenzwerte überstiegen. Die Aufgabe der Behörde war keine geringere als die zu verhindern, dass es je wieder Krieg gab. Seit der Gründung der Föderation der Erdstaaten vor vierzig Jahren funktionierte das sogar einigermaßen.

»Wie meinen Sie das konkret?«, fragte er.

»Darf ich mich setzen?«, bat der Mann. Pigrato wies auf den Stuhl vor seinem Schreibtisch, musste allerdings um dessen Stabilität fürchten, als Eikanger sich darauf niederließ. »Sie wissen, Sir, dass die Allianz der asiatischen Staaten eine konstante Opposition zur Erdregierung darstellt. Zwar ist vor einigen Wochen ihr parlamentarischer Führer Wang Xio aus Altersgründen ausgeschieden, aber das Gespenst eines Austritts der Allianz aus der Föderation ist damit nicht vom Tisch. Es gibt Kräfte in Asien, die einen solchen Schritt befürworten würden.«

»Der ja nicht illegal wäre«, meinte Pigrato, der diese ewigen Machtkämpfe hinter den Kulissen leid war.

»Illegal nicht – vorausgesetzt, die bestehenden Verträge werden eingehalten. Sie wissen sicher auch, dass die Asiatische Allianz aus dem Umstand, dass eines ihrer Fahrzeuge an der Entdeckung der blauen Türme beteiligt war, ein Recht ableitet mitzubestimmen, was mit den Erkenntnissen aus der Erforschung der außerirdischen Hinterlassenschaften zu geschehen hat.«

»Ist mir nicht entgangen. Senator Bjornstadt hat mir ungefähr zwanzig Mails dazu geschickt.« Pigrato legte das Schreiben vor sich auf den Schreibtisch. »Und ich halte die Diskussion für unsinnig. Die Staaten der Asiatischen Allianz sind alle im Parlament vertreten, in sämtlichen Ausschüssen und so weiter – also reden sie doch sowieso mit, wenn es darum geht, was auf dem Mars geschieht.«

Eikanger nickte düster. »Unsere Befürchtung ist, dass besagte separatistischen Kreise versuchen werden, Erkenntnisse über die fremde Technologie vor allen anderen an sich zu bringen und dazu zu nutzen, Waffensysteme zu bauen, die es ihnen erlauben würden, das Machtgleichgewicht auf militärischem Wege zu ändern.«

»Das ist doch aber nur eine Vermutung?« Es gefiel Pigrato absolut nicht, dass irgendwelche Politiker auf der Erde ihre Intrigen nun bis auf den Mars transportieren wollten.

»Denken Sie nur an den Tarnschirm«, sagte Thor Eikanger.

»Ach so.« Pigrato verstand. Über den blauen Türmen am Löwenkopf befand sich ein geheimnisvolles Feld, das diese allen Blicken von oben entzog. Man musste tiefer als dreitausend Meter fliegen, um die Türme zu sehen. Flog man höher, sah man nur öde Wüste. Keiner der Wissenschaftler, die das Phänomen bisher untersucht hatten, hatte auch nur den Hauch einer Ahnung, wie die Abschirmung funktionieren mochte, aber auf jeden Fall stand fest, dass man die Anlage deswegen so lange nicht entdeckt hatte.

»Ich nehme an, Sie können sich vorstellen, was eine solche Tarnvorrichtung jemandem, der einen Krieg zu führen gedenkt, für Vorteile verschaffen würde?«

Pigrato verzog das Gesicht. Einen Krieg? Ließen sich dafür heutzutage überhaupt noch Soldaten finden?

»Wir werden unser Amt mit dem größten Vergnügen auflösen, sobald wir den Eindruck haben, dass man uns nicht mehr braucht, das können Sie mir glauben.«

Pigrato schob den Brief unschlüssig von einer Seite seiner Schreibtischunterlage auf die andere. »Gut, und was heißt das konkret? Der Senator hat mich angewiesen, die Marsstation der Asiatischen Allianz zu unterstützen. Jede Form der Zusammenarbeit sei zu begrüßen, hieß es ausdrücklich. Das ist zwar das genaue Gegenteil von dem, was bis vor drei Monaten gegolten hat, aber ich werde mich natürlich daran halten.«

Der Norweger winkte ab. »Dagegen ist nichts einzuwenden. Vielleicht sind all unsere Befürchtungen auch übertrieben. Wir vom Amt für Waffenkontrolle neigen bisweilen dazu, die Dinge etwas zu schwarz zu sehen, das gebe ich zu. Aber lieber zu vorsichtig als zu unvorsichtig, sage ich mir.«

Er holte ein weiteres Schreiben aus seiner dünnen Aktentasche, die in seinen Händen wie ein Kindergartentäschchen aussah. »Auf jeden Fall habe ich Order, Augen und Ohren offen zu halten. Solange nichts Unvorhergesehenes passiert, werde ich verdeckt arbeiten. Offiziell als Controler des Haushaltsausschusses.«

Pigrato hatte Mühe, sich seine Verärgerung nicht anmerken zu lassen. Wozu brauchte man ihn eigentlich auf dem Mars, wenn die auf der Erde ohnehin alles über seinen Kopf hinweg entschieden? Leute, die von den tatsächlichen Verhältnissen keine blasse Ahnung hatten?

»Was ist mit der Heimwärtsbewegung?«, fragte er und holte einen Text voller Ausrufezeichen und fetter Unterstreichungen auf sein Lesegerät. »Hier, das ist nur eine von etwa hundert Mails, die mich allein in der letzten Woche erreicht haben.« Er schob es Eikanger hin. »Wenn es nach denen geht, sollten wir die Finger ganz von den blauen Türmen lassen.«

Eikanger hob seine linke Augenbraue. »Die Heimwärtsbewegung ist eine hauptsächlich politische Strömung. Ich kann nicht sehen, dass sie irgendjemandem in irgendeiner Weise gefährlich wäre. Abgesehen davon, dass sie verständlicherweise unter Raumfahrern extrem unbeliebt ist.«

»Sie verlangt, dass die Forschungen am Löwenkopf eingestellt werden, weil die Gefahr bestehe, dass wir dabei versehentlich ein Signal aussenden, das Außerirdische auf die Erde aufmerksam macht, die uns unfreundlich gesonnen sein können – und haushoch überlegen obendrein.« Pigrato zog das Lesegerät wieder zu sich heran. »Paranoider Mumpitz, wenn Sie mich fragen. Aber das scheint viele zu überzeugen, sogar im Senat und im Parlament.«

Der Norweger blieb unbewegt. »Die Heimwärtsbewegung hat zu wenig Einfluss in der Regierung, um eine Einstellung der Forschungsarbeiten zu erwirken.«

»Befürchten Sie nicht gerade deshalb einen Anschlag auf die Forschungsstation am Löwenkopf?«

Eikanger schüttelte den Kopf. »Halte ich für ausgeschlossen.«

Das war immerhin ein klares Wort. Vielleicht sollte er sich nicht von der Zahl derartiger Mails irritieren lassen. Die Aktivisten der Bewegung hatten das wahrscheinlich so organisiert, dass es nach mehr aussah, als es war. Am besten, er schaltete einen entsprechenden Filter, damit er seine Ruhe hatte.

»Gut«, sagte er schließlich und lehnte sich zurück. »Dann werde ich Sie heute Nachmittag meinen übrigen Mitarbeitern vorstellen. Wir treffen uns um fünfzehn Uhr im Kartenraum. Wissen Sie, wo das ist?«

Eikanger nickte. »Fünfzehn Uhr.«

»Marszeit«, fügte Pigrato hinzu. Das war erfahrungsgemäß etwas, das man Leuten, die frisch von der Erde kamen, nicht oft genug sagen konnte.

Als Urs zurück in die Wohnung kam, stand eine rote Spacebox in seinem Zimmer. Endlich! Das Gepäck war da.

Er tippte die Kombination ein, die den Verschluss öffnete, und entfernte den Sicherungsdraht. Mit einem Vorgefühl des Triumphes hob er den Deckel ab, der sich mit einem schmatzenden Geräusch öffnete. Er war doch nicht darauf angewiesen, dass irgendwelche Typen sich mit ihm abgaben, die sich offenbar für etwas Besseres hielten, nur weil sie zufällig auf dem Mars geboren waren! Er hatte seine Freunde, jawohl. Freunde, die nur darauf warteten, dass er wieder von sich hören ließ!

Er nahm die Kleidungsstücke heraus, die obenauf lagen. Aufs Bett damit. Ein paar Bücher lagen darunter, die er rasch in das Wandregal stellte, ohne sich um die Reihenfolge zu kümmern. Dies und das – ein Foto- und Filmalbum, einen Halbedelstein, den er am Strand von Mangalur gefunden hatte, seine Medaillen von den *Magnet Scooter*-Turnieren, ein Foto von einer Mailfreundin in Porto Alegre und so weiter. Im Moment war das alles nicht wichtig. Wichtig war das, was ganz unten lag, in einer kleinen blauen Schachtel, eingewickelt in zwei Unterhemden und sorgsam ringsum mit Socken ausgestopft, damit es nicht beschädigt werden konnte: seine Virtu-Brille.

In dem Leitfaden, den man ihnen zusammen mit der Flugbestätigung zugemailt hatte, hatte dieses Gerät auf der Liste der Dinge gestanden, die man nicht mit zum Mars nehmen solle. Pah! Das war ihm egal gewesen und nun stellte sich ja heraus, dass er gut daran getan hatte, es mit hierher zu schmuggeln. Die Liste hatte ohnehin seltsam geklungen; so, als ob sie ein ziemlicher Idiot zusammengestellt hätte. Keine lebenden Tiere, hatte da beispielsweise gestanden. Als ob ein Mensch, der noch einigermaßen bei Verstand war, ein lebendes Tier in eine luftdichte Box stecken würde, die in einem nicht klimatisierten Lastenraum durch den Weltraum transportiert wurde.

Wahrscheinlich war es wegen der Funksignale. In Krankenhäusern beispielsweise waren Virtu-Brillen auch verboten, weil sie angeblich mit elektronischen Implantaten interferierten. Was sicher auch so ein Blödsinn war, schließlich sollten die Leute mit diesen Implantaten irgendwann ja auch mal wieder raus ins wirkliche Leben, oder? Genauso hier: In einem Bunker aus Ziegelsteinen würde eine Virtu-Brille wohl kaum irgendwelchen Schaden anrichten können.

Okay, trotzdem war es zunächst mal unnötig, dass seine Eltern mitkriegten, dass er die Bestimmungen der Raumfahrtbehörde umgangen hatte. Er schloss die Tür ab, legte sich aufs Bett, setzte die Brille auf, überprüfte den korrekten Sitz der Kontakte und schaltete sie ein.

Wie üblich versank die reale Welt um ihn herum. Die Einstiegssequenz war immer dieselbe, eine Art Vorspann, während die Programme luden, der Kontakt zum Netz hergestellt wurde und sich die Großhirnrinde darauf umstellte, bis auf Weiteres mit den Schaltkreisen der Brille zu interagieren anstatt wie üblich mit dem Körper. Man hatte das Gefühl, durch einen Tunnel emporzuschweben, umgeben von irisierenden Farben und geheimnisvollen Klängen.

Dann war der Vorspann zu Ende, der Virtuelle Raum erreicht und Urs schwebte – im Nichts!

Da war nur Dunkelheit ringsum, Stille und das Gefühl, von unendlicher Weite umgeben zu sein.

»Hallo?«, sagte Urs. Hätte jemand seinen Körper beobachtet, hätte er nur eine leichte Bewegung des Kehlkopfes gesehen und einen leisen Knurrlaut gehört. Die Virtu-Brille dämpfte alle Reaktionen des Körpers. Auf diese Weise war es möglich, im Virtuellen Raum die tollsten Kämpfe auszufechten, ohne im realen Leben wild um sich zu schlagen und sich womöglich zu verletzen. Einer Menge Leute – darunter seinen Eltern – war Virtu-Brillen aus diesem Grund unheimlich, obwohl es diese Technologie seit inzwischen über fünfzig Jahren gab und noch kein Zwischenfall bekannt geworden war, den man nicht durch simples Abnehmen der Brille hätte beheben können.

Nichts. Wo waren die Lichtstraßen, die Treffpunkte, die

Kampfplätze? Wieso war kein Backsound zu hören, kein Move zu spüren, keine Shapes und Mods zu sehen? Und vor allem: Wo waren die *anderen?*

Urs hatte den Virtu noch nie anders angetroffen als erfüllt von pulsierendem, verrücktem Treiben. Zu jedem Zeitpunkt des Tages, so schätzte man, waren wenigstens fünfhundert Millionen Menschen im Virtu unterwegs.

Da! Jetzt geschah etwas. Hauchfeine, kaum wahrnehmbare Linien tauchten auf, von oben nach unten, von rechts nach links, von vorn nach hinten, von Unendlichkeit zu Unendlichkeit. Ein Koordinatensystem.

Bloß – was sollte das? Das machte die Leere nur noch deutlicher.

»Guten Tag«, ließ sich eine ruhige Stimme vernehmen, die von überall zugleich zu kommen schien. »Darf ich fragen, wer da Zutritt zum Virtuellen Raum wünscht?« Es war die neutrale, geschlechtslose Stimme einer KI, einer Künstlichen Intelligenz, aber das, was sie sagte –und vor allem, *wie* sie es sagte – , klang alles andere als neutral. Wäre es nicht so offenbar unsinnig gewesen, hätte Urs geschworen, dass die KI ihn *verspottete.*

»Mein Name ist Urs Pigrato«, sagte er. »Und wer bist du?«

»Man nennt mich gewöhnlich AI-20. Ich bin die KI der Marssiedlung. Ich habe schon vermutet, dass du einer der Neuankömmlinge bist. Es tut mir leid, dich davon in Kenntnis setzen zu müssen, dass vom Mars aus kein Zugang zu dem Virtuellen Raum möglich ist, den du vermutlich von der Erde her gewohnt bist.«

»Ach ja?«, erwiderte Urs ätzend. »Und was ist das hier? Doch wohl das Virtu-Basismodul, oder?« Die KI machte sich über ihn lustig, alles, was recht war!

»Das ist richtig beobachtet. Das Basismodul ist Bestandteil

meines Betriebssystems. Weitere Module sind jedoch nicht verfügbar.«

»Und wo ist das Problem? Die kann man nachladen. Soll ich dir die Adressen nennen?«

»Danke, das ist nicht erforderlich. Ich bin mit dem Vorgang des Nachladens von Programmmodulen bestens vertraut. Normalerweise wäre ich in diesem Moment schon dabei.« Eine Kunstpause, die klang, als *grinse* das Programm. »Wenn es Sinn ergeben würde.«

War das zu fassen? Hatte am Ende sogar die KI was gegen ihn? Das konnte ja wohl nicht wahr sein. Das war nur ein Computerprogramm, verdammt noch mal! Er würde nicht diesen Laien-Fehler machen und ein Computerprogramm vermenschlichen!

»Pass auf, ich erklär dir, welchen Sinn das hat«, sagte Urs also ruhig. Erklären, das hieß, die KI würde in den Lernmodus gehen und alles, was er sagte, aufmerksam dekodieren. »Ich habe eine Menge Freunde auf der Erde und die treffe ich gewöhnlich im Virtu. Ein paar davon wohnen in derselben Stadt wie ich ... das heißt, in der ich bis vor Kurzem gewohnt *habe* ... aber etliche wohnen irgendwo auf der Welt, in der Mongolei, in Brasilien, in Indien, im Sudan – die treffe ich natürlich *nur* im Virtu. Und darum beginne bitte, die Module nachzuladen, die dir noch fehlen, um den Kontakt herzustellen, und gib mir Bescheid, sobald alles installiert ist.«

Stille. Was war jetzt?

»Ich habe eben dein Schulprofil geprüft, Urs«, sagte die KI dann. »Deine Leistungen in Physik und Technologie sind so gut, dass dir eigentlich geläufig sein müsste, dass die Geschwindigkeit des Lichts – mithin auch die Geschwindigkeit, mit der sich Funksignale fortbewegen – lediglich dreihunderttausend Kilometer je Sekunde beträgt.«

Urs schnappte nach Luft. Das war ja eine höchst eigenwillige KI! »Ist es, danke der Nachfrage«, schnappte er. »Aber was, bitte, hat das jetzt mit meinem Wunsch zu tun, den Virtu zu betreten?«

»Eine Menge, würde ich sagen. Unsere Anbindung an das Internet geht, wie du dir denken kannst, über Funk vor sich. Die Entfernung zwischen uns und der Erde beträgt im Augenblick einhundertsiebzehn Millionen Kilometer. Unter Berücksichtigung der Lichtgeschwindigkeit bedingt dies eine Laufzeit von dreizehn Minuten zwischen Anfrage und frühestmöglicher Reaktion. Da der Sinn des Virtu die Interaktion mit anderen Teilnehmern ist, dürfte die unter diesen Bedingungen so wenig Spaß machen, dass man es sich schenken kann.«

Rostiger Roboterarm, das Ding hatte recht! Urs spürte, wie er rot wurde.

»Normalerweise«, fuhr die KI fort, »würde das Nachladen der Module etwa drei Stunden dauern. Im Augenblick hat jedoch das Mailsystem mit hoher Priorität den größten Teil der Bandbreite belegt, ohne dass ich erkennen kann, wie lange das noch gehen wird.« Also hatte die KI keinen Zugriff auf das Mailsystem. Wenigstens *eine* Sache, die so war wie auf der Erde. »Aus diesem Grund könnte das Nachladen achtundvierzig Stunden und mehr in Anspruch nehmen.«

»Nein«, brachte Urs endlich heraus. »Vergiss es. Vergiss das mit dem Nachladen.« Dann gab er den Gedankenbefehl, der die Virtu-Brille abschaltete.

Das Einzige, was ihn davon abhielt, das nutzlose Ding quer durch den Raum zu schleudern, war, dass sie einmal viel Geld gekostet hatte und außerdem heftige Kämpfe mit seiner Mutter. Also zog er sie nur ab und ließ sie zu Boden fallen. Sie machte nur ein kleines, harmloses Geräusch.

Marsschwerkraft. Hier konnte nicht mal was ordentlich runterknallen.

Dann lag er auf dem Bett, starrte an die Decke und begriff, dass er sich wirklich und wahrhaftig auf einem anderen Planeten befand und dass ihn wirkliche und wahrhaftige Abgründe von zu Hause trennten.

# 6 Spezialisten für außerirdisches Leben

»Er ist der weltweit bedeutendste Spezialist für außerirdisches Leben«, erklärte Carl den anderen beiden gerade, als Ariana den Schulraum betrat. Der Erdling war noch nicht da. Vielleicht zog er es schon vor, die Lektionen zu Hause zu machen.

»Wer?«, fragte sie.

»Jorge Immanuel Caphurna«, sagte Carl und es klang, als lasse er sich den Namen auf der Zunge zergehen. »Professor an der Universität von Brasilia.«

Ariana setzte sich. Durch die Fenster sah man nur Staubsuppe; ein rotbraunes, wirbelndes Chaos. Stürme um diese Jahreszeit, mitten im Marsfrühling, waren ausgesprochen selten und legten sich im Allgemeinen rasch wieder. Musste man zumindest hoffen, denn andernfalls würde das Shuttle von der BUZZ ALDRIN heute nicht landen können.

»Wie kann einer Spezialist für außerirdisches Leben sein, wenn man bisher noch keines entdeckt hat?«, fragte sie zurück, während sie den Schirm einschaltete.

Carl verdrehte die Augen. »Bisher hat er sich eben theoretisch damit beschäftigt. Das macht man schließlich schon lange – sich zu überlegen, unter welchen Bedingungen Leben auf anderen Planeten existieren könnte. Dazu braucht man vor allem Kenntnisse in Biologie, Chemie, Physik und so weiter.«

»Ach, übrigens, zum Stichwort Physik«, meinte Ariana. »Ich bräuchte heute oder morgen den Schulraum mal eine Stunde für mich. Wann würde euch das passen?«

Die anderen sahen einander fragend an. »Wieso das denn?«, wollte Ronny wissen.

Ariana seufzte. »Ich muss die Prüfung für *Physik-17* wiederholen. Vielleicht klappt es besser, wenn ich meine Ruhe habe.« Sie blickte finster in die Runde, damit niemand wagte, sie zu bemitleiden. Zurzeit lief es in Physik nicht gut bei ihr. Obwohl ihr das Fach an sich Spaß machte, hatte sie so oft Pech in den Prüfungen gehabt, dass sie fast ein Dreivierteljahr zurücklag. Was echt peinlich war, weil sie deswegen kaum noch über Carl lästern konnte, der in Geschichte so weit hinten lag, dass ihn demnächst sogar seine kleine Schwester einholen würde.

Carl hob die Schultern. »Wie wäre es mit heute Nachmittag? Elinn und ich haben einen Termin bei Professor Caphurna.«

»Es geht um die Artefakte«, fügte Elinn hinzu.

»Ich bin auch nicht da«, meinte Ronny. »Ich muss beim Kompostieren helfen. Würg!« Er verdrehte die Augen.

Ariana nickte. »Gut, dann bring ich es heute Nachmittag hinter mich.«

Was sie außerdem vorhatte, musste sie den anderen ja nicht auf die Nase binden.

Carl griff nach den Kopfhörern. »Achtung«, sagte er leise, »er kommt.« Er hatte draußen im Gang eine Minikamera installiert und sich deren Bild ganz klein auf den Schirm gelegt.

»Der Spion«, gluckste Ronny und stülpte sich die Kopfhörer auf den blond gelockten Kopf.

Sie hatten alle wieder die Kopfhörer auf und die Blicke hochkonzentriert auf die Schirme gerichtet. Trotzdem hatte Urs das Gefühl, dass sie ihm etwas vorspielten. Dass sie noch keine drei Minuten so dasaßen und sich bis eben noch angeregt unterhalten hatten. Er hätte nicht sagen können, warum er diesen Eindruck hatte, und beweisen hätte er es erst recht nicht können, aber das Gefühl war da und ließ sich nicht abschütteln.

Oder fing er jetzt an, sich Dinge einzubilden? Verfolgungswahn zu entwickeln? Er erwiderte die kurzen Blicke mit einem knappen Nicken, schaltete seinen Schirm ein und setzte sich. Sie würden ihn nicht unterkriegen, das stand mal fest.

Er ließ das Unterrichtsprogramm erst mal beiseite und suchte nach einem Mailzugang. Oh Wunder, so was gab es tatsächlich in dieser altertümlichen Konfiguration. Und er hatte sogar Post, von Sergeij aus Omsk, der ihm den neuesten Klatsch aus dem Virtu berichtete. Bob Ferenc hatte seinen Krieger-Avatar aufgegeben und erschien jetzt als Drachenmann; das war ja zu erwarten gewesen! Roslana sah man jetzt immer öfter zusammen mit Alessandro. Interessant. Wahrscheinlich gingen die beiden auch in der *Real World* miteinander.

Er schrieb eine Antwort, erzählte ein bisschen was vom Mars, was für ein riesiges Zimmer er hier hatte, wie das mit der Landung vor sich gegangen war und wie leicht man sich fühlte unter der Marsschwerkraft. Sachen eben, die auch was hermachten. Sergeij würde das nämlich brühwarm weiterverbreiten und es war nicht nötig, dass die zu Hause gleich mitkriegten, dass er hier schlecht zurechtkam. Wie sah das denn aus?

Seltsam, warum antworteten eigentlich die anderen nicht auf die Mails, die er unterwegs geschrieben hatte? Was war mit Dao-Shan, mit Florence, mit Peter, mit Gülan, mit Rodriguez? Inzwischen mussten die neuen Vorrunden im *Magnet Scooting* gelaufen sein –wieso ließ Henrik nichts von sich hören, mit dem er die letzten zwei Jahre zusammen trainiert hatte?

Er starrte den Schirm an. Wahrscheinlich waren die Mails verloren gegangen. Früher war das bisweilen vorgekommen, das hatte er einmal gelesen. Auf der Erde passierte so was freilich nicht mehr, aber er war ja nicht auf der Erde gewesen, als er sie geschrieben hatte, sondern an Bord eines Raumschiffes. Und wenn sie hier auf dem Mars so altertümliche Geräte hatten, dann hatten sie vielleicht auch altertümliche Probleme.

Er würde allen noch mal schreiben. Genau. Wenn die hier nichts von ihm wissen wollten, war es umso wichtiger, den Kontakt zu seinen alten Freunden nicht abreißen zu lassen.

Also gut. Sie würde das jetzt einfach durchziehen.

Ariana betrat den Schulraum, hängte das Schild *Prüfung – bitte nicht stören* vor die Tür und schloss zusätzlich von innen ab. Sie schaltete ihren Kommunikator aus und ließ die Jalousien vor dem Fenster herunter. Dann knipste sie den Rechner an und außerdem die Videoeinrichtung.

Sie setzte sich in Position. »Hi, Mom«, sagte sie zu der kleinen dunklen Linse. »Ich bin's, deine Tochter. Ich dachte, ich melde mich mal, ehe du mich nicht mehr wiedererkennst. Ich wollte dir ehrlich die ganze Zeit schreiben, aber irgendwie war immer so viel los, dass ich es von Tag zu Tag vor mir hergeschoben und irgendwann vergessen habe. Danke übrigens für die Sachen, die du mir zum Geburtstag geschenkt hast. Dad meint, ich sei noch zu jung für Augen-Make-up, aber das T-Shirt ist mein Lieblings-T-Shirt geworden; ich trage es quasi andauernd.« Sie zog den Reißverschluss ihres Overalls ein Stück weit auf. »Siehst du? Jetzt gerade auch.«

Sie stockte. Das T-Shirt würde ihr nicht mehr lange passen, wenn ihr Busen weiter so wuchs wie zurzeit. Aber das konnte sie jetzt unmöglich erzählen, oder? Obwohl sie gern einmal mit ihrer Mutter über all diese Dinge gesprochen hätte anstatt mit Dad. Der konnte ihr zwar alles erklären, was mit ihrem Körper zusammenhing, aber bei ihm klang es immer so trocken, so medizinisch, so ... *theoretisch*. Schließlich war er selber ein Mann und konnte nicht wissen, wie sich das *anfühlte*.

Ariana seufzte. »Ich weiß irgendwie gar nicht, was ich dir erzählen soll. Ich meine, du weißt ja sicher noch, wie es hier zugeht – es gibt eigentlich nicht viel Neues. Gut, die Türme ... Unglaublich. Obwohl ich dabei war, als sie aufgetaucht sind, weiß ich auch nicht viel mehr als das, was in den Nachrichten gekommen ist. Wir haben das Forschungslager, das man aufgebaut hat, einmal besuchen dürfen; das war es schon. Die Türme drehen sich übrigens, wusstest du das? Ganz langsam. Für eine Umdrehung brauchen sie vierhundertelf Stunden, aber wenn man die Hand eine Weile darauf legt, merkt man die Bewegung trotzdem. Und sie sehen aus wie aus hellblauem Glas gemacht, ohne den geringsten Kratzer.«

Sie hielt inne, weil sie das Gefühl hatte, lauter Dinge zu erzählen, die ihre Mutter langweilig finden würde. Allerdings hatte sie auch keine Ahnung, was Mom interessieren mochte. »Na ja«, sagte sie. »Das ist halt so das, womit wir uns hier herumschlagen. Ich glaube, es ist Zeit, dass ich zum Schluss komme, sonst wird die Aufnahme zu lang und dann weist das Mailsystem sie ab. Wir sollen eigentlich keine Video-

Mails verschicken, bis zu zehn Minuten sind allerdings erlaubt. Es dauert eben, bis sie durch sind. Aber in dem Fall dachte ich, es ist besser, du siehst mich mal. Ich würde dich übrigens auch gern mal wiedersehen.« Sie wollte lächeln, hatte aber das Gefühl, dass es nur ein schräges Grinsen wurde, beugte sich schnell vor und schaltete ab.

Sie zögerte. Vielleicht war es besser, wenn sie sich die Aufnahme nicht noch einmal anschaute, sondern sie gleich abschickte. Bestimmt würde sie es sonst nicht über sich bringen, es den ganzen Nachmittag aufs Neue probieren und es am Schluss wieder sein lassen.

Genau. Weg damit. Sie trug die Mailadresse ihrer Mutter ein und gab den *Senden*-Befehl.

Geschafft. Nun konnte sie sich befreit von aller Last der Physikprüfung widmen.

*Achtung!*, erschien eine Mitteilung auf dem Schirm. *Das Mailsystem ist zurzeit überlastet. Bitte senden Sie Ihre Mail zu ei-nem späteren Zeitpunkt.* Die Kennzeichnung der Mail sprang zurück auf »unversendet«.

Das durfte doch nicht wahr sein! Ariana gab noch einmal den Sendebefehl, mit demselben Resultat. So ein Mist. Das Mailsystem war noch nie so überlastet gewesen, dass es Mails *abgelehnt* hatte. Das Äußerste waren Hinweise gewesen, dass sich der Versand verzögern würde.

Und ausgerechnet jetzt. Mist. Ariana beendete das Mailprogramm und rief das Schulprogramm auf, aber alle Erleichterung und Ruhe waren dahin. Noch während sie die übliche Erklärung in den Startschirm des Prüfungsmoduls tippte – *Ich, Ariana Susan DeJones, versichere,dass ich die nachfolgende Prüfung selbst, ohne fremde Hilfe und ohne unerlaubte Hilfsmittel ablege* –, wusste sie, dass es diesmal wieder nicht klappen würde mit *Physik-17*.

Die Räume, in denen das Labor untergebracht worden war, waren nagelneu. Es roch nach Farbe und Ziegelstaub und Mörtel und alles stand voller halb ausgepackter Geräte, wie Carl und Elinn sie noch nie gesehen hatten.

»Hauptsächlich Instrumente zur Materialuntersuchung auf mikromolekularer Ebene«, sagte ein schlanker Mann mit olivfarbener Haut und einem schmalen Schnurrbart. Er reichte Elinn die Hand. »Ich bin Jorge Caphurna. Du musst Elinn Faggan sein, nicht wahr? Die all die rätselhaften Steine gefunden hat?«

»Genau«, sagte Elinn.

»Und ich bin ihr Bruder«, warf Carl ein und streckte dem Wissenschaftler seinerseits die Hand hin.

Der nahm sie lächelnd. »Na, wer wüsste das nicht. Hallo, Carl.« Er deutete auf einen Tisch im Hintergrund, an dem noch ein paar Leute saßen, ebenfalls lauter neue. »Wollen wir dort rübergehen? Wir haben ungefähr eine Million Fragen an euch.«

Auf dem Tisch lagen die Fundstücke, die Elinn schon Doktor Spencer, dem bisherigen Leiter der Wissenschaftsabteilung, zur Verfügung gestellt hatte. Darunter war auch der Stein, der eine ziemlich genaue Karte jener Felsformation zeigte, an der die blauen Türme entdeckt worden waren. Sie hieß inzwischen *Löwenkopf*, weil sie, von oben betrachtet, genau so aussah: Ein breiter, halbkreisförmiger Ringwall, der an eine Löwenmähne erinnerte, ein Tafelberg in der Form einer Löwenschnauze, und da, wo die Augen hingehört hätten, erhoben sich seit drei Monaten die beiden Türme aus einem geheimnisvollen blauen, glasartigen Material, von dem man praktisch nichts wusste, außer dass es ganz bestimmt *kein* Glas war.

»Wir haben eine Menge Geschichten über diese Steine gehört, wie du dir vorstellen kannst«, sagte Capurnha, nachdem sie sich gesetzt und alle Mitarbeiter sich vorgestellt hatten. »Und eine Menge davon klingt äußerst mysteriös, um es vorsichtig auszudrücken. Jetzt, da wir hier sind, würden wir gerne von dir selber hören, wieso du so viele dieser Steine gefunden hast und sonst niemand auch nur einen.«

Elinn streckte gedankenverloren die Hand aus und berührte eines der Fundstücke. »Es sind nicht einfach Steine. Es sind *Artefakte*. Mein Daddy hat mir einmal erklärt, dass Artefakt ›von Menschen gemacht‹ bedeutet. Die hier werden von Marsianern gemacht.«

Carl sah, dass die übrigen Wissenschaftler verwunderte, teilweise amüsierte Blicke tauschten. Caphurna dagegen fragte, als fände er das nicht im Mindesten ungewöhnlich:

»Woher weißt du das?«

»Weil sie Botschaften enthalten«, erklärte Elinn. Sie griff eines der Artefakte heraus. »Hier, das hier ist mit Schriftzeichen bedeckt. Sehen Sie? Der erste Buchstabe ist ein großes C und da ist ein o . . . bloß den Rest kann man nicht lesen.« Sie hielt es dem Wissenschaftler hin.

»Schriftzeichen?«, echote der und nahm es in die Hand, um es mit gerunzelter Stirn zu mustern.

»Andere zeigen Bilder oder Muster. Wir wissen nur nicht, was sie zu bedeuten haben«, fuhr Elinn fort. »Der Stein mit dem Löwengesicht war der erste, den wir verstanden haben.«

Eine der Assistentinnen, eine schlanke Frau mit kaffbafarbener Haut und krausem Haar, warf ein: »Aber wieso findest nur du diese . . . Artefakte? Gibt es da besondere Fundstellen, die nur du kennst?«

»Nein, ich finde sie, weil die Marsianer sie für mich hinlegen«, schüttelte Elinn den Kopf. »Und sie zeigen mir mit dem Leuchten an, wo ich sie finden kann. Ich finde sie immer nur, wenn ich das Leuchten sehe.«

Die Assistenten konnten ein Schmunzeln nicht verbergen; einzig der Professor wirkte nachdenklich. »Wie sieht das aus, dieses Leuchten?«

Elinn sah auf, schien ins Leere zu blicken, während sie sprach. »Es ist ein helles bläuliches Licht, das keine Schatten wirft. Es sieht aus, als würde es an einer bestimmten Stelle aus dem Boden aufsteigen und anfangen, sich wie ein Wirbel um sich selbst zu drehen. Dort, wo es aufsteigt, finde ich dann ein Artefakt; aber das Leuchten ist immer schon erloschen, wenn ich dort ankomme.«

»Hat schon einmal jemand außer dir dieses . . . Leuchten gesehen?«

»Nein. Es kommt nur, wenn ich allein unterwegs bin.«

»Draußen? Du meinst, du gehst allein hinaus auf die Marsoberfläche?«

Elinn machte große Augen. »Klar. Spazieren.«

Die Erdlinge wechselten wieder verwunderte Blicke. Carl musste grinsen. Das konnten die sich einfach nicht vorstellen, wie das war, wenn man sozusagen mit dem Raumanzug aufgewachsen war. Vielleicht musste man sie mal in den Lagerraum führen, in dem die alten, kleinen Anzüge aufbewahrt wurden, die sie mit vier, fünf Jahren getragen hatten.

»Es stimmt nicht ganz, dass Elinn das Leuchten nur gesehen hat, wenn sie allein war«, mischte er sich ein. »Bevor die Türme am Löwenkopf sich aus dem Boden geschoben haben, hat Elinn das Leuchten auch gesehen – wir anderen, die noch dabei waren, allerdings nicht. Erst, als die Türme selber angefangen haben zu leuchten, war es für uns auch sichtbar.« Er zögerte einen Moment, ob er seine Theorie auch noch anbringen sollte, dann sagte er sich, dass hier und jetzt genau der richtige Moment dafür war. Schließlich wollte er selber auch einmal Wissenschaftler werden und es war nun mal der Job von Wissenschaftlern, Theorien aufzustellen. »Was immer das Leuchten in Wirklichkeit ist«, sagte er also, »es scheint eher eine Wechselwirkung zwischen einem unsichtbaren Feld und dem Nervensystem zu sein als eine tatsächlich messbare Strahlung.«

Professor Caphurna hob die Augenbrauen. »In der Tat«, nickte er. »Das wäre eine Erklärung.« War er beeindruckt? Bestimmt. Carl musste an sich halten, um nicht zufrieden zu grinsen. »Hast du auch eine Idee, wie man das überprüfen könnte?«

Carl stutzte. »Ähm«, machte er. »Nein.« Ach so ging das! Eine Theorie allein nützte noch nichts. Logisch eigentlich, wenn man darüber nachdachte.

»Wir werden«, wandte der Professor sich an seine Assistenten, »einige Breitbandsensoren rings um die Siedlung aufstellen. Elektromagnetische Strahlung über die gesamte Bandbreite, Magnetismus, Korpuskularteilchen, Sonnenwind, kosmische Strahlung und so weiter.« Er sah Elinn an. »Falls du in der nächsten Zeit wieder einmal das Leuchten sehen solltest, könntest du uns dann bitte Bescheid sagen? Gut wäre, wenn wir die genaue Uhrzeit und den genauen Ort wüssten. Dann können wir unsere Aufzeichnungen daraufhin prüfen und vielleicht entdecken wir dabei etwas, das uns weiterhilft.«

»Ja«, nickte Elinn bereitwillig. »Allerdings habe ich das Leuchten jetzt schon lange nicht mehr gesehen. Eigentlich seit dem Auftauchen der Türme nicht mehr.«

»Denkst du, es ist vorbei?«

Elinn schien in sich hineinzuhorchen. »Nein«, erklärte sie

dann entschieden. »Sie haben vielleicht nur eine Ruhepause gebraucht.«

Der Professor nickte. »Wenn die vorüber ist, würde ich es gerne erfahren.« Er nahm eines der Artefakte in die Hand. »Außerdem werden wir nicht umhinkommen, mindestens eines deiner Fundstücke einer molekularen Analyse zu unterziehen. Bist du damit einverstanden?«

Elinn nickte. »Natürlich.«

»Das heißt, dass das Artefakt dabei zerstört wird«, gab Carl zu bedenken. »Bei einer Molekularanalyse werden die Moleküle Schicht um Schicht abgetragen und analysiert. Am Schluss ist nichts mehr da.«

»Dein Bruder hat recht«, nickte der Professor, ohne sich anmerken zu lassen, ob ihn Carls Fachwissen beeindruckte oder nicht. »Wir müssen das aber so machen, um eventuellen verborgenen Strukturen auf die Spur zu kommen. Wenn die Artefakte beispielsweise so etwas sein sollten wie die integrierten Schaltkreise in unseren Computern – die *Chips*, wie man so sagt –, dann würde eine einfache chemische Analyse das nicht erkennen lassen. Ein Computerchip ist chemisch praktisch nicht von einem Stück glasierten Siliziums mit ein paar Verunreinigungen zu unterscheiden. Jedenfalls nicht die heutzutage üblichen.«

Elinn musterte die neuen schneeweißen Geräte ringsumher und zuckte dann mit den Schultern. »Das ist kein Problem. Es kann gut sein, dass die Marsianer nur darauf warten, dass wir das endlich machen.«

Wieder sahen die Erdlinge einander verblüfft an. Es war nicht schwer zu erraten, dass sie mit heftigem Widerspruch gerechnet hatten.

»Gut«, sagte Professor Caphurna und klatschte zufrieden in die Hände. »Dann wäre so weit alles geklärt. Vielen Dank, dass ihr gekommen seid.« Er stand behutsam auf. »Und natürlich halten wir euch auf dem Laufenden.«

»Wie kommst du eigentlich so mit den anderen Kindern klar?«, wollte Vater beim Abendessen plötzlich wissen.

Urs hielt den Blick auf den Teller gesenkt. »Wieso?«

»Nur so. Es interessiert mich eben.«

»Ganz okay.«

»Klingt ja nicht sehr begeistert.«

»Es sind nicht meine besten Freunde, wenn du das meinst. Die habe ich auf der Erde gelassen.«

»Mmh. Ja, diese Marskinder . . . die sind ein ganz eigenartiger Haufen. Kein Wunder, wenn man unter solchen Bedingungen aufwachsen muss. Aber ihr habt zumindest schon mal miteinander geredet, oder? Ich meine, du warst doch mit ihnen zusammen im Schulungsraum, oder?«

»Ja klar. Wir haben auch schon geredet.« Ungefähr drei Sätze. Mit etwas Glück würde dieses Jahr noch ein vierter hinzukommen und das würde vermutlich dann schon als dicke Freundschaft durchgehen.

»Aber ihr geheimes Versteck haben sie dir noch nicht gezeigt?«

»Was für ein geheimes Versteck?«

Vater zuckte mit den Schultern. »Weiß ich nicht. Sie müssen irgendwo ein Versteck haben, von dem niemand sonst etwas weiß und wo sie nicht einmal die Ortung des Kom-Systems ausmachen kann. Höchst geheimnisvoll, wie das überhaupt möglich ist . . .«

Urs steckte sich eine Gabel voll Spaghetti in den Mund, kaute gründlich und schluckte, ehe er antwortete. »Also, damit eins klar ist«, sagte er dann, »ich werde nicht für dich spionieren. Okay?«

Vater machte große Augen. »Das hat doch auch niemand von dir verlangt!«

»Klang aber so.«

»Ach was.«

»Gut. Ich dachte nur, ich sag's gleich.«

Vater schüttelte entrüstet den Kopf. »Spionieren? Als ob ich jemals so etwas von dir verlangt hätte.« Die Spaghetti rutschten ihm von der Gabel und er musste von vorne anfangen.

# 7 Kommunikations-probleme

Am nächsten Morgen zeigte der Monitor des Mailsystems immer noch unglaubliche Werte an. Irgendjemand bekam von der Erde eine derart riesenhafte Mail zugeschickt, dass der Datenverkehr ernsthaft behindert war. Da diese Behinderung nun schon über dreißig Stunden anhielt und kein Ende in Sicht war, beschloss AI-20, dass es an der Zeit war, die Verantwortlichen davon in Kenntnis zu setzen.

Einfach abzufragen, wer der Empfänger dieser Mail war, war weder der Künstlichen Intelligenz noch dem menschlichen Personal möglich, da dies eine Verletzung des Postgeheimnisses bedeutet hätte. Es hätte schon der ernsthafte Verdacht einer strafbaren Handlung bestehen müssen und selbst dann wäre es eine aufwendige Prozedur geworden: Man hätte sich von der Postbehörde die Zugangscodes schicken lassen müssen, hätte das gesamte System *ent*schlüsseln und danach neu *ver*schlüsseln müssen – ein langwieriger Vorgang –, die zuständige Staatsanwaltschaft hätte einen Bericht über das Ergebnis verlangt und so weiter und so weiter. Viel zu viel Aufwand für etwas, dass aller Erfahrung nach nur eine der für Neuankömmlinge von der Erde typische Unachtsamkeit war.

In der Vergangenheit hatte sich eine andere, höchst einfache Vorgehensweise bewährt. AI-20 verständigte den Stationsleiter, Tom Pigrato, und bereitete derweil schon alles dafür vor, das Problem so zu handhaben wie die letzten Male, wenn jemand neu von der Erde angekommen war.

»Ich habe gestern mit einigen der Leute gesprochen, die das Fest für die Neuankömmlinge am Samstagabend organisieren«, erzählte Mutter beim Frühstück. »Sehr freundlich alle. Natürlich sind die meisten davon Frauen, wie sollte es anders sein. Aber so konnten wir auf die Männer schimpfen und hatten gleich eine gemeinsame Basis.«

Urs stocherte in seinem Frühstücksbrei und wünschte sich Cornflakes mit Milch. Am besten die ungesunden mit Zucker und Nusskrokant.

»Komm, komm«, erwiderte Vater. »Soweit ich weiß, haben die Frauen den Männern, die die Idee mit dem Begrüßungsfest hatten, alles aus den Händen genommen . . .«

»Ja, weil sie nicht wollten, dass es nur Backkartoffeln, gegrilltes Gemüse und Bier gibt.«

»Haben sie dir auch erzählt, dass die Männer sich um den Abwasch kümmern werden?«

»Erstens ist das kein Kunststück mit der riesigen Spülmaschine und zweitens glaube ich das erst, wenn ich es sehe . . .«

In dem Moment piepste Vaters Kommunikator. »Pigrato«, meldete er sich, horchte eine Weile zu und meinte dann: »Verstehe. Ja, das machen wir so wie immer. Verständige so viele Mitglieder des Siedlerkomitees wie möglich und setze deren Namen auch darunter. Ja umgehend.« Er trennte die Verbindung und stöhnte. »Es ist immer dasselbe. Sobald Neue von der Erde ankommen, lassen sie hier die Leitungen glühen. Wahrscheinlich hat irgendjemand einen Spielfilm bestellt, hochauflösend natürlich und mit allen Schikanen.

Ich frage mich, wozu die Raumfahrtbehörde diese Infoblätter eigentlich druckt.«

Mutter runzelte die Stirn. »Und um so etwas musst du dich selber kümmern?«

»Ich muss mich um alles kümmern, um das sich sonst niemand kümmert. Und wenn ich das gemacht habe, muss ich dafür sorgen, dass sich von da an jemand darum kümmert. Das ist in Kurzfassung die Beschreibung einer Führungsposition.« Er stand auf. »Entschuldigt mich einen Moment.« Während er in Richtung Arbeitszimmer verschwand, hörten sie ihn jemanden anrufen, den er »Graham« nannte.

»Und du?«, wandte Urs' Mutter sich an ihn. »Wie gefällt es dir bis jetzt?«

»Nicht«, entgegnete Urs.

Mutter schien ehrlich verblüfft. »Aber das ist hier doch ein Abenteuer, oder etwa nicht? Was glaubst du, wie viele was drum geben würden, mit dir zu tauschen?«

Urs schob die Schüssel mit dem Getreidebrei von sich. »Okay. Ruf sie an, ich tausche.«

»Das ist nicht dein Ernst. Dass wir wieder alle zusammen sind, die ganze Familie, ist das denn gar nichts?«

»Das wäre schon was. Aber es müsste eben zu Hause sein.«

»Urs, ich fürchte, da musst du umdenken. Dies ist jetzt unser Zuhause. Zumindest für die nächsten sechs Jahre.«

Das hatte sie ihm schon mehrmals erklärt, aber es kam Urs jedes Mal aufs Neue völlig unfassbar vor. »Das heißt, ich werde einundzwanzig sein, wenn ich zur Erde zurückkomme!? *Einundzwanzig?!*« Es war wirklich unfassbar.

»Immerhin, wir sind noch keine zwei Tage hier. Ich bin sicher, du wirst dich noch hineinfinden.«

Urs dachte an die Marskinder und daran, wie herzlich er

in seiner alten Schule empfangen worden war an seinem ersten Tag. Wie schnell er Freunde gefunden hatte, wie sie pausenlos gequatscht haben, sodass die Aufsicht führenden Lehrer sie hatten bremsen müssen.

Und noch etwas fiel ihm ein. »Du hast vorgestern gesagt, es sei höchste Zeit gewesen, dass ich mal rauskomme aus dem ewigen Stadtleben.« Er machte eine umfassende Handbewegung, die die ganze Marssiedlung meinte. »Und was ist das? Ein unterirdischer Bauernhof, in dem es nirgendwo frische Luft gibt. Ist das etwa besser?«

Kurz nachdem AI-20 den Stationsleiter verständigt hatte, erging eine Durchsage an alle Bewohner der Marssiedlung. Das hieß, dass sie im Speicher jedes Kommunikators auftauchte, außerdem auf allen Bildschirmen und in allen Mailboxen. Der Wortlaut war überall derselbe: »E-Mail-System überlastet. Seit nunmehr über dreißig Stunden ist der Datenverkehr mit der Erde durch enormes E-Mail-Aufkommen stark beeinträchtigt. Die neu angekommenen Bewohner der Marssiedlung werden dringend gebeten, ihre eingehenden E-Mails zu überprüfen und Kontaktpersonen auf der Erde darauf hinzuweisen, die besonderen Bedingungen für den Mailverkehr mit den außerirdischen Teilen des Internets zu beachten. Die Stationsleitung weist insbesondere auf die Regelung hin, dass Video-Mails maximal zehn Minuten lang sein dürfen und im komprimierten Format zu speichern sind. Sollte sich die Situation nicht bessern, müsste die Priorität des Mailsystems eine Stufe heraufgesetzt werden. Video-Mails wären dann nur noch mit Einzelgenehmigung möglich. Da viele auf diese Weise mit Angehörigen auf der Erde Kontakt halten, ist das eine Maßnahme, die nach Möglichkeit vermieden werden soll.

Dies erfordert jedoch die Mithilfe aller. Gezeichnet Pigrato, DeJones, Turgenev.«

Eine Stunde nach der Durchsage meldete sich der Journalist Wim Van Leer telefonisch bei der Stationsleitung. »Ich bin mir nicht sicher«, erklärte er, »aber es könnte sein, dass ich der Auslöser all der Schwierigkeiten bin. Ich arbeite unter anderem für verschiedene Fernsehsender und bei manchen von denen ist es üblich, dem verantwortlichen Journalisten den Sendebeitrag in der endgültigen Schnittfassung zuzumailen. Und das ist dann natürlich eine Riesendatei, hochaufgelöstes HiDef-Video, bei dem man nicht einmal auf Kinoleinwandgröße einzelne Pixel erkennen würde.«

»Verstehe«, knurrte Pigrato. »Wobei ich erwartet hätte, dass sich Nachrichtenredaktionen mit den Postregeln auskennen. War das naiv von mir? Immerhin gibt es auf dem Mond und den Raumstationen ja auch nicht wenige Journalisten, oder?«

Van Leer lachte. »Ja, Sie haben recht, man sollte wirklich meinen, dass die sich auskennen. Aber den Job drückt man meistens frischen Praktikanten aufs Auge und die bauen immer erst mal eine Menge Mist.«

»Können Sie es stoppen?«, fragte Pigrato.

»In meinem Maileingang ist noch nichts zu sehen, aber ich habe sofort Mitteilungen an alle Redaktionen geschickt, die infrage kommen, mit höchster Dringlichkeit. Derjenige, der das Ding auf den Weg gebracht hat, muss den Versand abbrechen, anders geht es ja nicht.«

»Gut. Hoffen wir das Beste.«

Weitere zwei Stunden später ging der Datenfluss des Mailsystems tatsächlich wieder auf normale Werte zurück. Der Fall schien erledigt und niemand machte sich weiter Gedanken darüber.

Auch heute war der Junge von der Erde wieder pünktlich zum Unterricht aufgetaucht und es schien ihm immer noch nichts auszumachen, dass sie praktisch kein Wort mit ihm wechselten, sondern so taten, als hätten sie nichts anderes im Kopf, als zu büffeln wie die Geisteskranken. Ariana beobachtete ihn aus den Augenwinkeln, immer nur kurz natürlich, damit er es nicht mitbekam.

Er sah irgendwie anders aus, als sie ihn sich vorgestellt hatte. Sein Haar – irgendetwas war mit seinem Haar. Es schimmerte eigenartig. Wenn er den Kopf bewegte, huschten Muster und Regenbogenfarben darüber hinweg, schienen seltsame Symbole für Sekundenbruchteile aufzuleuchten und in manchen Augenblicken hatte der ganze Schopf eine völlig andere Farbe. Eigenartig. So etwas hatte sie noch nie gesehen.

Er wirkte eigentlich auch nicht so unsympathisch, wie bei einem Sohn des ewig miesepetrigen Statthalters zu erwarten gewesen wäre. Im Grunde sah er ... ganz in Ordnung aus. Was natürlich täuschen konnte. Immerhin, er war Pigratos Sohn. Besser, sie waren vorsichtig.

Und überhaupt, Ariana wusste sowieso nicht, was sie mit ihm hätte reden sollen. Bei Carl oder Ronny oder Elinn, da war klar, wie man miteinander umging; die kannte sie. Aber diesen Jungen eben nicht. Worüber hätte sie sich mit ihm unterhalten sollen? Keine Ahnung.

Auf der Erde musste das Normalfall sein. Dort lebten zwölf Milliarden Menschen, da musste es ständig vorkommen, dass man jemanden traf, den man nicht kannte. Und mit dem man zurechtkommen musste. Wie machten die das bloß?

Und falls sie ihren Plan, auf die Erde zu gehen und zu ihrer Mutter zu ziehen, tatsächlich wahr machen sollte, würde sie auf jede Menge Gleichaltriger treffen, die sie auch nicht kannte!

Ariana betrachtete die Abbildungen auf dem Bildschirm, ohne etwas davon wahrzunehmen. Es war eine Lektion in Chemie. In einem bewegten Bild trieben kleine bunte Moleküle umher. Manche von ihnen verbanden sich miteinander, sobald sie einander berührten, andere prallten nur aneinander ab und zogen ihrer Wege. Dazu redete die Stimme aus dem Kopfhörer von Bindungskräften und freien Elektronen und Ladungszahlen und solchem Zeug.

Das Spiel der Moleküle. Die mussten auch irgendwie miteinander auskommen. Aber bei denen sah es ganz einfach aus.

Es war wie die Tage zuvor. Urs hätte am liebsten auf dem Absatz kehrtgemacht, aber er blieb und beschloss, weiter so zu tun, als sei es ihm völlig gleichgültig, dass niemand mit ihm redete. Er würde nicht anfangen zu betteln. Wenn die ihn nicht in ihrem Klub haben wollten, dann hatte er auch keine Lust. Er hatte seinen eigenen Klub. Auf diese arroganten Typen war er doch überhaupt nicht angewiesen.

Mitten in einer Unterrichtseinheit fiepte sein Kommunikator. Das Display zeigte einen Namen, der ihm nichts sagte. Er nahm den Anruf höchst verblüfft an.

»Hallo, Urs, hier spricht Irene Dumelle«, sagte eine Stimme mit kanadischem Akzent. »Deine Mutter hat mir gesagt, du würdest gern ein bisschen an die frische Luft gehen.«

»Frische Luft?«, echote Urs verdutzt. Was hatte er sich denn da eingebrockt?

»Ich schlage vor, du kommst einfach hier vorbei, sobald du mit der Schule für heute Schluss gemacht hast. Es ist nicht weit, ich bin auch in der Oberen Station. Du gehst ins

Modul fünf und folgst dort dem Schild *Basement*, bis du an eine große grüne Tür kommst. Hinter der warte ich auf dich.«

*Aha?*, dachte Urs, als er die Verbindung trennte. Was war denn das?

Irene Dumelle war eine stämmige, ältere Frau mit welligem braunem Haar und jener Art strengem Blick, dem man nur begrenzte Zeit Widerstand leisten konnte. Als Erstes reichte sie ihm eine Schale mit Äpfeln und forderte ihn auf, einen zu nehmen. »Die sind ganz frisch, vor einer Stunde gepflückt. Das tut gut, wenn man sich gerade das Hirn zermartert hat.«

Urs griff zu, obwohl er sich das Hirn allenfalls über der Frage zermartert hatte, wie er an einem Ort heimisch werden und sechs Jahre überstehen sollte, an dem keiner etwas von ihm wissen wollte. Die heutigen Lektionen waren dagegen einfach gewesen, beinahe eine willkommene Ablenkung.

»Also, anscheinend fällt es mir zu, dir zu erklären, wie das Spiel läuft«, meinte Mrs Dumelle, ebenfalls auf beiden Backen kauend. »Wir hier auf dem Mars sind, wie dir nicht entgangen sein dürfte, Selbstversorger. Anders wäre es nicht nur unsinnig teuer, sondern auch äußerst ungesund – stell dir vor, nie frisches Obst oder Gemüse! Du kannst bei Gelegenheit die Kollegen von der Station der Asiatischen Allianz fragen, wie es einem dabei geht; allerdings sind die auch nur zu zehnt, während wir Ende der Woche fast dreihundert sein werden.« Sie biss herzhaft ab. »Jedenfalls ist das mit ziemlich viel Arbeit verbunden. Zu viel für die paar Agrartechniker, die wir haben. Zumal vieles Handarbeit ist, notgedrungen, denn landwirtschaftliche Maschinen für unsere Art von Ackerbau und Viehzucht müssten erst noch erfunden werden. Deswegen kriegt jeder, der in der Siedlung lebt, die eine oder andere kleine Aufgabe. Nicht viel, höchstens eine Stunde pro Tag, meistens nur eine halbe. Und du« – sie biss wieder ab – »darfst wie gesagt an die frische Luft.«

Urs sah aus dem Fenster des großen, halbrunden Raumes, von dem aus man einen weiten Blick über Steine und Geröll hatte. Frische Luft? Da draußen war eine Atmosphäre, ja, aber sie bestand nur aus Kohlendioxid und war so dünn, dass man angeblich selbst bei Windgeschwindigkeiten von dreihundert Stundenkilometern kaum mehr als ein sanftes Ziehen fühlte. Dazu herrschten Temperaturen von bis zu minus 130 °C. Ohne Raumanzug starb man da draußen, so einfach war das.

»Du siehst in die falsche Richtung«, riss ihn Mrs Dumelle aus seinen Gedanken. Sie lächelte. »Ein Konstruktionsfehler dieser Einheit. Das Fenster geht zur falschen Seite hinaus.« Sie wies auf die Rückwand, an der es drei Türen mit den Aufschriften A, B und C gab. »Wir haben drei voneinander getrennte Korridorsysteme. Achte darauf, dass du die Türen innerhalb von einer halben Minute wieder verschließt, sonst wird Alarm ausgelöst.«

»Ich?«, machte Urs, dem nicht klar war, welche Veranlassung er haben sollte, sie auch nur zu *öffnen!*

Mrs Dumelle reichte ihm eine Rolle Klebestreifen, eine Schere und ein Paar gefütterte Handschuhe. »Das ist extradünnes Klebeband. Transparent. Das ist wichtig.«

»Und wieso?«, fragte Urs.

»Damit wir das wenige Sonnenlicht, das den Mars erreicht, nicht nach und nach aussperren, ganz einfach.«

Urs verstand kein Wort.

»Schau, hier«, fuhr die füllige Frau fort und bedeutete ihm herzukommen. Sie deutete auf einen altersschwachen Bildschirm, auf dem allerhand Rechtecke angezeigt wurden. Die meisten waren grün, doch einige leuchteten gelb. »Das sind die Treibhäuser draußen, siehst du? Die schmalen weißen Linien sind die Zugänge.« Sie tippte auf eines der gelben Felder. »Gelb heißt, dass das Treibhaus Luft verliert. Meistens, weil ein Meteorit die Hülle durchschlagen hat. Manchmal ist auch eines der Hühner so blöde und hackt ein Loch hinein, aber heute Nacht hatten wir den Durchzug eines Meteoritenfeldes, da werden es wohl tatsächlich Meteoriten gewesen sein. Dein Job ist es, das jeweilige Loch zu finden und zu flicken.«

Urs schluckte unbehaglich. »Ein Meteorit?«

»Ja. Das sind winzige Steinchen, die durchs All sausen. Wenn die hier unten ankommen, sind sie so schnell wie Pistolenkugeln. Und die Folie der Treibhäuser ist kaum dicker als ein menschliches Haar. Die logische Folge: ein Loch.«

»Aber ist das nicht gefährlich?«

»Kommt darauf an, wie groß der Meteorit ist. Die meisten sind nur bessere Sandkörner. Die sind harmlos.«

Urs betrachtete die Klebebandrolle in seiner rechten Hand. »Ähm«, sagte er. »Ich sollte da vorher wohl besser den Raumanzug anziehen, oder?«

Mrs Dumelle lachte glockenhell auf. »*Mon cherie*, man merkt, dass du ein Erdling bist. Nein, du brauchst keinen Raumanzug. Die Treibhäuser sind alle mit Luft gefüllt und sie sind warm vom einfallenden Sonnenlicht. Und um das kleine Löchlein mach dir keine Gedanken, durch das entweicht die Luft so langsam, dass wir uns auch eine Woche Zeit lassen könnten mit der Reparatur.«

Urs kam sich nackt vor bei dem Gedanken, hinauszutreten auf die Oberfläche des Mars mit nichts als einer haardünnen

Folie zwischen sich und der kalten, lebensfeindlichen Umgebung. Einer Folie, die zudem durchlöchert war!

»Wenn die Löcher so klein sind«, fragte er beklommen, »wie finde ich sie dann überhaupt?«

Sie schob ihn sanft auf die erste Tür zu. »Die findest du. Das ist das geringste Problem.«

Es war spät am Nachmittag, als Elinn in die Schleuse zwei hinaufging und begann, ihren Raumanzug anzuziehen.

Es musste sein. Das war eine Chance, die sie nutzen musste. Zum ersten Mal, seit das mit den Artefakten angefangen hatte, hatte ihr jemand ernsthaft zugehört und sich dafür interessiert, was sie zu erzählen hatte. Und es war nicht irgendjemand gewesen, sondern ein weltberühmter Wissenschaftler, der beste Spezialist für fremde Lebensformen, den es gab.

Sie setzte den Helm mit einem Seufzer auf, drückte den Prüfknopf, betrachtete das grüne Licht, das daraufhin aufleuchtete.

Sie war es den Marsianern schuldig, diese Chance zu nutzen.

Ob ihr danach war rauszugehen, durfte nicht die Frage sein.

Sie betrat die Schleuse, wartete, bis sie leer gepumpt war und sich das äußere Schott öffnete. Dann trat sie ins Freie.

Der Boden rings um die Siedlung war zerwühlt von den Rädern der Rover. Jede Menge Space-Container stand aufgestapelt neben der Materialschleuse, allerlei Werkzeuge lagen unordentlich herum. Elinn erklomm den Ringwall und sah sich um. Am Horizont, beim Landeplatz, sah man gerade noch die Spitze des Shuttles, wenn man wusste, wonach man Ausschau halten musste. Zwei Rover mit Space-

Containern auf den Ladeflächen hielten auf die Siedlung zu, rötlich gelbe Staubwolken hinter sich herschleppend.

Das würde nichts werden. In so einer unruhigen Umgebung konnte sich kein Leuchten bilden, da war Elinn sich sicher. Sie hatte das Leuchten immer nur in Momenten gesehen, wenn sie weitab der Siedlung unterwegs und allein gewesen war. Abgesehen von dem einen Mal am Löwenkopf, aber das war etwas anderes gewesen.

Sie stieg auf der äußeren Seite des Ringwalls hinab und marschierte in östliche Richtung, wo in etlichen Kilometern Entfernung von der Siedlung in einer Bodensenke drei große Felsbrocken beieinanderlagen. Elinn hatte sie »die drei trauernden Witwen« getauft, weil sie aus einem bestimmten Blickwinkel so aussahen wie drei Gestalten, die betrübt die Köpfe zusammensteckten. Dort hatte sie einst das Leuchten zum ersten Mal gesehen und dann das erste Artefakt gefunden.

Sie kontrollierte die Vorratsanzeige. Genug Sauerstoff und Energie für mehrere Stunden. Sie konnte sich Zeit lassen.

Sich – und den Marsianern.

Urs öffnete das Luk. Warme, nach feuchter Erde riechende Luft kam ihm entgegen. Vorsichtig stieg er hindurch.

Das waren wohl Gemüsebeete oder so was. Der Boden war zu lang gezogenen Hügeln aufgehäuft, auf denen Pflanzen kunterbunt durcheinanderwuchsen. Er erkannte Salatköpfe, Tomaten und Bohnen; das Übrige war irgendwelches grünes Kraut, das er nicht zuordnen konnte. Wie auch? Er war in der Stadt aufgewachsen und kannte Gemüse eigentlich nur aus dem Einkaufszentrum.

Er hob den Kopf. Ja, sogar er sah, dass hier etwas nicht in

Ordnung war. Die normalerweise fast nicht wahrnehmbare Hülle hing schlaff und silbrig schimmernd über ihm und ab und zu wogte sie unter den Winden, die draußen gingen, was ein unheimliches raschelndes Geräusch erzeugte.

Wie Mrs Dumelle vorhergesagt hatte, war das Loch in der Folie tatsächlich einfach zu finden, ja, geradezu unübersehbar: An einer Stelle auf Brusthöhe war auf der anderen Seite der Hülle etwas wie eine dünne, silbrig glitzernde Fontäne zu sehen, die aufstieg und sofort verwehte. Was war das? Urs begriff, dass er das in der Luft enthaltene Wasser sah, das draußen in der Kälte der Marsatmosphäre zu Eis gefror.

Das Loch war winzig, so groß wie der Punkt am Ende eines Satzes. In seiner Nähe hörte man ein feines Zischen und der silbrige Wassereisnebel sah von Nahem auch ziemlich eigentümlich aus. Urs betastete die Folie neben dem Loch und zog die Hand blitzartig wieder zurück. Richtig, er solle die Folie möglichst nicht mit bloßen Händen berühren, hatte Mrs Dumelle ihm mit auf den Weg gegeben. Er hatte einen Schmerz gespürt, als habe er etwas sehr Heißes berührt; tatsächlich aber war es die Kälte draußen gewesen, die sich sofort in seine Haut gefressen hatte.

Er betrachtete seine Fingerspitzen, die unverletzt schienen, und dann die hauchdünne Hülle, diesmal mit beeindrucktem Staunen. Kaum zu glauben, dass diese Folie so viel von dem mageren Sonnenlicht im Inneren des Treibhauses festhielt, dass es hier angenehm warm war, während auf der anderen Seite, nur Bruchteile eines Millimeters entfernt, die grausame Kälte der Marsoberfläche herrschte.

Erstaunlich. Urs zog die Handschuhe an und schnitt einen ordentlichen Streifen von dem Klebeband ab, der sich ihm erst einmal hoffnungslos um die Finger wickelte, sodass er ihn wegwerfen musste. Beim zweiten Mal klappte es jedoch, ihn über das Loch zu bringen und anzudrücken, und den Rest machte das Zeug von selbst. Die weiße Fontäne stoppte, das leise Zischen auch, und nachdem Urs eine Weile regungslos gewartet hatte, merkte er, wie sich die silbrig schimmernde Kuppel langsam zu heben begann. Er wartete, bis die Hülle wieder straff und glatt gespannt war. Tatsächlich: In dem Moment schien die Folie zu verschwinden, wurde von innen völlig unsichtbar, und wären die angrenzenden Treibhäuser nicht gewesen, hätte man glauben können unter freiem Himmel zu stehen.

*Was für ein Abenteuer*, dachte Urs.

Wenn er sich nur nicht so einsam gefühlt hätte!

An diesem Abend zog er die Virtu-Brille vor dem Schlafengehen doch noch einmal hervor. Nur, um das Gefühl des Aufstiegs in den Virtu zu erleben, das ihn an die guten alten Zeiten erinnerte.

Doch diesmal kam er nicht in einer dunklen Unendlichkeit an. Der Virtuelle Raum hatte sich verändert. Es gab einen Boden – neutrales Grau, nichts Besonderes – und er hatte einen Avatar, einen virtuellen Körper, ohne besondere Kennzeichen.

Direkt vor ihm erhob sich eine unübersehbar große, hell glänzende Wand.

Er trat darauf zu, berührte sie. Sie war kalt. Eis, so kalt, dass es wehtat.

Das war jetzt nicht das, was er vermutete, oder? Urs wandte sich nach rechts, ging ein Stück an der Wand entlang, wechselte in den *Runner Mode*, beschleunigte, doch soweit er auch raste, die Mauer hörte nicht auf.

Also doch. Sergeij hatte ihm davon erzählt. Dessen Großvater war in dem Team gewesen, das die Software für den ersten Virtu geschrieben hatte. Aus irgendeinem Grund – zu Ehren irgendeines alten, heute längst vergessenen Buches – hatten sie Abschirmungen für gesperrte Bereiche in der Gestalt von *Eis* programmiert.

Das war bestimmt die KI gewesen. Der Einfachheit halber hatte sie gleich den gesamten Virtu gesperrt. Urs dachte den Befehl, der die Rückkehr einleitete, und lag danach noch lange wach, die Brille in der Hand und ein verzweifeltes Gefühl im Herzen.

Eine Mauer aus Eis, unendlich lang und unendlich hoch. Na, wenn das nicht ganz wunderbar zu dem passte, wie ihn die anderen behandelten!

# 8 Im Meer der Traurigkeit

Am nächsten Morgen brachte es Urs einfach nicht fertig, den Unterrichtsraum zu betreten. Wieder stundenlang zwischen den anderen zu sitzen, schweigend, die schweren, unbequemen Kopfhörer auf dem Kopf, und so zu tun, als sei alles in Ordnung, als kümmere ihn das Desinteresse kein bisschen, als wäre ihm nicht zum Schreien zumute ... Nein. Es war blöd wegzulaufen. Aber er konnte einfach nicht. Nicht heute. Vielleicht morgen wieder, aber nicht heute. Er würde seine Lektionen am Nachmittag machen, wenn die anderen weg waren.

Er wandte sich zum Gehen, blieb wieder stehen, keine drei Meter vor der Tür. Himmel, das war blöde, so was anzufangen. Feige. Warum marschierte er nicht einfach hinein und machte Rabatz, riss ihnen die Hörer herunter, sagte ihnen die Meinung?

Er drehte sich um. Aber der Anblick der Tür aus poliertem Stahl ließ ihn wieder in sich zusammensinken. Nicht heute. Heute hatte er nicht die Kraft dazu. Um so was zu tun, hätte er wütend sein müssen, und das war er nicht.

Gut, abgemacht. Heute war Atempause. Morgen früh würde er wieder durch diese Tür gehen und dann ... Nun, das würde man sehen. Morgen. Heute würde er sich die Siedlung ansehen; dazu war er schließlich auch noch nicht richtig gekommen.

Er drehte sich um, ging den ganzen Weg zurück bis zum Aufzug und von dort aus weiter in die andere Richtung.

Carl rieb sich unbehaglich das Kinn, während er verfolgte, was auf dem winzigen Bild im oberen Eck seines Schirms geschah. Erst hatte er triumphierend auflachen wollen, als er sah, wie Urs draußen stehen blieb, minutenlang verharrte und sich endlich wieder zum Gehen wandte. *Sieg!*, war sein erster Gedanke gewesen. Es war nur noch eine Frage der Zeit, bis sie Pigratos Sohn los waren.

Doch dann hatte Urs sich noch einmal umgedreht, noch einmal gezögert und Carl hatte sein Gesicht gesehen dabei. Bis Urs schließlich abgezogen war.

Carl klickte das Bild der Minikamera weg, aber das Gefühl, etwas falsch zu machen, blieb.

Die kugelförmigen Module der Oberen Station waren kahle, ungemütliche Gebilde, alles Stahl und Plastik. Urs fand vor allem verschlossene Türen, jede Menge davon. Dazwischen erstreckten sich endlose nackte Wände.

Im Modul fünf ging es hinunter zum Basement, dem Kontrollzentrum der Treibhäuser. Das kannte er schon. Diesmal folgte er dem breiten Gang, dessen geriffelter Boden leicht aufwärts führte. Ein Wegweiser verhieß *Flight Deck*, was entschieden interessanter klang.

Der Gang endete tatsächlich an den Landegestellen der beiden Flugboote, die jetzt natürlich nicht da waren. Urs stand lange an den gläsernen Türen der Zusteigebrücken und betrachtete die Gestänge draußen, die rußgeschwärzt waren an den Stellen, an denen die Triebwerke vorbeistrichen. Ein dünner Roboterarm, der einen Tankstutzen trug mit einem dicken Schlauch daran, schien geduldig zwischen den beiden Gestellen auf die Rückkehr der Flugmaschinen zu warten. Urs hatte das alles schon auf Fotos gesehen, aber wieder einmal kam ihm die Wirklichkeit ganz anders vor als der Eindruck, den die Reportagen ihm vermittelt hatten. Alles war irgendwie ... kleiner. Normaler.

Er ging zurück. Eine breite Treppe, nur vier Stufen, führte hinab zu einer Schleuse. Raumanzüge hingen in zwei langen Reihen an Ladestationen: weiße, schlaffe Gebilde, von denen man kaum glauben konnte, dass sie imstande sein sollten, ihre Träger vor den Unbilden des Mars zu beschützen. Wo war eigentlich sein eigener Anzug abgeblieben? Keine Ahnung. In einer der anderen Schleusen wohl. Drei insgesamt gab es, soweit er gesehen hatte, jedenfalls hier vorne, wo ja so etwas wie der Haupteingang zu sein schien.

Nun stieg er doch die Treppe zum Basement hinunter, ließ aber die grüne Tür außer Acht und folgte dem schmalen Gang, von dem er sich schon gestern gefragt hatte, wohin der eigentlich führte.

Er würde doch nicht umhinkommen, in das große Arbeitszimmer umzuziehen, erkannte Pigrato an diesem Vormittag. In seinem Büro war es schon bisher zu eng gewesen, wenn er seine Mitarbeiter zusammengerufen hatte – deswegen hatte er Besprechungen meistens im Kartenraum abgehalten. Der war jedoch, seit die Bauarbeiten wieder losgegangen waren, fast immer mit Beschlag belegt. Und nun, da sie zu fünft waren, reichte sein Büro endgültig nicht mehr.

»Danke«, sagte er, als Farukh mit seiner Zusammenfassung des Versorgungsberichts fertig war. Auf der Erde hatten sie wieder einmal geschlampt, etliche dringend benötigte Dinge waren in zu geringer Stückzahl geliefert worden, Klebstoff beispielsweise, bestimmte elektronische Bauteile,

Gummiband, Kugelschreiberminen und Ähnliches, das hier auf dem Mars nicht selber hergestellt werden konnte. »Wie sieht es mit den Lebensmitteln für die Asiatische Allianz aus?«

»Stehen morgen bereit«, sagte der Marokkaner. Er saß auf dem einen Ende von Pigratos Schreibtisch, Graham Dipple auf dem anderen. Cory MacGee hatte den einzigen Stuhl bekommen und Thor Eikanger lehnte abwartend an der Wand. »Das einzige Problem ist jetzt noch der Transport. Wir haben mit den Asiaten den Samstag ausgemacht. Da haben wir zwei Rover übrig.«

Heute brachte das Shuttle die letzten Passagiere, morgen die restliche Fracht, so lange waren die Transporter ausgebucht. Ab Samstag würde sich die Besatzung der BUZZ ALDRIN darum kümmern, ihr Raumschiff fit für die Rückreise zu machen. Immerhin, es war ein Prototyp, der besonderer technischer Aufmerksamkeit bedurfte und Pigrato rechnete fest damit, dass die Raumfahrer spätestens nächste Woche wegen irgendwelcher Ersatzteile betteln kommen würden. Das war noch nie anders gewesen.

»Ich brauche in den nächsten Tagen ebenfalls einen Rover«, meldete sich Eikanger mit düsterer Stimme zu Wort. »So bald wie möglich.«

Alle Blicke wandten sich ihm zu. »Darf man wissen, warum?«, fragte Pigrato.

Der Norweger mit den beeindruckenden Schultern hob nur die Augenbrauen. Er war in den Tagen seit seiner Ankunft zweimal zur Forschungsstation am Löwenkopf geflogen, die übrige Zeit hatte er damit zugebracht, die entlegensten Winkel der Siedlung in Augenschein zu nehmen. »Ich muss mir ein vollständiges Bild machen. Und die diversen Außenanlagen – die meteorologischen Stationen, die

Fusionsreaktoren, die Tankanlage und so weiter – fehlen mir noch.«

»Ich kann die nächsten zwei Tage keinen Rover entbehren, tut mir leid«, schüttelte Farukh den Kopf.

»Es *muss* sein«, beharrte der Sicherheitsexperte.

Pigrato beugte sich vor. »Machen Sie es möglich, Mohammed.« Er kannte die Leute vom Amt für Waffenkontrolle und wusste, dass sie hartnäckig bis zur Dickköpfigkeit waren. Für den Job, den sie machten, war es eine unabdingbare Eigenschaft, sich von nichts und niemandem von einer Kontrolle abbringen zu lassen, die sie für nötig hielten. »Es muss ja nicht ein ganzer Tag sein. Oder?«, meinte er mit einem Blick auf Eikanger.

Der schüttelte den Kopf. »Ich würde auch nachts fahren, aber ich brauche Tageslicht für die Inspektionen.«

Farukh seufzte. »Also gut, Sie kriegen einen der Rover jeweils ab sechzehn Uhr.« Dann fiel ihm etwas ein. »Wenn Sie die Tankanlagen besichtigen wollen, können Sie ja gleich mit der ersten Fahrt morgen raus zum Landeplatz mitkommen!«

»Gut«, nickte der Norweger zufrieden. »So machen wir es.«

»Ah, da fällt mir übrigens ein«, meldete sich Cory MacGee zu Wort, »dieser Journalist möchte mit zur Asiatischen Station. Van Leer oder wie er heißt.«

»Von mir aus«, knurrte Pigrato. »Aber dann soll er mithelfen beim Beladen. Sagen Sie ihm das.«

»Okay«, nickte die Frau von den Britischen Inseln und machte eine Notiz auf ihr Pad.

Der Gang führte an einigen dick zugeschraubten Türen vorbei. Zwei davon hatten einen Sehschlitz. Hinter der ersten war einfach *nichts*, Marsboden eben, hinter der zweiten, die ungefähr unter dem Modul zwei lag, erspähte Urs einen Raum, in dem Raumanzüge in ihren Gestellen hingen und »Schleuse fünf« an der Wand stand, bloß dass es keine Schleuse gab. Vermutlich waren diese Öffnungen einmal für Erweiterungen der Oberen Station vorgesehen gewesen, zu denen es nie gekommen war. Bislang jedenfalls.

Er endete schließlich im Modul eins. Interessant. Man konnte also im Kreis herumgehen, obwohl die Architektur der Oberen Station auf den ersten Blick überhaupt nicht danach aussah: fünf große silberne Kugeln, die durch Röhren zu einer Art Kette entlang der Innenseite des Ringkraters verbunden waren, in den man eine breite Durchfahrt gesprengt hatte. Der Gang verlief irgendwie unterhalb der Kugelmodule und zumindest zum Teil auf der außen gelegenen Seite des Ringwalls.

Auch im Modul eins waren alle Türen abgesperrt, bis auf eine, hinter der in einem kleinen Abstellraum dicke Bündel von Plastikfolie lagerten. Urs wollte schon wieder in den Schleichgang zurückkehren – auf keinen Fall würde er durch das Modul zwei gehen und an der Tür des Schulungsraums vorbei und es riskieren, den Marskindern zu begegnen –, als sein Blick auf eine Art Nische fiel, in der eine enge Wendeltreppe aufwärts führte.

Er stieg hinauf. Am oberen Ende war ein rundes Schott, das sich ebenso geräuschlos wie bereitwillig öffnete, als er die entsprechende Taste betätigte.

Was um alles in der Welt war das? Urs staunte, während er durch das Luk vollends hinaufkletterte. Der gesamte Raum war leer bis auf ein paar Stühle und einen kleinen Tisch, die in dem großen, kreisrunden Oberdeck regelrecht verloren wirkten. Eine Aussichtsplattform? Von der gewölbten Decke bis hinab zu einer etwa kniehohen Brüstung bestand alles aus Glas. Oder jedenfalls aus einem durchsichtigen Material. Nicht hochtransparent wie die Folie der Treibhäuser, es spiegelte ordentlich und schien recht dick zu sein, sodass der Blick an manchen Stellen verzerrt wurde, aber auch wenn das Gefühl, unter freiem Himmel zu stehen, nicht aufkam, hatte man doch einen beeindruckenden Rundblick.

Urs ging so weit an die Brüstung heran, wie es möglich war, ohne sich den Kopf anzustoßen. Verrückt. Wie konnte man auf die Idee kommen, hier leben zu wollen? Da war doch nichts als Wüste ringsherum. Steine. Jede Menge Steine, die meisten rostrot oder braun wie getrocknetes Blut, manche von einem bleichen Weiß, wie Stücke verdorrter Knochen, manche schwarz. Steine. Diese steinübersäte Landschaft erstreckte sich in allerlei Wellen nach allen Seiten und das war es.

Der Himmel war heute von einem dünnen dunklen Gelb, das wie hingepudert wirkte. In der Ferne ragten die kegeligen Stümpfe erloschener Vulkane auf, fast nur als Schattenrisse zu erkennen. Der im Hintergrund, mehr zu erahnen als zu sehen, das musste der *Olympus Mons* sein, der höchste Berg im ganzen Sonnensystem.

Es sah fast so aus, als zöge Nebel auf. Und da war eine Bewegung, eine Art Wirbel, Staub, der sich im Kreis herumdrehte und langsam näher kam.

Direkt auf die Station zu.

Direkt auf das Modul eins zu.

Urs trat einen Schritt rückwärts und ärgerte sich im selben Moment über sich selbst. Das war doch nur ein laues Lüftchen, kein Grund, auch nur einen Gedanken daran zu verschwenden. Die Station musste in den dreißig Jahren ihrer

Existenz weitaus stärkere Winde erlebt haben. *Richtige* Stürme. Meteoritenschauer. Sonnenstürme. Alles, was das Weltall eben so zu bieten hatte.

Er machte wieder einen Schritt nach vorn, presste das Gesicht gegen die Scheibe. War es das Glas oder flimmerte die Luft im Zentrum dieses Staubwirbels? Er sah genauer hin, konnte es aber nicht sagen.

Auf einmal fiel ihm auf, dass der Staubwirbel direkt vor ihm angehalten hatte. Sich langsam um sich selbst drehend, verharrte er auf der Stelle. Es sah merkwürdig aus. Unheimlich. Urs hatte mit einem Mal das Gefühl, dass dieser Wirbel ihn *beobachtete!*

Blödsinn. Er fing an, Gespenster zu sehen.

*Das Flimmern beobachtete ihn!*

Urs holte tief Luft. Keinen Millimeter würde er sich bewegen. Das fehlte gerade noch, dass er anfing durchzudrehen.

*Mehr noch . . . das Flimmern* kannte *ihn!*

Er holte noch einmal Luft und noch einmal, tiefer, dann war es auf einmal mehr, als er aushalten konnte. Mit einem Aufschrei wandte er sich ab, duckte sich weg, kauerte am Boden und kam sich entsetzlich dämlich vor.

Als er wieder aufsah, waren der Staub verschwunden und das Flimmern auch. Sein Herz schlug wie verrückt. Er merkte, dass er zitterte. Was war das gewesen, um Himmels willen? Bekam er einen Weltraumkoller?

Im nächsten Moment stieg leise, kaum vernehmbar, aber verführerisch wie die Stimme eines Teufelchens der Gedanke in ihm auf, dass genau das seine Rettung sein konnte: Wenn er hier auf dem Mars einfach durchdrehte! Dann würde seinen Eltern nichts anderes übrig bleiben, als ihn zurück nach Hause zu schicken.

# 9 In Vergessenheit

Auch an diesem Nachmittag ging Elinn wieder hinaus.

In der Schule war es heute zäh vorangegangen. Der Junge von der Erde war nicht gekommen, also war das Kommando »Kopfhörer auf und Mund zu« ausgeblieben und natürlich hatten sie dadurch mehr gequasselt als gelernt.

Dafür rief kurz vor Schluss Mrs Dumelle an und teilte ihr mit, dass sie für heute von ihrer Pflichtaufgabe, dem Füttern der Fische, entbunden war. »Ich muss nämlich euren neuen Freund nach und nach in alles einlernen, was so anfällt«, sagte sie.

»Das ist nicht unser Freund«, erwiderte Elinn.

»Na, na«, meinte Mrs Dumelle. »Auf dem Mars müssen alle zusammenhalten und die Kinder ganz besonders, möchte ich meinen, oder?«

»Ja, das tun wir auch«, hatte Elinn gesagt und damit war das Thema erledigt gewesen.

So war es gekommen, dass sie schon kurz nach Mittag aufbrechen konnte.

Die vermummten Gestalten, die die Transporter entluden, winkten ihr freundlich zu, als sie ins Freie trat. »Hallo, Elinn«, rief jemand, dessen Stimme sie nicht erkannte. »Gehst du wieder Marsianer jagen?« Das war sie schon immer gefragt worden, aber seit sie die blauen Türme entdeckt hatten, war der früher übliche spöttische Unterton aus diesen Bemerkungen verschwunden. Immerhin war nun bewiesen, dass es die Marsianer wirklich gab.

»Ja«, rief Elinn zurück. »Einer muss es ja machen.«

Gelächter, dann widmeten sie sich wieder den bunten Boxen auf den Ladeflächen der Rover. Elinn stieg den Ringwall hoch und auf der anderen Seite hinunter und schlug einen Weg Richtung Norden ein.

Während die im Sonnenlicht schimmernde Obere Station hinter ihr zurückblieb, fragte Elinn sich, was sein würde, falls sie *das Leuchten* tatsächlich nie wiedersehen sollte.

Die Gemeinschaftsküche an der *Plaza* war schon dabei, die Rollläden zur Küche herunterzulassen, als Urs ankam. »Gerade noch mal Glück gehabt«, meinte die weiß bekittelte Frau hinter der Theke, die Schöpfkelle in der Hand. »Große Auswahl hast du allerdings nicht mehr.«

»Das macht nichts«, erwiderte Urs. »Ich habe sowieso keinen großen Hunger.«

Hinter ihm schloss die Küche endgültig. Urs suchte sich mit seinem Tablett einen Platz. Hier und da saßen noch ein paar Leute, einige redeten leise miteinander, andere verfolgten auf einem an der Decke angebrachten Schirm die Nachrichten. Er setzte sich an das Ende eines Tisches, zwei Plätze entfernt von einem Mann, der hinter vorgehaltener Hand mit einem Zahnstocher in seinem Mund herumfuhrwerkte, den Blick unverwandt auf die Sendung gerichtet.

Urs versuchte zu identifizieren, was er da eigentlich auf dem Teller hatte. Irgendetwas mit viel Pilzen auf jeden Fall. Er sah auf. Neben der Essensausgabe hing etwas an der Wand, das wie eine Tafel aussah, aber die hatte schon jemand abgewischt.

Na ja, zumindest roch es nicht übel. Vielleicht konnte er um die widerlichsten Pilze herumessen.

Im Fernsehen lief einer der Nachrichtenkanäle. Es kam ein Interview mit einem führenden Vertreter der Heimwärtsbewegung.

»Wir wissen doch überhaupt nicht, womit wir es hier zu tun haben«, erklärte er, als Urs hinsah. »Zwei Türme aus blauem, glasartigem Material mitten in der marsianischen Wüste – das kann buchstäblich alles sein. Es könnte harmlos sein, ein Kunstwerk womöglich. Es könnte aber auch – und die Vorsicht zwingt uns, diese Möglichkeit ernst zu nehmen – eine Maschine sein, die Gefahren für die Menschheit birgt.« Er hatte scharf geschnittene Gesichtszüge und dunkles, lockiges Haar, trug einen sehr steif aussehenden Anzug und das Interview fand, wie es aussah, vor dem Haupteingang des Parlaments statt.

»Hat die Regierung nicht genau deswegen die besten Experten zum Mars geschickt?«, fragte die Reporterin, die dreinblickte, als würde sie gleich einschlafen.

»Schon, aber überlegen Sie doch mal: Was können die denn tun? Sie müssen die Anlagen untersuchen. Dazu ist es unumgänglich, sie auf irgendeine Art zu berühren. Und nun denken Sie an die Notrufschaltungen in modernen Kommunikatoren – egal, welche Taste Sie drücken, wenn Sie den richtigen Code nicht kennen, wird die Notrufnummer gewählt. Und ob eine Berührung der Türme einen Notruf ausstrahlt, werden wir vielleicht erst in hundert Jahren erfahren, dann nämlich, wenn die Erbauer dieser Anlage darauf reagieren. Aber dann wird es zu spät sein. Wenn uns diese Fremden auch nur entfernt ähnlich sein sollten, lehrt uns ein Blick in unsere eigene Geschichte, dass ein Kontakt mit ihnen etwas ist, das wir zu fürchten haben. Selbst wenn sie nicht mit einer Flotte von Kriegsraumschiffen anrücken, wir wären die geringer entwickelte Kultur in diesem Kontakt. Mit anderen Worten, wir würden untergehen.«

Die Reporterin nickte mit auffallendem Desinteresse. »Was schlägt die Heimwärtsbewegung vor, wie mit den Türmen zu verfahren ist?«

»Unser Standpunkt dürfte hinlänglich bekannt sein: Der Weltraum geht uns Menschen nichts an, unsere Heimstatt ist die Erde, Punkt. Also – lassen wir die blauen Türme, wo sie sind, und ziehen wir uns auf den Bereich zurück, der uns von der Natur anvertraut worden ist. Wir dürfen kein Risiko eingehen, dessen Ausmaß wir nicht ermessen können. Deshalb fordern wir, alle Forschungsarbeiten an den Hinterlassenschaften der Außerirdischen sofort einzustellen.«

»Und das Rätsel der Türme ungelöst zu lassen, damit könnten Sie leben?«

»Erstens ist es sowieso unwahrscheinlich, dass wir es lösen, und zweitens: Ja, warum denn nicht? Wir wissen schließlich auch nicht, wer Tiahuanaco gebaut hat oder Machu Picchu oder Stonehenge. Und bringt Sie das um den Schlaf? Ich wette, nein. Ich wette, Sie wissen gar nicht, wie viele Rätsel auf unserem eigenen Planeten noch ungelöst sind.«

In diesem Augenblick drehte sich der Mann mit dem Zahnstocher unvermittelt zu Urs um. »Also, auch wenn ich nicht seiner Meinung bin«, meinte er, »argumentieren kann er, das muss ihm der Neid lassen.«

Sein russischer Dialekt war so unverkennbar, dass Urs nickte und beinahe automatisch erwiderte: *»Da, wi prawi.« Ja, Sie haben recht.*

Der bärtige Kopf ruckte mit aufgerissenen Augen herum. *»Ti gawarisch paruski?«*

»*Tolko nemnogo*« – *nur ein bisschen* –, beeilte sich Urs zu antworten. Hastig und nach den richtigen Wörtern suchend, erzählte er, dass sein Freund Sergeij aus Omsk ihm ein wenig Russisch beigebracht hatte. Es reichte, um in den Bereichen des Virtu zurechtzukommen, die man *elektrische Taiga* nannte, mehr aber auch nicht.

»Immerhin«, strahlte der Mann erfreut. »Eine schöne Überraschung.« Er streckte die Hand aus. »Ich heiße Jurij. Jurij Glenkow. Ich bin für die Fusionsreaktoren, Energieversorgung und so weiter zuständig.«

»Urs Pigrato.« Er schüttelte die Hand des Mannes, die sich kühl und derb anfühlte.

»Pigrato? Dann bist du der Sohn unseres Statthalters?«

»*Da.*«

»Hmm«, machte der Mann und musterte ihn prüfend. »Ich könnte mir vorstellen, dass das keine leichte Situation für dich ist. Dein Vater ist nämlich hier nicht allzu beliebt, weißt du? Wie kommst du denn mit den anderen Kindern klar?«

»Geht so«, sagte Urs automatisch, dann seufzte er, schüttelte den Kopf und gestand: »Nein. Sie wollen nichts von mir wissen.«

»*Otschjen shal*«, nickte Jurij Glenkow. »Das ist sehr schade.«

Urs winkte ab. »Ach was. Auf die bin ich nicht angewiesen. Ich habe gute Freunde auf der Erde, wissen Sie? Jede Menge. Wir schreiben uns Mails und so, die halten mich auf dem Laufenden, ganz toll. Nein, das mit den anderen hier ist kein Problem.«

Glenkow kratzte sich unter dem Bart. »Freunde sind dir sehr wichtig, nicht wahr?«

Urs wollte etwas sagen, aber da war so ein komischer Kloß

in seiner Kehle, also nahm er lieber noch einen Bissen und nickte nur.

»Ich muss leider los«, meinte der Russe mit einem Blick auf seine Uhr. »War nett, dich kennenzulernen. Wenn du mal Lust auf einen Ausflug zu den Reaktoren haben solltest, sag Bescheid, ja?«

»*Charascho*«, nickte Urs. »In Ordnung.«

Nach dem Mittagessen ging er in den Schulraum, sorgsam darauf achtend, keinem der Marskinder zu begegnen. Als er schließlich allein vor seinem Schirm saß, kam es ihm jedoch auf einmal absurd vor, sich jetzt mit der Biologie von Spulwürmern zu befassen oder mit der Geschichte Lateinamerikas oder was sonst so im Angebot war. Also ließ er es und rief stattdessen seine Mails ab.

Leider waren die nicht annähernd so üppig, wie er dem Fusionstechniker gegenüber getan hatte. *Hi, wie geht's? Hier ist jede Menge los, muss weiter. Mach's gut! Gruß Henrik.* Das war alles, was ihm sein bis vor drei Monaten bester Kumpel zu sagen hatte. Sie hatten *Magnet Scooter*-Turniere gewonnen, gemeinsam Blut und Wasser geschwitzt – vergessen, abgehakt. Aus den Augen, aus dem Sinn, wie Großmutter immer gesagt hatte. Keine Mail von Peter, keine von Dao-Shan, von Florence immerhin ein Foto und die Neuigkeit, dass an der Schule jetzt alle an Ethikgesprächen teilnehmen mussten, weil ein paar Dummköpfe aus der siebten Stufe welche aus den unteren Stufen verprügelt und um Geld erpresst hatten.

Und so weiter. Der Einzige, der sich Mühe mit seiner Antwort gegeben hatte, war wieder einmal Sergeij. Eine ellenlange Mail, in der er berichtete, was los war in den Ecken und Winkeln des Virtu, in denen sie sich immer herumgetrieben hatten. Irgendeine Firma baute gerade neue Erlebnisräume auf, irrsinnige Labyrinthe mit Spiegeleffekten und Hochgeschwindigkeitspassagen und solchem Zeug. Sergej war in den Eingangsleveln gewesen und völlig begeistert.

Urs ertappte sich dabei, wie er ganze Absätze übersprang beim Lesen. Irgendwie war das alles nur noch halb so interessant, seit er wusste, dass er auf absehbare Zeit nicht mehr in den Virtu kommen würde.

Das Schlimmste von allem war, dass es ihn nicht wirklich überraschte, so wenig von seinen Freunden zu hören. Er war immer stolz darauf gewesen, beliebt zu sein, aber im Grunde seines Herzens hatte er geahnt, dass die Typen, mit denen er herumzog, keine so guten Freunde waren, wie sie alle getan hatten.

Gute Freunde abhaken und zur Tagesordnung übergehen? Das hatte er selber auch schon gemacht. Wie war das gewesen mit Wang? Von Stufe drei bis fünf hatten sie zur selben Lerngruppe gehört, waren nachmittags durch die Malls gerast, hatten Sachen angestellt, von denen seine Eltern bis heute nichts ahnten . . . Dann war Wangs Vater, Beamter der chinesischen Forstverwaltung, zurück nach China versetzt worden und Urs hatte irgendwie nie die Zeit gefunden, Wangs ellenlange Mails zu beantworten. Ein, zwei kurze Verlegenheitsmails, dann war die Sache eingeschlafen. Heute wusste er nicht einmal mehr so recht, wie Wang überhaupt ausgesehen hatte, erinnerte sich nur vage an dunkle Haare und Schlitzaugen und an ein meckerndes Lachen.

Und nun ging es ihm genauso. Urs beantwortete Sergeijs Mail, aber im Grunde wusste er nicht, was er ihm schreiben sollte, ohne ins Jammern zu verfallen. Von der Eiswand konnte er ihm erzählen. Immerhin. Also machte er das. Danach starrte er hinaus in den dunkel werdenden Marshimmel und war beinahe froh, als sein Kommunikator ihn an seinen Termin bei Mrs Dumelle erinnerte.

Wie so oft in den letzten Wochen hatten Carl und Elinn ein Abendessen aus der Kantine besorgt. Die Zeit reichte ihrer Mutter abends einfach nicht mehr, um noch selber zu kochen, wie sie es normalerweise taten. Aber das ging gerade allen so. In der Kantine erreichte die Zahl der Bestellungen jeden Abend Rekordmarken.

»Es ist bloß gut, dass die Erdlinge daran gewöhnt sind, wenig Platz zu haben«, meinte Mutter, während sie die Teller mit so energischen Bewegungen füllte, als ginge es immer noch darum, ausgebohrte Felswände abzustützen und Mauern hochzuziehen. »Wir haben jetzt jeweils vier Personen in eine Wohnung einquartiert, aber es scheint sich niemand zu beschweren.«

»Aber neulich hast du erzählt, die Wohnungen seien schon zur Hälfte fertig«, meinte Carl.

Mutter nickte. »Ja. Leere Zimmer. Das Problem sind zurzeit die Möbel. Wir haben nicht mehr genug Holz. Die ALDRIN hat zwar eine Maschine für irgend so ein Kunststoffzeugs mitgebracht, aber die haben sie bis jetzt noch nicht zum Laufen gekriegt. Na, das ist zum Glück nicht mehr mein Bereich.« Sie hielt inne und betrachtete das, was sie auf der Gabel hatte. »Was ist denn das? Schmeckt gut.«

»Irgendwas mit Tofu und Blumenkohl«, sagte Elinn. »Es hat einen komischen Namen; ich habe ihn vergessen.«

»Es war was Italienisches«, ergänzte Carl, dem es auch nicht mehr einfiel. »Ein neues Rezept, haben sie gesagt.«

Christine Faggan nickte anerkennend. »Also, sagt ihnen, von mir aus können sie das ruhig öfter machen.« Trotzdem ließ sie die Gabel mit einem Seufzer sinken. »Ich bin noch ganz aufgedreht. Ich glaube, ich muss nachher erst einmal ein langes Bad nehmen. Seid so gut und putzt euch gleich nach dem Essen die Zähne, ja?«

Ein Tonsignal erklang und im ersten Moment begriffen sie gar nicht, dass es von Elinns Kommunikator kam, so ungewöhnlich und unerwartet war ein Anruf um diese Zeit.

Elinn zog das Gerät hervor und sah auf das Display. »Caphurna«, las sie erstaunt vor.

»Nimm an«, rief Carl rasch. »Und schalt laut.«

Sie drückte die Annahmetaste. »Hallo?« Sie hörte eine Weile zu, dann sagte sie: »Warten Sie, ich schalte laut, damit mein Bruder mithören kann.«

Ihre Mutter hob die Augenbrauen. »Und ich?«

Im nächsten Moment scholl die Stimme des Professors durch das Esszimmer. »Gut, also noch mal von vorne. Unsere Sensoren haben heute Mittag zwischen 13 Uhr 21 und 13 Uhr 57 eine magnetische Anomalie ein paar Kilometer nördlich der Siedlung gemessen, im Bereich des Jefferson-Grabens. Ich wollte nur kurz nachfragen, ob du vielleicht dort warst und ob möglicherweise dieses Phänomen aufgetreten ist, das du als *Leuchten* bezeichnest.«

Elinn musterte den auf dem Tisch liegenden Kommunikator und furchte die Stirn. »Ich habe nichts gesehen«, sagte sie.

»Aber du warst dort, oder? Das Schleusenlog verzeichnet jedenfalls, dass du in der fraglichen Zeit draußen gewesen bist, und rein rechnerisch könntest du bis zum Jefferson-Graben und wieder zurückgelaufen sein.«

Carl erwiderte den fragenden Blick seiner Mutter mit einem Schulterzucken.

Elinn sah nicht auf, starrte nur auf das Gerät. »Ich bin ein bisschen herumgelaufen«, sagte sie. »Ich habe gedacht, vielleicht sehe ich das Leuchten.«

»Aber du hast es nicht gesehen?«

»Da war ein kleiner Sandteufel über dem Graben«, meinte Elinn. »Vielleicht hat das etwas damit zu tun?«

»Du warst draußen, obwohl es Sandteufel gab?«, fuhr ihre Mutter auf.

»Hallo?«, rief die Stimme des Professors. »Sind Sie das, Mrs Faggan?«

»Ja. Tut mir leid, dass ich dazwischenrede. Ich weiß eigentlich überhaupt nicht, worum es geht.«

Elinn gab ein unwilliges Murren von sich. »Es war nur ein ganz *kleiner* Sandteufel. Völlig ungefährlich.«

»Wir versuchen, dem Rätsel der Artefakte auf die Schliche zu kommen, die Ihre Tochter findet«, sagte der Professor und erklärte kurz, wie sie versuchten, mit den Breitbandsensoren ungewöhnliche elektromagnetische Strahlungen einzufangen.

»Sind Sie sicher, dass es beim Jefferson-Graben war?«, fragte Christine Faggan nach. »Wir haben in der Zeit, die Sie genannt haben, mit der Tunnelfräse den Bauabschnitt sieben angefangen. Das ist natürlich nicht so weit draußen wie der Graben, aber es liegt genau in der Richtung. Und unsere Tunnelfräse ist berüchtigt dafür, alle möglichen Messinstrumente durchdrehen zu lassen.«

»Hmm.« Der Professor tuschelte etwas mit jemandem im Hintergrund. »Wir sind uns eigentlich sicher, dass die Signale plus minus zweihundert Meter aus dem Grabengebiet gekommen sein müssen, aber wir werden es noch einmal nachprüfen. Vielen Dank jedenfalls für den Hinweis.« Er hüstelte. »Danke auch dir, Elinn. Falls du das Leuchten wiedersehen solltest, gibst du uns Bescheid, ja?«

»Ja«, sagte Elinn. »Sobald die Marsianer sich melden, gebe ich Bescheid.«

»Was macht denn die Molekularanalyse?«, rief Carl dazwischen.

»Wir sind dabei. Es dauert noch ein bisschen, aber ich melde mich auf jeden Fall, sobald wir etwas herausgefunden haben. Versprochen.«

Nachdem er die Verbindung beendet und Elinn ihr Gerät wieder in die Hosentasche geschoben hatte, betrachtete Mrs Faggan ihre beiden Kinder mit großen Augen. »Ich kriege nicht mehr alles mit, was so passiert, habe ich den Eindruck.«

»Das ist wissenschaftliche Arbeit«, sagte Carl.

Elinn nickte. »Wir helfen den Wissenschaftlern von der Erde, das ist alles.«

Ihre Mutter hob langsam die Augenbrauen. »Ach so. Na, dann brauche ich mir ja keine Sorgen zu machen.«

»Nein«, sagte Elinn. »Brauchst du nicht.«

»Wir haben das im Griff«, fügte Carl hinzu.

Abends kam noch einmal eine Mail von Sergeij. Sogar mit *Benachrichtigen*-Status, sodass der Eingang auf Urs' Kommunikator angezeigt wurde. Sein Vater erlaubte ihm, sie auf dem Schirm im Arbeitszimmer abzurufen.

Und es war die Sensation. Sergeij hatte seinem Großvater, der sich offenbar bei jeder Gelegenheit aus dem Altersheim, in dem er lebte, in den Virtu flüchtete, von der Eiswand erzählt und der hatte ihm einen Trick verraten, wie man sie überwinden konnte. Das hieß, wenn es tatsächlich die gute alte Eiswand war, die er und seine Kumpels damals ausgetüftelt hatten. Sie hatten kurz vor der Inbetriebnahme rasch noch eine *Hintertür* in den Code geschmuggelt, weil sie nicht eingesehen hatten, dass die Eiswand künftig auch für ihre Schöpfer undurchdringlich sein sollte.

Urs konnte es kaum erwarten, bis es so spät war, dass es nicht auffiel, wenn er die Zähne putzte und sich in sein Zimmer verzog. Er dunkelte den Raum ab, holte die Virtu-Brille hervor, setzte die Kontakte auf, spürte das Kribbeln unter der Kopfhaut und wie seine Gliedmaßen erlahmten, als er sie einschaltete, dann zog es ihn durch den Tunnel in den Virtu.

Die Eiswand war noch da. Riesig, unabsehbar lang und wie aus Packeis geschnitten. Jetzt würde sich zeigen, ob es die war, die Sergeijs Großvater programmiert hatte.

*Du musst die Wand entlanggehen und sie dabei mit der Hand abtasten, so hocherhoben, wie du kannst. Alle fünfhundert Meter ist eine kleine Vertiefung eingelassen. In einer davon erhebt sich in der Mitte ein münzgroßer Zapfen, gerade so groß, dass man ihn tasten kann.*

Da. Das fühlte sich schon mal so an.

*Du kannst nachprüfen, ob du an der richtigen Stelle bist, indem du versuchst, dich am unteren Rand der Vertiefungmit nur einem Finger einzuhängen und hochzuziehen. Wenn du richtig bist, geht das leicht, und du bleibst für eine Minute in der Schwebe.*

Tatsächlich. Ein Avatar verhielt sich – außer man ging in den *Runner Mode* oder sonst einen speziellen Modus – wie ein normaler Körper. Doch hier gelang es Urs ohne Weiteres, sich mit dem linken Mittelfinger einen Meter in die Höhe zu ziehen und seinen virtuellen Körper in der Luft zu halten. Zufrieden ließ er wieder los.

Aber jetzt kam der schwierige Teil.

*Das, was jetzt kommt, musst du üben. Opa sagt, sie haben es aus irgendeiner Fernsehserie abgeguckt, die in ihrer Jugend Kult war. Keine Ahnung, was er meint, aber jedenfalls geht es so: Du hebst beide Arme, spreizt an beiden Händen die Finger so, dass der Zeigefinger und der Mittelfinger zusammen sind und der Ringfinger und der kleine Finger. Insgesamt muss das ein V ergeben. Und den Daumen spreizt du außerdem ab.*

Das war wirklichnicht so einfach. Urs hatte es vor dem Trip geübt und ein paar Mal geschafft, aber irgendwie gelang es ihm nicht, diese Fähigkeit nun auf seinen Avatar zu übertragen. Hoffentlich galt es auch, wenn man jeweils mit der anderen Hand ein bisschen nachhalf.

*Wenn du das V an beiden Händen hast, presst du die Hände vor dir auf das Eis. Warte zehn Sekunden, ohne dich zu rühren.*

Ganz schön kalt. Die Kälte kroch einem in die Arme.

*Dann erscheint über der Vertiefung ein Ziffernblock und ein Display, in dem fünf Fragezeichen stehen. Die Fragezeichen sind ein Ablenkungsmanöver: Man muss nur die Zahl 42 eintippen (frag mich nicht, wieso ausgerechnet 42) und dann auf den Zapfen in der Mitte der Vertiefung drücken.*

Urs drückte die Vier, die Zwei und dann den Zapfen. Im selben Moment erschien vor ihm ein schmaler, gerader Gang durchs Eis. Er sah aus wie ausgestanzt – und außerdem, als ob er tausend Kilometer lang sei: Kein Ende in Sicht.

Trotzdem durchquerte Urs ihn mit einem Schritt. Im Nu lag die Eiswand hinter ihm und er hatte den Virtu vor sich, wie er ihn beim ersten Versuch angetroffen hatte, mit dünn leuchtenden Koordinatenlinien in alle Richtungen ...

... doch in weiter Ferne glomm etwas, das weder Eis noch eine Linie war. Hatte sich doch noch mehr getan hier? Das musste er nachprüfen, jetzt, da er der KI ein Schnippchen geschlagen hatte. Urs ging in den *Runner Mode* und fegte darauflos. Ein perlmuttfarben schimmernder Würfel, erkannte er im Näherkommen. Was mochte das sein?

Es sah aus wie gefrorenes Video. Urs umrundete den Kubus und sagte sich, dass er nichts zu verlieren hatte. Also beugte er sich vor und steckte den Kopf seines Avatarkörpers hinein.

Tatsächlich, eine Video-Schleife. Und was für eine seltsame. Er sah von schräg oben hinab in einen schwach erleuchteten Raum, den er nicht kannte, mit einer Schiebetür. Die Tür öffnete sich, ein Mann kam raschen Schrittes herein. Er hatte blonde Haare, soweit Urs sah. Nachdem die Tür wieder zugefahren war, bückte er sich zu einer Klappe an der Fußleiste, richtete sich dann wieder auf und rüttelte an der Tür, wie um sich zu vergewissern, dass sie verschlossen war. Dann wandte er sich ab und verließ den Sichtbereich.

Es sah aus wie der Anfang eines jener Rätselspiele, die vor drei Jahren so modern gewesen waren; auch von den Farben her. Aber es passierte nichts weiter. Eine Weile sah man den leeren Raum, dann ging alles wieder von vorne los. Und man konnte nichts weiter machen als es ansehen, tiefer kam man nicht hinein.

Anscheinend war es wirklich nur gefrorenes Video.

Langweilig. Urs ließ es schließlich, zog seinen Avatarkopf wieder heraus. Alle gespannte Vorfreude war wie weggeblasen. Okay, er hatte die Eiswand durchbrochen, immerhin. Aber ansonsten war immer noch nichts los. Er konnte es genauso gut sein lassen.

Er verließ den Virtu, stopfte die Brille weit hinten in eine der Schubladen und ging zu Bett, voller Wut auf den Mars und seine Bewohner. Er musste hier weg, unbedingt!

# 10 Ausflug zum Löwenkopf

An diesem Freitagmorgen öffnete sich die Tür der Medizinischen Station nicht, als Dr. DeJones seine Schlüsselkarte am Lesegerät vorbeiführte.

Seltsam. Der Arzt stutzte ein wenig, versuchte es noch einmal, aber die Türflügel, die sich daraufhin normalerweise geräuschlos nach rechts und links hätten öffnen müssen, rührten sich nicht.

Das war noch nie vorgekommen. Die Schließanlage war altmodisch und auf der Erde längst überholt, doch sie war robust und es hatte nie Probleme gegeben.

Diesmal aber gab es offensichtlich ein Problem und es zeigte sich hartnäckig: Egal, wie oft Dr. DeJones die Karte ans Lesegerät führte, egal, wie schnell und aus welchem Winkel, die Türen rührten sich keinen Millimeter.

Es waren stabile Türen. Polierter und lackierter Stahl, eingefasst in solide Halterungen. In der Medizinischen Station lagerten wertvolle Geräte und verschreibungspflichtige Medikamente. Es war Vorschrift, sie sorgfältig zu sichern.

Dr. DeJones betrachtete seine Karte. Stimmte damit etwas nicht? Er zückte seinen Kommunikator und rief AI-20 an, um sich zu erkundigen, was es mit dieser verschlossenen Tür für eine Bewandtnis haben mochte. Doch die Künstliche Intelligenz wusste auch nichts. Sie kontrollierte zwar eine Menge Schlösser in der Marssiedlung, aber das zur Medizinischen Station gehörte aus Sicherheitsgründen nicht dazu.

Vielleicht war es einfach kaputt. Ein simpler Stromausfall war die einfachste Erklärung. Dr. DeJones erinnerte sich dunkel daran, dass es für solche Fälle eine mechanische Notöffnung gab, aber er wusste nicht mehr genau, wo und wie die funktionierte, und natürlich brauchte man dafür auch einen Schlüssel und den hatte er jedenfalls nicht.

Ärgerlich, das Ganze. In Kürze landete das Shuttle und dann kamen einige Leute von der Besatzung der BUZZ ALDRIN zu fälligen medizinischen Untersuchungen. Er sah auf die Uhr. Eigentlich hätte er schon mitten in den Vorbereitungen dafür sein sollen.

Er rief die Werkstatt an. Niemand da. Natürlich nicht. Jeder verfügbare Techniker war vermutlich gerade unterwegs zum Landeplatz.

Dr. DeJones wog den Kommunikator abschätzend in der Hand, während er überlegte. Eine Möglichkeit blieb ihm noch, auch wenn er sie höchst ungern nutzte. Aber es gab nun einmal nur eine Person, die Schlüssel zu allen Türen in der Marssiedlung besaß.

Vaters Kommunikator fiepte mitten beim Frühstück, mit jenem Ton, der – das hatte Urs inzwischen mitbekommen – besagte, dass die Künstliche Intelligenz ein als dringend eingestuftes Gespräch durchstellte.

»Ah, Dr. DeJones, guten Morgen. Was gibt es denn?« Je länger Vater zuhörte, desto mehr nahm sein Gesicht einen Ausdruck ausgesprochenen Unwillens an. »Und die KI kann nicht . . .? Ah, verstehe. Dann soll einfach ein Techniker . . . Beim Landeplatz? Alle? Ja, klar. Also gut, ich schicke

Ihnen jemand.« Er trennte die Verbindung kopfschüttelnd und sagte: »Nun reicht es mir aber langsam.«

»Was ist denn los?«, fragte Mutter.

»Die Tür zur Medizinischen Station ist verschlossen und lässt sich nicht öffnen.« Vater verdrehte die Augen. »Ist das zu fassen? Mit solchen Bagatellen kommen die Leute zu mir. Demnächst muss ich ihnen das Klopapier hinterhertragen.« Er klickte die Nummernliste im Display seines Kommunikators durch. »Wo habe ich denn diesen Eikanger ... Nein, der wollte ja mit der ersten Fahrt raus zum Landeplatz. Es ist zum Verrücktwerden.« Er wählte eine andere Nummer und ging hinaus in den Flur, um einem seiner Mitarbeiter Anweisungen zu erteilen.

Mutter betrachtete die Uhr an der Wand, die Marszeit und Erdzeit nebeneinander anzeigte. Nach Marszeit war es kurz nach halb neun. »Ich glaube, wir müssen uns doch angewöhnen, früher aufzustehen«, murmelte sie.

Urs sagte nichts. Das war illusorisch. Sie waren eine Familie von Langschläfern, und wenn ihre Wohnung zu Hause auf der Erde nicht in unmittelbarer Nähe der Schule gelegen hätte, wäre er vermutlich jeden Tag zu spät gekommen.

Vater kam zurück, einen Ausdruck grimmiger Entschlossenheit im Gesicht. »Du wolltest doch die blauen Türme sehen, oder?«, fragte er an Urs gewandt.

Urs nickte verblüfft.

»Ich habe das Gefühl, wenn wir damit warten, bis mal *nichts los ist*, wirst du erwachsen sein und ich graue Haare haben, ehe es dazu kommt. Lasst uns heute fliegen. Am besten sofort. Bevor wieder irgendetwas Idiotisches dazwischenkommt.« Er blickte Mutter an. »Ein kleiner Familienausflug, sozusagen.«

Urs riss die Augen auf. Dass Vater mal etwas machte, das

nicht wenigstens eine Woche im Voraus geplant und ausgemacht war, war, vorsichtig gesagt, *selten*.

Mutter wirkte nicht weniger überrascht, winkte aber ab. »Geht ihr mal ohne mich. Ich will mich hier erst ein bisschen eingelebt haben, ehe ich mich wieder in so einen Raumanzug zwänge.«

»Gut, aber dann gehen wir beide ein andermal. Sehenswert sind sie nämlich schon, so ist das nicht.« Vater zückte seinen Kommunikator und tippte eine Nummer ein. »Flugdienst? Pigrato hier. Wann ist der nächste Flug zum Löwenkopf angesetzt? Ja, heute. So bald wie möglich, um genau zu sein. Zehn Uhr? Das klingt gut. Ich komme zusammen mit meinem Sohn mit. Abends zurück, natürlich. Mmhm. Gut, planen Sie uns bitte ein. Danke.«

Er trennte die Verbindung und lächelte Urs zu. »Alles klar. Das heißt, wir sollten in einer guten Stunde am Flugdeck sein.«

Der Junge von der Erde war heute wieder nicht aufgetaucht. Am Tag zuvor musste er nachmittags noch im Schulraum gewesen sein; sowohl seine Tastatur als auch sein Stuhl hatten heute Morgen anders gestanden, als Carl sie angeordnet hatte. Offenbar schien Urs Pigrato es vorzuziehen, ihnen aus dem Weg zu gehen.

Auch ohne Kopfhörer herrschte eine konzentrierte Atmosphäre. Ariana hatte *Physik-17* zum zweiten Mal nicht bestanden und arbeitete sich nun missmutig durch die allerausführlichste Fassung der Lektion, in der jeder Schritt in allen Einzelheiten erklärt wurde. Jemand hatte mal ausgerechnet, dass man, würde man den gesamten Schulstoff in dieser Weise durchnehmen, den Abschluss ungefähr im Alter von sechzig Jahren hätte.

Elinn schaute wie üblich mit aufgerissenen Augen auf ihren Schirm. So, als stünden dort wahnsinnig faszinierende Dinge. Seine Schwester war Carl ein Rätsel. Manchmal wirkte sie, als könne sie nicht bis drei zählen, und überhaupt schien sie die meiste Zeit in ihrer eigenen, für andere unzugänglichen Welt zu leben – doch sie pflügte durch die Lektionen wie eine Tunnelfräse durch den Berg, saugte den Schulstoff auf mit einer Leichtigkeit, dass einem schwindlig werden konnte, und wenn er sich nicht stark ins Zeug legte, würde sie ihren Abschluss noch vor ihm schaffen, obwohl er drei Jahre älter war.

Um ehrlich zu sein: Seit einiger Zeit war es die Furcht vor dieser Blamage, die Carl antrieb, an seinen Lektionen zu arbeiten.

Ronny schließlich wirkte ausgesprochen gelangweilt. Den Kopf in die Hände gestützt, las er ein und dieselbe Seite einer Lektion Wirtschaftskunde wieder und wieder. Alles, was nicht mit Technik zu tun hatte, interessierte ihn nicht die Bohne.

Tja, und er selbst schließlich steckte wieder in Geschichte fest, die ihn ungefähr genauso wenig vom Hocker riss wie Ronny Wirtschaftskunde. Was ging ihn das 20. Jahrhundert an, mal ehrlich? Weltkriege, Ideologien, Diktaturen, Flüchtlinge, Hungersnöte ... Schrecklich, klar, aber hundert Jahre her. Vorbei und vergangen. Was ihn interessierte, war nun einmal die Zukunft, nicht die Vergangenheit.

Carls Kommunikator gab einen verhaltenen Ton von sich, der den Eingang einer Textmitteilung anzeigte. Wahrscheinlich wieder so ein Rundschreiben wie am Mittwoch, als die Datenverbindung zur Erde blockiert gewesen war. Mäßig neugierig langte er nach dem Gerät.

Von wegen. *Sehr geehrte Mrs Faggan, hallo, Carl, ich würde*

*Sie beide gerne heute Nachmittag um vierzehn Uhr im Labor sprechen. Herzlichst, Jorge Caphurna.*

Das war ja mal interessant. Das hieß, dass sie irgendetwas herausgefunden haben mussten! Carl wäre beinahe aufgesprungen vor Begeisterung, aber ein kleiner Pfeil zeigte an, dass noch mehr Text folgte, und so blätterte er erst weiter.

Da stand: *PS: Elinn sollte vorläufig besser nichts davon erfahren.*

So richtig gut mit Raumanzügen auszukennen schien sich sein Vater auch nicht. Sie schafften es zwar irgendwie gemeinsam, die Dinger anzulegen, aber nachher war Urs so schlau wie zuvor. Immerhin hatte er diesmal verstanden, wie man die Manschetten an den Arm- und Beinverschlüssen verriegelte, was ja auch schon was war. »Den Helm brauchen wir erst, wenn wir da sind«, sagte sein Vater.

Sie warteten am Aufgang zum Flugdeck. Ziemlich pünktlich senkte sich ein Flugboot fauchend und dröhnend aus dem fahlgelben Himmel herab in das Landegestell. Der Boden zitterte unter ihnen, als es aufsetzte und die Triebwerke abschaltete. Urs sah, dass der Roboterarm sofort den Tankstutzen ankoppelte.

Leute in Raumanzügen kamen heraus. Einige schleppten metallene Instrumentenkoffer, andere trugen schlichte Säcke aus dunklem Kunststoff. Dann durften sie einsteigen, durch eine Zustiegsschleuse, die sich nicht ganz dicht auf das Luk presste: An der Dichtung entwich leise zischend Luft ins Freie, was allerdings niemanden zu kümmern schien.

Die Kabine war ausgesprochen eng. Es gab Sitzplätze für zehn Personen und sie waren nur zu fünft, trotzdem kam Urs sich fast vor wie in der U-Bahn nach Lausanne, als das

Flugboot startete. Durch eine Trennscheibe sah man ins Cockpit: Der Pilot zumindest hatte ausreichend Platz.

»Wie lange dauert der Flug eigentlich?«, fragte Urs.

»Etwa zwei Stunden«, kam es aus dem Lautsprecher, über den der Pilot mit den Passagieren reden konnte. »Hängt ein bisschen von der Wetterlage ab.«

Es war ein völlig anderes Fluggefühl, als Urs es je erlebt hatte. Im Raumschiff, okay, da hatte man sowieso nie das Gefühl zu fliegen. Bei einem Flugzeug gewöhnte man sich daran, dass es durch die Luft glitt und oben blieb, obwohl man nie so recht begriff, warum eigentlich. Nicht so bei diesem Flugboot. Es *ritt* regelrecht auf den Feuerstrahlen seiner Triebwerke, und das spürte man. Es war eine zittrige, Furcht einflößende Art der Fortbewegung und man hatte keine Sekunde lang das Gefühl, es sei selbstverständlich, sich in der Luft zu befinden. Die ersten Minuten wartete Urs förmlich auf die falsche Bewegung des Steuerhebels, die sie abschmieren lassen und ungespitzt in den Boden rammen würde. Es brauchte einige Zeit, bis er sich entspannen konnte und imstande war, aus dem Fenster zu sehen.

Von dem Moment an vergaß Urs alle Befürchtungen hinsichtlich der Stabilität des Flugbootes. Es war unglaublich. Der Blick ging über eine unfassbar weite, grenzenlos scheinende Welt in Farben, die kein Traum kühner hätte scheinen lassen können. Der Horizont schien unendlich fern zu sein und die Ebenen bis dahin endlos. Wenn er hinabsah, waren da Schluchten und Felsspalten und bizarre Schatten. Felshänge glitzerten wie mit Diamanten überzogen. Nichts, was Urs je im Leben gesehen hatte, war mit diesem absolut fremdartigen Anblick zu vergleichen.

*Ich bin wahrhaftig auf einem anderen Planeten,* dachte Urs wieder und wieder und konnte es kaum fassen. Eine ganze

Welt voller Geheimnisse lag da unten und wartete darauf, entdeckt zu werden.

Er seufzte. Wenn nur ein paar seiner Freunde hier gewesen wären. Dann hätte es ein wirklich tolles Abenteuer sein können.

»Das unter uns ist das *Noctis Labyrinthus*«, rief ihm sein Vater durch den Lärm der Triebwerke zu. »Das sind die westlichen Ausläufer der *Valles Marineris.*« Er beugte sich herüber und deutete aus dem Fenster. »Siehst du die zwei weißen Kuppeln da unten? Am Ende des großen Haupttals, direkt am Hang? Das ist die Marsstation der Asiatischen Allianz.«

Urs musste ein wenig suchen, aber schließlich erspähte er zwei kleine weiße Gebilde auf einer aschgrau schimmernden Hochebene. »Ich sehe sie. Sieht winzig aus.«

»Sie ist auch winzig. Die Besatzung zählt momentan zehn Mann und Platz hätten sie für maximal achtzehn.«

Urs konnte seinen Blick nicht von dem irren Anblick der Landschaft unterhalb des Flugbootes abwenden. »Warum hat die Asiatische Allianz überhaupt eine eigene Marsstation aufgebaut? Ist das nicht ziemlich überflüssig?«

»Politik. Du weißt doch, die Staaten der Allianz denken immer, sie hätten im Weltparlament nicht genug zu sagen. Deswegen wollen sie sich ab und zu etwas beweisen.«

»Doof.« Sie kamen den Kuppeln immer näher. »Aber eine tolle Aussicht haben sie sich ausgesucht. Besser als die Marssiedlung.«

Jemand der anderen Passagieren lachte und rief: »Ja, schon. Bloß verdammt gefährlich. So dicht an den Schluchten weiß man nicht, was ein Marsbeben alles anrichten kann.«

Die Station kam außer Sicht und nach einer Weile waren

selbst die Vulkankegel des Tharsis-Massivs nicht mehr zu sehen. Die Farbe der Landschaft unten veränderte sich von dem bisherigen Rostrot in ein schmutziges Graubraun. Aus dieser Höhe sahen die Hochplateaus aus wie Asche. Der Himmel über ihnen war fast schwarz und man sah Sterne.

»Landeanflug beginnt«, kam schließlich die Durchsage des Piloten.

Urs sah verblüfft hinab. Landemanöver? Da war doch nichts! Nur grauer Sand und Steine, soweit das Auge reichte.

»Schau gut hin«, vernahm er die Stimme seines Vaters. »Es ist wirklich sehenswert.«

Urs wandte den Kopf und sah ihn an. »Aber da ist doch –«

»Nach unten schauen!«, unterbrach ihn sein Vater. »Schnell, sonst verpasst du es.«

Stirnrunzelnd sah Urs wieder aus dem Luk und hinab auf die steingraue Einöde, die immer näher kam. Was sollte das, hier zu landen?

In diesem Moment, von einem Augenblick zum nächsten, veränderte sich der Anblick, der sich ihm bot. Als hätte jemand auf einen anderen Fernsehkanal umgeschaltet, war urplötzlich ein großer, halbrunder Kraterwall zu sehen, ein von Druckluftzelten, Containern und Maschinen aller Art umlagertes Hochplateau und vor allem . . . die Türme.

Zwei in türkisfarbenem Blau leuchtende, schlanke Zylinder, die man von oben zunächst kaum als solche erkannte: Einen irritierenden Moment lang hatte Urs den Eindruck, zwei große, von innen beleuchtete Swimmingpools zu sehen. Doch das Flugboot senkte sich jetzt rasch hinab, und je tiefer es kam, desto deutlicher waren die Türme und das Forschungslager zwischen ihnen auszumachen.

»Das ist ja galaktisch«, meinte Urs. »Wo kommen die denn auf einmal her?«

»Das war der Effekt, den wir ›Tarnschirm‹ nennen«, erklärte Vater. »Es ist uns zum Glück gelungen, das vor den Medien weitgehend geheim zu halten.«

»Aber was *ist* das?«

»Das wissen wir nicht. Wir wissen nur, dass die Türme aus einer Höhe von mehr als zweitausendneunhundert Metern nicht zu sehen sind. Warum – keine Ahnung.«

Urs war fasziniert. »Aber das hat man doch untersucht, oder?«

»Ja, sicher. Inzwischen kann man bis auf den Millimeter genau angeben, in welcher Höhe der Effekt eintritt. Bloß wie er zustande kommt – darüber weiß man nicht das Geringste.«

Unglaublich. Urs sah hinaus, hinüber zu den Türmen, die geradezu unwirklich aussahen, eher wie Elemente aus dem Virtu als wie wirkliche Bauwerke. Das Forschungslager wirkte klein und hilflos neben ihnen.

Der aschegraue Boden kam jetzt rasch näher. Die anderen Passagiere griffen nach ihren Helmen. Die Triebwerke fauchten noch einmal, dann setzte das Flugboot auf.

Nach der Schule brachte Ariana ihrem Vater etwas aus der Kantine mit. Wie erwartet machte er sich heißhungrig darüber her. Natürlich hatte er vor lauter Arbeit das Essen wieder völlig vergessen.

»Na, wie geht es voran mit der Physik?«, fragte er zwischen zwei Bissen.

Die Untersuchungen liefen offenbar immer noch. Hinter einer Wand aus Milchglas waren die Umrisse eines Menschen zu sehen, der auf einer Liege lag, und wenn man genau hinhorchte, hörte man auch das Summen des Tomografen, der ihn abtastete.

»Reden wir von was anderem«, seufzte Ariana. »Ich begreife das wahrscheinlich nie. Physik wäre schon in Ordnung, wenn nur nicht so viel Mathematik dabei wäre.« Mathematik war normalerweise ihr Hauptfeind. Und Geografie. Genau genommen, gab es eigentlich kein Schulfach, das ihr so richtig Spaß machte.

»Vielleicht musst du es mal für eine Weile ganz lassen. Dich mit was anderem beschäftigen. Gut möglich, dass du dich einfach gerade zu sehr verkrampfst. Wenn man irgendetwas mit aller Gewalt will, dann klappt es oft am wenigsten.«

»Hmm«, machte Ariana. »Möglich.«

Vater lächelte verständnisvoll. »Gut, reden wir von was anderem. Hat zum Beispiel deine Mutter schon von sich hören lassen? Wenn du zur Erde willst, wird es nämlich allmählich Zeit, alles Notwendige in die Wege zu leiten.«

»Ähm – nein. Ich meine«, sagte Ariana, »ich habe ihr eine Video-Mail geschickt, aber das war am Mittwoch, als das Mailsystem gesponnen hat, und ich weiß nicht, ob sie jetzt durch ist oder nicht.«

»Was sagt denn die Statusanzeige?«

»Die steht auf ›versendet‹. Aber ich habe das Gefühl, das stimmt nicht.«

»Am besten, du schickst ihr einfach noch eine. Und kein Video, sondern eine ganz normale . . .« Vaters Kommunikator fiepte mit Dringlichkeitston. Er stellte das Tablett beiseite und nahm an. »DeJones. Ja. Eine halbe Stunde . . . Nein, mindestens. Ja, tut mir leid, aber sie liegt noch unter dem Tomografen . . . Ich lebe schon fünfzehn Jahre hier, Mister Gupta, und mache das nicht zum ersten Mal; ich weiß, dass der Shuttle bestimmte Startzeitpunkte einhalten muss. Ich würde vorschlagen, Sie nehmen einfach das nächste. Das gibt es immer.« Er hörte eine Weile dem zu, was der andere von sich gab, rollte dabei gelangweilt mit den Augen und sagte schließlich: »Ich mache, so schnell es geht, versprochen. Und jetzt muss ich weitermachen, sonst dauert es noch länger, okay?«

Ihr Vater trennte die Verbindung und griff wieder nach dem Tablett. »Wir sind spät dran, weil es heute Morgen Probleme mit der Eingangstür gab. Das wollte ich ihm nicht erzählen, ich meine – wie klingt denn das? Tut mir leid, ich konnte die Untersuchungen nicht vorbereiten, weil ich heute früh vor verschlossener Tür stand? Klingt nicht sehr vertrauenerweckend, oder?«

»Echt? Die Tür ging nicht auf?«

Vater nickte kauend. »Als ob meine Schlüsselkarte gelöscht worden wäre. Und alle Techniker natürlich schon unterwegs zum Landeplatz. Toll. Es blieb mir nichts anderes übrig, als Pigrato anzurufen. Der hat dann Dipple geschickt.«

Graham Dipple war einer der Assistenten Pigratos, ein magerer Mensch mit nervösen Augen und wichtigtuerischem Gehabe. Wenn man ihm irgendwo über den Weg lief, tat er möglichst so, als sehe er einen nicht. Man rätselte, was das für Narben waren, die er im Gesicht und auf den Handrücken hatte – blasse, kreisrunde Vernarbungen, die ein bisschen wie Mondkrater aussahen –, und mied ihn ansonsten nach Kräften.

»Und dann? Wie bist du dann reingekommen?«

»Eine Chaotenstory, ich sag's dir.« Vater kratzte die Reste vom Teller. »Also, Dipple und ich sind schließlich in die Werkstätten runter und haben da allerhand Werkzeug zusammengesucht, das so aussah, als könne man damit eine Stahltür aufbrechen. Ha, das wäre was geworden! Aber zum

Glück war die Tür schon wieder offen, als wir zurückkamen, bepackt wie die Safeknacker vom Dienst.«

»Einfach so?«

»Eben nicht. Unser Glück war, dass Pigratos Neuer – ein Norweger, Thor Eikanger oder so ähnlich – an dem Morgen verschlafen hatte. Eigentlich hatte er vorgehabt mit den ersten Rovern rauszufahren, aber so hat er Pigratos Nachricht mitgekriegt, ist gekommen und hat die Tür mit seinem Universalschlüssel geöffnet.« Er bemerkte die staunenden Augen seiner Tochter und grinste, während er die Gabel zurück auf den Teller legte. »Tja, mein Kind, so ist das. Es gibt einen Satz Schlüssel, der jedes Schloss und jede Tür in dieser Siedlung öffnen kann, und da der Neue offenbar jetzt für Sicherheitsfragen zuständig ist, hat er den jetzt in Gewahrsam. Wusste ich bis heute Morgen auch nicht, fand ich aber interessant, mal zu erfahren.«

Ariana schnaubte unwillig. »Ich glaube, ich mach mir einen Riegel von innen an die Tür.«

»Gute Idee. Bring bei mir am besten auch gleich einen an.« Ein Signalton zeigte an, dass der Tomograf mit dem Scan durch war. Auf dem Schirm des Computers erschien das farbig markierte Bild eines menschlichen Körpers. Vater meinte entschuldigend: »Jetzt muss ich dich leider bitten . . .«

»Schon kapiert«, nickte Ariana und stand auf. Bei Untersuchungen waren Zuschauer unerwünscht. »Ich muss sowieso weiter. Mom eine Mail schreiben und so.«

Sie würde, beschloss sie im Hinausgehen, erst einmal in den Kraftraum gehen. Wenn sie zur Erde wollte, war es ohnehin besser, schon mal mit dem Muskeltraining anzufangen. Und dabei konnte sie sich in Ruhe überlegen, was sie ihrer Mutter schreiben würde.

»Carl?«

Carl hielt inne. Elinn stand in der Tür seines Zimmers und sah ihn an, als hätte sie ihn bei etwas Verbotenem erwischt. Dabei war er nur im Begriff gewesen, seine Schuhe anzuziehen.

Allerdings fühlte er sich tatsächlich ertappt. Sie hatten zusammen zu Mittag gegessen, eine kleine Vesper in der Küche, Brot, etwas Gemüse und Kräutertunke dazu, dann war jeder in seinem Zimmer verschwunden. Jetzt wartete auf jeden von ihnen noch eine kleine Arbeit in den Gärten und Plantagen – wie immer, und ob er im Begriff war, dorthin zu gehen oder sich mit Mutter im Labor von Professor Caphurna zu treffen, konnte ihm eigentlich nicht anzusehen sein, oder?

»Was denn?«, fragte er zurück. So gelassen wie möglich. Als sei nichts Besonderes los.

Elinn strich sich die struppigen roten Locken aus dem Gesicht, ohne Aussicht auf Erfolg natürlich, und erklärte: »Wir müssen Urs in unsere Gruppe aufnehmen.«

Carl starrte seine kleine Schwester an, den rechten Schuh in der Hand, und versuchte zu begreifen, was in ihr vorgehen mochte und wie um alles in der Welt sie ausgerechnet jetzt auf ausgerechnet dieses Thema kam. Dann fiel ihm seine Verabredung ein und dass er spät dran war, darum setzte er sich, streifte den Schuh über den Fuß und sagte: »Ich habe doch erklärt, warum das nicht geht. Urs ist der Sohn des Erdstatthalters. Er würde seinem Vater all unsere Geheimnisse verraten.«

Elinn schüttelte entschieden den Kopf. »Das wird er nicht.«

»Vielleicht nicht absichtlich. Aber es reicht, wenn er sich zu Hause verplappert. Das kann jedem mal passieren. Und dann? Dann sind wir unser Versteck los, unseren eigenen Zugang nach draußen und so weiter.«

»Wir müssen Urs aufnehmen, Carl«, beharrte Elinn. »Es *muss* sein.«

Carl seufzte. Seine Schwester war klein und sah zerbrechlich aus. Hinter diesem Aussehen aber lebte ein Wesen, das unglaublich zäh und unnachgiebig war, wenn es sich etwas in den Kopf gesetzt hatte.

»Schau, ich habe auch ein schlechtes Gewissen dabei, dass wir ihn so auf Distanz halten. Vielleicht ist er sogar ganz nett, wer weiß? Er lässt sich ja nicht mehr sehen. Und erinnerst du dich, wie sein Vater immer geredet hat? Dass der Mars kein Ort für Kinder ist und so weiter? Da wird er doch nicht seinen eigenen Sohn auf Dauer hierher bringen. Wahrscheinlich sind er und seine Mutter nur zu Besuch hier und fliegen spätestens mit den Transportern wieder zurück. Mit anderen Worten, wenn wir uns mit ihm befreunden würden, wäre es ohnehin nur für ein paar Wochen; danach sehen wir ihn nie wieder.«

Er sah sie an und wusste, dass all seine Worte an ihr abgeglitten waren wie Marsstaub an dem haftungsfreien Glas eines Raumhelms.

»Ich habe mir das überlegt«, erklärte sie mit einer Ernsthaftigkeit, die bei jedem anderen lächerlich ausgesehen hätte, die Carl aber hier und in diesem Moment Gänsehaut über den Rücken laufen ließ. »Ich glaube, die Marsianer wollen es so. Sie wollen, dass alle Kinder auf dem Mars zusammenhalten.«

»Die Marsianer?«, echote Carl.

Seine kleine Schwester nickte.

»Und wieso denkst du, dass die Marsianer das wollen?«

Elinn schürzte die Lippen. »Das kann ich dir leider noch nicht verraten.«

Er ärgerte sich. Er ärgerte sich vor allem, weil er schon ahnte, dass sie sich von dieser Meinung nicht abbringen lassen würde, und weil das wiederum hieß, dass es nur eine Frage der Zeit war, bis sie sich damit bei den anderen durchsetzte. »Was heißt das?«, fragte er unwirsch. »Haben sie dich angerufen oder was?«

»Wir müssen Urs aufnehmen«, wiederholte Elinn. »Unbedingt.«

Er musste los. Carl schlüpfte missmutig in den anderen Schuh. »Lass uns ein anderes Mal darüber reden, okay?«

# 11 Eine geniale Idee

Das Forschungslager konzentrierte sich hauptsächlich um den, vom Landeplatz aus gesehen, linken Turm. Zelte waren aufgebaut, die über Schleusen betreten werden konnten. Durch das transparente Material der Zeltwände hindurch sah man Tische und Stühle und Kaffeetassen und jede Menge imposanter Geräte und ab und zu auch jemanden, der sich über einen Tisch beugte, oder mehrere Leute, die zusammenstanden und über irgendetwas diskutierten.

Ein Zelt war direkt am Fuß des Turmes errichtet worden und im Unterschied zu den anderen war es kein Druckzelt, sondern ein simpler Staubschutz.

»Wir sind noch dabei, eine Isolation zu basteln, die um den Turm selber herumreicht«, erklärte ein Mann, der ihnen entgegengekommen war und Urs und seinen Vater begrüßt hatte. Urs hatte seinen Namen nicht verstanden, offenbar war er der Leiter des Forschungslagers. »Wäre alles kein Problem, wenn die Türme sich nicht drehen würden.«

Richtig, das hatte Urs auch gehört. Beide Türme drehten sich, so war es in den Nachrichten gekommen, einmal in vierhundertelf Stunden um die eigene Achse. »Wie herum drehen sie sich eigentlich?«, wollte er wissen. Das hatten die Nachrichten nämlich allesamt verschwiegen.

Der Forschungsleiter lächelte hinter seinem Raumhelm.

»Erstaunlich, wie selten das gefragt wird. Auch der Journalist, der neulich hier war, hat nach allem Möglichen gefragt, aber danach nicht.« Er drehte sich um und deutete auf den linken Turm, der wie ein atemberaubendes Kunstwerk aus blauem Flaschenglas in die Höhe ragte. »Die Antwort ist, dass sich beide Türme in unterschiedlicher Richtung drehen. Der linke hier dreht sich gegen den Uhrzeigersinn, der andere im Uhrzeigersinn. Beide sind genau gleich hoch, vierhundertsieben Meter und dreizehn Zentimeter nämlich, und haben denselben Durchmesser, einundvierzig Meter und zweiundvierzig Zentimeter.«

»Sie sehen aber bloß so aus, als ob sie aus Glas sind, oder?«

Der Mann nickte Urs zu. »Wir wissen nicht, woraus sie bestehen, aber Glas ist es definitiv nicht. Aus Glas könnte man solche Gebilde auch nicht machen. Behauptet zumindest unser Materialwissenschaftler.« Er wandte sich an Urs' Vater. »Wir könnten den Turm natürlich mit Partikelstrahlen beschießen und eine Spektralanalyse durchführen, das würde ziemlich sicher funktionieren und Klarheit schaffen. Aber das trauen wir uns noch nicht. Ganz so blöd, wie die von der Heimwärtsbewegung uns hinstellen, sind wir nämlich nicht. Solange wir uns nicht sicher sein können, was wir mit einem solchen Eingriff auslösen – und Partikelstrahlen, das ist eine heftige Attacke; ich würde niemandem raten, da seine Hand hineinzuhalten –, verzichten wir darauf. Wir fassen die Türme an, weil wir uns sagen, dass sie schließlich seit jeher Berührungen aller Art ausgesetzt gewesen sein müssen, Wind, Sand, Steinen und so weiter, aber ansonsten arbeiten wir bis jetzt ausschließlich mit nicht berührenden Verfahren. Wir leuchten sie an, messen die Lichtbrechung und dergleichen. Und wir versuchen, ein Stück der Verankerung freizulegen. Das ist das, was wir in dem Zelt da am Fuß des Turmes machen. Wir haben jetzt drei Meter Tiefe erreicht, aber da ist immer noch einfach nur glatte Turmwand.«

Urs sah an dem Turm hinauf. Nur den Kopf in den Nacken zu legen, brachte nichts, weil die Sichtscheibe des Helms irgendwann endete, man musste den ganzen Oberkörper nach hinten beugen.

Aus der Höhe hatten die beiden Türme elegant und filigran ausgesehen, aber aus der Nähe wirkte der Turm einfach nur kolossal. Ein monumentaler, absolut glatter Zylinder aus einem dunklen Blau von der Farbe tiefen, ruhigen Wassers. Auf den ersten Blick schien das Material durchsichtig zu sein, doch wenn man genauer hinsah, merkte man, dass das nicht stimmte. Das Licht versickerte in dem Gebilde, was vielleicht irgendwie der Grund dafür war, dass man das Gefühl hatte, die Türme leuchteten von innen heraus. Was sie allerdings nicht taten, wie Aufnahmen bei Nacht bewiesen.

Der Mann wies auf eines der größeren Zelte. »Darf ich Sie zu uns ins Hauptzelt einladen? Sicher wollen Sie Ihre Helme ein wenig abnehmen. Ich kann Ihnen auch etwas anbieten, zu trinken, zu essen – wir werden hier gut versorgt von der Siedlungsküche, das muss man sagen.«

»Ja, gut«, brummte Vater und sie setzten sich in Bewegung.

Die Wege zwischen den Zelten waren ausgetretene Pfade im Geröll und die unteren Enden der Druckzelte grau von angewehtem Wüstenstaub. Urs stieß mit dem Schuh gegen etwas, das sich beim Hinsehen als ein Haken erwies, wie sie in den Boden geschlagen wurden, um die Zelte zu befestigen.

Und als er wieder aufsah, fiel sein Blick an dem Hauptzelt vorbei auf etwas ganz und gar Verblüffendes.

Der Weg zu den Labors führte von der *Plaza* am Kartenraum vorbei in einen Bereich, der in den letzten Wochen praktisch komplett umgebaut worden war. Plötzlich gab es Wände, wo vorher Durchgänge gewesen waren, und umgekehrt Gänge, wo einen einst glatte Wand angestarrt hatte, dazu jede Menge neuer Türen und Räume. An den Wänden hingen Hinweisschilder und man brauchte sie tatsächlich, selbst wenn man in dieser Siedlung geboren war wie Carl.

Unterwegs rief ihn seine Mutter an. »Ich bin schon im Labor. Wir warten auf dich.«

»Ich bin gleich da«, gab Carl zurück.

In diesem Augenblick bog vor ihm ein Mann um die Ecke, den er in dieser Woche schon öfter gesehen hatte. Er war unter den ersten Neuankömmlingen gewesen, schlank, drahtig und mit verweht wirkenden blonden Haaren. Carl hätte sich weiter nichts dabei gedacht, wäre der Mann nicht plötzlich zusammengezuckt, als er ihn sah. Mit einer raschen Bewegung steckte er etwas in die Tasche und bog in einen Seitengang ab, der, wie Carl wusste, in ein Baugebiet führte, in dem schlicht noch *überhaupt nichts* war außer leeren Räumen.

Carl blieb stehen und sah ihm nach. Irgendetwas war seltsam. Er war einen Moment versucht, dem Mann nachzuschleichen, aber man wartete auf ihn, also ließ er es bleiben und ging weiter.

Und spätestens als Professor Caphurna mit den Ergebnissen seiner Untersuchungen herausrückte, hatte er den Vorfall schon wieder vergessen.

Der Wissenschaftler begrüßte ihn ernst und wies ihm an dem großen Besprechungstisch den Platz neben seiner Mutter zu. Das Labor ringsherum hatte sich seit dem letzten Mal deutlich verändert; alle Geräte waren jetzt ausgepackt, das

Verpackungsmaterial verschwunden – es konnte, wie Carl wusste, in Düngemittel umgewandelt werden und lag vermutlich bereits draußen auf den Feldern –, und wo am Dienstagnachmittag noch leere Tische gewesen waren, stapelten sich nun Gefäße mit Untersuchungsproben, lagen Handcomputer und Lesegeräte herum. Das Labor sah jetzt nicht mehr aus wie eine Lagerhalle, in die sich ein paar Menschen in weißen Kitteln verirrt hatten, sondern richtig nach Arbeit.

Auf dem Tisch lag ein großes Messblatt, eine riesige Strichzeichnung, die das Artefakt, das untersucht worden war, in gewaltiger Vergrößerung darstellte. Carl betrachtete die unterschiedlich schraffierten Bereiche auf dem Blatt, ohne jedoch daraus schlau zu werden.

Professor Caphurna setzte sich ebenfalls. Er hatte, wie Carl erst jetzt bemerkte, eine Fotografie des untersuchten Artefakts in der Hand, mit der er herumspielte, als sei er etwas nervös.

»Zunächst vielen Dank, dass Sie gekommen sind«, begann er mit einem Nicken in Mutters und in seine Richtung. »Wie ich Ihnen, Mrs Faggan, gerade erklärt habe, hat uns Ihre Tochter Elinn einen der Gegenstände, die sie als ›Artefakte‹ bezeichnet, für eine Molekularanalyse zur Verfügung gestellt. Ich weiß nicht – haben Sie eine Vorstellung davon, was bei einer solchen Untersuchung passiert?«

Carl sah, wie seine Mutter die Schultern einzog. Sie fühlte sich in derartigen Situationen äußerst unwohl, das wusste er. »Ich habe mal etwas darüber gelesen ... Sie schauen sich dabei sozusagen die Atome einzeln an, oder?«

Der Professor lächelte. »Gewissermaßen. Bei einer Molekularanalyse wird das Material des zu untersuchenden Gegenstandes Atomschicht für Atomschicht abgetragen, jedes einzelne Atom wird mit seiner Ordnungsnummer und seiner Position gespeichert. Der Gegenstand selber wird dabei restlos zerstört, aber dafür hat man nachher eine genaue Beschreibung seines Aufbaus im Computer.« Er wies auf das Messblatt. »Das ist eine Auswertung davon. Wir haben eines der kleinsten Artefakte ausgewählt, weil das Verfahren natürlich sehr aufwendig ist, sowohl was Zeit als auch was Speicherplatz anbelangt.«

Er hielt inne. Einen Moment herrschte ein unangenehmes Schweigen.

»Und?«, fragte Carl schließlich ungeduldig. »Was haben Sie herausgefunden?«

Der Professor legte das Foto des in seine Atome aufgelösten Artefakts beiseite und faltete die Hände. »Tja. So leid es mir tut, aber das war ein Fehlschlag. Das ›Artefakt‹ ist, genau wie die früheren chemischen Analysen schon besagt haben, tatsächlich nichts weiter als ein Klumpen geschmolzenen Sandes mit hohem Siliziumanteil. Ein Stein vermutlich vulkanischen Ursprungs.«

Carl war wie vor den Kopf geschlagen. Er wechselte einen Blick mit seiner Mutter, die sich daraufhin vorbeugte, die Arme vor der Brust verschränkte und meinte: »Ich glaube, es wäre besser gewesen, wenn Elinn dabei gewesen wäre und das von Ihnen persönlich gehört hätte. Mir brauchen Sie das nicht zu erzählen, ich kann diese Artefakte sowieso nicht mehr sehen. Aber mir wird sie nicht glauben, wenn ich ihr das jetzt zu erklären versuche.«

Der Professor hob entschuldigend die Hände. »Gut, das kann ich nicht beurteilen. Ich hielt es für besser, wenn ich erst einmal Sie beide . . .«

»Wie können Sie das eigentlich so genau sagen?«, unterbrach Carl, ohne sich in dem Moment darüber klar zu sein, wie unhöflich das von ihm war. Aber er hatte seine kleine Schwester vor Augen und wie sie immer wieder mit ihren Funden zu ihm gekommen war, um ihm von den Marsianern zu erzählen, mit leuchtendem Gesicht. »Sie haben doch selbst gesagt, dass ein Computerchip letztendlich auch nur ein Stück Silizium mit ein paar Verunreinigungen ist. Wenn man nicht weiß, wonach man suchen muss, würde man auch nicht auf die Idee kommen, dass er zu irgendetwas gut ist. Es könnte doch sein, dass das Artefakt irgendwelche Schaltkreise oder etwas ganz anderes, ganz Fremdartiges enthält, das Sie bloß nicht identifizieren können, weil es der irdischen Wissenschaft einfach noch unbekannt ist?«

Professor Caphurna hatte bei Carls letzten Sätzen angefangen zu nicken. »Ja, das Argument hatte ich erwartet. Allerdings verfängt es hier nicht. Selbst wenn man nicht das Geringste über einen Computerchip wüsste, würde eine Molekularanalyse doch unweigerlich ergeben, dass da etwas Bedeutsames ist. Denn das war genau das, was wir getan haben – wir haben nach Strukturen jedweder Art Ausschau gehalten. Wir haben einen Computer, der darauf spezialisiert ist und das sehr gut kann. Und auch das menschliche Gehirn ist in Sachen Mustererkennung außerordentlich fähig. Doch egal, wie wir die Untersuchung ausgerichtet haben, wir sind immer zu dem Schluss gekommen, dass es solche verborgenen Strukturen einfach nicht gibt. Man kann das mit statistischen Untersuchungen sogar beweisen.«

»Und wie kommen dann die Muster zustande? Das Löwengesicht? Die schriftähnlichen Zeichen?«

Eine schwarzhaarige Frau am anderen Ende des Tisches nickte und sagte: »Zufall. Verschiedenfarbige Quarzsande, die vermischt waren und im Moment des Vulkanausbruchs miteinander verschmolzen wurden.«

»Und einen Löwenkopf gezeichnet haben?«

Professor Caphurna hob den Zeigefinger. »Ein guter Punkt, danke, dass du mich daran erinnerst. Wir haben die Löwenkopfzeichnung auf dem entsprechenden Stein noch einmal genau untersucht, sie vor allem exakt vermessen und mit der inzwischen vorliegenden Karte der tatsächlichen Felsformation im Daedalia Planum verglichen.« Er stand auf, holte ein großes Lesegerät heran, rief eine Abbildung auf und hielt es ihnen hin. »Hier, sehen Sie. Wenn man das Bild auf dem Stein und ein Luftbild der Löwenkopfformation unabhängig voneinander sieht, dann hält man sie für identisch und ist schwer beeindruckt. Tatsächlich aber haben die beiden nur höchst oberflächliche Ähnlichkeit miteinander. Praktisch keine der Abmessungen stimmt im Verhältnis überein.«

Carl betrachtete die Bilder. Caphurna hatte recht. Direkt neben die Vermessungskarte gelegt, sah die Zeichnung auf dem Artefakt auf einmal aus wie eine schlechte Karikatur. »Aber Mister Lung hat das Bild damals mit den Fotos verglichen, die das Marsflugzeug von der Stelle gemacht hat.« Er tippte auf zwei dunkle Dreiecke neben dem Löwenauge. »Die beiden Zacken hier waren auch auf dem Foto zu sehen, daran erinnere ich mich genau.«

Ein junger Mann mit kurz geschorenem, grünlich schimmerndem Haar hob die Hand. »Das ist ein Phänomen, das man bei Aufnahmen von felsigem Gelände häufig hat«, warf er in einem Ton ein, der ausgesprochen herablassend klang. »Es liegen so viele Steine jeder Größe herum, die bei geeigneter Sonneneinstrahlung geheimnisvolle Schatten werfen, dass man fast immer fast jeden Zacken finden kann, den man sucht.«

Carl merkte, wie Mutter neben ihm ungeduldig wurde.

»Aber wieso«, schob er rasch nach, »findet nur Elinn diese Steine?« Jetzt sagte er auch schon *Steine* anstatt *Artefakte!*

»Sie hat offenbar das bessere Auge dafür«, lächelte Professor Caphurna. »Das ist nicht selten bei Kindern. Ich zum Beispiel habe eine Tochter, die immer und überall Geld findet, egal, wohin wir gehen, ob am Strand, im Wald oder in der Stadt.«

Die dunkelhaarige Frau ergänzte: »Wir werden nächste Woche hinausgehen und mithilfe geologischer Roboter im Regolith gezielt nach ähnlichen Steinen suchen. Wie uns Doktor Spencer erklärt hat, ist dergleichen bisher noch nie versucht worden.«

Carl nickte. Ja, weil sie bisher keine solchen Roboter gehabt hatten.

»Gut, dann wäre das endlich geklärt«, meinte Carls Mutter knapp. »War das alles? Entschuldigen Sie, dass ich dränge, aber ich habe noch eine halbe Stadt zu bauen.«

Der Wissenschaftler nickte. »Ja, das war es, was ich Ihnen mitteilen wollte. Vielen Dank, dass Sie gekommen sind.«

»Das mit den Artefakten«, bekam Carl von seiner Mutter gesagt, kaum dass sich die Tür des Labors hinter ihnen geschlossen hatte, »bringst du ihr bei, klar?«

»Was um alles in der Welt ist das?«

Urs war sich nicht bewusst, dass er laut gesprochen hatte, bis er den Lagerleiter antworten hörte. »Unser Prunkstück. Wenn auch eines, das wir am liebsten los wären. Wenn wir wüssten, wie wir das bewerkstelligen könnten.«

Urs begriff nicht, was er damit meinte, aber es war ihm im Moment auch egal. Er ging staunend um das Zelt herum, das den Blick auf den Rest des Gebildes verdeckte. Es war ein Flugzeug. Eine Art Segelflugzeug und auch wieder nicht, denn es hatte unübersehbar einen Antrieb und vor allem war es unglaublich groß, geradezu überdimensional. Gleichzeitig sah es so zerbrechlich aus, als sei es aus Eierschalen hergestellt. Schon das Leitwerk war riesig, haushoch und derart spitz zulaufend, dass man das Ende besser nicht mit dem Handschuh eines Raumanzugs anfasste. Das Emblem der Asiatischen Allianz, der rote Stern und die rote Sonne, über dem Meer aufgehend, prangte auf dem Seitenruder. Der schlanke Leib der Maschine verbreiterte sich nach vorn zu einem Cockpit mit gläsernen Kuppeln oben wie unten.

Das Ungeheuerlichste aber waren die Flügel. Schmal und fragil, nahmen sie überhaupt kein Ende. Wenn man am Rumpf stand, kam es einem vor, als reichten die Tragflächen von Horizont zu Horizont. Dass jede von ihnen noch eine hoch darüber sitzende Turbine mit einem großen, dreiflügligen Propeller zu tragen vermochte, war vermutlich wirklich nur noch mit der verminderten Marsschwerkraft zu erklären.

»Das Marsflugzeug!«, begriff Urs. Von dem Forschungsflugzeug der Asiatischen Allianz hatte er schon gehört. Es war nach dem Modell eines auf der Erde gebräuchlichen Stratosphärengleiters gebaut und hat in den letzten Jahren weite Teile der Marsoberfläche kartografiert. »Komisch«, meinte er und sah zurück zum Landeplatz des Flugboots. »Wieso habe ich das von oben nicht gesehen?«

»Das geht den meisten so, die das erste Mal kommen«, sagte der Mann lachend. »Da hat man nur Augen für die Türme und das Lager.«

»Und das fliegt?«

»Sagt man. Gesehen habe ich es nicht, es lag schon da, als wir ankamen.«

»Wieso? Ist es abgestürzt?«

Der Lagerleiter lachte. »Nein, die Marskinder haben es benutzt, um hierherzufliegen und die Türme zu entdecken. Eine völlig verrückte Geschichte, wenn man es sich genau überlegt.«

Urs starrte das riesige Gebilde an, von dem man nicht einmal glaubte, dass es imstande war, sich in die fast nicht vorhandene Atmosphäre des Mars zu erheben, geschweige denn, dass Kinder dieses Monstrum steuern konnten. *Das* war aber in den Meldungen über die Entdeckung der Türme nicht erwähnt worden!

»Vor allem eine haarsträubende, gefährliche Geschichte, wenn Sie mich fragen . . .«, knurrte sein Vater.

Der andere Mann gab ein zustimmendes Brummen von sich. »Jaja. Ich muss sagen, ich konnte es auch kaum glauben, als ich es erzählt bekam.«

Später, als sie drinnen im Zelt an einem Tisch saßen und heißen Kaffba tranken, erzählte der Leiter des Forschungslagers, der ein auffallend knochiges Gesicht hatte, dass sie das Marsflugzeug gerne zur Asiatischen Station zurückschaffen würden, aber nicht wussten, wie. »Wir dachten erst, das ist kein Problem, aber siehe da, es war doch eines. Es einfach unter eines der Flugboote zu hängen und zurückzutragen geht nicht, weil die Triebwerke es beschädigen würden. Die robotische Steuerungseinheit des Marsflugzeuges beherrscht nur den Start von einem Katapult. Einfach so zu starten, das kann es überhaupt nicht. Obwohl es technisch ginge, das haben wir ausgerechnet; die Motoren sind gerade stark genug, wenn man den Anlauf oben vom Tafelberg nutzen würde.«

»Aber das müsste ein menschlicher Pilot machen«, ergänzte Vater grimmig. »Und der einzige auf dem Mars, der das könnte, kaum zu glauben, ist dieser Ronald Penderton, der es auch hergeflogen hat. Ein dreizehnjähriger Junge.« Er nahm einen tiefen Schluck. »Das geht natürlich auf keinen Fall.«

Urs hob staunend die Augenbrauen. Dieser kleine Knirps mit seiner Stupsnase und den blonden Locken, der wie ein vorwitziger Kobold aussah? Der hatte das Flugzeug geflogen? Nicht zu fassen.

»Kennen Sie eigentlich auch die Vorgeschichte?«, hörte Urs seinen Vater fragen, an den Mann mit dem knochigen Gesicht gerichtet. Jetzt erst entdeckte Urs, dass auf dessen Raumanzug ein Namensschild befestigt war: *S. O'Flaherty.* »Wie die Kinder überhaupt auf die Idee gekommen sind, hierherzufliegen?«

»Ähm ... nicht so richtig. Sie haben die Formation auf irgendeinem Foto entdeckt, habe ich gehört«, erwiderte O'Flaherty.

»Das ist nur die halbe Wahrheit. Es war ein Bild auf einem Stein.«

»Einem Stein?«

Vater gab ein verhaltenes Knurren von sich, das Urs nur zu gut kannte. Das war das deutlichste Zeichen dafür, dass er irgendetwas auf das Entschiedenste missbilligte. »Das jüngere der beiden Mädchen, Elinn Faggan, treibt sich ziemlich oft auf der Oberfläche herum und findet ab und zu seltsame Steine, die sie ›Artefakte‹ nennt ...«

»Ah, ja«, nickte der andere. »Professor Caphurna hat mir da so was erzählt. Ist sie nicht der Überzeugung, irgendwelche Marsianer würden diese Steine herstellen?«

»Ja. Aberglaube natürlich. Es sind Brocken geschmolzenen Siliziums, Millionen Jahre alt, und sie sehen hübsch aus, wie Schmuckstücke. Manche von ihnen weisen eigenartige

Zeichnungen auf, die wie verunglückte Schriftzeichen aussehen. Und auf einem der Steine war eben ein Bild, das dem Löwenkopffelsen hier verblüffend ähnelte. Sogar die Standorte der Türme waren zu sehen.«

O'Flaherty nickte verblüfft. »Das ist ja erstaunlich. Eine richtige *Loch Ness*-Geschichte. Wundert mich, dass die Medien das nicht schon ausgeschlachtet haben, die sind doch sonst nicht so zurückhaltend.«

»Das kommt bestimmt noch, darauf könnte ich wetten«, brummte Vater. Er umklammerte seine Kaffba-Tasse. »Wenn ich mich bloß an das letzte Mal erinnere, als sie einen der Steine gefunden hat ... Diese Kinder! So unvorsichtig, so ... Sie denken, der Mars sei eine Art Abenteuerspielplatz. Kümmern sich nicht darum, dass das ein wirklich gefährlicher Ort hier ist, riskanter, als wenn sie direkt in der Antarktis leben würden. Im Grunde ist es unverantwortlich, das Ganze – ich war immer dagegen, dass auf dem Mars Kinder ... na ja, egal. Es ist, wie es ist. Jedenfalls, diese Elinn Faggan. Ein seltsames Mädchen. Sie behauptet steif und fest, dass sie ein *Leuchten* sieht, wenn sie einen dieser Steine findet. Das Leuchten führt sie zu dem Stein hin. Es ist bloß so, dass das niemand außer ihr wahrnehmen kann. Ich war einmal dabei, als sie behauptet hat, es leuchte überall. Tat es natürlich nicht. Und sie verliert jede Vorsicht, wenn sie wieder glaubt, ihr Leuchten zu sehen. Einmal ist sie ohne ausreichende Sauerstoffvorräte rausgegangen, war so fasziniert von dieser Erscheinung, dass sie sämtliche Warnlampen übersehen hat. Mit dem letzten Sauerstoff ist sie in eine Schlucht hinuntergestiegen, außer Reichweite der Sensoren und natürlich weit, weit außer Sicht. In ihrem Helm müssen alle roten Lampen angegangen sein, aber sie ist nicht auf die Idee gekommen, das Funkgerät einzuschalten und um Hilfe zu rufen. Die KI hat schließlich Alarm ausgelöst, die Flugboote mussten raus, Höllenaufregung. Sie wäre uns beinahe erstickt, stellen Sie sich das vor.«

»Meine Güte. Das klingt ja dramatisch.«

»Das war es auch. Im Grunde bräuchte man einen Kinderpsychologen hier, der sich um das Mädchen kümmert. Wissen Sie, ich frage mich, ob das noch normal ist. Ob das nicht ... Ich will nicht sagen, dass sie verrückt ist. Nicht im klinischen Sinn. Aber nehmen Sie nur ihre Wortwahl – sie sieht ein ›Leuchten‹. Ich habe gelesen, dass solche Lichterscheinungen auf eine sich anbahnende Epilepsie hindeuten können. Sie hat allerdings keine Anfälle oder dergleichen, dann hätte man es ja auch schon gemerkt. Ich habe mit unserem Arzt darüber gesprochen, Dr. DeJones, aber der will von dieser Theorie nichts wissen. Kein Wunder – das andere Mädchen ist seine Tochter. Der will nicht hören, dass das Leben auf dem Mars manchen Menschen vielleicht einfach nicht bekommt. Das heißt, im Grunde denke ich, dass es niemandem bekommt. Aber manchen eben schlechter als anderen.«

Urs hatte die ganze Zeit, während sein Vater sprach, an seinem Kaffba genippt und so getan, als sehe er zu, wie weiter hinten im Zelt zwei Frauen und ein Mann eine kompliziert aussehende Apparatur auf einem langen, metallenen Rollwagen zusammenbauten. Sie unterhielten sich halblaut dabei, über etwas gebeugt, das wohl die Anleitung war.

Doch Urs hatte nur Ohren für das, was sein Vater erzählte. *Das ist es! Das ist es!* Urs hätte am liebsten laut geschrien. Hier wurde ihm der ideale Plan auf dem Silbertablett präsentiert, der ihn zurück zur Erde bringen würde, weg von hier, der Plan, der ihm sein altes Leben zurückgeben würde.

Elinns Geschichte war der Schlüssel. Was, wenn er einfach

so tat, als sehe er auch ein »Leuchten«? Niemand würde imstande sein, ihm das Gegenteil zu beweisen! Schließlich konnte man jemand anderem nicht in den Kopf sehen. Wenn er nur hartnäckig genug dabei blieb, das zu behaupten – und auch sonst anfing sich seltsam zu benehmen –, würden seine Eltern es mit der Angst zu tun bekommen und ihn vorsichtshalber zur Erde zurückschicken. Und zwar mit dem nächsten greifbaren Schiff.

*Das war es!*

»Und du?«, wandte O'Flaherty sich plötzlich an Urs. »Wie gefällt dir das Leben auf dem Mars?«

»Gut«, erwiderte Urs, auf einmal von trunken machender Zuversicht erfüllt. »Ganz toll.« Es konnte nicht schaden, gleich damit anzufangen, sich seltsam zu benehmen, also hob er den Becher und stieß einen kieksenden Freudenschrei aus.

Die drei Wissenschaftler, die hinten an dem Rollwagen zugange waren, hielten inne und sahen zu ihnen herüber. Und, wichtiger noch, sein Vater musterte ihn konsterniert von der Seite!

»Ein echtes Abenteuer«, fügte Urs hinzu und leerte den Rest seines Kaffbas in einem Schluck.

# 12 Das Fest auf der Plaza

Der nächste Tag war ein Samstag und anscheinend war es auch hier auf dem Mars nicht üblich, samstags zur Schule zu gehen. Urs begleitete seinen Vater hinauf in die Obere Station, in den im mittleren Modul gelegenen Maschinenleitstand, von wo aus man einen guten Überblick über den Vorplatz hatte. Dort standen mal wieder die klobigen Transportfahrzeuge mit ihren Reifen aus Drahtgeflecht herum, und etliche Leute in Raumanzügen waren damit beschäftigt, Behälter durch die Schleusen nach draußen zu bringen und aufzuladen.

Vater sprach mit seiner Assistentin, die, wie Urs wusste, Cory MacGee hieß. Aus ihrer Unterhaltung hörte er heraus, dass da unten Lebensmittel und Ersatzteile für die Asiatische Marsstation verladen wurden. »Geht der Journalist jetzt mit?«, wollte sein Vater wissen und die Frau erwiderte mit einem raschen Blick aus dem Fenster: »Ja, er hilft sogar beim Beladen. Der ganz links ist es, glaube ich.«

Dann kam ein dunkelhäutiger Techniker hinzu und von da an ging es um irgendwelche technischen Probleme im Zusammenhang mit der Erweiterung der Siedlung, die Verlegung von Belüftungskanälen, nicht zusammenpassende Anschlussstücke und dergleichen. Urs hörte irgendwann nicht mehr zu, weil er ohnehin nichts verstand, und betrachtete stattdessen das Panorama der Landschaft draußen. Es hatte etwas Faszinierendes, das war nicht abzustreiten. Die karge, kahle Wüste ringsum, in diesem fremdartigen Rostrot unter einer gelblich schimmernden, völlig wolkenlosen Himmelskuppel ... Ein anderer Planet – was hätte das unter anderen Umständen für ein Abenteuer sein können! Fast tat es ihm leid, zur Erde zurückzukehren.

Aber nur fast. Er dachte an seine alte Clique und was sie für Augen machen würden, wenn er zurückkommen würde. Natürlich würde er vom Mars nur solche Dinge erzählen, die die anderen umhauten, und er musste sich auch noch einen gut klingenden Grund für seine Rückkehr ausdenken. Die Story mit dem Leuchten und dem Verdacht auf Epilepsie ging natürlich nicht, da musste er sich etwas anderes überlegen. Aber das war nicht dringend, dazu würde er auf dem Rückflug noch mehr als genug Zeit haben.

Jetzt kam es darauf an, mit der Show zu beginnen. Er suchte nur noch nach einer passenden Gelegenheit.

Die kam, als sich der Lüftungstechniker und die Assistentin verabschiedeten und ihn sein Vater fragte: »Willst du noch bleiben? Ich muss wieder runter.«

Urs blieb stehen, blickte weiter unverwandt hinaus. »Was glänzt denn da am Horizont?«

In der leicht spiegelnden Fensterscheibe konnte er beobachten, dass sein Vater kaum aufsah. »Ich sehe nichts.« Er war damit beschäftigt, irgendwelche Listen auf seinem Lesegerät abzuhaken.

Urs streckte die Hand aus, in irgendeine Richtung, egal. »Dahinten«, behauptete er. »Es wird immer breiter. Es leuchtet richtiggehend.« War das zu auffällig? Zu dick aufgetragen? Er hielt den Atem an. Übertreiben durfte er es nicht.

Vater trat neben ihn, das Lesegerät unter dem Arm, spürbar ungeduldig. Er blickte wenig interessiert in die Richtung, in die Urs zeigte. »Ich weiß nicht, was du meinst, aber wahrscheinlich war es eine Staubwolke. Fast alle Phänomene auf dem Mars haben irgendwas mit Staub zu tun und das sieht manchmal wirklich seltsam aus. Also, was ist? Kommst du mit runter oder nicht?«

Das war also schon mal nichts gewesen, resümierte Urs, während sie mit dem dröhnenden Aufzug wieder in die Siedlung hinabfuhren. Zu zaghaft.

Urs warf seinem Vater einen kurzen Blick zu, der unterwegs trotz des Lärms mit jemandem telefonierte – »Seit wann beobachten die mit dem Lunarteleskop Meteoriten? Okay, und was sollen wir deren Meinung nach tun? Quatsch. Nein, das ignorieren wir einfach. Das ist sowieso Blödsinn, Sie werden sehen . . .«

Wahrscheinlich würde ihm nichts anderes übrig bleiben, als genau so einen Unfall zu inszenieren wie den, den das Mädchen gehabt hatte. Draußen in irgendeiner Schlucht zu verschwinden, sich versteckt zu halten, bis Alarm ausgelöst wurde, eine Suchaktion begann, alles in heller Aufregung war. Er musste es so einrichten, dass er in letzter Minute, mit den letzten Sauerstoffreserven, gerettet wurde, und dann brauchte er bloß noch zu erzählen, dass er das *Leuchten* gesehen habe und so fasziniert gewesen sei, dass er alles um sich herum vergessen habe, Zeit und Raum und die Sauerstoffanzeige sowieso.

Das war etwas, das er am besten rechtzeitig vorher übte, damit es glaubwürdig klang. *Alles war voller Licht*, würde er sagen und mit großen Augen dreinschauen, *überall um mich herum nur Licht*. Oder so was in der Art.

Er musste auch herausfinden, wie man die KI überhaupt

dazu brachte, rechtzeitig Alarm zu geben. Überwachte die alle Aktivitäten außerhalb der Station oder passte sie nur auf die kleineren Kinder auf? Das musste er in Erfahrung bringen, und zwar so, dass niemand mitbekam, dass ihn das interessierte.

Und natürlich durfte es nicht wirklich gefährlich werden.

Dass man die Sauerstoffzylinder in den Raumanzügen auswechseln konnte, wusste er – er musste nur noch herausfinden, wie man das genau machte. Da bot sich folgender Plan an: Er würde vor dem »Unfall« einen voll aufgeladenen Zylinder draußen verstecken. Dann würde er hinausgehen, von den Bildschirmen verschwinden und warten, während der Sauerstoff, den er dabeihatte, zur Neige ging. Fand man ihn rechtzeitig, gut, dann durfte er bloß nicht mehr aus der Rolle fallen. Fand man ihn nicht, suchte man ihn womöglich nicht einmal, brauchte er einfach nur die Sauerstoffpatronen auszutauschen und sich auf den Rückweg zu machen.

Noch etwas, notierte er in Gedanken, was er in Erfahrung bringen musste: Wo der Überwachungsbereich der Sensoren überhaupt endete. Wo, mit anderen Worten, das Niemandsland anfing, in dem man verloren gehen konnte.

Der Kraftraum war nur schwach besucht. Zurzeit hatten alle zu viel zu tun, als dass sie regelmäßig hätten trainieren können, und es gab sowieso fast keine *Erdheimkehrer*, wie man das nannte, die zu Muskeltraining verpflichtet gewesen wären. Roger Taylor, der normalerweise die Oberaufsicht führte, war auch nicht da. Er war im Hauptberuf Areologe und derzeit natürlich bei den blauen Türmen schwer beschäftigt. Offiziell hatte er nur noch zweimal pro Woche Sprechstunde, aber nicht einmal die konnte er immer einhalten, weil er oft erst samstagabends mit dem letzten Flug vom Löwenkopf zurückkam.

Aber das war Ariana ganz recht, denn Mister Taylor hätte nur unnötige Fragen gestellt, wenn er gesehen hätte, dass sie neuerdings das Training für Erdheimkehrer machte.

Wobei sie ja, genau genommen, keine Heimkehrerin war. Sie war auf dem Mars geboren, hier war sie zu Hause. Die Erde, das war ein fremder Planet. Ein heißer, lauter, überbevölkerter Planet mit mörderisch ungewohnter Schwerkraft. Ein Planet, auf dem jede Menge Pflanzen, Tiere und Bakterien um die Menschen herum lebte. Ein Planet, auf dem Wasser vom Himmel fiel. Regen nannte man das, aber Ariana kannte den Anblick nur aus Filmen. Sie fragte sich manchmal, ob sie, wenn sie erst bei Mom lebte, es überhaupt fertig bringen würde, ohne Schutzanzug hinaus ins Freie zu gehen, sich einfach so unter den nackten Himmel zu begeben.

Na ja. Wahrscheinlich schon. Man gewöhnte sich schließlich an fast alles. Und wie Mister Taylor immer zu sagen pflegte, als Kind von Erdenmenschen hatte sie auch die genetische Ausstattung für eine Muskulatur, die mit der Erdschwerkraft fertig wurde. Es fiel zwar schwer, das zu glauben, wenn man voll bepackt mit Gewichten die Übungstreppen am hinteren Ende des Kraftraums auf- und abging, aber wahrscheinlich stimmte es.

Gestern hatte sie die Wandtafeln mit den Trainingsanleitungen studiert und sich ein Programm zusammengestellt. Normalerweise kam sie einmal pro Woche hierher, um die Muskeln zu trainieren, die sie für ihren Kampfsport brauchte. Kraft durch Gewichtstraining, Beweglichkeit durch Ju-Jutsu, das sei die ideale Kombination, hatte ihr Kim gesagt. Nun war sie schon den zweiten Tag in Folge im Kraftraum;

heute würde sie so richtig loslegen. Erst ein bisschen auf der Tretmaschine, zum Warmwerden, dann die Runde durch die Trainingsmaschinen mit ihren Gewichten, Hebeln und Seilzügen. Sie schaute sich um, musterte die anderen Trainierenden – drei Frauen und einen Mann, der so aussah, als würde er gleich aufhören. Es war niemand darunter, mit dem sie besonders viel zu tun hatte oder bei dem die Gefahr bestand, dass er weitertratschen würde, was sie hier machte. Zwei der Frauen waren sogar Neulinge, die guckten bloß neugierig – sollten sie. Wichtig war nur, dass Carl, Elinn und Ronny vorläufig noch nichts mitkriegten. Sie musste erst einen geeigneten Zeitpunkt abwarten, um es ihnen zu sagen.

Und das würde gar nicht so leicht werden. Sie kam sich vor wie eine Verräterin.

Außerdem musste sie jetzt wirklich endlich die Mail an Mom abschicken, sonst würde das nie was werden. Es kam ihr immer schlimmer vor, je länger sie es vor sich herschob. Gestern hatte sie es auch schon wieder nicht über sich gebracht. Sie wusste einfach nicht, was sie ihrer Mutter schreiben sollte. Sie hatte sich überlegt, das Video ein zweites Mal abzusenden – inzwischen schien ja alles wieder zu funktionieren –, aber dann hatte sie den Fehler gemacht, es sich noch einmal anzusehen, und da war es ihr so peinlich vorgekommen, dass sie es auf der Stelle gelöscht hatte. Danach war ihr eingefallen, dass sie einfach das, was sie im Video gesagt hatte, als Mail hätte schreiben können, aber zu spät.

Egal. Die Sache mit der Mail, das würde sie heute angehen. Nachher, gleich nach dem Training.

Sie stieg in die Beinpresse und legte los. Es tat gut, gegen das Unbehagen anzustemmen, den ganzen Körper zu spüren, vollen Einsatz zu bringen. Und noch ein Gewicht mehr drauf! Die Geräte waren simpel, die Siedler hatten sie selbst gebaut, angepasst an die Marsschwerkraft. Sie waren nicht besonders schön und rosteten teilweise schon, aber sie reichten, einen ins Schwitzen zu bringen und für anschließenden Muskelkater zu sorgen.

Elf, zwölf, aus. Genug für diesen Durchgang. Ariana wälzte sich vom Sitz, um zur nächsten Maschine zu wechseln, in der die Rückenmuskeln dran waren, als sie mit jähem Schrecken jemanden in der Eingangstür des Kraftraums stehen sah, den sie kannte.

Es war der Junge von der Erde. Urs Pigrato.

Auf der Suche nach Informationen, die ihm für seinen Plan noch fehlten, durchstreifte Urs die *Main Street* der Siedlung und entdeckte den Fernsehraum. Er war groß, mit allerhand Sesseln und anderen Sitzgelegenheiten ausgestattet und einer riesigen und sogar noch einigermaßen zeitgemäßen Fernsehwand. Gleich nebenan war eine Mediathek, die hier »Bibliothek« hieß, obwohl sie in der Hauptsache natürlich über die üblichen Lesegeräte und Datenbanken verfügte, Filme, Musik und elektronische Bücher und Zeitschriften und so weiter. Es gab allerdings sogar ein Regal mit richtigen Büchern, aus Papier, recht zerlesen die meisten, obwohl viele sorgsam eingebunden waren. In der Mitte des Regals prangte eine Tafel, auf der groß *Papier ist schwer!* stand und darunter: *Der Transport dieser Bücher von der Erde zum Mars war teuer. Bitte behandelt sie entsprechend sorgfältig!*

Aber auch hier fand Urs keine Bedienungsanleitungen für Raumanzüge, erst recht keine Informationen über die Ausdehnung des überwachten Bereichs rund um die Siedlung.

Im Weitergehen fiel ihm ein Wegweiser auf, der ziemlich neu aussah und versprach, zum »Kraftraum« zu führen.

Urs folgte den Pfeilen und gelangte an den Durchgang zu

einem kahlen, hell erleuchteten Raum voller seltsamer Maschinen, aus dem es unverkennbar nach Schweiß roch. An der Wand daneben hingen Tafeln mit Hinweisen für Erdheimkehrer. Spätestens zwei Monate vor Reisebeginn solle man anfangen, seine Muskulatur gezielt zu trainieren, stand da, je nach Lebensalter auch noch früher. Handschriftlich standen darunter die Sprechstunden eines gewissen *Roger Taylor, M. Sc.: Samstag und Sonntag 16:00–17:00 LMT*.

*LMT* hieß *Local Martian Time*, Ortszeit Mars. Ein Begriff, der, wie Urs aus Erzählungen seines Vaters wusste, offiziell nicht anerkannt, in Raumfahrerkreisen aber völlig selbstverständlich war.

Hmm. Das war ein Gesichtspunkt, an den er überhaupt noch nicht gedacht hatte. Zwei Monate, so viel Zeit hatte er sowieso nicht mehr, wenn er mit einem der nächsten Schiffe zurückwollte. Aber vielleicht war das bei ihm kein so großes Problem, immerhin war er erst seit Kurzem auf dem Mars und zudem jung. Diese zwei Monate waren sicher für den normalen Marssiedler berechnet, der zwischen dreißig und fünfzig Jahre alt war und schon jahrelang hier lebte.

Aber das war trotzdem etwas, das er angehen musste. Unauffällig natürlich, damit es nachher nicht so aussah, als habe er sich schon auf seine Rückkehr zur Erde vorbereitet.

Er war noch nie in so einem Kraftraum gewesen. Zu Hause auf der Erde waren das hochnoble Studios, die ein Schweinegeld verlangten. Da sah das hier ziemlich rustikal dagegen aus. Die Maschinen waren riesig, grobschlächtig, und diese ungeheuren Gewichte, die jeweils aufgestapelt waren! Klar – der Mars hatte eine so geringe Schwerkraft, dass man enorme Gewichte brauchte, um die Muskeln entsprechend den irdischen Verhältnissen zu beanspruchen. Logisch irgendwie, aber trotzdem seltsam, wenn man es so sah und vor allem zusah, wie diese Gewichte von ein paar ganz normal aussehenden Frauen gestemmt wurden. Dafür, dass nicht viel los war, war es ganz schön laut hier. Ketten rasselten, wenn sich jemand ins Zeug legte, und es gab dumpfe Schläge, wenn die Gewichte wieder aufsetzten.

Ach, du große …! Da war eines der Mädchen. Ariana. Sie stieg aus einer der Maschinen, sah aus wie eine Amazone in ihrem engen schwarzen Trainingsanzug!

Wie der Blitz verschwand Urs aus dem Durchgang. Hoffentlich hatte sie ihn nicht gesehen.

Puh! Sein Herz raste, als hätte er einen elektrischen Schlag bekommen. Auch wenn er nicht begriff, warum eigentlich. Er war ja schließlich nicht auf der Flucht. Er hatte jedes Recht, hier zu sein, verdammt noch mal.

Was machte die überhaupt hier? Ihm fiel die Reportage wieder ein, die er einmal über die »Marskinder« gelesen hatte. Ariana DeJones, hatte es darin geheißen, sei sehr sportlich, mache Kampfsport bei einem ebenfalls auf dem Mars lebenden Ju-Jutsu-Lehrer.

Mit anderen Worten, sie trainierte hier regelmäßig. Das machte es natürlich schwieriger für ihn. Unbemerkt ein Heimkehrertraining zu machen, das konnte er vergessen. Auch wenn die Marskinder nicht mit ihm sprachen, würden sie sich vielleicht doch wundern und dann würden Gerüchte aufkommen …

Sobald seine Atmung und sein Herzschlag sich beruhigt hatten, spähte Urs vorsichtig noch einmal ums Eck.

Ariana saß mit dem Rücken zu ihm an einer Maschine, bei der es darum ging, eine Querstange von oben mit beiden Armen bis auf die Schultern herabzuziehen und dabei Gewichte von der Größe eines Kühlschranks anzuheben. Das schien ihr nicht schwerzufallen. Ihr langes schwarzes Haar fiel bis weit auf ihren Rücken hinab, wo sich beeindruckende Muskeln unter dem dünnen schwarzen Stoff abzeichneten. Alles was recht war, sie war gut in Form. Bei einem *Magnet Scooter*-Turnier wäre sie eine ernst zu nehmende Konkurrentin gewesen.

Aber eigentlich, kam es Urs zu Bewusstsein, war das Kraftraining sowieso erst in zweiter Linie wichtig. Vor allem anderen musste er seinen Plan durchziehen und dafür sorgen, dass er zur Erde zurückgeschickt wurde. Um seine Muskulatur konnte er sich dann immer noch kümmern.

Genau. Er machte, dass er weiterkam.

Die *Plaza* füllte sich allmählich. Durch das Glasdach hoch über ihnen sah man, dass der Himmel schon dunkel war, sogar ein paar Sterne waren zu erkennen. Die Festbeleuchtung würde diesen Anblick überstrahlen, aber noch waren die Scheinwerfer und Lampions nicht eingeschaltet.

Als Carl eintraf, war man noch dabei, bis weit in die *Main Street* hinein Tische und Bänke aufzustellen. Gegenüber, neben der Tür zur Gemeinschaftsküche, war wie immer das Büffet aufgebaut, das allerdings noch nie so ausladend gewesen war. Die Deckel auf den Warmhaltebehältern waren noch geschlossen und das *Noch nicht!*-Schild war aufgestellt, trotzdem erfüllten schon köstlichste Düfte die *Plaza* und alle abzweigenden Gänge. Es roch nach allem Möglichen, nach Gewürzen, nach Gebratenem, nach Fisch und Zitrone und Bratkartoffeln und Krautfladen und Hefebrot und Schokolade und Pizza. Carl lief das Wasser im Mund zusammen.

Die Band stimmte ihre Instrumente, ein kakofonisches Gedudel, das ab und zu für ein paar Takte in einen gemeinsamen Rhythmus überging, Klänge hervorbrachte, die einem in die Beine gingen, dann zerfiel alles wieder und die Musiker lachten sich schlapp. Ganz ohne Zweifel waren sie gut drauf.

Neben der Band war eine kleine Bühne aufgebaut, mit Mikrofon und Scheinwerfer. Na ja. Das würde ihnen nicht erspart bleiben – allerhand salbungsvolle Ansprachen, ehe das Büffet eröffnet wurde. Denn dieses Fest war das größte, das jemals stattgefunden hatte. Noch nie hatten sich so viele Menschen auf dem Mars aufgehalten wie zurzeit. Zweihundertachtzig waren es. Carl glaubte, Besatzungsmitglieder der BUZZ ALDRIN unter den ersten Gästen zu erkennen, die schon hier und da an den Tischen saßen, vornehmlich an denen um den Springbrunnen herum, die am beliebtesten waren.

Seltsam, war das Shuttle heute noch einmal gelandet? Davon hatte er gar nichts mitbekommen. Aber das war normal; nach ein paar Tagen hörte man meistens auf, sich um die Transporte zu kümmern. Wahrscheinlich waren trotz des ausgeklügelten Ladeplans mal wieder Container übrig gewesen und hatten einen weiteren Flug notwendig gemacht; das war immer so. Und so konnte die Mannschaft der ALDRIN wenigstens vom Fest profitieren.

Er besetzte einen Tisch. Nicht den, den sie sonst immer hatten, sondern einen neben den Blumentrögen. Der Blick auf die Band war okay, vor allem aber war es von hier aus nicht weit bis zum Büffet.

Nebenan saßen schon ein paar Techniker. Einer hatte die Nachrichten gesehen und erzählte, dass das Mondobservatorium vor einem großen Meteoritenschwarm warnte, der auf den Mars zukomme und nach den aktuellen Berechnungen auf das Gebiet um die Marssiedlung niedergehen werde.

»Was glauben die eigentlich, wozu wir die Siedlung unter

den Boden gebaut haben?«, brummte ein anderer. »Es ist doch immer dieselbe Panikmache. Wie viele Meteoritenschauer haben wir schon mitgemacht? Kemal, was schätzt du? Hundert?«

»Mehr. Manchmal kommt alle zwei Wochen einer runter, na und?«, erwiderte der Angesprochene.

»Vor zwölf Jahren hat ein Meteorit eine der Antennen oben abgeschlagen«, erzählte ein Dritter, dessen Stimme etwas quäkig klang. »Iris hat den Stein aufbewahrt, die kann ihn dir zeigen. So ein Ding, sag ich dir. Also, wie meine Faust mindestens.«

»Ich frage mich überhaupt, woher die Lunies das wissen wollen«, meinte der Brummige. *Lunies,* so nannten die Marssiedler ihre Kollegen auf dem Mond. »Seit wann kümmern die sich um Meteoriten, also bitte? Das Mondobservatorium soll ferne Galaxien beobachten, extrasolare Planeten suchen und solches Zeug.«

Elinn war die Erste, die auftauchte, ganz hektisch und aufgedreht. »Och, wieso hier?!«, maulte sie sofort los und drehte den Kopf auf der Suche nach anderen freien Tischen. »Das ist so weit weg von der Musik!«

»Aber ganz dicht am Büffet«, erwiderte Carl. »Bestimmt wird erst mal jede Menge Ansprachen gehalten – dass es noch nie ein so großes Fest hier gegeben hat, dass die Neuankömmlinge willkommen sind und so weiter und so weiter – und danach rennen alle hungrig wie die Wölfe los.«

»Hmm«, machte Elinn unzufrieden. Sie schien nicht so recht zuzuhören. »Die könnten mal was spielen«, meinte sie dann mit Blick auf die Band.

»Das ist eine altehrwürdige Tradition hier auf dem Mars«, erklärte Vater, während er und Mutter sich in Schale warfen. »Als seinerzeit zum allerersten Mal in den Treibhäusern Getreide geerntet wurde, hat man zunächst Brot gebacken und dann sofort angefangen, Bier zu brauen. Es schmeckt immer noch scheußlich, wird aber trotzdem zu jedem Fest serviert. Halt, meine Rede darf ich nicht vergessen.« Er steckte einen Zettel mit einigen Stichworten darauf in die Tasche.

»Rede nicht zu lange«, meinte Mutter und musterte sich kritisch im Spiegel. »Die Leute werden hungrig sein nach dieser anstrengenden Woche.«

»Keine Sorge. Ich weiß, dass sie mich nur dulden, aber nicht mögen«, entgegnete Vater knurrig. Seit Urs am eigenen Leib erlebt hatte, wie schwierig man mit den Marssiedlern zurechtkam, konnte er vieles von dem, was sein Vater erzählt hatte, besser verstehen und auch den oftmals gereizten Tonfall seiner Mails der letzten Jahre nachvollziehen.

Es war mächtig was los, als sie auf der *Plaza* ankamen. Die meisten Tische waren schon belegt, aber man hatte ihnen vorne, dicht an der Bühne, Plätze freigehalten. Allerdings war erst mal großes Händeschütteln fällig. »Irene Dumelle.« – »Guten Abend, Mrs Pigrato. Hallo, Urs! Wir kennen uns.« – »Dr. Vernon Spencer.« – »Angenehm, Madame.« – »Jewgenij Turgenev.« – Ein hagerer Mann mit ledrigem Gesicht, der gar nicht mehr aufhören wollte, Mutters Hand zu schütteln. »Ganz herzlich willkommen auf dem Mars, Mrs Pigrato. Es freut mich, auch einmal die Familie unseres geschätzten Statthalters kennenzulernen.« Vater lächelte säuerlich dazu.

Zum Glück fing die Band an zu spielen, laut genug, um die gegenseitige Vorstellerei abzukürzen, aber leider bloß langweiligen Jazz. Urs musterte die Musiker. Der dunkelhäutige Lüftungsingenieur von heute früh spielte Gitarre und sang, ein Japaner in einem ärmellosen Hemd und mit Tätowierungen auf den Oberarmen zupfte den Bass. An dem kleinen Keyboard saß ein ausnehmend fülliger Mann und blickte gemütlich drein, während hinter dem Schlagzeug der dünnste Kerl hockte und trommelte, den Urs seit Langem gesehen hatte.

Das Stück endete mit einem schrägen Akkord und Beifall, der rasch abebbte, als Urs' Vater auf die Bühne und hinter das Mikrofon trat. Er fasste sich tatsächlich kurz, begrüßte nur die neu angekommenen Bewohner der Marssiedlung, verlor ein paar Worte über die Bedeutsamkeit des Fundes am Löwenkopf und dass die Zukunft des Mars unauflöslich damit verbunden sei, dann räumte er den Platz auch schon wieder. Mrs Dumelle sprach nach ihm davon, dass alle Siedler zusammenhalten und Probleme gemeinsam lösen müssten, anschließend ließ sich Dr. Spencer, der Leiter der Marserkundung, darüber aus, welche Konsequenzen die Anwesenheit fremder Intelligenzen für das Verständnis der Geschichte des Mars habe.

Zum Schluss trat noch der Mann ans Mikrofon, der ihnen als Jewgenij Turgenev vorgestellt worden war. »In meiner Kindheit«, begann er, »die ich in Sibirien verbracht habe, pflegten wir . . .«

Ein allgemeines Gegröle ging los. »Wissen wir, Jewgenij«, schrie jemand, »wissen wir!«

Der Mann grinste über das ganze lederige Gesicht. »War nur ein Scherz. Das Büffet ist eröffnet!«

Wie auf Kommando standen die Leute auf und drängten nach vorn und im Nu hatte sich eine dichte Menschentraube um die Stände mit den Schüsseln und Töpfen gebildet.

»Das ist ein Ritual«, raunte Vater ihnen zu. »Seine Kindheit in Sibirien, damit nervt er die Leute bei jeder sich bietenden Gelegenheit. Der Kerl ist Mathematiker, aber er wäre besser Komiker geworden.«

Irgendwann, als der Andrang etwas nachgelassen hatte, reihte Urs sich auch in die Schlange ein. Während er darauf wartete, einen Blick in die Töpfe werfen zu können, sah er sich um. Ein bunt gemischter Haufen war das hier, Männer und Frauen aus allen Teilen der Erde. Wobei ... Es gab verhältnismäßig wenig Asiaten, was sicher daran lag, dass die Asiatische Allianz ein eigenes Marsforschungsprogramm betrieb. Dafür herrschte ein deutliches Übergewicht an Europäern, Amerikanern und Russen – die alten Raumfahrtnationen eben. Das war ihm schon in der Raumstation aufgefallen und jemand hatte ihm erklärt, dass das typisch sei für alles, was mit Raumfahrt zu tun habe.

Urs sah jemanden winken und begriff erst nicht, dass das Winken tatsächlich ihm galt. Dann erkannte er denjenigen, der ihm da zuwinkte, winkte zurück und wusste auf einmal, was er tun würde.

Am liebsten hätte Ariana etwas gesagt, als sie sah, wie Ronny genussvoll die Zähne in seine zweite knusprige Hühnerkeule hieb, aber dann ließ sie es doch. Wie man Körperteile toter Tiere essen konnte, würde ihr ewig ein Rätsel bleiben. Aber Ronny lachte sie nur aus, wenn sie davon anfing.

Der Junge von der Erde saß bei seinen Eltern, unterhielt sich mit seiner Mutter, mit Mrs Dumelle und Turgenev redete auch auf ihn ein. Sein Haar schimmerte immer noch so seltsam. Jedes Mal, wenn er den Kopf drehte, schienen für Augenblicke schiefe geometrische Muster darin aufzutauchen.

Was mochte er im Kraftraum gewollt haben? Sie hatte den Eindruck gehabt, dass er hereinkommen und sich umschauen wollte, aber sofort wieder gegangen war, als er sie gesehen hatte. Das war doch seltsam, oder? Diese Erdlinge waren einfach eigenartig.

Das Ratatouille war heute wieder zum Drin-Baden gut. Und das frischgebackene Fladenbrot dazu, herrlich. Bloß die Minzlimonade passte nicht, aber sie hatte keine Lust gehabt, sich an der anderen Seite noch einmal anzustellen, wo es die anderen Getränke gab. Nicht mit einem vollen Teller, der so verlockend nach Tomatensoße und Kräutern geduftet hatte. Außerdem war sie hungrig wie ein Wolf. Das Training hatte sie ganz schön geschlaucht. Sie hatte geduscht und sich ausgeruht, und dabei war sie glatt eingeschlafen. Vielleicht hatte sie es mit den Gewichten etwas übertrieben. Jedenfalls war sie deshalb schon wieder nicht dazu gekommen, die Mail an ihre Mutter zu schreiben; es war zum Verrücktwerden.

Und jetzt war sie bloß froh, dass die Faggan-Geschwister sich zofften und sie nicht zu reden brauchte, sondern sich ganz aufs Essen konzentrieren konnte.

»Das stimmt nicht«, sagte Elinn gerade mit jener Bestimmtheit in der Stimme, der man nur schwer widersprechen konnte. »Er irrt sich.«

Carl hatte versucht, ihr schonend beizubringen, dass Professor Caphurnas Team zu dem Schluss gekommen war, dass es sich bei ihren Artefakten tatsächlich nur um Steine handelte, genau wie es die Chemiker schon immer gesagt hatten.

»Elinn«, sagte Carl in seinem besten *Großer Bruder*-Ton, »sie haben eine Molekularanalyse durchgeführt. Daran gibt es nichts zu zweifeln.«

»Ich weiß, dass es die Marsianer gibt und dass sie mir die Artefakte hinlegen«, erwiderte Elinn. »Und wenn irgend so eine blöde Analyse was anderes behauptet, dann taugt sie eben nichts.«

»Die Analyse sagt doch überhaupt nichts über die Marsianer. Sie sagt nur, dass die Artefakte aus geschmolzenem Sand bestehen und wahrscheinlich bei einem Vulkanausbruch entstanden sind.«

»Und wieso liegt dann nicht die ganze Gegend voll davon?«

»Wird sich zeigen. Die wollen jetzt selber nach solchen Steinen suchen. Mit Robotern.«

Es war faszinierend, wie anders die *Plaza* wirkte mit so vielen Leuten. Seit der Entdeckung der Türme herrschte eine regelrechte Aufbruchsstimmung in der Siedlung. Man hatte das Gefühl, dass ungeheuerliche, aufregende Dinge unmittelbar bevorstanden, auch wenn man nicht hätte sagen können, was für Dinge das sein konnten.

Vielleicht hatte es etwas damit zu tun, dass die Leute sich neuerdings für das *Plaza*-Fest anders anzogen. Früher, vor den Türmen, in den letzten Monaten, als es sogar geheißen hatte, die Marssiedlung würde aufgelöst, da hatte man sich einfach zusammengesetzt, wie es sich gerade ergab, und die meisten hatten die schmucklosen Overalls, die sie tagsüber bei der Arbeit trugen, anbehalten. Heute Abend dagegen sah sie niemanden im Overall. Sie sah Leute in Hosen, Hemden, Pullovern, Jacketts, Kleidern, Röcken, Saris, Dhotis, Dschellabas, Kimonos, Scherwanis, Kentes und noch mehr, ein herrliches farbiges Durcheinander, als sei die ganze Welt hier zu Hause.

Und alle redeten durcheinander. Die Musik spielte dagegen an, vorne wurde getanzt . . . Und sie war schon wieder müde. Vielleicht würde sie trotz allem früher gehen und sich ins Bett verkriechen.

»Die Bilder auf den Artefakten«, hörte sie Elinn sagen, »sind kein Zufall.« Sie sagte es in jenem Ton, der bei ihr besagte: *Schluss. Aus. Ende der Diskussion.*

Es war Jurij Glenkow gewesen, der ihm zugewinkt hatte. Leider saß dieser aufdringliche Journalist mit den ewig ungekämmten Haaren neben ihm, Klugscheißer Wim Van Leer, und belegte ihn mit Beschlag. Und der brauchte nun wirklich nicht mitzukriegen, worum er den Russen bitten wollte.

Ah, endlich zog der weiter. »Ich schau mich mal ein bisschen um«, sagte er zu seiner Mutter, die sich angeregt mit Mrs Dumelle unterhielt und nur geistesabwesend »Ja, ist gut, mach das« erwiderte. Urs stand auf und schlenderte los, ging kreuz und quer durchs Getümmel und kam endlich an Glenkows Tisch.

»Ah, der Junge von der Erde«, wurde er begrüßt. »Setz dich ein wenig, wenn du Zeit hast.«

Urs setzte sich. Glenkow stellte ihm eine Menge anderer Techniker vor, deren Namen Urs nicht verstand, weil die Band in dem Moment mit einem neuen Stück loslegte.

»Sie haben gesagt, ich soll Bescheid sagen, wenn ich Lust auf einen Ausflug zu den Reaktoren habe«, schrie Urs dem Russen ins Ohr. In diesem Eck der *Plaza* dröhnte der Bass irgendwie besonders laut.

Glenkow hob erfreut die Augenbrauen. »Ja, natürlich. Montag fahre ich die Südleitung ab. Wenn du willst, kannst du mitkommen. Ich freue mich, wenn ich nicht so alleine fahren muss.«

»Ich habe da aber noch ein Problem.«

»Was für ein Problem?«

Urs atmete tief durch. Wie das dröhnte, nicht auszuhalten! »Ich weiß nicht, wie man einen Raumanzug anzieht.«

Der Russe verstand ihn erst, als er es ihm das zweite Mal ins Ohr brüllte, und winkte dann ab. »Kein Problem. Das ist ganz einfach. Ich zeige es dir. Montag früh. Um halb acht Uhr in der Schleuse drei.«

Im selben Moment endete das Stück in einer Art feierlichem Tusch. Der Scheinwerfer ging an, der auf die kleine Bühne und das Mikrofon gerichtet war, wo auf einmal ausgerechnet der Journalist stand, dieser Van Leer, und versuchte, die Aufmerksamkeit auf sich zu lenken. Er hatte einen rechteckigen Gegenstand in der Hand, von dem Urs nicht sah, was es war.

»Meine Damen und Herren . . .«

Der Lautstärkepegel der Gespräche nahm nur unwesentlich ab.

»Meine Damen und Herren, darf ich um ein paar Minuten Gehör bitten? Es wird auch nicht noch eine langweilige Rede, ich verspreche es!«

Zögerlich wurde es ruhiger.

»Danke. Einige von Ihnen kennen mich schon, für die anderen nur kurz: Mein Name ist Wim Van Leer, ich bin von Beruf freier Journalist und im Auftrag einiger der großen Nachrichtenagenturen hierher auf den Mars gekommen. Im Auftrag und auf Kosten dieser Agenturen, um genau zu sein.« Das brachte ihm ein paar Lacher ein. »Heute Abend allerdings stehe ich hier in einer ganz anderen Funktion und im Auftrag einer ganz anderen Organisation und ich will nicht verhehlen, dass ich darauf besonders stolz bin.«

Auf einmal herrschte gespannte Stille. Die letzten Gespräche waren verstummt, alles starrte nach vorn auf die winzige Bühne und den schlanken Mann mit den unordentlichen blonden Haaren.

»Die blauen Türme, die vor einem Vierteljahr entdeckt

wurden, sind natürlich vor allem deshalb von überragender Bedeutung, weil sie der erste greifbare Beweis für die Existenz anderer intelligenter Lebensformen im All sind, den wir Menschen jemals gefunden haben«, fuhr der Journalist fort. »In der Aufregung, die seither herrscht, ist allerdings völlig untergegangen, dass sie überhaupt nicht entdeckt worden wären ohne die Flugkünste eines jungen Mannes, den Sie alle hier natürlich bestens kennen. Ich rede von keinem anderen als dem jüngsten Marsbewohner, Ronny Penderton. Er war der Erste – und ist immer noch der Einzige –, der jemals ein Flugzeug auf einem anderen Planeten als der Erde geflogen hat.«

Es gab Applaus, den Van Leer mit einer Geste bremste. »Der Vorstand des Internationalen Verbandes der Motorflieger hat alle verfügbaren Daten dieses Fluges eingehend geprüft. Er ist zu der Auffassung gelangt, dass dies eine so überragende Leistung war, dass er Ronny die Ehrenmitgliedschaft verliehen hat«, erklärte Van Leer und hob das, was er in der Hand hielt, ins Licht. Es war eine Urkunde. »Ich bin gebeten worden, die Urkunde feierlich zu überreichen. Und welcher Rahmen könnte sich besser eignen als dieses Willkommensfest? Also, Ronny, rauf mit dir auf die Bühne!«

Jetzt toste der Beifall. Ronny erhob sich von seinem Platz und er schien kein bisschen verlegen, im Gegenteil, er strahlte übers ganze Gesicht, hob die Hände, winkte nach allen Seiten, ließ sich ungeniert feiern und brauchte ziemlich lange, bis er endlich auf der Bühne war und neben Van Leer am Mikrofon stand.

»Es ist nur ein Stück Papier«, sagte der, »aber es ist weit gereist. Herzlichen Glückwunsch.« Damit überreichte er Ronny die Urkunde, der sie triumphierend in die Höhe streckte, was zu noch mehr Applaus führte und dazu, dass etliche sogar beim Klatschen aufstanden.

»Jetzt musst du natürlich auch etwas sagen«, meinte Van Leer und hielt Ronny das Mikrofon hin.

»Ähm, ja«, begann der Junge, sah umher, überlegte. »Also, ich find das galaktisch mit der Urkunde und dass ich Ehrenmitglied bin und so, aber, ehrlich gesagt, habe ich damals überhaupt nicht nachgedacht. Wir sind einfach losgeflogen. Und ich fand es eigentlich sogar einfacher als im Simulator.« Gelächter. »Ja, und als Nächstes würde ich gern eines der Flugboote fliegen, wenn das möglich wäre.« Das gab noch mehr Gelächter und noch mehr Applaus. Urs bemerkte allerdings, dass sein Vater nicht klatschte, sondern nur säuerlich das Gesicht verzog.

»Ich habe gesehen, dass du nicht am Tisch mit den Marskindern sitzt«, sagte Jurij Glenkow zu ihm, während Ronny sich vorne feiern ließ.

»Ja«, nickte Urs. »Mit Erdlingen wollen die anscheinend nichts zu tun haben.«

Carl hörte auf zu klatschen, als seine Handflächen wehtaten. Ronny war immer noch nicht zurück am Tisch, war immer noch vorn an der Bühne damit beschäftigt, sich die Hände schütteln zu lassen und Glückwünsche entgegenzunehmen. Seine Eltern standen bei ihm, bekamen ebenfalls die Hände geschüttelt und seine Mutter schien nicht recht zu wissen, ob sie sich freuen oder Sorgen machen sollte.

Elinn klatschte überhaupt nicht, sondern stierte finster vor sich hin. »Und was ist mit mir?«, hatte sie gemault. »Ohne das Artefakt hätten wir den Löwenkopf doch nicht einmal *gesucht!* Und das habe ich gefunden.« Sie hatte eine Weile gebrütet und dann hinzugefügt: »Aber bei mir heißt es bloß, ich bilde mir das alles ein. Das Leuchten sowieso und die Artefakte auch.«

»Das war eben ein Zufall«, versuchte Carl, sie zu beschwichtigen. »So was gibt es. Es gibt die merkwürdigsten Zufälle.«

Seine Schwester musterte ihn verärgert. »Du lässt dir aber auch alles einreden von deinem Professor Caphurna.« Damit stand sie auf und ging.

Carl sah ihr nach und zuckte mit den Schultern. Sie würde sich schon wieder einkriegen.

»Wusstest du das?«, wandte er sich an Ariana. »Dass dieser Van Leer ein Journalist ist?«

Ariana hatte ihren Streit nicht beachtet. Sie schaute dem Trubel um Ronny zu, zupfte gedankenverloren an ihrem Fladenbrot und schüttelte auf seine Frage den Kopf. »Ich find's auch seltsam«, meinte sie. »Ich meine, wenn er ein Journalist ist, warum hat er dann noch kein Wort mit uns geredet? Nicht dass ich mich drum reiße, aber immerhin haben wir die Türme entdeckt, oder?«

Carl nickte. »Eben.«

Ariana stand auf. »Ich bin ein bisschen platt«, erklärte sie. »Ich glaube, ich verzieh mich auch.«

»Okay.« Ariana sah tatsächlich etwas blass aus, fand Carl. Oder bildete er sich das nur ein? »Bis morgen.« Morgen war immer noch Zeit, über das zu reden, was ihn beschäftigte, seit der Journalist ans Mikrofon getreten war.

Denn Wim Van Leer war niemand anders als der Mann, den er am Tag zuvor im Labortrakt gesehen und der sich so verdächtig benommen hatte!

# 13 Ein trügerisch ruhiger Sonntag

Am Sonntagmorgen war es bei den meisten üblich auszuschlafen. Das wusste jeder, auch die Künstliche Intelligenz. Entsprechend beunruhigt nahm Tom Pigrato das Gespräch an, das die KI ihm um sieben Uhr morgens mit Dringlichkeitston auf seinen Kommunikator durchstellte.

Es war Yin Chi, der Leiter der Marsstation der Allianz. Er entschuldigte sich auf die wortreiche, blumige Art der Chinesen für die Störung und schien überhaupt nicht mehr damit aufhören zu wollen.

»Schon gut«, knurrte Pigrato schließlich. »Es wird einen guten Grund haben, dass Sie anrufen, denke ich.« Der Mann war ihm ein Rätsel, seit er ihn kannte. Ein Schlitzohr. Er hatte ihn immer noch im Verdacht, den Kindern damals dabei behilflich gewesen zu sein, das Flugzeug zu entwenden.

»Wir haben ein Problem mit unserer Belüftungsanlage, das wir alleine nicht lösen können«, erklärte Yin Chi. »Ich wollte Sie fragen, ob es möglich wäre, uns einen Ihrer Habitatspezialisten zu schicken. Und das möglichst schnell.« In seiner Stimme klang eine gewisse Anspannung mit, was bei ihm allerhand zu heißen hatte.

»Verstehe«, sagte Pigrato schlecht gelaunt. »Ich schicke Ihnen jemand.«

Danach klingelte er Abasi Kuambeke aus dem Bett, erklärte ihm den Sachverhalt und fügte hinzu: »Ich will damit nicht sagen, dass Sie selber gehen sollen. Schicken Sie erst mal einen von Ihren jungen Technikern, der sich anschaut, was da überhaupt los ist.«

»Verstehe.« Der Lüftungsingenieur klang noch etwas heiser. Es war spät geworden für die Musiker am Abend zuvor. »Ich denke, Eisenhardt kann das machen. Der ist, glaube ich, auch recht früh ins Bett gegangen.«

»Gut. Er soll einen der Piloten wecken und ein Flugboot nehmen.« Mit dem Rover fuhr man vier Stunden bis zur Marsstation der Allianz, was bei Problemen mit der Belüftung etliche Stunden zu lange sein mochte. »Und mit ›Pilot‹«, fügte Pigrato grimmig hinzu, »meine ich jemanden, der eine ordnungsgemäße Lizenz besitzt. *Nicht* einen gewissen Ronald Penderton. Nur damit das klar ist.«

»Ja, ist klar«, gab Kuambeke verschlafen zurück und trennte die Verbindung.

Es war kurz nach halb acht, als Elinn sich aus der Wohnung schlich. Es war ruhig in der Siedlung. Irgendwo waren Schritte zu hören, leise und weit weg, aus der Küche erklang das *Tschom-Tschom* der Spülmaschine, das Klappern von Geschirr und Gelächter, ansonsten herrschte Ruhe. Kein Maschinendröhnen, kein Baulärm.

Sonntagmorgens früh aufzustehen, war etwas das Elinn oft machte, aber normalerweise fuhr sie hinauf zur Oberen Station, zog ihren Raumanzug an und ging hinaus. Heute Morgen dagegen ließ sie den Aufzug links liegen, überquerte die *Plaza* und marschierte weiter in Richtung Werkstätten.

Sie würde es Carl zeigen. Sie würde streng wissenschaftlich beweisen, dass sein famoser Professor Caphurna sich irrte.

Im Werkstattbereich gab es wenig verschlossene Türen. Elinn fand eine flache Metallschüssel mit ebenem Boden, außerdem drei große Plastikbehälter mit Schraubverschluss. Zwei davon füllte sie im Baumaterialbereich mit Sand: einen Behälter mit grauem, den anderen mit rotem. Den dritten nahm sie leer mit.

»Das wird eine richtig wissenschaftliche Arbeit«, erklärte sie den Maschinen und Werkbänken, ehe sie das Licht wieder löschte und sich mit ihrer Beute auf den Rückweg machte.

Carl verließ die Wohnung kurz nach Elinn und ohne zu ahnen, dass seine Schwester ebenfalls unterwegs war. Bei ihm war es ungewöhnlich, ihn an einem Sonntag so früh wach zu sehen. Er war Langschläfer und normalerweise bekam man ihn freiwillig keine Minute früher aus dem Bett als absolut nötig.

Carl erreichte die *Plaza*, als Elinn gerade in den Gang zu den Werkstätten abgebogen war. Er selbst schlug den Weg zu den Labors ein und so begegneten sie sich nicht.

Der Laborbereich war menschenleer und weitgehend still. Hinter der einen oder anderen Tür hörte man das gleichmäßige Ticken oder Klackern lang angelegter, automatisch ablaufender Versuchsreihen. Es roch intensiv nach Chemikalien und hier und da, in der Nähe von Baustellen, nach kaltem Steinstaub.

Carl folgte dem Gang, den er am Freitagnachmittag zu Professor Caphurnas Arbeitsräumen gegangen war, und versuchte, die Stelle auszumachen, an der er diesem Mister Van Leer begegnet war. Warum war der zusammengezuckt, als er ihn gesehen hatte? Und was war es gewesen, das er so schnell in die Tasche gesteckt hatte?

Hier. Das war die Ecke. Er hatte hier gestanden und Van Leer war aus jenem Quergang dort gekommen, um sofort in den nächsten einzubiegen.

Das Rätselhafte war, dass beide Gänge in einen Bereich führten, in dem es nur leere Räume gab.

Zumindest, soweit er wusste. So schnell, wie die Bautrupps arbeiteten, mochte sich das inzwischen schon geändert haben.

Carl folgte zunächst dem Gang, in den Van Leer eingebogen war. Hier sah es genau so aus, wie er es erwartet hatte: Rechts und links nur Türstöcke, aber noch keine Türen, die Räume dahinter waren kahl und leer, rochen nach Farbe und dem Plastikmaterial, mit dem die Felswände versiegelt wurden. Teilweise ragten Kabel aus den Wänden, der Bodenbelag war erst zum Teil verlegt und in manchen Räumen gab es noch nicht einmal Licht. Lichtschalter waren auch nirgends zu sehen, aber das war normal; die neuen Labors erhielten optimierte Leuchtelemente, die wesentlich länger hielten, wenn man sie nie ausschaltete.

In dem Gang, aus dem Van Leer gekommen war, bot sich das gleiche Bild – bis auf eine Tür am hintersten Ende, die tatsächlich schon eingehängt war. Auf dem Türschild stand *Tiefbohrungen*.

Die Tür war verschlossen. Das war nicht ungewöhnlich, sondern Vorschrift. Sobald ein Labor eingerichtet war, waren seine Türen verschlossen zu halten, solange niemand darin arbeitete.

Zum Glück waren die neuen Laborräume so gebaut, dass über jeder Tür eine Glasscheibe eingelassen war. Carl zog sich am Türstock hoch und spähte in den Raum dahinter. Der war leer bis auf einen einzigen, langen Tisch, auf dem ein in verschiedenen Farbtönen von Grau, Schwarz, Rot und

Gelb melierter Zylinder lag, etwa drei Meter lang und so dick wie ein Unterarm. Davor lagen ein Lineal und ein kleiner Hammer.

Ein Bohrkern. Nichts Ungewöhnliches, solche Bohrkerne gewann man ständig irgendwo, sei es, dass neu zu erschließendes Gelände im Fels sondiert wurde, sei es, dass man sich auf die Suche nach neuen Wasserreservoirs machte.

Hatte Van Leer diesen Bohrkern fotografiert? War es eine Minikamera gewesen, die er in der Tasche hatte verschwinden lassen?

Wenn ja – warum? Was war an diesem Bohrkern so Besonderes?

Carl war kein bisschen klüger, als er sich auf den Rückweg machte.

Jorge Alonso-Garcia, der Pilot, half ihm die Ausrüstung auszuladen und in ausreichender Entfernung vom Flugboot auf eine kleine Ziehkarre zu stapeln. So früh am Sonntagmorgen war er genauso maulfaul wie Daniel Eisenhardt selber. Kein Wunder. Am Abend zuvor hatten sie beide noch lange auf der *Plaza* gehockt, weil sie fest damit gerechnet hatten, am nächsten Tag ausschlafen zu können.

Eisenhardt wartete, bis das Flugboot auf seinem Feuerschweif wieder aufgestiegen war und Richtung Siedlung verschwand. Dann packte er die Karre und zog sie auf ihren großen Drahtreifen, die auch unebenes Gelände bewältigten, hinter sich her auf die beiden Kuppeln der Asiatischen Station zu. Sie waren am Rand einer eindrucksvollen Schlucht des Noctis Labyrinthus errichtet worden und die Aussicht war einfach spektakulär. Allerdings musste man dafür in Stimmung sein und das war Daniel Eisenhardt nicht.

Wenn er sich wenigstens die Zeit genommen hätte, noch rasch zu duschen! Aber Abasi Kuambeke hatte eine derartige Hektik an den Tag gelegt, dass er darauf verzichtet hatte, und jetzt bereute er es. In einem Raumanzug entkam man dem eigenen Körpergeruch einfach nicht.

Als er sich den Kuppeln näherte, sah er schon Bewegung hinter den schmalen Fenstern. Man erwartete ihn. Die äußere Schleusentür fuhr einladend auf.

»Es freut mich ungemein, Sie zu sehen«, erklärte Yin Chi ihm gleich darauf, als Eisenhardt die Schleuse passiert und den Raumhelm abgenommen hatte.

Nach dem ersten Atemzug begriff er, warum Yin Chi die Augen tränten. Die Freude, ihn zu sehen, war es nicht. Eher der fürchterliche Gestank, der die Station erfüllte; ein widerlicher, modriger Geruch.

»Um Himmels willen, was ist das?«, fragte er. Er sah sich um. Einige der anderen Besatzungsmitglieder hatten rote Flecken im Gesicht, die verdächtig nach allergischem Ausschlag aussahen. »Liegt irgendwo ein totes Tier versteckt? Sind die Müllsäcke mit den Küchenabfällen von drei Monaten geplatzt?«

Der Stationsleiter schüttelte den Kopf. »Wie ich Ihnen vorhin am Telefon schon gesagt habe«, erklärte er, »es ist Schimmel.«

»Aber Schimmel stinkt doch nicht so!«

»Dieser schon.«

Daniel Eisenhardt hatte, ehe er aufgebrochen war, bei Yin Chi angerufen und sich genauer nach dem Problem erkundigt, das sie mit der Belüftung hatten. Dass er es mit Schimmel zu tun bekommen würde, hatte er gewusst und seine Ausrüstung danach ausgewählt.

Schimmel war ein altes Problem der Raumfahrt. Dass Menschen Schimmelpilzsporen in künstliche Habitate wie Raumstationen, Planetenbasen und so weiter einschleppten, war fast nicht zu verhindern. In Nahrungsmitteln, in Kleidung, selbst auf der Haut konnten sich Sporen befinden, ohne dass man es ahnte. Kamen diese in eine geeignete Umgebung, begannen sie, sich zu vermehren und auszubreiten. Und leider gab es in den technischen Anlagen, die für die Versorgung eines künstlichen Lebensraumes erforderlich waren, jede Menge Stellen, die für Schimmelpilze das reine Paradies waren.

Heutzutage versuchte man meistens, der Anfälligkeit der Systeme mit Nanofiltern und ähnlichen Dingen vorzubeugen, und in der Regel funktionierte das auch. Trotzdem kam Schimmelbefall immer wieder vor, weswegen fungizide Mittel zur Standardausrüstung eines Habitattechnikers gehörten. Auch Daniel Eisenhardt hatte sie schon etliche Male einsetzen müssen.

So etwas wie das, was ihm die beiden Techniker Okuda und Hsien gleich darauf zeigten, hatte er allerdings noch nie gesehen.

Dr. DeJones betrachtete das Fieberthermometer, hob die Augenbrauen und griff nach dem Handgelenk seiner Tochter, um ihren Puls zu fühlen. »Tja«, meinte er nach einer Weile, »da hast du dir wohl irgendwas eingefangen. Am besten, du bleibst heute einfach im Bett.«

»So was Blödes«, seufzte Ariana.

»Halb so schlimm. Ein Tag Bettruhe und zwei Kannen Kräutertee, dann hast du es bis morgen ausgeschwitzt, was immer es ist.«

Ariana zögerte. »Meinst du, ich habe mich überanstrengt? Ich war gestern im Kraftraum und vielleicht habe ich es übertrieben.«

Ihr Vater wiegte den Kopf. »Möglich. Kann aber auch sein, dass einfach einer der Neuen in der Siedlung was eingeschleppt hat. Man macht heute nicht mehr diese Impforgien und Quarantänen wie zu der Zeit, als deine Mutter und ich zum Mars gekommen sind. Da schlüpft dann schon mal ein kleiner Infekt durch.«

Elinns und Carls Mutter hatte ausgeschlafen und nichts von den Ausflügen ihrer Kinder bemerkt und so trafen sich alle drei kurz vor zwölf zu einem späten Frühstück, als wäre nichts gewesen.

»Was wollen wir denn heute machen?«, fragte sie, während sie jedem eine Scheibe von dem frischen Brot abschnitt, das es sonntags gab. »Wir könnten mal wieder einen Spielenachmittag machen, was haltet ihr davon? Karten spielen oder ein paar Runden *Concentro.*« Das war ein Spiel, das einer der ersten Marsforscher erfunden hatte, als er und seine Gefährten sich in der ersten Marsstation gelangweilt hatten. Wenn man es ganz originalgetreu wollte, spielte man es auf einem selbst gezeichneten Spielplan und mit einer Hand voll dicker Schrauben als Figuren.

Elinn beschmierte ihr Brot mit Johannisbeermarmelade und erklärte ernsthaft: »Das können wir gern machen, aber später. Ich muss Carl nachher erst ein wissenschaftliches Experiment zeigen.«

»Ein wissenschaftliches Experiment, schau an«, meinte ihre Mutter. »Das ist mir ganz neu, dass du unter die Wissenschaftler gegangen bist.«

Elinn strich ihr Messer sorgfältig am Brotrand sauber. »Erst seit heute.«

»Was denn für ein Experiment?«, fragte Carl amüsiert.

»Eins, mit dem ich dir beweise, dass ich recht habe und

Professor Caphurna unrecht«, erklärte ihm seine kleine Schwester mit der größten Selbstverständlichkeit der Welt.

Das fand Carl nun nicht mehr amüsant. »Lächerlich«, erwiderte er.

Ihre Mutter musterte ihre Kinder beunruhigt. »Ich will heute keinen Streit, verstanden?«

Elinn strich sich die Haare aus dem Gesicht und hob dann das Brot, um abzubeißen. »Wir brauchen nicht zu streiten«, sagte sie gelassen. »Die Fakten sprechen für sich.«

Teiji Okuda hob, nachdem er die letzten Schrauben gelöst hatte, den Deckel des Luftverteilers ab. Hier war es besonders schlimm. Alle Flächen im Inneren, egal, ob mit Keramik verkleidet oder aus nacktem Metall, waren von einer dicken Schicht eines widerlichen grünen Schimmels bedeckt, der regelmäßige Muster bildete, die wie Blumenkohl aussahen.

Eisenhardt streifte einen Schutzhandschuh über und berührte die grünliche Schicht mit dem Zeigefinger. Der Schimmel zerfloss zäh und klebrig unter dem Druck.

»Seit wann geht das schon so?«, fragte er.

Der Techniker, der einen Mundschutz trug, stellte den Deckel beiseite. »Wir haben es heute Nacht bemerkt.«

»Weil es gestunken hat.«

»Nein, es stinkt erst seit ein paar Stunden. Aber der Schimmel hat einen Strömungssensor überwuchert und damit Alarm ausgelöst.«

»Verstehe.« So etwas hatte Daniel Eisenhardt noch nie gehört. Vielleicht, überlegte er, sollte er Aufnahmen machen und einen Artikel für eine Fachzeitschrift schreiben über diesen Fall.

Er stand auf und klatschte die Hände zusammen. »Gut, ich denke, am besten fangen wir so schnell wie möglich an.

Ich habe fünf Kanister Fungizid dabei, Verdünner, Bürstenschwämme, Schaber, hochdichte Abfallbeutel, Abdeckfolie und so weiter.«

Yin Chi, der von der Tür des Technikraums aus zugesehen hatte, schniefte in ein Taschentuch. »Braucht man nicht Schutzkleidung?«

»In dem schwarzen Koffer. Drei komplette Sets, inklusive Atemmasken.«

Ein vierschrötiger Mann, der, wie Eisenhardt wusste, aus Australien stammte, aber eine Chinesin geheiratet hatte, wollte wissen, warum man die Reinigungsarbeiten nicht einfach im Raumanzug machte.

»Erstens, weil es auf die Dauer anstrengend ist«, erklärte Eisenhardt. »Zweitens kann das Fungizid das Gewebe angreifen. Es ist ein scharfes Zeug.« Er warf einen Blick auf die widerliche grüne Schicht. »Und ich habe den starken Eindruck, so was brauchen wir hier auch.«

Carl musterte die Versuchsanordnung, die Elinn auf dem Tisch in ihrem Zimmer aufgebaut hatte. In der Mitte lag eine flache Metallschüssel mit ebenem Boden. Dahinter standen drei Plastikbecher mit Schraubverschluss, von denen zwei gefüllt waren mit irgendetwas Rotem und Grauem. Außerdem lag da ein großer Löffel.

»Und jetzt?«, fragte er. Es machte ihn ein bisschen nervös, dass Mutter zuschauen wollte und Elinn nichts dagegen gehabt hatte. Vor allem, weil er sich absolut nicht vorstellen konnte, was das werden sollte.

Elinn nahm vor dem Tisch Aufstellung. »Also«, begann sie zu erklären, während sie den leeren Schraubbehälter aufschraubte, »Professor Caphurna behauptet, dass die Muster in den Artefakten durch Zufall entstanden sind, richtig?«

Sie legte den Deckel weg und stellte den Behälter vor sich hin.

Carl nickte und verschränkte abwartend die Arme. »Genau.«

»Also wollte ich wissen, was für Muster durch Zufall denn so entstehen«, fuhr seine Schwester gelassen fort. Sie nahm einen der anderen Behälter, öffnete ihn und begann, mit dem Löffel von dem grauen Zeug in den Behälter vor sich zu schaufeln. »Das ist grauer Sand. Drei Löffel. So, und nun« – sie griff nach dem roten Behälter – »noch drei Löffel roter Sand.«

»Und was soll das werden?«, murrte Carl.

»Lass sie doch machen«, mahnte seine Mutter, die an der Tür stand.

»So.« Elinn stellte die Vorratsbehälter beiseite, schraubte den Deckel auf ihren Versuchsbehälter und begann, ihn kräftig zu schütteln, wie ein Barmixer einen Drink, sodass der Sand darin wild durcheinandergewirbelt wurde. »Der Zufall am Werk«, sagte sie. »Muster am Entstehen.«

Carl schwante auf einmal, worauf das hinauslaufen würde.

Schließlich hörte Elinn auf zu schütteln, drehte den Deckel ab und leerte den Inhalt mit einem Ruck in die Metallschüssel. Dann wandte sie sich ihrem Bruder zu und verkündete triumphierend: »Na? Siehst du irgendein Muster?«

Man sah keines. Was auf dem Metallteller lag, war ein gleichmäßiges Gemisch aus rotem und grauem Sand.

Carl sah aus dem Augenwinkel, wie seine Mutter grinste. Womöglich fand sie das überzeugend? Dabei war doch klar, wo der Fehler lag. »Du hast viel zu lange geschüttelt«, erklärte er. »Es ist logisch, dass sich irgendwann alles vermischt. Du darfst nur ein ganz kleines bisschen schütteln, damit Muster entstehen.«

Elinn streckte ihm mit einem breiten Grinsen den Plastikbehälter hin. »Da. Mach es vor.«

Carl witterte eine Falle, einen Trick, aber was hätte er tun sollen? Also machte er sich, nachdem Elinn den Inhalt der Metallschüssel in einen Müllsack geleert hatte, ans Werk. Drei Löffel grauer, drei Löffel roter Sand. Dann drehte er den Behälter nur ein einziges Mal um sich selbst, schraubte den Deckel ab und leerte den Inhalt mit einem Ruck in die Schüssel.

»Na bitte«, sagte er. »Ein Muster.«

Man konnte diesmal in der Tat graue und rote Streifen unterscheiden, die sich schlierig von der Stelle ausbreiteten, auf die Carl das Sandgemisch geleert hatte.

»Moment«, sagte seine Schwester. Sie ging zu dem Regal, in dem sie die ›Artefakte‹ aufbewahrte, die sie gefunden hatte – es waren um die fünfzig Stück mittlerweile – und holte einige Exemplare, die sie neben die Metallschale auf den Tisch legte. Es waren allesamt Steine mit Mustern, die an verunglückte oder fremde Schriftzeichen erinnerten. »Wir reden von *solchen* Mustern. Ich habe noch jede Menge davon.«

»Die entstehen so ähnlich«, sagte Carl.

»Zeig es«, forderte Elinn ihn auf.

»Wieso? Ich habe dir das Prinzip gezeigt, das reicht doch. Man darf nicht zu fest und nicht zu lange schütteln, dann bilden sich Muster.«

»Aber nicht solche!« Elinn hob eines der Artefakte auf, das lange Reihen prächtig silbrig glänzender Ornamente aufwies, die man aus einiger Entfernung für Schriftzeichen halten konnte. »Ich habe es den ganzen Morgen über probiert. Man kriegt nur große Muster hin, so wie deines. Aber nie viele kleine nebeneinander.«

»Und was beweist das?«, brauste Carl auf und knallte den Plastikbehälter zurück auf den Tisch. »Es gibt noch eine Menge anderer Zufallsprozesse. Die Art und Weise, wie Schneeflocken entstehen, zum Beispiel. Da sitzt auch nicht jemand in den Wolken und schnitzt jede Flocke einzeln, trotzdem sind sie alle gleichmäßig und alle verschieden.« Irgendwie war das ein blöder Vergleich, merkte Carl in dem Moment, in dem er es sagte. Schließlich kannte er Schneeflocken nur aus dem Unterricht, von Bildern. Obwohl es auf dem Mars kälter werden konnte als in den kältesten Gegenden der Erde, fiel doch niemals Schnee.

Elinn hielt ihm immer noch dieses Artefakt hin, das aussah wie ein kostbares Schmuckstück in Rot und Silber. »Das ist aber keine Schneeflocke. Das ist Silizium. Geschmolzener Sand. *Stein.*«

»Trotzdem . . .«

»Carl«, unterbrach Mutter ihn. »Ich finde, Elinn hat nicht unrecht mit dem, was sie sagt. Auf jeden Fall kann man sagen, dass der Professor es sich zu einfach macht, wenn er alles nur auf den Zufall schiebt, oder? Ein bisschen genauer müsste er das schon erklären können.« Sie lächelte Elinn an, mit einem feuchten Schimmer in den Augen. »Elinn, ich glaube, dein Vater wäre jetzt sehr stolz auf dich.«

Carl ließ die Schultern hängen, sah zu, wie Elinn sich neben Mutter aufs Bett setzte und sich umarmen ließ, und kam schließlich auch, als seine Mutter ihn herwinkte. Ihr Vater war vor fast acht Jahren bei einer Expedition in die Cydonia-Region ums Leben gekommen, mehr noch, spurlos verschwunden, zusammen mit drei anderen Forschern. Er hatte geglaubt, darüber hinweg zu sein, aber gerade merkte er, dass er seinen Vater immer noch vermisste. Dass er immer noch entsetzlich, entsetzlich traurig war über seinen Tod.

Es war der erste gemütliche Tag, den Urs mit seinen Eltern seit ihrer Ankunft auf dem Mars erlebte. Für ein paar Stunden war es wieder beinahe wie früher, bevor man Vater zum Mars geschickt hatte. Nur die großen Fenster mit dem Blick auf den See fehlten.

Sie hatten ausgeschlafen und kein hochwichtiger Anruf hatte sie gestört. Das heißt, *fast* keiner. Einmal hatte Urs es piepsen hören, den Alarmruf von Vaters Kommunikator, aber da Vater später nichts erwähnt hatte, war es wohl nichts Wichtiges gewesen.

Sie hatten ausgiebig gefrühstückt, geredet, sich mit allem Zeit gelassen. Mutter hatte einen Kuchen gebacken – man musste dazu, erzählte sie, den großen Backofen in der Gemeinschaftsküche benutzen; die Wohnungen waren nicht mit Backöfen ausgestattet. Nun stand er prächtig auf dem Küchenbord und versprach einen angenehmen Nachmittag. Außerdem hatte Mutter angekündigt, zum Abendessen ihre berühmten Spaghetti Pesto zu machen.

»Die Frauen haben mir erzählt, dass Basilikum hier auf dem Mars wächst wie Unkraut«, berichtete sie. »Sie wissen gar nicht, wohin damit, und sind froh um jeden, der ihnen einen Sack voll abnimmt und Pesto davon macht.«

Vater hob erstaunt die Augenbrauen. »Ich dachte, für Pesto braucht man auch Käse? Wie machst du das hier? Haben die Siedler irgendwo eine Ziege versteckt, von der ich nichts weiß?«

»Ich habe ein bisschen experimentiert«, schmunzelte Mutter. »Und eine Variante gefunden, die fast noch besser schmeckt als das Original. Marsianisches Pesto, ohne Käse.«

Nachmittags sahen sie sich gemeinsam alte Fotos und Video-Sequenzen an. Vater hatte eine erstaunliche Menge davon auf seinem Lesegerät gespeichert, das sie auch in guter

Qualität wiedergab. »Na ja«, meinte er fast verlegen, »ich habe euch schon vermisst. Was denkt ihr denn?«

Etliche Bilder hatte Urs tatsächlich noch nie gesehen. Fotos aus der allerersten Wohnung seiner Eltern, als sie bei Venedig gewohnt hatten. »Da seht ihr aber noch jung aus«, meinte er.

Mutter lächelte. »Da *waren* wir auch noch jung, stell dir vor.«

Dann die Babybilder. Das war schon in Locarno, vor dem Umzug in die Stadt. Urs in der Badewanne. Urs' erste Schritte auf Video. »Das war die Zeit, als diese Brillen mit Video-Aufzeichnung modern waren, erinnerst du dich noch, Marciela?«, meinte Vater. »Jeder hat die plötzlich getragen, aber wirklich jeder.«

»Ja«, lachte Mutter. »Und du hast so scheußlich ausgesehen damit.«

»Aber man hat eine Menge Schnappschüsse gemacht auf diese Weise.«

Auf einer dieser Video-Aufnahmen saß ein pummeliger, fünf oder sechs Jahre alter Urs Pigrato auf dem Schoß eines Mannes mit rotblonden Locken und jeder Menge Sommersprossen und erklärte diesem voller Ernst etwas, das nicht zu hören war, weil der Träger der Videobrille – Vater – in amüsiertem Tonfall sagte: »Lass gut sein, James. Wenn es dir auf dem Mars gefällt, in Ordnung. Aber mich bringen keine zehn Pferde dorthin.« Dazu schüttelte er den Kopf, was der Aufnahme natürlich nicht guttat.

»Wer ist das?«, fragte Urs und zeigte auf den Mann, der ihm vage bekannt vorkam.

Vater sah auf einmal ernst drein. »Das ist James Faggan. Der Vater von Carl und Elinn, übrigens. Wir . . . na ja, dass wir zusammen studiert hätten, wäre zu viel gesagt. Ich war ein Semester lang in London, was ich grässlich fand – die Universität genau so wie die Stadt –, aber von daher kannten wir uns.«

Urs blickte zwischen seinem Vater und dem Standbild auf dem Lesegerät hin und her. »Aber was macht der in unserem Wohnzimmer? Und was mache ich auf seinem Schoß?«

Mutter lächelte ihn wehmütig an. »*Ihr* beide,ihr habt euch auf Anhieb verstanden. Das war die große Freundschaft auf den ersten Blick. Erinnerst du dich nicht mehr? Ich glaube, du hast ihm jede einzelne Sammelkarte und jede deiner Avatarfiguren erklärt und er hat sich alles geduldig angehört.«

»Jetzt übertreib mal nicht, Marciela«, mahnte Vater. »Es war nur ein Nachmittag. Mehr Zeit hatte er auch gar nicht, und so dicke waren wir nun auch wieder nicht befreundet . . . Ich habe seine Frau erst kennengelernt, als ich selber auf den Mars gekommen bin. Sie weiß gar nicht, dass ich ihren Mann gekannt habe.«

Urs schüttelte ungläubig den Kopf. Obwohl, da war so eine ganz, ganz ferne Erinnerung . . . »Aber wieso war er auf der Erde?«

»James Faggan und ein paar andere Marssiedler haben damals eine Art Pressereise zur Erde gemacht«, erklärte Vater. »Sie sind um die ganze Welt gereist, um für eine Wiederaufnahme des Siedlungsprogramms zu werben. Er war natürlich die Hauptfigur, als Vater des ersten Marskindes, und er muss überzeugend gewirkt haben, denn man hat noch einmal eine Handvoll neuer Siedler mitgeschickt. Leider haben die kurz darauf diese berüchtigte Expedition in die Cydonia-Region unternommen, auf der James und etliche andere ums Leben gekommen sind. Das war erst mal das Aus für die Siedlungspolitik. Im Grunde hat sich danach nichts mehr getan.«

»Bis zur Entdeckung der blauen Türme«, ergänzte Mutter.

»Genau.«

Sie betrachtete das Bild. »Seine Kinder ähneln ihm sehr, findest du nicht?«

»Ich finde das alles unverantwortlich von ihm«, grummelte Vater. »Erst setzt er zwei Kinder in die Welt – in *diese* Welt hier, lebensfeindlicher als die Antarktis –, und dann geht er mit auf diese Expedition rund um den halben Planeten!«

Urs betrachtete das Bild von James Faggan noch einmal und beschloss, es nicht an die große Glocke zu hängen, dass er morgen früh, anstatt in die Schule zu gehen, mit Jurij Glenkow zu den Fusionsreaktoren hinausfahren würde.

Sie öffneten die Lüftungsrohre, eines nach dem anderen, und überall war der Schimmel, in dicken grünen, blumenkohlartigen Schichten. Sie besprühten ihn mit dem Fungizid, das Daniel Eisenhardt vorsichtshalber etwas weniger verdünnt hatte als in der Anleitung beschrieben, und tatsächlich schrumpelte das widerliche Zeug darunter zusammen, zerlief zu einem noch widerlicheren, stinkenden, klebrigen Brei, den sie mit Bürsten und Schabern abkratzten und in die hochdichten Abfallsäcke beförderten. Es war eine anstrengende Arbeit, sie schwitzten unter der Schutzkleidung und kamen nur langsam voran. Der einzige Pluspunkt war, dass die Station aus so schlichten Bauteilen gebaut worden war, dass man problemlos überall an die Lüftungsrohre herankam. In der Siedlung wäre das weitaus schwieriger gewesen.

Nachmittags um fünfzehn Uhr hatten sie die gesamte Lüftung der ersten Kuppel gereinigt. Alle Türen standen offen, die Gebläse liefen auf Hochtouren, um die Luft am Zirkulieren zu halten, während die der Länge nach aufgeschraubten Lüftungsrohre trockneten.

»Gut«, sagte Eisenhardt schweißgebadet. »Wir haben noch einen Kanister, aber noch eine ganze Kuppel. Ich schlage vor, dass Sie, Mister Yin, bei Luambeke anrufen. Er soll noch mal was von dem Zeug schicken, und nicht zu wenig. Kim, Lung und ich machen uns in der zweiten Kuppel an die Arbeit. Die Übrigen können schon mal anfangen, hier die Rohre wieder zusammenzuschrauben.« Immerhin stank es nicht mehr nach dem Schimmel. Der Gestank des Fungizids überlagerte alles.

Sie stiegen zu dritt in den Gang hinab, der die beiden Kuppeln unterhalb der Marsoberfläche miteinander verband. Die zweite Kuppel war genau gleich aufgebaut wie die erste, der einzige Unterschied waren die Fußleisten in den Räumen und Gängen, die in der zweiten Kuppel rot, in der ersten blau waren.

Sie hatten gerade das erste Lüftungsrohr geöffnet, als der Anruf kam. Mister Eisenhardt möge bitte, wenn es ihm nicht zu viele Umstände bereite, noch einmal kurz herüberkommen, um sich etwas Befremdliches anzusehen.

»Chinesische Manieren«, murmelte Eisenhardt, während er durch den Tunnel eilte.

Es war im Bildlabor, dem ersten Raum, den sie in Angriff genommen hatten. Das Lüftungsrohr glänzte frisch, sauber und unberührt.

Dafür war die Wand bis in Kniehöhe von Schimmel bedeckt. Ringsherum. Dick, grün, schleimig. Und gemustert wie Blumenkohl.

Die Teller schimmerten noch grünlich von dem Pesto, das wirklich lecker gewesen war, es duftete in der ganzen Wohnung nach Knoblauch und nicht die kleinste Nudel war mehr übrig. »Ich warne dich, der Wein, den die hier machen, hat es in sich«, sagte Vater, als Mutter ihm ihr Glas für ein letztes Nachschenken hinhielt.

In diesem Moment fiepte der Kommunikator. Dringend.

»Wäre ja auch zu schön gewesen«, ächzte Vater, goss Mutters Glas noch einmal halb voll und stand dann auf, um den Anruf anzunehmen.

»Mister Kuambeke«, hörten sie ihn auf dem Gang sagen. »Was gibt es? Ja. Verstehe.«

Dann hörte man lange nichts. Bis Vater schließlich beunruhigt fragte: »Was genau meinen Sie mit Ansteckungsgefahr?«

# 14 Heimliche Aktivitäten

Thor Eikanger war in seinem Element und so etwas wie Müdigkeit schien er nicht zu kennen. »Die Flugboote werden *dringend* am Löwenkopf erwartet«, rief er gerade in das Mikrofon der Funkanlage, als Pigrato von der Toilette, wo er beinahe eingeschlafen wäre, zurück in den Maschinenleitstand kam. »Sonst haben die dort kein Wasser, nichts mehr zu essen und vor allem schmieren einige lang laufende, aufwendige Versuche ab. Was? Ja, beide Maschinen!«

Am Abend zuvor hatten sie noch einmal das Flugboot mit zehn Kanistern Fungizid hinausgeschickt – die Vorräte dieses Mittels waren besorgniserregend zusammengeschmolzen – sowie einen Rover mit weiterer Ausrüstung, die zu groß für die Flugmaschinen war. Kurz nach Mitternacht waren die beiden Männer mit dem Nachschub angekommen und hatten erst einmal ein Zelt aufgebaut, komplett mit Heizung, Liegen und einer Schleuse, in der man sich umziehen, am ganzen Körper reinigen und frische Kleidung anziehen konnte. So hatten die restlos erschöpften Besatzungsmitglieder der Asiatischen Station erst einmal Gelegenheit, außerhalb der verseuchten Gebäude zu schlafen, während die Habitattechniker die ganze Nacht durcharbeiteten.

»Wie sieht es aus?«, fragte Pigrato, als der nächste Transport mit den Flugbooten geklärt war. Es war halb sieben morgens und ihm fielen selbst im Stehen fast die Augen zu.

»Schlecht«, sagte Eikanger und schwenkte mit seinem Stuhl herum. Doch, ein bisschen bleich sah auch er aus. Oder kam das von dem schlechten Licht? »Sie machen den Schimmel an einer Stelle weg, dafür taucht er an zwei anderen wieder auf. Und er scheint immer schneller zu werden.«

»Was ist das für ein Zeug? Von einem derartig aggressiven Schimmel habe ich noch nie gehört.«

Eikanger zuckte mit den Schultern. »Keine Ahnung. Ich schätze, eine Mutation. Sie wissen ja, die Strahlung. Außerhalb der Erdatmosphäre und des Van-Allen-Gürtels ist die nun mal ziemlich stark. Ein Treffer an der richtigen Stelle im Gencode und aus harmlosem Haushaltsschimmel wird ein Killer.« Er massierte sich die Schläfen. »So stelle ich es mir zumindest vor.«

»Strahlung? Aber auf Raumschiffen ist die doch noch höher. Die müssten dann doch genauso gefährdet sein.«

»Sind sie vielleicht auch. Zufall, dass es die Marsstation der Allianz eher erwischt hat.«

Obwohl sich der Leitstand in einem der Module der Oberen Station befand, hatte man das Gefühl, in einem Bunker zu sitzen. Pigrato trat an das einzige Fenster, ein schmaler Spalt, durch den man hinaus auf einen Teil des Vorplatzes sah. Fünf Rover standen noch auf ihren Plätzen. »Sollten wir nicht mehr Leute hinschicken? Vielleicht ist alles eine Frage, wer schneller ist, der Schimmel oder wir?«

Der Norweger schüttelte finster den Kopf. »So einfach ist das nicht. Wir . . .« Sein Kommunikator surrte und er hatte ihn so schnell am Ohr, wie einer dieser alten Westernhelden seinen Colt zog. »Ah, Dr. DeJones, danke für den Rückruf. Es geht noch mal um die Sache mit der Asiatischen Station, von der ich Ihnen vorhin erzählt habe . . . Ja, genau. Wir haben jetzt ein Flugboot startklar, das in zwanzig Minuten rausgeht zum Löwenkopf. Wenn Sie so weit sind, wird es Sie unterwegs absetzen. Es geht darum, die Leute zu untersuchen, ob sie . . . Genau. Alles klar. Ich danke Ihnen.«

»Ob sie – was?«, wollte Pigrato wissen.

»Ob sie von dem Schimmel befallen sind«, sagte Eikanger grimmig. »Deshalb dürfen wir nicht noch mehr Leute hinschicken und dem Schimmel aussetzen. Nicht, ehe wir wissen, wie wir sie zurück in die Siedlung bekommen, ohne dass sie den Schimmel auch hier einschleppen.«

Pigrato fuhr sich mit den Händen übers Gesicht. Er fühlte sich wie zerschlagen. »Und was machen wir, solange wir das nicht wissen?«

»Quarantäne. Jeder, der mit dem Schimmel in Kontakt war, muss in Quarantäne bleiben, bis wir Gewissheit haben.«

»Und wie wollen Sie das machen?«

»Sie müssen so lange in einem Zelt bleiben. Zelte haben wir noch jede Menge. Falls eines davon dem Schimmel zum Opfer fällt, wäre es zu verschmerzen.« Eikanger deutete mit dem Zeigefinger auf den Boden. »Eins muss Ihnen klar sein – wenn dieser Schimmel unsere Siedlung erreicht, haben wir keine Chance, ihn zu besiegen.«

Pigrato nickte müde. »Verstehe. Ja, Sie haben recht.« Wenn sein Kopf sich nur nicht so wattig angefühlt hätte! Er war nicht mehr der Jüngste und es war mindestens fünfzehn Jahre her, dass er das letzte Mal die Nacht durchgemacht hatte. Er war es eindeutig nicht mehr gewöhnt.

Der Norweger musterte ihn eindringlich. »Wenn Sie mir einen persönlichen Rat erlauben wollen«, sagte er dann, »Sie sollten jetzt ins Bett gehen, Chef. Ich mache das hier schon.«

Eine Stunde später zog Urs Pigrato die Wohnungstür hinter sich zu – leise, denn Vater war während des Frühstücks aufgetaucht, blass wie ein Gespenst, hatte irgendwas von »Schimmel« gebrabbelt und war wie ein Zombie in Richtung Schlafzimmer gewankt. Mutter hatte flüsternd erzählt, er sei die ganze Nacht weg gewesen, ein Notfall. Was ein Notfall mit Schimmel zu tun haben sollte, hatte sie aber auch nicht gewusst.

Es war genau halb acht Uhr, als er vor der Schleuse drei ankam. Von Jurij war noch nichts zu sehen. Also zog Urs den Raumanzug schon einmal alleine an, soweit er damit klarkam. Oder es sich zumindest einbildete, damit klarzukommen.

Da, unüberhörbar, der Aufzug. Man hörte schwere Schritte im Verbindungsgang, gleich darauf kam der stämmige Mann die drei Treppenstufen in den Schleusenvorraum heruntergestapft.

»Ah. Wenigstens einer, der pünktlich ist. Schön, schön.« Er warf einen missmutigen Blick auf das Display seines Kommunikators. »Was hat es denn jetzt wieder . . .? Blödes Ding.« Er stopfte es in die Brusttasche und sah Urs an. »Na, wie sieht es aus? Immer noch wild entschlossen?«

»Ja klar«, nickte Urs. Hatte der Fusionstechniker es sich am Ende anders überlegt? Glenkow sah nicht so aus, als ginge es ihm blendend.

Der Russe nahm ächzend seinen Raumanzug aus der Halterung und schlüpfte hinein. »Montagmorgen, das ist manchmal einfach hart. Wenn ich dir einen guten Rat geben darf: Sollte dir Jewgenij Turgenev jemals von dem Zeug anbieten, das er unten in der Werkstatt braut und dreisterweise als Wodka bezeichnet – lehn ab. Lehn ab und lass dich nicht umstimmen, ich kann's dir nur raten.« Er zog den Verschluss zu und schlüpfte mühsam in die Stiefel. »Wir sind einfach zu lange gesessen am Samstag, das wird's sein. Auch wenn es ein besonderes Fest war, Neuankömmlinge und so, ich hätte trotzdem früher die Reißleine ziehen sollen. Man wird schließlich nicht jünger, oder?« Er rieb sich die Schläfen. »Gestern ging's mir besser. Da bin ich allerdings auch nicht so elend früh aufgestanden. Hab ich wirklich halb acht gesagt? Hab ich gesagt, nicht wahr? Normalerweise geh ich nicht so früh raus, aber zurzeit darf man einen Rover, den man reserviert hat, nicht lange rumstehen lassen, sonst ist er trotzdem weg.« Er schlüpfte in die Handschuhe, die klickend einrasteten. »Also, wollen wir?«

»Sie wollten mir helfen«, erinnerte Urs. »Mit dem Raumanzug.«

»Ach richtig. Du bist ja ein ganz frischer Marsbewohner. Na, lass mal sehen.« Der Techniker besah sich, was Urs zustande gebracht hatte. »Das mit den Stiefeln und Handschuhen sieht doch schon ganz gut aus.«

»Aber der Helm. Ich weiß nicht, wie das geht . . .«

»Ganz einfach. Schau her.« Glenkow nahm ihm den Helm aus der Hand und hielt ihm die Unterseite vors Gesicht. »Das ist der Verschlussmechanismus. Der muss auf den Verschluss am Halsring. Logisch, oder? Sieht furchtbar kompliziert aus, funktioniert aber wie von selbst, wenn man den Trick kennt.« Er deutete auf eine kleine, dreieckige Markierung an der Innenseite des Helms, ungefähr dort, wo später das Kinn sein würde. »Siehst du das? Das muss dahin.« Er zeigte auf eine identische Marke am Halsring, die allerdings seitlich der Mitte saß. Das hatte Urs irritiert, als er es auf eigene Faust versucht hatte.

»Aber dann sitzt der Helm ja schräg«, sagte er.

»Halt, halt, das bleibt ja nicht so. Pass auf – du setzt also die beiden Dreiecke gegeneinander, klappst das Ding zu . . .« Er stülpte Urs den Helm über den Kopf.

»Eben, und dann wackelt er«, rief Urs darunter hervor.

»Nur so lange, bis du diesen Riegel hier zur Seite schiebst. Siehst du?« Mit einem sanften Schaben glitt der Helm zur Seite und es gab genau das Geräusch, an das sich Urs von dem Flug mit dem Shuttle erinnerte. Er spürte, wie die Apparatur auf seinem Rücken anfing zu arbeiten und wie ihm plötzlich frische Luft entgegenwehte.

»Und zum Abnehmen machst du dasselbe andersherum«, hörte er Jurij dumpf durch das Plastmaterial des Helms.

Urs schob den Helmverschluss zurück. Es gab wieder dieses schabende Geräusch und der Helm drehte sich wie von selbst in die Position, bei der die beiden Markierungen übereinandersaßen. Offenbar enthielt der Verschluss eine Art selbsttätigen Verriegelungsmechanismus.

»Na? Ganz einfach, oder? Wie ich es dir versprochen habe«, sagte der Fusionstechniker, während er seinen Bart sorgsam hinter den Halsring seines Raumanzugs stopfte.

Urs betrachtete seinen Helm unschlüssig. »Ähm,«, meinte er, »ich hätte da noch eine Frage . . .«

»Raus damit«, meinte Glenkow und langte nach seinem eigenen, reichlich abgeschabt aussehenden Helm.

Urs zögerte. »Was macht man eigentlich, wenn man, ähm, pinkeln muss?«

Glenkow riss die Augen auf. »Wieso? Ich hoffe, du warst vorher auf der Toilette?«

Urs nickte. »Ja, klar. Es interessiert mich bloß so.«

»Ah verstehe.« Der Russe grinste. »Das peinlichste Thema der Raumfahrt. Keiner redet darüber, gerade so, als wäre es was Unanständiges.«

»Es steht auch nirgendwo etwas darüber«, sagte Urs.

»Na, in den Handbüchern steht es schon, aber wer weiß, wo die abgeblieben sind . . . Ist ja auch egal. Also: Grundsätzlich versucht man natürlich, einfach zu vermeiden, dass man aufs Klo muss, solangeman im Raumanzug unterwegs ist. Normalerweise kein Problem, weil man sich ohnehin nicht so weit von der Siedlung entfernt, oder wenn doch, geht man irgendwohin, wo es Toiletten gibt. Wir zum Beispiel werden es aushalten, denn bis zum Südreaktor sind es nur knappe zwanzig Minuten zu fahren, und dort gäbe es für alle Fälle eine chemische Toilette von der Art, die niemand gern benutzt.«

Urs nickte. »Und wenn man doch müsste? Ganz dringend?«

»Na ja, an den nächsten Baum pinkeln, das geht natürlich nicht«, grinste Glenkow. »Schon, weil's hier auf dem Mars ja auffallend wenig Bäume gibt. Im äußersten Notfall würde man in die Hose machen, klar. Und das ist jedem altgedienten Raumfahrer schon irgendwann mal passiert.« Er wurde wieder ernst. »Manche Leute mit schwacher Blase ziehen für alle Fälle so eine Art Windelhose drunter, aber die meisten mögen das nicht. Und für ganz extreme Unternehmen, bei denen man tagelang im Raumanzug wäre, müssten noch Entsorgungseinrichtungen in irgendeinem Lagerraum liegen, die angeblich total bequem sein sollen, in Wirklichkeit natürlich aber zwicken, kneifen, stinken und schlichtweg unappetitlich sind.« Er hob seinen eigenen Helm wieder auf. »So, genug zu diesem Thema. Können wir los?«

Urs hätte noch gerne gefragt, wie man die Sauerstoffzylinder auswechselte, und ärgerte sich, dass er diese viel wichtigere Frage nicht als erste gestellt hatte, aber Glenkows Geduld war offensichtlich erschöpft, also nickte er bloß. Sie setzten die Helme auf. Auf der anderen Seite der Schleuse, durch die schmalen Scheiben rechts und links davon deutlich zu sehen, stand schon der Rover.

Es war fünf vor acht nach Marszeit, als sie losfuhren, und niemand hatte gesehen, wie Urs Pigrato in den Rover gestiegen war.

Daniel Eisenhardt träumte nur noch von einer heißen, langen Dusche. Gut, er hatte sich drüben im Zelt mit einem Schwamm und ein bisschen Wasser reinigen können. Joliet und Thoreau hatten sogar frische Unterkleidung mitgebracht. Aber die war längst wieder durchgeschwitzt. Er schwamm förmlich in seinen Handschuhen, der Schweiß lief ihm in die Augen und die Atemmaske klebte ihm auf dem Gesicht. Die Hölle konnte kein schlimmerer Ort sein als das hier.

Seit ein paar Stunden setzten sie Beflammungsgeräte ein. Das war der offizielle Name für Geräte, die die Habitattechniker untereinander nur als *Flammenwerfer* bezeichneten. An einem langen Stiel saß ein Brenner, der auf Knopfdruck mehr oder weniger lange Flammen ausstieß. Im Siedlungsbau verwendete man sie, um besonders hochfeste Bodenbeläge zu verlegen, Isolationsmasse auf Felswänden festzuschmelzen und dergleichen.

Der Schimmel, so viel stand fest, mochte es entschieden auch nicht, gegrillt zu werden. Er verkohlte und schrumpelte zu einer schwarzen, klebrigen Masse zusammen, die aussah wie flüssiger Asphalt, wenn man sie von den Wänden abschabte.

Sein Kommunikator. Eisenhardt reichte das Flammgerät an Kim Il Gon weiter, der rot geränderte Augen hatte vor Erschöpfung, und trat hinaus in den momentan weitgehend schimmelfreien Flur. Es war Kuambeke.

»Wie kommen Sie voran?«, wollte er wissen.

Eisenhardt wischte sich mit dem Ärmel über das Gesicht. »Wir kämpfen, aber der Sieg ist nicht in Sicht.«

»Heißt?«

»Je mehr von dem Zeug wir abfackeln, desto schneller wächst es hinter unserem Rücken wieder nach. Ich will gar nicht wissen, wie es inzwischen in der anderen Kuppel aussieht.« Sie hatten etwa um drei Uhr nachts beschlossen, sich vorläufig auf die erste Kuppel zu konzentrieren, und den Verbindungsgang zugeschüttet in der Hoffnung, dass ihn dann auch die Schimmelsporen nicht mehr passieren konnten. Sobald eine Hälfte der Station vom Schimmel befreit war, so die Überlegung, würde man die andere angehen. Und hoffentlich bis dahin einiges über den Schimmel und seine Schwachstellen dazugelernt haben.

»Sollen wir noch die restlichen Beflammungsgeräte schicken?«, fragte Kuambeke.

Eisenhardt winkte ab. »Bringt nichts. Die meisten Wände in der Station sind aus Teroplast, das ist entflammbar. Nicht schnell, aber wenn man lange genug herumzündelt ... Eine Wand haben wir schon angekokelt.« Er hustete und spuckte einen ekligen, zähen Schleim aus. »Gibt's was Neues von der Erde?«

»Hinhaltende Worte«, sagte Abasi Kuambeke. »Sie suchen noch, heißt es.«

»Heißt es? Na, großartig. Wissen die auch, wie es uns hier geht?«

»Ich schicke alle fünf Minuten eine Mail, damit keiner von denen auf die Idee kommt, Kaffeepause zu machen«, sagte der Lüftungsingenieur. »Ich würde auch kommen und Ihnen helfen, aber Sie haben ja gehört, was Pigratos Sicherheitschef gesagt hat von wegen Ansteckungsgefahr.«

Ja, das hatte er gehört. Und es hatte ihm nicht gefallen. Es hatte den Traum von der heißen Dusche plötzlich in unerreichbare Ferne gerückt. »Lassen Sie's gut sein, Abasi«, seufzte Eisenhardt. »Ich glaube, mehr Leute bringen auch nicht mehr. Entweder dem Zentrum für Biokontrolle fällt etwas Geniales ein oder ich sehe schwarz für die Station.«

»Ich melde mich, sobald ich etwas höre«, versprach Kuambeke, dann trennten sie die Verbindung.

Eisenhardt steckte seinen Kommunikator ein. Als er sich umdrehte, sah er, dass die Wand hinter ihm, die vor dem Telefonat noch blank und sauber geglänzt hatte, vollständig von fettem grünem, blumenkohlartigem Schimmel bedeckt war.

Es war ungewohnt leer im Schulungsraum an diesem Morgen. Carl und Elinn waren da, sonst niemand. Gerade als Carl anfing, sich zu wundern, piepste Elinns Kommunikator.

»Ariana ist immer noch krank«, berichtete sie. »Ihr Vater ist zur Asiatischen Station geflogen, weil die dort irgendein Problem mit Schimmelbefall haben, und sie soll im Bett bleiben und Tee trinken.« Sie lächelte versonnnen. »Aber ich glaube, es stinkt ihr. Ich kann mir gut vorstellen, dass sie trotzdem demnächst auftaucht.«

Im nächsten Moment polterte Ronny herein, ließ sich auf seinen Stuhl fallen und fing gleich an zu erzählen, dass der Journalist ihn am Sonntagnachmittag interviewt hatte. »Richtig mit Kamera und Licht und so«, sprudelte es aus ihm heraus. »Zuerst waren wir in der Bibliothek unten, dann hier oben. Er wollte, dass ich ihm die Flugsimulationsprogramme zeige, und Mann, was der alles gefragt hat!« Er erzählte, wie er Wim Van Leer die Daten und Eigenschaften aller möglichen Flugzeuge heruntergerasselt und wie der so gestaunt hatte, dass er ins Stottern geraten war.

Carl nickte mit gerunzelter Stirn. »Lass dich von diesem Van Leer bloß nicht einwickeln«, meinte er. »Ich glaube nämlich, dass mit dem etwas nicht stimmt.«

Ronny riss erschrocken die Augen auf. »Wie meinst du das?«

»Ich habe ihn im Labortrakt gesehen und da hat er sich benommen, als würde er herumspionieren.« Er erzählte von seiner Begegnung, allerdings ohne zu erwähnen, dass er auf dem Weg zu Professor Caphurna gewesen war. Dieses Reizwort wollte er mit Rücksicht auf Elinn im Augenblick lieber vermeiden. »Ich meine, warum erschrickt er, wenn er nichts zu verbergen hat?«

»Wahrscheinlich ist er einfach so erschrocken. Weil er nicht damit gerechnet hat, dass jemand kommt. Wahrscheinlich fotografiert er alles, was er interessant findet.«

»Möglich. Aber vielleicht ist er auch überhaupt kein Journalist.«

Ronny schluckte unbehaglich. »Sondern?«

»Ich weiß nicht. Jedenfalls ist Journalist eine gute Tarnung für jemanden, der überall herumschnüffeln will.«

Ronny schüttelte den Kopf. »Aber die überprüfen doch jeden, ehe sie ihn in ein Raumschiff lassen!«

»Ich weiß.« Carl nickte. »Ich habe trotzdem ein komisches Gefühl.«

Elinn zupfte nachdenklich an ihren wilden rostroten Locken und meinte: »Ich kann ihn zwar nicht leiden, aber warum fragst du nicht einfach diesen anderen Journalisten, der uns immer noch ›Marskinder‹ nennt? Vielleicht kennt der ihn. Oder weiß etwas über ihn.«

»Michael Visilakis!« Carl verzog das Gesicht. »Stimmt.

Darauf hätte ich auch selber kommen können.« Visilakis hatte vor etlichen Jahren mit den vier auf dem Mars lebenden Kindern telefoniert – was angesichts der riesigen Entfernung ein teures und umständliches Unternehmen gewesen war – und einen Artikel daraus gemacht, in dem Elinn ihrer Meinung nach schlecht weggekommen war. Sie hatten erst vor Kurzem wieder Kontakt mit ihm gehabt. »Schwesterchen, du bist ein Genie.« Er rief seinen Mailzugang auf.

Elinn blies die Backen auf, machte *Plopp!* und sagte dann: »Genau. Und wann gehen wir eigentlich zu Professor Caphurna und zeigen ihm mein geniales Experiment mit dem Sand?«

Carl verspürte wenig Lust, den Professor wegen dieser Sandgeschichte zu belästigen, aber er hatte das deutliche Gefühl, dass Elinn sich nicht davon würde abbringen lassen. »Wir können ja gleich mal runtergehen. Sobald ich die Mail geschrieben habe, okay?«, sagte er. Wahrscheinlich waren der Professor und sein Team sowieso nicht da.

»Ja«, nickte seine Schwester hoheitsvoll. »Ist okay.«

»Sand?«, wiederholte Ronny missgelaunt. »Wovon redet ihr?«

»Wirst du bald sehen«, erwiderte Elinn.

Dr. DeJones holte drei flache Anzuchtschalen aus der Tasche, legte sie nebeneinander auf den Boden des Zeltes und füllte Nährlösung hinein, in jede Schale eine andere. Damit standen nun insgesamt sechs solcher Versuchsanordnungen an verschiedenen Punkten, und wenn sich Schimmelsporen hier hereinverirrt haben sollten, würden sie sich nach menschlichem Ermessen in diesen Nährlösungen zuallererst bemerkbar machen.

Der Arzt stand auf, sah sich um, atmete tief durch, auch

wenn ihm dabei unbehaglich war. Die Luft im Zelt wirkte sauber, aber sie konnte erfüllt sein von Milliarden Sporen des Schimmels, der im Begriff war, die Asiatische Marsstation zu verwüsten.

Zehn Uhr. Die Sonne stand matt wie immer an einem hellbraunen Himmel und von außen sah man nichts von den Vorgängen innerhalb der Station. Zwei Rover standen unordentlich in der Gegend herum, ein paar Kisten halb ausgepackt daneben. Eine Plane verdeckte etwas, bei dem es sich, wie Dr. DeJones wusste, um einen Stapel Dokumentenkästen handelte, die man ins Freie gebracht hatte, um Forschungsdaten vor dem Schimmel und vor allem vor den Bekämpfungsmaßnahmen zu retten. Das war alles. Der größte Teil der Besatzung lag hier im Zelt auf Behelfsliegen und schlief wie tot, vollkommen erschöpft von den Anstrengungen der Nacht.

Dr. DeJones zog sein Taschenmikroskop hervor und richtete es auf die Zeltplane. Deren Oberfläche sah beruhigend normal aus. Kein Schimmel, nicht einmal Spuren davon. Es blieb nur zu hoffen, dass sich das bis heute Nachmittag nicht änderte.

Sie hatten alle denkbaren Vorkehrungen getroffen, um zu verhindern, dass der Schimmel ins Zeltinnere eingeschleppt wurde. Auch wenn es dadurch schrecklich eng zuging in der ohnehin nicht großen Schleusenkammer, musste sich jeder, der sie, von außen kommend, passierte, nackt ausziehen, am ganzen Körper mit einer antimykotischen Lösung einreiben, anschließend mit viel Wasser waschen und frische Kleidung anziehen. Das war eine entscheidend wichtige Prozedur. Nur wenn es ihnen gelang, den Schimmel aus dem Zelt fernzuhalten, konnten sie es wagen, in die Marssiedlung zurückzukehren.

Dr. DeJones erinnerte sich an sein Studium, an eine Vorlesung in Weltraumhygiene, in der es um die erste Raumstation gegangen war, die russische MIR, die Ende des zwanzigsten Jahrhunderts die Erde insgesamt vierzehn Jahre lang umkreist hatte und heute, da man seither etliche weitere Raumstationen dieses Namens errichtet hatte, MIR-1 genannt wurde.

In den letzten Jahren der MIR-1 war Schimmel ein ernsthaftes Problem an Bord gewesen, teilweise, weil ungeeignete Materialien verwendet worden waren, hauptsächlich aber, weil die Wärmedämmung der damaligen Technik noch nicht ausgereicht hatte, die Bildung von Feuchtigkeit in Ecken und Winkeln zu verhindern. Man hatte über zweihundertfünfzig verschiedene Mikroorganismen gezählt. Insbesondere der grünliche *Penicillium chrysogenum* hatte sich enorm ausgebreitet, Fenstergläser erblinden lassen und Teile der Bordelektronik angefressen. Zeitweise hatte intensiver Modergeruch die ganze Station erfüllt und mehrere Raumfahrer hatten Pilzinfektionen auf der Haut bekommen.

Es war eine erstaunliche Tatsache, dass Mikroorganismen im Weltraum nicht nur überlebten, sondern sich dort sogar noch wohler fühlten als auf der Erde. Das galt vor allem für die Schwerelosigkeit, die Krankheitserreger ansteckender machte und harmlose Mikroben gefährlich werden lassen konnte. Warum? Das wusste bis heute niemand genau.

Sein Kommunikator ging. Es war Abasi Kuambeke. Der Lüftungsingenieur und Chef der Habitattechnik klang auch nicht mehr taufrisch. »Wir würden gerne probieren, die Luft aus den Kuppeln abzulassen und die Schleusen zu öffnen«, erklärte er. »Wenn wir dem Schimmel mit Feuer und Chemie nicht beikommen, schafft es vielleicht die Marskälte und das Beinahe-Vakuum. Außerdem hätte es den Vorteil, dass wir damit die ganze Station auf einmal erwischen, nicht immer nur ein paar Stellen.«

»Leuchtet ein«, nickte der Arzt.

»Ich habe jetzt nur Bedenken, dass wir die Sporen auf diese Weise vielleicht freisetzen und den ganzen Mars damit infizieren. Was meinen Sie, Doktor?«

Dr. DeJones fasste sich mit der Hand in den Nacken und massierte seine Schulterpartie. »Ihre Bedenken in Ehren, aber sie kommen zu spät. Jedes Öffnen der Schleuse seit vorgestern hat Sporen entlassen. Die Datenspeicher und Dokumentenkästen, die man herausgebracht hat und die jetzt hier im Freien stehen, waren ziemlich sicher auch kontaminiert. Das heißt, der Mars ist längst infiziert.«

»Hmm«, hörte er vom anderen Ende der Verbindung. »Heißt das, die Kälte ist möglicherweise die Lösung?«

»Das wird sich zeigen, oder?«, sagte Dr. DeJones. Er sah auf die Schalen mit den Nährlösungen hinab und machte sich plötzlich Sorgen um seine Tochter. Selbst wenn alles gut ging, würde er nicht vor dem Abend zurück in der Siedlung sein.

*Unsinn*, dachte er. Es war Ariana heute Morgen schon viel besser gegangen und überhaupt war es nur eine Lappalie, ein harmloser Infekt.

Es war überwältigend, mit dem monströsen Fahrzeug, das die hier auf dem Mars *Rover* nannten, durch diese wilde Felslandschaft zu fahren. Sie rollten Abhänge aus Geröll hinunter, überquerten Bodenspalten mit gezackten Kanten und fuhren zwischen riesigen, rohen Steinen hindurch, die dalagen wie von Riesen hingeworfen. Vielleicht waren es tatsächlich Riesen gewesen: Rechter Hand erhoben sich am Horizont gewaltige Vulkankegel, lichtbraune Silhouetten vor einem diffusen hellgelben Himmel, mehr zu erahnen als zu sehen. Wahrscheinlich waren das alles hier Überreste unvorstellbarer Eruptionen vor unvorstellbar langer Zeit.

Obwohl es nicht sehr hell war, lag doch auf allem ein scharfes Licht, das sogar feinste Konturen erkennen ließ. Nach einer Weile begriff Urs, dass dieses Phänomen mit der Atmosphäre des Mars zu tun haben musste, die so dünn war, dass sie, verglichen mit der Erde beinahe wie Vakuum wirkte. Zudem herrschte eine Kälte, gegen die der kälteste Punkt der Antarktis wie ein lauschiges Plätzchen gewirkt hätte. Man merkte wenig davon, wenn man einen Raumanzug trug, man musste es sich schon bewusst klarmachen.

»Der Südreaktor liegt eigentlich nicht weit von der Siedlung entfernt«, erklärte Jurij Glenkow. Er steuerte das Gefährt mit gelassener Routine; mit einer Hand, während er sich mit der anderen die Schläfe rieb. »Knapp anderthalb Kilometer, je nachdem, wie man misst. Aber du siehst ja das Gelände hier: ein Krater nach dem anderen, ziemlich schwierig zu passieren. Man muss tausend Umwege fahren. Nachher kommt ein etwas geraderes Stückchen, aber ein großer Teil der Leitung ist ziemlich schwer zugänglich.« Er kniff die Augen zusammen, schüttelte den Kopf, als könne er sein Unwohlsein auf diese Weise loswerden. »Egal, wir fahren jetzt sowieso erst zum Reaktor und stellen sicher, dass der so funktioniert, wie er soll. Danach kümmern wir uns um die Leitung.«

Das Innere der kugelförmigen Fahrerkabine war erstaunlich geräumig; es hätten noch zwei Personen Platz gehabt, ohne dass man das Gefühl von Enge bekommen hätte. Und man konnte den Helm abnehmen.

»Wieso befinden sich die Reaktoren eigentlich außerhalb

der Siedlung?«, fragte Urs. »Hat man Angst, dass sie explodieren könnten?«

Glenkow lachte auf. »Unsinn, Fusionsreaktoren können nicht explodieren. Sie können aufhören zu funktionieren und das eine oder andere kann schmelzen, wenn die Dinge schlimm schiefgehen. Aber explodieren? Nein.« Er lachte noch einmal. »Und wenn sie es könnten, müssten die Reaktoren schon hundert Kilometer weit entfernt sein, wenn die Siedlung das überstehen sollte.«

»Ach so.« Richtig. Bilder aus dem Geschichtsunterricht fielen ihm wieder ein. Die Waffen des zwanzigsten Jahrhunderts. Eine davon war die Wasserstoffbombe gewesen, die auf einem ähnlichen Prinzip beruht hatte.

Der Russe warf ihm einen Seitenblick zu. »Weißt du, wie Fusion funktioniert? Kommt in der Schule ziemlich spät dran, glaube ich.«

»Verschmelzung von Wasserstoffatomen zu Heliumatomen«, sagte Urs. »Dasselbe, was sich in der Sonne abspielt. In allen Sternen.« Zugegeben, im Unterricht war das noch nicht dran gewesen, aber er war ja nicht doof, oder?

»Okay, kann man gelten lassen«, nickte Glenkow. »Obwohl das, was sich in einem Fusionsreaktor abspielt, nur oberflächlich etwas mit dem zu tun hat, was ein Stern so treibt. Der hat dann doch noch andere Möglichkeiten als wir.« Er wischte sich über die Stirn, betrachtete kurz seine feuchten Finger. »Schwitze ich schon, bloß weil ich von der Sonne rede? Das ist ja mal seltsam. Also, wir verschmelzen schweren Wasserstoff, auch Deuterium genannt, und nicht alle Verschmelzungsvorgänge gelingen. Eine unvollständige Verschmelzung bringt Tritium hervor, das ist dreiwertiger Wasserstoff und leider radioaktiv. Weswegen man ihn ungern in seiner Nähe hat. Dummerweise entweicht Tritium aus allen Behältnissen ziemlich mühelos, weshalb in der Reaktortechnologie auf der Erde die Tritiumabschirmung das so ziemlich aufwendigste Bauteil ist. Das sparen wir uns hier einfach, indem wir die Reaktoren außerhalb der Siedlung aufstellen. Das ist der Grund.«

Endlich erreichten sie den Reaktor. Sie setzten die Helme wieder auf – das Auf- und Absetzen ging wirklich problemlos, wenn man den Kniff raushatte –, dann verließen sie den Rover durch die winzige Schleuse an der Unterseite.

Sie befanden sich in einem flachen Krater, auf dessen Boden, so sah es aus, ein riesiger, leicht gewölbter Deckel aus massivem Beton lag. Das Ganze war verstrebt und sah enorm stabil aus, war aber insgesamt kaum hüfthoch. Urs begriff, dass der Reaktor sich darunter befinden musste.

»Stimmt genau«, erwiderte Glenkow auf seine Frage. »Komm, da geht's lang.«

Eine schmale, schräge Rampe führte an der Seite abwärts bis zu einer wuchtigen Stahltür, die schwerfällig aufging, nachdem Jurij Glenkow seine Schlüsselkarte vor den Sensor gehalten hatte. Sie kamen in einen großen finsteren Raum, von dem Urs schon spürte, dass er riesig war, noch ehe die Lichter an der Decke aufflammten. Sie standen auf einem Galeriegang und sahen auf einen Koloss von einer Maschine hinab, ein kompliziert aussehender, aufrecht stehender Zylinder voller Spulen und metallen schimmernder Abdeckungen, der tief in einen Schacht am Boden hineinragte, an dessen Grund es auch mit Beleuchtung so dunkel blieb, dass man nicht erkennen konnte, wie tief. Ein gleichmäßiges, mächtiges Summen ging von der Maschine aus.

»Da ist es, das gute Stück«, rief Glenkow. »Ein *Shinrai-100 Tokamak*. Nicht mehr der letzte Schrei, aber grundsolide. Läuft noch mindestens hundert Jahre ohne Mucken, und wenn mein Nachfolger gut drauf aufpasst, auch noch mal hundert Jahre.«

»Ganz schön groß«, meinte Urs.

Der Russe nickte. »Ja. Und wir haben zwei davon. Das Verrückte ist, dass jeder unserer Reaktoren für eine Millionenstadt reichen würde. Der da läuft mit kaum drei Prozent Leistung, weniger geht gar nicht. Das ist das Einzige, was wir hier auf dem Mars im Überfluss haben: Energie. Energie und Platz ringsherum. Es gibt aber eben keine kleineren Modelle. Jedenfalls gab es sie damals nicht; inzwischen bauen sie ja fliegende Fusionsreaktoren, was man so hört. Die BUZZ ALDRIN zum Beispiel ist so einer. Schon erstaunlich.« Er deutete auf eine Tür auf der anderen Seite der Galerie. »Da geht's zum Kontrollraum. Den kann man belüften, muss man aber nicht. Außer, man muss – du verstehst?« Er grinste matt. »Ich muss mir nur rasch die Kurven anschauen. Willst du mitkommen?«

Urs kam mit, doch es erwies sich als langweiliger Abstecher. Ein dunkler, kleiner Raum voller dunkler, kleiner Schirme, die hell wurden, wenn man sie berührte, und Kurven zeigten, die Urs nichts sagten. Darunter Schaltpulte mit großen Tasten und breiten Hebeln, die man auch mit Handschuhen sicher bedienen konnte, das war schon alles. Er ließ Glenkow die bunten Diagramme studieren und ging sich lieber noch ein bisschen den Reaktor anschauen.

»Alles klar«, meinte der Fusionstechniker, als er geraume Zeit später wieder zum Vorschein kam. »Unsere Maschine schnurrt wie ein Kätzchen, hat letzte Woche kein einziges Mal gemuckt. Gute Fusionsrate, alles, wie es sein soll.« Er wedelte mit der Hand Richtung Ausgang, was wohl hieß, dass es endlich weiterging. »Mit anderen Worten, wenn Schwankungen in der Zuleitung gemessen werden, muss es an der Leitung liegen.«

»Ist das schlimm?«, fragte Urs.

»Ach was, schlimm ... Ärgerlich ist es. Und beunruhigend, wenn da ein Fehler ist, von dem man nicht weiß, was ihn verursacht. Wir haben eine Menge Fehlfunktionen in unserem Maschinenpark, aber wir können mit ihnen leben, weil wir wissen, was sie verursacht – ein fehlendes Ersatzteil, ein abgenutzter Schleifer, solche Dinge. Aber das hier? Den Fehler suchen wir schon seit über drei Monaten. Ich hoffe bloß, dass das neue Messgerät endlich etwas findet. Die ... wie heißt sie noch mal? Ah, ja, die BUZZ ALDRIN. Die hat es mitgebracht. Ohne das Ding geht es nicht. Wir können ja schlecht ein paar Kilometer Kabel aus dem Boden graben, oder?«

Als sie wieder in den Rover stiegen, sagte Glenkow: »Den Nordreaktor muss ich übrigens diese Woche auch noch inspizieren; morgen oder übermorgen, je nachdem, wie ich mit dem Leitungsproblem zurechtkomme. Willst du da wieder mitkommen?«

»Ja«, nickte Urs. »Gern.« Er erinnerte sich an das eigentliche Ziel seines Ausflugs. Die Probleme mit der Zuleitung konnten ihm im Grunde piepegal sein. Er war mitgegangen in der Absicht, nach einem Platz Ausschau zu halten, wo er einen Sauerstoffzylinder verstecken und sich später verkriechen konnte, um so zu tun, als sehe er das Leuchten ...

Zeit, sich darum zu kümmern.

Glenkow brabbelte weiter, während sie losfuhren, aber Urs schaltete die Ohren auf Durchzug und achtete lieber auf das Gelände. Er verstand sowieso nur die Hälfte von dem, was der Russe über Feldstärken, Rückkopplungseffekte und Injektionszündung erzählte.

Das mit dem Versteck war nicht so einfach, wie er sich das vorgestellt hatte. Zwar gab es jede Menge gute Verstecke –

alle paar Meter praktisch –, doch das Problem war, sie auseinanderzuhalten. Es half ihm ja nichts, wenn er den Sauerstoff irgendwo versteckte und ihn nachher nicht mehr wiederfand. Ob es wohl eine Karte der Gegend gab? Satellitenfotos bestimmt. Vielleicht war es besser, erst einmal nach einer typischen Felsformation zu suchen, an der er sich orientieren konnte, und von dort aus ...

Plötzlich fiel ihm auf, dass Glenkow überhaupt nichts mehr sagte.

Und dass der Rover immer schneller wurde.

Er sah zur Seite. Der Kopf des Russen war nach vorn gesunken, lag mit der Oberlippe auf dem Halsring des Raumanzugs und die Augen waren geschlossen. Im nächsten Augenblick kippte der ganze Oberkörper des Mannes vornüber auf das Armaturenbrett und begrub die Steuerung unter sich.

Und der Rover raste mit voller Geschwindigkeit auf einen Felsbrocken zu, der so groß war wie ein Haus.

# 15 Rettungsaktion

Ein heißer Schrecken durchzuckte Urs, wie ein elektrischer Schlag, bis in die Fingerspitzen und Zehennägel.

Der Felsbrocken kam immer näher. Und der hatte vorstehende Kanten und Spitzen, verdammt noch mal. An denen würde der Rover zersplittern!

»Jurij!«, schrie er. Aber das war kein dummer Scherz, nein, das war ein Herzinfarkt oder ein Schlaganfall oder so etwas, im schlechtestmöglichen Augenblick. Der Mann rührte sich nicht. Und die Turbine drehte auf vollen Touren, schleuderte den Rover auf sein Verderben zu ...

So schwer konnte so ein Ding ja nicht zu steuern sein. Urs versuchte, das Steuerhorn zu erreichen, aber da lag Glenkow drauf. Verdeckte es mit seinem ganzen Gewicht. Und er war mindestens so schwer wie ein Sack Blei, geringere Marsschwerkraft hin oder her. Der Fels kam immer näher, verflucht, der war noch größer, als es eben ausgesehen hatte, ein scharfkantiges Ungetüm ...

Urs stemmte sich mit der Schulter gegen den Oberkörper des Fusionstechnikers, drückte ihn beiseite, bekam das Steuerhorn frei, packte es und drehte es zur Seite.

Der Rover reagierte schwerfällig. So ein Mist, das hatte die ganze Fahrt über so leicht ausgesehen, wie Glenkow das gemacht hatte! Vielleicht lag es an der hohen Geschwindigkeit.

Urs riss das Horn bis zum Anschlag, der Rover scherte aus, ja, das konnte reichen, das *musste* reichen ...

Vorbei. Haarscharf.

Der Rover schoss über eine Kante, hinter der ein Abhang steil hinabführte, auf dem er noch schneller wurde. Urs glaubte, Geröll unter dem Wagen zu spüren, das ins Rutschen kam. Und am unteren Ende des Hangs warteten noch mehr Felsen!

Er musste bremsen. Es musste bei diesem verdammten Ding doch eine Bremse geben! Er versuchte, unter das Armaturenbrett zu gelangen, ohne Glenkows Körper wieder zurückfallen zu lassen. Da waren Pedale, ja, aber Glenkows Fuß stand auf dem Gas wie festgespannt. Er packte das Bein des Mannes, zerrte daran, trat selber auf das andere Pedal, das nur die Bremse sein konnte. Die Turbine hinter ihnen röhrte, als wolle sie jeden Augenblick explodieren. Keine Reaktion, nichts, der Rover schoss dahin wie wahnsinnig geworden.

Urs konzentrierte sich wieder auf die Steuerung. Wenn das Ding nur nicht so schlingern würde! Das war das Geröll. Sie kamen den Hang herab, als ritten sie auf einer Lawine. Die Lenkung bewirkte fast nichts ... und da war schon wieder ein Fels. Ein Koloss. Links herum, da war Platz! Links, links ... Nein, das würde nicht reichen, das reichte nicht, nein, der Rover zog nach rechts, also rechts, noch mehr rechts, obwohl da kaum ein Durchkommen war. Der nächste Fels türmte sich schon bedrohlich vor ihnen auf ...

Diesmal erwischte es den Rover. Aber nur ein Streifschuss. Mit einem hässlichen Geräusch schrammten sie an dem Brocken vorbei und – hinein in ein Labyrinth aus riesigen Steinen, die da lagen wie die Trümmer eines explodierten Berges.

Das durfte nicht wahr sein. Das durfte doch einfach nicht wahr sein. Von wegen, es gibt Platz im Überfluss auf dem Mars! Hier gab es keinen Platz, hier waren die Spalten zwischen manchen der Felsbrocken so schmal, dass der Rover darin zerquetscht werden würde. Urs riss das Steuer herum, suchte nach Durchfahrten, alles in voller Geschwindigkeit. Sie würden zerschellen. Sie würden sich die Seite an einem dieser Steine aufreißen, die Luft würde ins Freie explodieren, sie würden ersticken, ehe sie erfroren waren. Jetzt hätte er den Helm aufsetzen müssen. Wenn er nur zwei Sekunden Zeit gehabt hätte. Oder wenigstens eine.

Aber die hatte er nicht. Der Rover raste auf das nächste Hindernis zu, er musste lenken, gegenlenken ... Wenigstens war hier kein Geröll mehr. Wenn er nur hätte bremsen können! Er stieß gegen Glenkows Bein, trat dagegen, wütend, verzweifelt, aber der Fuß rührte sich nicht vom Fleck, blieb auf dem Pedal wie festgewachsen. Keine Zeit, ihn richtig anzupacken, einmal kräftig zu ziehen, den Russen aus dem Fahrersitz zu kriegen ... Keine Zeit. Er musste steuern, lenken wie ein Verrückter. Um den Felsen herum. Nicht dahin, da ging es nicht weiter. Den Rover herumreißen ... Wenn nur Platz gewesen wäre, ihn wenigstens in einen Kreis zu bringen, aber dafür standen die Steine zu dicht, viel zu dicht ...

Auf einmal fühlte sich Urs an das *Magnet Scooting* erinnert. Wie er auf dem Brett stand und das Brett auf dem Magnetfeld dahinschoss, mit null Reibung und irrer Geschwindigkeit, wie es schneller durch die Halle fegte, als man denken konnte ... Man durfte nicht denken beim *Magnet Scooting*, man musste sich völlig auf seine eintrainierten Reflexe verlassen können, die einen um die Hindernisse herumbrachten, die einen zu den Punktfeldern brachten und in die Parcourslinien, während die Zeit lief und der Score hochzählte und die Zuschauer grölten und die Lichter in tausend Farben um einen herumsausten und die dröhnende Musik einem einheizte, als ob einem nicht schon heiß genug wäre, als ob man noch Zeit gehabt hätte zum Atmen …

Urs' Blick fiel plötzlich auf einen fetten, breiten Schalter ganz oben am Armaturenbrett. Er war mit ON und OFF beschriftet, und im Moment stand er auf ON.

Er drückte ihn auf OFF. Der Motor erstarb sofort. Der Rover kam rollend zum Stillstand, keine Armlänge vom nächsten Felsbrocken entfernt.

Der Mann betrachtete den Schirm, auf dem das gesamte Kommunikationsnetz mit allen aktiven Verbindungen zu sehen war. Er blickte auf die Uhr. Inzwischen musste es so weit sein. Er hatte den Kommunikator des Fusionstechnikers aus dem Netz genommen, ihn blockiert – eine kleine Manipulation, die einem Laien mit an Sicherheit grenzender Wahrscheinlichkeit verborgen bleiben würde. Glenkow würde nicht um Hilfe rufen können.

Wahrscheinlich würde es sowieso so schnell gehen, dass er nicht dazu kam. Wenn die medizinischen Daten stimmten, musste er von einer Minute auf die andere umkippen.

Der Mann wollte sich schon anderen Dingen zuwenden, als plötzlich ein orangeroter Punkt aufleuchtete.

Was hatte *das* zu bedeuten? In der Legende war nicht erklärt, was die Farbe Orangerot zu besagen hatte. Die Position allerdings war verdächtig. Der Mann zog das Handbuch hervor und blätterte hastig darin. Hier. Orangerot bezeichnete die Signale des alten Notrufsystems. Handschriftlich hatte jemand eingetragen: *System abgebaut im Januar 2077. Softwareanpassung Februar 2077.*

Und wieso konnte da jetzt ein orangeroter Punkt aufleuchten, wenn das zugehörige System abgebaut war? Der Mann überflog hastig die Beschreibung. Es handelte sich um ein System nach einer Technik, die in den Fünfzigerjahren preiswert und aktuell gewesen war, auf dem Mars aber den Nachteil zu geringer Reichweite hatte. Nach Errichtung des modernen Kom-Systems vor zehn Jahren, das Notrufe über die Kommunikatoren und bei Aktivitäten außerhalb mit der Notruftaste des Raumanzugs erlaubte, hatte man die Gegenstationen abgebaut. Lediglich die in den Rovern fest eingebauten Sender hatte man gelassen, wo sie waren, weil man ansonsten das Cockpit hätte beschädigen müssen.

*Wusste* das dieser Russe nicht? Der lebte doch schon ewig auf dem Mars, der musste das doch alles mitgekriegt haben!

Na ja, egal. Wenn es ohnehin keine Gegenstationen mehr gab ...

Doch! Da, eine Gegenstation nahm den Ruf an – *in* der Siedlung!

Mist. Der Mann überlegte fieberhaft. Das war ein Gespräch, das er unterbinden musste, unter allen Umständen. Bloß wie? Er starrte die Taste an, mit der er das gesamte Kom-System lahmlegen konnte. Gab es keine andere Möglichkeit? Das System abzuschalten, war auffällig, würde Fragen provozieren, Leute misstrauisch machen. Aber er sah keine Alternative – keine, die sich schnell genug realisieren ließ.

Er drückte die Taste und das Netz der hellblauen Linien auf dem Schirm verschwand.

Bloß die orangerote Linie blieb!

Der Mann stieß einen Fluch aus. Daran hatte er nicht gedacht, obwohl es logisch war: Das alte Notrufsystem war natürlich nicht ins Kom-Netz eingebunden.

Da blieb nur noch eine Möglichkeit. Eine hässliche Möglichkeit, die mit Gewaltanwendung gegen technische Einrichtungen verbunden war. Aber es musste sein.

Und – es musste schnell gehen!

Ariana war langweilig. Sie konnte nicht mehr schlafen, zum Lesen hatte sie keine Lust und der Tee hing ihr allmählich auch zum Hals heraus. Immer die gleiche Leier, die ihr Vater draufhatte, wenn man sich ein bisschen angematscht fühlte – viel trinken, viel trinken. Jaja. Das war sowieso kein Infekt gewesen, da war sie sich inzwischen ziemlich sicher. Sie hatte es einfach übertrieben mit dem Training. War ja nicht das erste Mal.

Wenn sie absolut ehrlich mit sich war, hatte sie so lange trainiert, bis sie völlig fertig gewesen war. Nur um eine gute Ausrede zu haben, die Mail an ihre Mutter noch einmal vor sich herzuschieben.

Allerdings hatte sie gerade keine sonderliche Lust, absolut ehrlich mit sich zu sein. Sie würde das mit Mom schon irgendwie geregelt kriegen. Immerhin, zu Weihnachten hatte Mom ihr eine Audio-Mail geschickt. Das hatte sie ganz vergessen. Das würde sie sich noch einmal anhören und dann würde ihr schon etwas einfallen, was sie schreiben konnte.

Jedenfalls hielt sie es nicht mehr länger aus im Bett.

Sie schlug die Decke zurück, setzte sich auf und überlegte. Sie konnte sich waschen und anziehen und in den Schulungsraum rübergehen. Da waren die anderen sicher alle am Rödeln, so wie Carl heute Morgen geklungen hatte. Bloß, bei Schule fiel ihr *Physik-17* ein, Magnetismus, na danke. Das war auch nicht das Richtige, wenn man gerade dabei war, sich vom Krankenlager zu erholen.

Nein, wenn sie sich anzog, würde sie sich bloß viel zu gesund fühlen und dazu verpflichtet, wieder am allgemeinen Leben teilzunehmen. Sie griff nach ihrem Bademantel. In Bademantel und Schlafanzug fühlte man sich nicht richtig gesund. Da konnte man ein bisschen durch die Wohnung schlappen und schlampig sein und genau danach war ihr gerade, wenn sie es sich recht überlegte.

Sie schlappte zunächst in die Küche und schaute nach, was noch an Frühstück da war. Weizenschrot und Äpfel, das Übliche eben. Sie hob den Deckel vom Brottopf. Ah, es war noch Brot da von gestern und genau, es musste noch was von der leckeren Kräuterpaste übrig sein im Kühlschrank. Darauf hatte sie jetzt Appetit. Appetit, das war doch immer ein gutes Zeichen. Und in der Thermoskanne war der restliche Kaffba von heute Morgen, na also.

Gerade als sie sich zwei Scheiben Brot abschnitt und auf den Teller legte, ertönte ein Tonsignal, das sie in dunkler Erinnerung hatte. Sie hatte es aber schon so lange nicht mehr gehört, dass sie eine Weile brauchte, ehe sie es identifizierte.

Das war der alte Medizin-Notruf! Gab's den überhaupt noch? Seit sie das Kom-System in der Siedlung hatten, hatte den niemand mehr benutzt.

Der Medizin-Notruf war in der Zeit davor das Notfallsystem gewesen. Es hatte an allen möglichen Stellen Sprechgeräte gegeben und ein Druck auf den Knopf hatte genügt, um das Alarmsignal auszulösen, das hier oben in der Arztwohnung, unten in der Medizinischen Station und an noch ein paar Orten erklang. Die meisten der Geräte waren allerdings, soweit sie wusste, längst abgebaut worden.

Wahrscheinlich ein technischer Defekt.

Sie öffnete den Kühlschrank, holte das Glas mit dem Kräuteraufstrich heraus und der Alarmruf war immer noch nicht verstummt.

Womöglich war sie die Einzige, die ihn hörte?

Sie ging hinaus in den Flur, wo das klobige Gerät in einer Ecke an der Wand hing, und nahm ab. »Hallo?«

Eine helle, aufgeregte Stimme drang aus dem Hörer. »Ja, hallo? Gott sei Dank, ich dachte schon . . .« Wer immer da schrie, ihm schien einzufallen, dass er über ein Notfallsystem sprach. »Es geht um Mister Glenkow! Er ist plötzlich ohnmächtig geworden und kommt nicht mehr zu sich. Sieht aus wie ein Herzinfarkt oder so was, jedenfalls müsste dringend jemand kommen und was machen . . .«

»Wer spricht denn da?«, unterbrach Ariana. Ihr Vater hatte ihr beizeiten beigebracht, worauf es ankam, wenn man Notrufe entgegennahm: Wer? Wo? Was? »Und von wo aus?«

»Ach so. Ich bin Urs Pigrato und ich bin zusammen mit Mister Glenkow in einem Rover unterwegs vom Südreaktor zur Siedlung.«

Ariana spürte, wie ihr Mund trocken wurde. Richtig, jetzt erkannte sie die Stimme auch. Der Junge von der Erde! Pigratos Sohn. Ausgerechnet.

Ihr Herz schlug auf einmal so heftig, als drohe ihr selber in der nächsten Minute ein Schwächeanfall.

Es war das Mädchen. Ariana DeJones. Ausgerechnet. Was hatte *die* denn am anderen Ende einer Notrufanlage zu suchen?

Urs hattezuerst versucht, an seinen Kommunikator zu kommen, aber der steckte in seiner Hosentasche und aus irgendeinem verflixten Grund ließ sich der Brustverschluss seines Raumanzugs auf einmal nicht mehr öffnen! Bei Glenkow dasselbe. Dann hatte er zum Glück die Klappe im Armaturenbrett entdeckt, unter der sich ein Lautsprecher befand und ein breiter roter Knopf mit der Aufschrift *Notruf*.

Und was war jetzt? Sie hatte »Warte!« gesagt und war dann verschwunden. Seither hörte man nur noch Rauschen aus dem Lautsprecher und die Zeit dehnte sich endlos.

Auf einmal krachte es und sie war wieder da. »Hörst du mich noch?«

»Ja«, sagte Urs.

»Ich weiß nicht, was los ist. Ich versuche, meinen Vater zu erreichen, aber irgendwie spinnt mein Kommunikator gerade. Ich kriege keine Verbindung. Verrückt.«

Urs schluckte. »Das ist nicht gut, fürchte ich.«

»Das ist höchstwahrscheinlich kein Herzinfarkt«, erklärte Ariana, »sondern ein diabetisches Koma. Mister Glenkow ist nämlich Diabetiker.«

»Ach so.« Urs sah den bärtigen Russen beklommen an. Er hatte ihm den Fahrersitz nach hinten gestellt, sodass er beinahe flach lag. »Und was heißt das?«

»Dass sein Blutzucker entweder zu hoch oder zu niedrig ist.« Sie schien zu überlegen. »Wie sieht er denn aus? Ich meine, wie war das – ist er allmählich weggedämmert oder eher von einem Moment auf den anderen?«

Urs dachte an den Felsbrocken und sagte: »Es ging ziemlich plötzlich, würde ich sagen.«

»Atmet er normal oder tief?«

»Normal. Das heißt, ich weiß nicht – was ist denn normal?«

»Riecht sein Atem nach irgendwas? Nach Azeton?«

Urs beugte sich über den bewusstlosen Mann, schnupperte an ihm, aber er roch nur Schweiß. »Wie riecht Azeton?«

»Ein bisschen wie frische Äpfel.«

»Nein.«

»Fühlt sich die Haut eher warm oder eher kalt an?«

Urs berührte Jurij Glenkows Stirn. »Kalt. Und feucht von Schweiß.«

Er hörte Ariana durchatmen. »Okay, ich würde sagen, das ist Unterzucker. Man nennt das einen *hypoglykämischen Schock*. Da muss man jetzt sofort –«

Stille.

Urs starrte auf das bleiche, feuchte Gesicht des bewusstlosen Mannes. Er räusperte sich. »Ja?«, fragte er. »Was muss man jetzt sofort?«

Keine Antwort. Die Stille war beunruhigend. Jetzt rauschte es nicht einmal mehr in dem kleinen Lautsprecher.

Urs sah beklommen hinaus in die rote, lebensfeindliche Wüste ringsumher. Er wusste nicht einmal, in welcher Richtung die Marssiedlung überhaupt lag.

Jed Latimer, der Kommunikationsspezialist der Siedlung, war in einer der neuen Wohnungen damit beschäftigt, die Datenleitung zu verlegen und dabei möglichst nicht daran zu denken, wie viele solcher Baustellen noch vor ihm lagen. Immer nur das eine Kabel und die eine Steckdose sind wichtig, sagte er sich, mit denen man sich gerade beschäftigt. Außerdem durfte er keinen Fehler machen, denn die Zahl der Steckdosen war begrenzt. Eine hatte er schon kaputt gemacht; wenn ihm noch mal eine zerbrach – und diese neuen Kombinationsdosen waren entsetzlich empfindlich, ein glatter Konstruktionsfehler, wenn man ihn fragte – dann würde eine Wohnung ohne Strom und Daten bleiben müssen.

Darum war es gut, Ruhe zu bewahren und eins nach dem anderen zu machen. Das rote Kabel an Klemme R, das blaue an Klemme B, das grüne . . .

Die Tür knallte hinter ihm auf, als wäre draußen etwas explodiert. Jed Latimer rutschte mit dem Schraubenzieher ab, rammte sich die Spitze in den linken Daumen und konnte die Steckdose gerade noch auffangen. »Verdammt noch mal!«, schrie er auf und steckte den blutenden Daumen in den Mund, während er sich umdrehte.

Es war Pigratos Neuer, dieser Norweger. Thor irgendwas. Er stand in der Tür, keuchte wie ein Hundertmeterläufer. »Latimer! Endlich!«, stieß er hervor. »Kommen Sie, schnell. Das gesamte Kom-System ist zusammengebrochen.«

»Urs?!« Nichts. Die Leitung war jetzt auch tot.

Ariana holte hastig ihren Kommunikator hervor, wählte noch mal ihren Vater an. Das konnte doch nicht sein . . . Nichts. Keine Verbindung. Ein komisches Symbol im Display, das sie noch nie gesehen hatte. Das war noch nie vorgekommen. Das heißt, früher vielleicht schon, als die technische Ausrüstung noch nicht so gewesen war wie heute, aber das kannte sie nur aus Erzählungen der Siedler, die seit Anfang dabei waren. Sonnenstürme störten manchmal die Verbindung zu weit entfernten Rovern, doch es war keiner angekündigt gewesen, daran konnte es nicht liegen, und außerdem legten die nicht alles lahm, nicht einmal die ganz starken.

Vielleicht war das Gerät selber defekt? Kein Durchkommen, auch nicht zu AI-20, nicht zu Carl oder einem der anderen. Mist! Das Kommunikationssystem war etwas, auf das man sich verließ wie darauf, dass Wasser aus der Leitung kam, wenn man sie aufdrehte.

Aber das war ja auch nicht selbstverständlich, wenn man es sich überlegte. Nicht auf dem Mars, der ein Wüstenplanet war.

Also, was jetzt? Jurij Glenkow war irgendwo da draußen und hatte einen hypoglykämischen Schock. Was machte man da? Normalerweise ihn so schnell wie möglich hereinholen und auf jeden Fall Vater verständigen. Oder sonst jemanden mit medizinischer Ausbildung. Ihr Vater war zwar der einzige hauptamtliche Arzt der Siedlung, aber da auch einem Arzt etwas zustoßen kann, wurde darauf geachtet, dass immer eine ausreichende Anzahl von Leuten die wichtigsten medizinischen Handgriffe beherrschte, Spritzen geben, Infusionen anlegen, Verbände anbringen und mit einem Lasermesser umgehen konnte. Den Rest – schwierige Diagnosen, eingehendere Behandlungen – konnte man zur Not von der Erde aus steuern, wo der Medizinische Dienst der Raumfahrtbehörde rund um die Uhr irgendwo auf der Welt Spezialisten für alles und jedes einsatzbereit hatte.

Jemanden von denen musste sie finden. Und es musste jetzt schnell gehen. Ein hypoglykämischer Schock war lebensbedrohlich.

Zuallererst musste sie sich anziehen. Ariana rannte in ihr Zimmer, schüttelte unterwegs ihren Bademantel ab, riss sich hastig den Schlafanzug vom Leib und schlüpfte in die alten Sachen, die noch immer auf dem Stuhl lagen vom Samstagabend, nach *Plaza*-Fest mieften und eigentlich längst in der Wäsche hätten sein sollen. Keine Zeit, frische Klamotten zu suchen. Und in die Schuhe. Und los.

Halt! Im Regal neben der Tür, Vaters Notfalltasche. Einen Moment lang begriff Ariana nicht, warum die noch hier stand, denn Vater war doch zur Marsstation geflogen . . .? Aber er hatte noch eine große, dicke Labortasche mit allem Drum und Dran; logisch, dass er lieber die mitgenommen hatte. Sie schnappte den Griff. Es war sicher kein Fehler, wenn sie die demjenigen, der sich um Mister Glenkow kümmern würde, gleich mitbrachte.

Sie rannte los, den Gang zur Oberen Station hoch, die Treppe hinauf, in den Verbindungsgang. Niemand unterwegs. Alles war wie ausgestorben. Ihre Schritte knallten auf den Bodengittern, dröhnten in den metallenen Röhren. Die anderen mussten ihr helfen! Wenn sie zu viert ausschwärmten, der eine in die Labors, der andere in die Werkstätten und so weiter, und jedem Bescheid sagten, den sie trafen ...

Sie riss die Tür zum Schulraum auf, rief: »Schnell, wir müssen sofort –!«

Der Rest erstarb ihr auf der Zunge. Der Schulungsraum war leer.

Urs starrte das schweigende Lautsprechergitter an. Wenn etwas schiefging, dann ging es meistens richtig schief, und das hier war ja nun mal ganz bestimmt richtig schiefgegangen. Was sollte er jetzt tun?

Er musste Glenkow zurück in die Siedlung schaffen. Es zumindest versuchen. Schock, Koma – das klang alles nicht gut. Überhaupt nicht gut. Nichts, aus dem der bärtige Russe von selber wieder aufwachen würde.

Das hieß, er, Urs, musste versuchen, den Rover zu fahren. Genau. Das war der nächste Schritt. Alles andere war vertane Zeit, solange keine Hilfe kam. Und wenn Glenkow starb, weil er Zeit vertan hatte, würde das schwer auf seiner Seele lasten, das wurde ihm mit schmerzhafter Eindringlichkeit klar. Der Fusionstechniker war dabei gewesen, sein einziger Freund auf dem Mars zu werden.

Okay, so schwierig konnte das ja nicht sein mit dem Rover. Immerhin ließen sie hier schon Dreizehnjährige ans Steuer.

Dann fiel ihm wieder ein, dass der Dreizehnjährige, den er am Steuer eines Rovers gesehen hatte, von einer Internationalen Vereinigung belobigt worden war. Ronny Penderton war, was Fahrzeuge und Flugzeuge anbelangte, ein ziemlicher Freak. Mit anderen Worten, vielleicht war es doch nicht so einfach.

Egal, er musste es versuchen. Zumindest versuchen.

Und dazu musste er als Erstes den Fahrersitz und die Armaturen freibekommen.

Urs klappte den Fahrersitz noch weiter nach hinten, so weit, wie es ging – und zum Glück ging es bis in die Horizontale.

Das Kopfende des Sitzes reichte genau bis zu der Rückbank am hinteren Ende des Cockpits. Ach so – auf größeren Touren mussten die Leute womöglich in diesen Kabinen übernachten und auf diese Weise hatten sie eine zwar scheußlich unbequeme Liege, aber immerhin eine Liege.

Wie auch immer. Urs trat hinter den Bewusstlosen, suchte nach einem Halt, nach etwas, gegen das er sich stemmen konnte, und packte den Raumanzug. Marsschwerkraft, sagte er sich, nur ein Drittel der Schwerkraft der Erde. Ein Mann wie Jurij Glenkow, der auf der Erde vielleicht neunzig Kilo gewogen hätte, wog hier nur dreißig. Urs zog und zerrte und stellte fest, dass auch ein dreißig Kilo schwerer Mensch verdammt unbeweglich sein kann, wenn er bewusstlos ist.

Aber ein bisschen ging, und noch ein bisschen, und dann war der Oberkörper schon auf der Sitzbank. Abrutschen durfte er nicht und das zu verhindern, war auch nicht einfach. Urs stemmte sich mit den Füßen gegen die Innenverkleidung, zerrte weiter, drückte und schob und war schweißgebadet, als er den Mann endlich auf der Rückbank liegen hatte.

Also. Er setzte sich auf den Fahrersitz, klappte die Rücklehne wieder hoch, musterte das ziemlich schlicht aussehende Armaturenbrett vor sich. Das Steuerhorn war klar. Die Pedale auch – Gas geben rechts, bremsen links. An der Wand neben dem Fahrer war ein komischer Griff mit allerlei kompliziert aussehenden Halterungen und Verstrebungen, aber das war hoffentlich die Steuerung für den Greifarm, der quer hinter der Fahrerkabine in seiner Halterung ruhte und hier überhaupt nicht gebraucht wurde.

Urs warf einen Blick hinaus. Was für eine riesige Maschine so ein Rover war. Auf der Erde hätte man todsicher einen Spezialführerschein gebraucht; nicht einmal ein normaler Lastwagenführerschein hätte *dafür* gereicht.

Aber auf der Erde ging es auch eng zu. Da kam es darauf an, mit so einem Vehikel nirgends anzustoßen und keine anderen Fahrzeuge platt zu walzen. Lauter Gefahren, die hier auf dem Mars überhaupt nicht bestanden.

Wie ließ man das Ding an? Urs legte den Schalter wieder von OFF auf ON. Nichts geschah. Hmm. Der Antrieb war eine Turbine, soweit er das verstanden hatte. Dieses hohe, singende Geräusch, das er während der Fahrt gehört hatte – ja, genau. Jetzt fiel es ihm wieder ein; sein Vater hatte davon erzählt. Treibmethan. Das musste man wahrscheinlich irgendwie zünden oder man brauchte einen Anlasser, der das Ding anwarf …

Da waren noch drei dieser klobigen Schalter. Urs probierte sie durch. Der erste schaltete die Scheinwerfer ein, der zweite einen Scheibenwischer – ein Anblick, der Urs zunächst verblüffte, aber auf einem Planeten, auf dem es Sandstürme gab, war so etwas natürlich notwendig. Der dritte Schalter bewirkte anscheinend überhaupt nichts.

Er tastete die Unterseite des Armaturenbretts ab. Ah, da

war noch ein dicker Knopf. Der ließ sich eindrücken und im selben Moment begann hinten, die Turbine zu singen. Und sie hörte auch nicht auf, als er den Knopf wieder losließ.

Gut. Urs atmete tief durch, packte das Steuerhorn. Dann fiel sein Blickauf den Felsklotz, vor dem er den Rover im letzten Moment zum Stehen gebracht hatte, und sein Mut sank wieder.

Noch ein Problem. Er musste herausfinden, wie man einen Rover rückwärtsfuhr, sonst würde er keinen Meter weit kommen.

Ariana starrte die Schirme an, auf denen noch die aktuellen Seiten der Lektionen standen. Wie es aussah, waren die anderen nur kurz weggegangen, aber wohin? Und warum ausgerechnet jetzt?

»AI-20?«, rief sie aus. »Wo sind sie hin?«

Keine Reaktion. Ariana musterte die Kommunikationseinheit unter der Decke, Mikrofon, Videokamera und Lautsprecher in einem. Wie es aussah, stimmte mit dem ganzen Kom-System irgendwas nicht, wenn nicht einmal ihr »Überwacher« da war.

Und wieso war alles so still? Wo waren all die Leute, die einem sonst hier oben in der Station ständig auf die Füße traten?

Sie sah auf die Uhr. Die Zeit verging. Sie wusste nicht, wie kritisch Jurij Glenkows Zustand war. Ein Schock, das hieß, dass Kreislaufversagen drohte. War es da gut oder schlecht, dass er seinen Raumanzug anhatte? Keine Ahnung. Was würde Urs Pigrato tun? Vermutlich hatte ihm niemand beigebracht, wie man einen Rover fuhr. Vermutlich saß er einfach da und wartete, dass nun Hilfe kam.

Himmel, und die beiden waren nicht einmal weit weg! Quasi vor der Haustüre!

Aber jetzt alleine loszuziehen und unten in der Siedlung nach jemandem zu suchen, das dauerte zu lange.

Ariana sah hinaus. Auf dem Hof stand noch ein Rover. Sie stellte die Notfalltasche auf den Tisch, öffnete sie, durchwühlte ihren Inhalt. Unterzucker, das hieß, was der Bewusstlose brauchte, war Zucker. Sie fand eine Packung Glukagon-Ampullen und auf der Rückseite der Schachtel eine Anleitung für den Notfall. *Eine Ampulle intramuskulär, nach einer Viertelstunde eine zweite.*

Verflixt noch mal, sie konnte doch nicht ... Sie war bloß die Tochter des Arztes! Später, ja, da wollte sie eine Notfallausbildung machen. Das hatte sie mit Vater immer wieder besprochen. Aber später eben. Sie war oft dabei gewesen, hatte eine Menge gesehen, hier und da bei ein paar Kleinigkeiten ausgeholfen, sicher. Aber in so einem richtigen Notfall ...

Ein Satz fiel ihr ein, den Vater öfter gebraucht hatte. »Im Notfall darf auch ein Laie alles.«

Also gut. Dies war ein Notfall, sie war Laie, dann traf das ja wohl haargenau zu.

Sie sah die Tasche rasch durch, ob ihr Inhalt vakuumfest verpackt war, denn sie war wärmeisoliert, aber nicht luftdicht. Sah gut aus. Spritzen waren auch genug da. Sie drückte den Verschluss zu, packte den Griff und rannte los, Richtung Schleuse drei.

Es dauerte eine Minute, den Raumanzug anzulegen, dreißig Sekunden, bis sie draußen war. Sie spurtete zum Rover und eine weitere Minute später war sie unterwegs.

Jetzt musste sie ihn nur noch finden. Süden, hatte Urs gesagt.

Na toll. Der halbe Planet lag südlich der Siedlung.

# 16 Der Tag der schlechten Neuigkeiten

Sie würde ja wohl Hilfe schicken, oder? So besorgt, wie sie geklungen hatte. Bestimmt schrillte der Alarm schon längst durch alle Räume der Siedlung. Jeden Moment musste eines der beiden Flugboote am Himmel auftauchen wie ein Reiter auf loderndem Feuer.

Urs hatte einige Schalter, Hebel und Griffe ausprobiert, aber jedes Mal, wenn er behutsam Gas gegeben hatte, war der Rover ein Stück weiter nach vorn geruckt. Inzwischen lagen nur noch ein paar Zentimeter zwischen der Unterkante des vorderen Fensters und der Oberkante des Felsbrockens. Bei der nächsten Vorwärtsbewegung war eine Berührung unausweichlich. Mindestens. Wenn es ganz dumm lief, würden sich drei spitze Zacken in das Cockpit des Rovers bohren.

Er musste an den »Unfall« denken, den er hatte vortäuschen wollen. Inzwischen kam ihm das überhaupt nicht mehr wie eine gute Idee vor. Es war schon nervenaufreibend genug, in einer großen Stahlkugel mit Glasfenstern zu sitzen und zu wissen, dass einen nur diese dünne Wand von einer lebensfeindlichen Umgebung trennte. Irgendwo da draußen zu hocken mit nichts als einem Raumanzug am Leib, stundenlang zu warten, dass ein Rettungsflieger auftauchte, und womöglich gezwungen zu sein, unter freiem

Himmel seine Sauerstoffpatrone zu wechseln ... Wie ging das überhaupt? Luft anhalten, die alte abstöpseln, die neue dranpfriemeln? Und zu wissen, dass das klappen musste, weil man andernfalls tot war? Na danke.

Er sah hinab auf das Steuerhorn. Nach etlichen eher hektischen Versuchen mit allem, was in Griffweite war, hatte er erst einmal durchgeatmet und versucht zu überlegen, wie ein Hebel für den Rückwärtsgang eigentlich angeordnet sein musste, damit er praktisch zu bedienen war. Daraufhin hatte er entdeckt, dass auf dem Steuerhorn etwas saß, das wie eine Klammer aussah, das aber in Wirklichkeit ein Hebel war, den man zu sich herziehen konnte. Wenn man das tat, knackste es ziemlich mechanisch im Inneren der Lenkung. Gut möglich, dass das der Rückwärtsgang war, bei der Art Technik, die die hier auf dem Mars hatten. Er versuchte, sich vorzustellen, wie man damit rangierte. Vorwärts, lenken, den Hebel zu sich herziehen, zum hinteren Fenster hinaussehen, ein Stück zurücksetzen, den Hebel wieder nach vorn schnappen lassen – und so weiter. Doch, das war einen letzten Versuch wert.

Er gab äußerst behutsam Gas, das Pedal nur mit der Spitze des Stiefels berührend, lauschte auf die unmerkliche Veränderung im Singen der Turbine. Ein Knirschen von unten, die Räder ... ja, sie bewegten sich rückwärts! Fort von dem Hindernis.

Urs konnte sich ein triumphierendes Lächeln nicht verkneifen, als er ein Stück zurücksetzte, dann den Hebel umklappte, Gas gab und den Felsen elegant, wie er fand, umrundete. So ein Rover fuhr sich tatsächlich ganz leicht. Auch er hätte das mit dreizehn schon gekonnt, das stand mal fest.

Und jetzt? Erst einmal raus aus diesem steinernen Irrgarten, in die flache Ebene. Von dort aus war die Marssiedlung vielleicht schon zu sehen. Sie waren beim Südreaktor gewesen, also musste die Siedlung irgendwo im Norden liegen.

Und wo war Norden? Nirgendwo ein Kompass in diesem Cockpit. Hatte der Mars überhaupt ein Magnetfeld wie die Erde? Urs wusste es nicht. Er sah hinauf an den Himmel, wo eine kleine bleiche Sonnenscheibe auf hellbraunem Grund leuchtete. Die Marssiedlung lag auf der nördlichen Halbkugel, also musste da ungefähr Süden sein, oder?

Er würde einfach mal davon ausgehen. Urs ließ die letzten der größeren Felsbrocken hinter sich, rollte hinaus auf eine sanft gewellte Düne aus Sand und Steinen und schlug die Richtung ein, in der er die Marssiedlung zu finden hoffte.

Jurij Glenkow atmete noch.

Da! Ariana ruckte in ihrem Fahrersitz hoch. Da war eine Staubwolke, hinter der Bodenwelle dort, genau so eine, wie Rover sie erzeugten. Ein bisschen ab von dem Weg, den man zum Südreaktor fuhr, aber eine Spur. Sie drehte die Lenkung in die entsprechende Richtung und hoffte, dass das nicht bloß irgendein Rover war, der gerade von der Asiatischen Station zurückkehrte.

Dort war ja irgendwas los. Sie hatte noch halb geschlafen, als Vater heute Morgen davon erzählt hatte. Irgendwas mit Schimmel? Bah, das musste sie falsch verstanden haben. Das konnte wohl kaum der Grund für all die Aufregung gewesen sein.

Alle Instrumente, die mit dem Kom-System zu tun hatten, waren immer noch tot. Kein Funk, keine Ortung. Der Bildschirm, der inmitten aller anderen Armaturen prangte, war schwarz und blind.

Was war mit dem Notruf? Ariana drückte die Nottaste am

Halsring des Raumanzugs und rief: »Hallo? Hört mich jemand?« Aber es antwortete immer noch niemand.

Sie überquerte die Bodenwelle. Ja, es war ein Rover. So eine ähnliche Staubschleppe musste sie auch hinter sich herziehen. Sie hielt mit Vollgas darauf zu. Da war jemand im Cockpit, der aufgeregt winkte. Urs, tatsächlich, der Junge von der Erde. Jetzt blinkte er sogar mit den Scheinwerfern – allerhand, er schien sich ja erstaunlich rasch zurechtgefunden zu haben mit dem Rover.

Im nächsten Moment war Ariana dieser Gedanke schon wieder peinlich. Bloß weil er ein Erdling war, hieß das ja nicht, dass er ein Idiot sein musste, oder?

Sie waren das so gewöhnt, dass Leute, die frisch von der Erde kamen, sich erst einmal dumm anstellten. Aber umgekehrt wäre es ihnen genauso gegangen, jede Wette. Bestimmt hätte sie sich auf der Erde noch viel schlechter zurechtgefunden, sich noch viel dümmer angestellt als je ein Erdling auf dem Mars.

Urs drehte zur Seite und hielt an und Ariana lenkte ihren Rover in eine schwungvolle Kurve und brachte ihn genau neben ihm zum Stehen. Turbine aus. Während das Singen im Motorraum erstarb, stand Ariana auf und signalisierte durch Gesten, dass sie hinüberkommen würde, obwohl Urs sich das zweifellos denken konnte. Aber er nickte heftig. Gut. Sie setzte den Helm auf, schnappte die Notfalltasche und stieg hinab in die Schleuse.

Hatte das eigentlich schon immer so lange gedauert in einer Roverschleuse? Es kam ihr endlos vor. Sie sah hinab auf die lederne Tasche in ihrer Hand, die sich langsam aufblähte, als das Vakuum einsetzte.

Endlich ging die Tür auf. Sie eilte hinüber und in der anderen Schleuse fiel ihr wieder ein, dass Urs ein Fremder war und dass sie vielleicht nicht wissen würde, was sie mit ihm reden sollte. Die Atmosphärenpumpe wurde hörbar, schrill und jammernd. Genug Zeit, um noch mal durchzuatmen. Ach was, es ging sowieso nur darum, Mister Glenkow seine Spritzen zu geben und ihn so schnell wie möglich in die Krankenstation zu schaffen. Wie viel und was sie dabei redeten, war nicht wichtig.

Die Innentür ging auf. Sie nahm den Helm ab, während sie die drei Stufen ins Cockpit hinaufstieg, warf dem Sohn des Statthalters, der etwas verdattert dreinblickte, einen kurzen Blick zu, und sah dann den Bewusstlosen an, der auf der Rückbank lag. »Hat sich an seinem Zustand etwas verändert?«, fragte sie und dachte: *Was bin ich für ein Trampel! Wenigstens Hallo hätte ich sagen können.*

Urs schluckte, schien fast ein bisschen zu erschrecken und sagte hastig: »Nein. Das heißt, ich weiß es nicht. Mir ist nichts aufgefallen.«

Ariana beugte sich über den bärtigen Mann, nahm ihre Handschuhe ab, fühlte an der Halsschlagader nach seinem Puls.

»Ich, ähm, war ziemlich mit dem Fahrzeug beschäftigt«, fügte der Erdling hinzu, als wolle er sich entschuldigen.

»Verstehe«, murmelte Ariana. Das sah wirklich nach Unterzucker aus. Ein Schlaganfall war es jedenfalls nicht. »Schwacher Puls, ein bisschen unregelmäßig«, sagte sie, als sie sich aufrichtete. Sie öffnete die Tasche. »Du musst mir helfen, ihm den Raumanzug auszuziehen.«

So also ging das mit dem Raumanzug! Kein Wunder, dass er die Verschlüsse an der Brust nicht aufbekommen hatte – die waren gesichert, bis man einen unscheinbaren, kleinen Hebel am Halsring umlegte. Der rastete offenbar von selber ein, wenn man den Helm aufsetzte; eine Sicherheitsmaßnahme, die, ihm zu erklären, bisher niemand für notwendig gehalten hatte. Bisher hatte jeder nur gesagt: »Warte, ich helfe dir«, und das war es dann gewesen. Für die Marssiedler war das wahrscheinlich etwas so Selbstverständliches wie das Schuhebinden.

Es wurde ein ziemliches Gewurstel. »Ich muss ihm die Spritze intramuskulär geben«, erklärte Ariana, »also direkt in einen Muskel und es muss ein großer Muskel sein. Am besten der Gesäßmuskel, zur Not der Oberschenkel.«

»Mit anderen Worten«, erwiderte Urs, »wir müssen ihn so weit ausziehen, dass du an seinen Hintern kommst.«

Sie sah ihn an mit einem Blick, den er nicht recht deuten konnte, und sagte: »Ja genau.«

Also zerrten sie dem Bewusstlosen mit vereinten Kräften den Halsring über den Kopf und die Arme aus den Ärmeln und wuchteten ihn mit Müh und Not so auf den Bauch, dass sie ihm den Raumanzug bis zu den Hüften hinabziehen konnten.

»Nicht ganz ausziehen«, ächzte Ariana zwischendrin, als Urs Anstalten machte, sich mit Glenkows Stiefeln zu befassen, »wir müssen ihn nachher ja wieder anziehen.«

»Ach so«, nickte Urs. Klar. Man musste einen Raumanzug anhaben, wenn man das Cockpit eines Rovers verlassen wollte.

Unter dem Anzug trug Glenkow, wie die meisten Siedler, einen dünnen grauen Overall, doch der hatte zum Glück an den Seiten Reißverschlüsse, sodass man ohne große weitere Umstände ein Stück seines Gesäßes freilegen konnte.

»Okay, das reicht«, entschied Ariana. »Halt du ihn fest und pass auf, dass nichts verrutscht.«

»*D'accord*«, sagte Urs.

Er sah fasziniert zu, wie das Mädchen mit den langen, glatten Haaren mit der Medizintasche hantierte. Es wirkte beeindruckend professionell, wie sie eine Ampulle aus einer Schachtel zog, sie schüttelte, prüfend gegen das Licht hielt und sagte: »Wegen der Kälte draußen. Das Glukagon darf nicht gefroren sein.« Dann zwickte sie das Ende des gläsernen Kolbens mit einem kleinen Metallgerät ab, nahm eine Spritze zur Hand und zog sie auf.

Sie tastete nach irgendetwas an der Seite des Technikers, zirkelte von dort aus mit ausgestreckter Hand einen bestimmten Bereich auf seiner Haut ab. »Ich darf nicht versehentlich den Ischiasnerv treffen«,murmelte sie, als sie Urs' neugierigen Blick bemerkte. »Das könnte zu Lähmungen führen.«

Sie rieb die Stelle mit einem scharf riechenden Läppchen ab, setzte die Spritze auf und betätigte den roten Knopf, der die Nadel mit trockenem Knacken in das Fleisch jagte. Mit der anderen Hand drückte sie den Kolben langsam hinab.

»Du könntest eigentlich schon losfahren«, meinte sie, als sie die Spritze wieder herausgezogen hatte. »Je schneller wir nach Hause kommen, desto besser.«

Das faszinierte Urs noch mehr: Dass sie ihm ganz selbstverständlich zutraute, den Rover zurück zur Siedlung zu fahren. *Nach Hause.* So, wie sie das gesagt hatte, klang es beinah erstrebenswert, hier auf dem Mars zu Hause zu sein.

Er schluckte und sagte: »Klar.« Er ließ sich in den Fahrersitz fallen, drückte den Schalter von OFF auf ON und presste den Anlassknopf tief in die Fassung. »Kein Problem«, sagte er, als die Turbine in Gang kam.

Jed Latimer hielt die beiden Türen des Schaltschranks weit geöffnet und starrte fassungslos auf das, was sich seinen Blicken bot. Wer um alles in der Welt *tat* so etwas?

»Und?«, hörte er die Stimme des Norwegers. »Etwas gefunden?«

Latimer nickte. »Wir wissen jetzt jedenfalls, dass es kein Softwarefehler war«, sagte er grimmig und trat beiseite, damit Pigratos Assistent sich die Sache auch ansehen konnte.

Der Ausfall des Kom-Systems hatte die denkbar einfachste Ursache – so einfach, aber zugleich so unwahrscheinlich, dass sie zuerst an allen möglichen anderen Stellen gesucht hatten, bloß nicht hier. Dies war der Schaltschrank, der den Verstärker für alle Antennen enthielt, die auf dem Dach der Oberen Station montiert waren. Enthalten *hatte*, denn das Gerät war zertrümmert worden, mit mehreren heftigen Hieben eines schweren Hammers, wie es aussah.

Eikangers Augen wurden groß. »Also Sabotage?«

Jed Latimer fuhr sich mit der Hand über seine Glatze. »Sieht so aus. Obwohl das Wort viel zu harmlos klingt, wenn man bedenkt, wie lebenswichtig das Kom-System für uns hier ist.«

»Gibt es eine Reserveanlage?«

Der Kommunikationstechniker deutete auf einen zweiten Schaltschrank an der Wand gegenüber. »Dort drüben. Aber hinter diesen Türen dürfte es genauso aussehen, sonst hätten wir überhaupt nichts bemerkt. Die Umschaltung erfolgt automatisch und alles, was man bekommt, ist ein dezenter Hinweis auf den Monitoren.«

Eikanger furchte grimmig die Stirn, trat an den Schrank und machte die Türen auf. Ein paar Bruchstücke von Leiterplatinen fielen heraus. »Sie haben recht.« Er ging zu dem Schaltschrank daneben, öffnete ihn ebenfalls. »Und was war das?«

»Der Verstärker für die Antennen, die unten in den Räumen der Siedlung montiert sind.«

»Kann man das reparieren?«

»Kann man«, nickte Jed Latimer. »Aber das dauert ein paar Stunden. Und wir werden danach ein bisschen knapp sein an Ersatzteilen.«

Der Norweger knallte die Stahltüren wieder zu. »Damit müssen wir leben. Reparieren Sie die Verstärker. Ich werde dafür sorgen, dass dieser Raum anschließend verschlossen und rundum überwacht wird.«

»Ich dachte, dieser Raum *wäre* immer verschlossen.«

»Offensichtlich nicht.«

Der Techniker schüttelte den Kopf. »Aber wer macht so etwas? Und vor allem – *warum?!*«

»Das sind genau die beiden Fragen«, nickte Thor Eikanger finster, »auf die es jetzt ankommt.«

In der Notfalltasche war auch ein Blutzuckermessgerät gewesen, eines dieser neuen mit Mikrosonde, die man dem Patienten nur unter die Zunge zu stecken brauchte. Ein Display zeigte den Fortschritt der Messung mit einem kleinen, entsetzlich langsam anwachsenden Balken an. Das würde mindestens noch fünf Minuten dauern.

Ariana wandte den Kopf nach vorn. Sie saß am Boden und sah nicht, wohin Urs eigentlich fuhr, aber er schien zu wissen, was er tat, und sicher hätte er gefragt, wenn er den Weg nicht gewusst hätte, oder? Der Rover holperte und ruckelte wie immer, die Haare des Jungen wackelten und da war wieder dieses seltsame Glitzern um seinen Kopf herum …

»Was ist eigentlich mit deinen Haaren?«, fragte sie, ohne groß nachzudenken.

Urs schüttelte den ziemlich langen Schopf. »Das da, meinst du? Die Sterne und Saturnringe und tanzenden Figuren?«

»Ja. Und dass man gar nicht weiß, was für eine Haarfarbe du hast.«

»Ganz langweiliges Braun«, sagte er. Er hob ein Büschel Haare hoch und wedelte damit. Es sah aus, als tanzten Sterne darum herum. »Das ist ein Nanoeffekt. Der letzte Schrei.«

Ariana furchte die Stirn. »Was heißt das?«

»Zuerst schmiert dir der Friseur eine silbern schimmernde Paste aufs Haar und erzählt dir, dass die in Wirklichkeit aus mikroskopisch kleinen Maschinen besteht. Dann setzt er dir eine knalleng sitzende Haube auf, schließt die an einen Computer an und startet ein Programm. Und die nächste halbe Stunde kribbelt es auf deinem Kopf.«

»Wieso das denn? Klingt grässlich.«

»Der Computer steuert über die Haube diese mikroskopischen Maschinen und die fräsen Hologramme auf jedes einzelne deiner Haare. Und danach sieht das dann eben so aus.«

»Aber wozu soll das gut sein?«

Der Junge von der Erde zuckte mit den Schultern. »Wozu sind Frisuren gut? Zu nichts. Es soll halt nach was aussehen.«

Ariana verstummte. Auf einmal kam sie sich so hinterwäldlerisch vor, wie eine dumme, einfältige Gans vom Land aus einem dieser alten Filme, die keine Ahnung davon hatte, wie es in der großen, weiten Welt wirklich zuging.

»Du bist der erste Erdling, den ich mit so was sehe«, sagte sie nach einer Weile trotzig.

»Ich hab doch gesagt, es ist der letzte Schrei. Das gibt es erst seit vielleicht einem halben Jahr.« Sie schwiegen einen Moment beide, dann setzte er hinzu: »Außerdem ist es natürlich schweineteuer. Eigentlich lassen das nur stinkreiche Leute machen, die auf Partys angeben wollen, oder Filmstars und so.«

»Und was davon bist du? Filmstar oder stinkreich?«

Urs grinste. »Weder – noch. Bei uns in der Mall hat ein neuer Friseur aufgemacht und zehn Behandlungen verlost. Und ich hab eine gewonnen.«

»Also bist du ein Glückspilz.«

»Wäre ich dann hier auf dem Mars?«

Ups. Ariana schluckte, wusste auf einmal nicht mehr, was sie sagen sollte. Das also war der Mars für ihn: tiefste Provinz. Ein Ort für Verlierer. Die, die hier lebten, konnten in seinen Augen dann wohl nur rückständig sein.

Erst recht die, die hier geboren waren.

Mit anderen Worten, Urs Pigrato dachte genau wie sein Vater.

Und sie hätte um ein Haar angefangen, ihn nett zu finden.

Zum Glück fiepte das Messgerät in diesem Augenblick. Sie zog es heraus und las den Wert ab. *25 +/– 2*. Verdammt wenig. Sie würde Glenkow die zweite Spritze auch noch geben müssen und dann wurde es Zeit, dass er in die Krankenstation kam und ihm jemand eine Infusion legte.

»Wir sind gleich da«, ließ Urs sich vernehmen.

»Endlich.« Ariana stand auf. Urs hielt geradewegs auf den Ringwall zu, hinter dem die mattsilbernen Kugelmodule der Oberen Station zu sehen waren. »Halt vor der mittleren Schleuse. Der großen. Dort gibt es eine Tragbahre.«

Es dauerte bis zum Abend, ehe das Kommunikationssystem wieder vollständig funktionierte. Gegen fünfzehn Uhr lokaler Zeit ging zuerst das interne Netz wieder in Betrieb, das geringere Anforderungen an die Verstärker stellte. Dreieinhalb Stunden später stand endlich auch das Funknetz nach draußen und zur Erde wieder.

Schon um die Mittagszeit war eines der Flugboote aufgetaucht, mit einigen höchst beunruhigten Leuten an Bord. Am Löwenkopf hatte man von dem, was sich an diesem Vormittag in der Siedlung ereignet hatte, wenig mitbekommen. Aber auf einmal hatte nur noch der Helmfunk funktioniert und ein paar Experimente, die mit Unterstützung der KI gelaufen waren, hatten plötzlich gestreikt. Und kein Ton zu hören, sooft man die Frequenzen auch absuchte! Da hatte man einfach losfliegen und nachsehen müssen, ob es die Marssiedlung überhaupt noch gab.

Ein bleicher, durchnächtigter Tom Pigrato tauchte auf, als Thor Eikanger gerade erklärte, was vorgefallen war. Jed Latimer bat die Techniker unter den Forschern, dazubleiben und ihm bei den Reparaturen zu helfen.

Dass der Ausfall des Kom-Systems durch einen Sabotageakt verursacht worden war, sprach sich im Nu herum. Die alteingesessenen Siedler raunten einander zu, dass es ja wohl nur einer der Neuankömmlinge gewesen sein könne. Auf einmal musterte man einander misstrauisch. Es kam zu heftigen Diskussionen darüber, wie weitere lebenswichtige und verletzliche Einrichtungen der Marssiedlung vor Anschlägen geschützt werden könnten. Alle Debatten mündeten in der Einsicht, dass praktisch alle Einrichtungen der Marssiedlung sowohl lebenswichtig als auch verletzlich waren und es unmöglich war, sie alle wirksam zu schützen gegen jemanden, von dem man nicht wusste, wer er war und was er bezweckte.

Die zweite Neuigkeit, die die Runde machte, war die, dass man die Asiatische Marsstation würde aufgeben müssen. Beide Kuppelbauten waren durch den Schimmelpilz irreparabel beschädigt und nicht mehr zu retten. Der Schimmel selber war zwar besiegt – es schien tatsächlich die Kälte gewesen zu sein, die ihm den Garaus gemacht hatte –, doch als die Habitattechniker die schwarzgraue, tote Masse abkratzten, stellten sie fest, dass die tragenden Strukturen der Gebäude so stark beschädigt waren, dass an eine Reparatur nicht mehr zu denken war. Die Außenhülle war an mindestens hundert Stellen so porös geworden, dass die Luft bei einer erneuten Flutung der Kuppeln innerhalb weniger Stunden entweichen würde.

Dass ein schlichter Schimmelpilz zu derartigen Vernichtungen imstande sein sollte, wollten viele, die nicht dabei gewesen waren, kaum glauben. »Die Schäden werdet ihr selber verursacht haben«, mussten sich die verschwitzt und erschöpft heimkehrenden Habitattechniker anhören. »Mit euren Flammenwerfern.«

Die Männer schüttelten nur müde die Köpfe. »In der zweiten Kuppel haben wir die überhaupt nicht eingesetzt«, erklärten sie. »Und die ist genauso stark beschädigt.«

Schließlich verbreitete sich ein drittes Gerücht wie ein Lauffeuer. Der Fusionstechniker Jurij Glenkow, hieß es, liege auf der Krankenstation im Koma. Niemand wisse, warum, und obwohl der inzwischen zurückgekehrte Dr. DeJones alles versuche, was in seiner Macht stünde, sei es bisher nicht gelungen, ihn wieder aufzuwecken.

# 17 Geheimnisse auf der Krankenstation

Doch das mit dem Koma stimmte überhaupt nicht. In Wirklichkeit war Jurij Glenkow schon um die Mittagszeit wieder aufgewacht. Während die Bewohner der Marssiedlung sich Sorgen um ihn machten, saß der Fusionstechniker in seinem Bett und vertilgte mit großem Appetit ein deftiges Abendessen.

Das Zimmer um ihn herum war so gut wie leer. Die übrigen Betten hatte man für eventuelle Notfälle in den Vorraum geschoben.

Und seine Tür war abgeschlossen.

Auf dem Weg nach unten in die Siedlung hatte Ariana jeden angesprochen, der ihnen über den Weg lief. Während Urs die Bahre mit dem Bewusstlosen darauf, der mit halb geöffnetem Mund in seinem halb geöffneten Raumanzug lag und röchelte, schon in den Aufzug schob, redete Ariana noch auf einen kleinen, schlampig rasierten Mann ein: »Sie sehen ja, was los ist. Und mein Vater ist nicht erreichbar. Wir brauchen jemanden mit medizinischer Notfallausbildung unten in der Krankenstation, und zwar so schnell wie möglich.«

Urs blockierte die Türen, um auf Ariana zu warten.

»Ja«, nickte der Mann und rieb sich unbehaglich das Kinn,

»aber alle, die ich kenne, sind entweder draußen am Löwenkopf oder ...«

»Sagen Sie es einfach jedem weiter, den Sie treffen!«, befahl Ariana ungeduldig. »Okay?«

»Okay«, nickte der Mann.

Ariana kam angehastet, Urs ließ die Türen zufahren und der Aufzug sank ächzend und wackelnd abwärts.

In der Medizinischen Station war kein Mensch, als sie ankamen. Gähnende Leere in allen Räumen, die nach klinischer Sauberkeit rochen.

»Gut, dann geben wir ihm jetzt die zweite Spritze«, ordnete Ariana an. »Und wenn danach immer noch niemand aufgetaucht ist, muss einer von uns losrennen. Komm, hilf mir, ihm den Raumanzug auszuziehen. Ganz diesmal.«

Sie zogen ihm den knisternden Stoff des Anzugs vom Leib und drehten ihn so herum, dass Ariana ihm eine zweite Spritze geben konnte, in die andere Seite des Gesäßes zur Abwechslung.

Sie waren gerade damit fertig und dabei, die Bahre in die Krankenstation zu rollen, um den Bewusstlosen in ein Bett zu verfrachten, als eine junge Frau mit streichholzkurzen braunen Haaren und auffallendweit auseinanderstehenden apfelgrünen Augen auftauchte. Sie stellte sich als Mariel Uhland vor und war, wie sie erklärte, Elektronikerin, die ebenfalls frisch mit der BUZZ ALDRIN angekommen war.

»Und ich muss gleich wieder weg«, betonte sie. »Oben ist der Teufel los; wir müssen praktisch alle Verstärker des Kom-Systems erneuern.« Sie klang atemlos. »Was ist denn passiert?«

Ariana erzählte es ihr und Urs nickte bekräftigend, als sie die Symptome schilderte.

»Verstehe«, meinte die Frau. Mit ein paar raschen Schritten war sie am nächsten Schirm und schaltete ihn ein. »Da muss ich schnell nachschauen, was man ... Oh!«, sagte sie, als sie die rot umrandete Meldung erblickte. »Hängt der etwa am Funknetz?«

»Ja. Und alle anderen Schirme hier auch«, erklärte Ariana mit säuerlicher Miene. »Sie brauchen auch nicht nachzusehen. Mister Glenkow hat einen hypoglykämischen Schock und braucht jetzt eine Glukose-Infusion. Und die müssen Sie ihm legen, ich kann so was nicht.«

Mariel Uhland sah sie blinzelnd an. »Ach so. Gut. Ja, das sollte gehen. Infusionen, das haben wir gelernt. Da war ich sogar ziemlich gut drin.«

Auf Urs wirkte sie nicht, als könne sie überhaupt irgendetwas gut, aber es zeigte sich, dass dieser Eindruck täuschte. Gemeinsam mit Ariana suchte sie die notwendigen Geräte und die Beutel mit den Infusionslösungen zusammen, und die eigentlich schwierige Maßnahme, das Legen der Kanüle, klappte auf Anhieb und so, dass Ariana Urs zuraunte: »Besser, als mein Vater das macht.«

Danach war ihr offenbar auch wieder eingefallen, was sie über Diabetes und seine Komplikationen gelernt hatte, denn sobald die Infusion lief, gab sie schon Anweisungen: »Jetzt muss man jede halbe Stunde Blutdruck und Puls messen. Und beobachten, ob er zu Bewusstsein kommt. Alle Werte notieren, unbedingt. Außerdem die nächsten achtundvierzig Stunden alle zwei Stunden den Blutzucker kontrollieren.« Sie sah von einem zum anderen. »Wie gesagt, ich muss so schnell wie möglich wieder hoch zu den Reparaturarbeiten. Ihr müsst euch um ihn kümmern, okay?«

»Kein Problem«, erwiderte Ariana. Nachdem die Elektronikerin gegangen war, erklärte sie: »Ich messe und du rennst los, falls irgendwelche Komplikationen auftreten. Und ansonsten hoffe ich, dass mein Vater irgendwann wieder auftaucht.«

Und dann saßen sie da und beobachteten den Bewusstlosen und die Tropfen in dem Glas unter dem Infusionsbeutel, die die summende Pumpe heraussaugte und in die Vene pumpte. Aber Ariana sah eigentlich nichts von alldem. Sie konnte nur daran denken, dass es jetzt so weit war, dass sie und der Junge von der Erde, der fremde Junge, nebeneinandersaßen und sie nicht wusste, was sie mit ihm reden sollte.

Sie kam sich so ungeschickt vor. Tollpatschig.

Sie musterte ihn verstohlen von der Seite. Das mit seinem Haar war überkandidelt. Es sah eigenartig aus, verblüffend, aber wirklich schön war es eigentlich nicht. Das Haar, das ihm weiter oben nachgewachsen war, glatt und normal, sah viel besser aus.

Gut, vielleicht sah man das auf der Erde anders. Aber das lag dann an der Erde und nicht an ihr.

Ein weiterer Blick. Urs hatte ein gleichmäßiges Gesicht, sah nicht schlecht aus. Er hatte eine scharf geschnittene Nase, ein bisschen wie in den Geschichtslektionen über die Geschichte Roms. Sein Profil hätte auch auf so eine alte Münze gepasst.

Sie schaute wieder weg, musterte verstohlen seine Hände. Die gefielen ihr irgendwie. Es waren große, kräftige Hände. Überhaupt wirkte Urs kräftig. Sie fragte sich, ob er wohl Sport machte.

Ob sie ihn so etwas einfach fragen konnte? Oder war das zu aufdringlich? Sie wollte auf keinen Fall aufdringlich sein. Schon dass sie ihn das mit seinem Haar gefragt hatte, war ihr im Nachhinein so was von peinlich gewesen.

Aber sie konnte ihn fragen, woher er eigentlich kam. Daran war nichts aufdringlich und es war eine berechtigte Frage, denn die Erde war groß und schrecklich unübersichtlich. Wenn jemand auf dem Mars geboren war, dann war klar, wo. Und außerdem war es nur gerecht, schließlich wusste er ja auch, woher sie kam. Also fragte sie ihn.

»Aus Genf«, sagte Urs.

Ariana überlegte angestrengt. »Genf? Das ist in Europa, glaube ich.« Sie erinnerte sich undeutlich an die Konturen einer seltsam geformten Halbinsel nördlich von Afrika, ein Zipfel von Asien: Sie hatte nie verstanden, wieso Europa ein eigener Kontinent sein sollte.

Urs gab einen glucksenden Laut von sich. »Ja. In der Schweiz, um genau zu sein.«

»Ich bin furchtbar schlecht in Geografie.«

»Na ja. Ich bin auch nicht gerade eine Leuchte in Marsografie. Oder wie immer das heißt.«

Ariana seufzte. »Areografie. Aber darin bin ich *auch* schlecht.«

Der Junge von der Erde wandte den Kopf und sah sie an, nein, *lächelte* sie an und es war ein so warmes, sympathisches Lächeln, dass es ihr auf einmal durch und durch ging.

Und ausgerechnet in diesem Moment begann Jurij Glenkow, sich zu bewegen. Seine Lippen schmatzten ein, zwei Mal träge, dann schlug er die Augen auf, starrte stier und blicklos an die Decke.

Urs beugte sich vor. *»Gospodin Glenkow«*, sprach er auf ihn ein. *»Priwjet! Kak paschiwajetje?«*

Im nächsten Augenblick klappten Glenkows Augenlider wieder zu.

Ariana musterte den Jungen von der Erde verblüfft. »Was war das für eine Sprache?«

Urs sah sie an. »Russisch. Er ist Russe. Ich dachte, er fühlt sich vielleicht eher angesprochen, wenn er ein paar vertraute Worte hört.« Er zuckte mit den Schultern. »Ich kann es eigentlich nicht richtig. Nur ein paar Brocken.«

»Was hast du zu ihm gesagt?«

»Nichts Besonders. ›Hallo, wie geht es Ihnen?‹«

Ariana runzelte die Stirn. »Ich dachte, heutzutage sprechen alle Menschen Englisch?«

Das schien der Junge von der Erde ausgesprochen lustig zu finden. »Wie kommst du denn auf die Idee?«

»Na ja. Jeder, der hierherkommt, spricht Englisch. Alle Fernsehsendungen sind auf Englisch.«

»Ja, die, die sie zum Mars übertragen. Es gibt, was weiß ich, bestimmt an die zehntausend Fernsehsender auf der Welt und davon sind die wenigsten in Englisch. Und natürlich schicken sie niemanden her, der nicht Englisch spricht.« Er machte eine wegwerfende Handbewegung. »Wobei das, was ihr hier sprecht, sowieso kein richtiges Englisch ist; auf der Erde nennt man es *Globo*. Ein Mischmasch aus viel Englisch, ein bisschen Chinesisch, Spanisch, Russisch und so weiter. Mit dem Englisch, das Leute sprechen, die in England, Amerika oder so geboren sind, hat das nur noch wenig zu tun.«

»Globo?«

»Ja. Das beherrscht fast jeder, das stimmt – aber nur *neben* seiner Muttersprache.«

Ariana sank ein Stück in sich zusammen, kam sich schon wieder ausgesprochen dumm vor. »Ich kann keine andere Sprache«, gestand sie. Ein peinlicher Gedanke kam ihr: »Heißt das, ich und die anderen sind die Einzigen, deren Muttersprache Globo ist?«

Ausgerechnet! Da lebte man auf dem Mars, Millionen

Kilometer weit weg vom Rest der Zivilisation, und nun stellte sich heraus, dass alles, was man beherrschte, ein Notbehelf war, der der globalen Verständigung auf der Erde diente?!

»Nein, das gibt es häufiger, vor allem in den großen Städten.«

Ariana holte tief Luft. »Was ist denn deine Muttersprache?«

Urs rieb sich das Kinn. »Französisch. Das spricht man in dem Teil der Schweiz, in dem Genf liegt. Eigentlich bin ich aber mehrsprachig aufgewachsen. Meine Mutter spricht Italienisch, mit meinen Großeltern – den Eltern meines Vaters – muss ich Deutsch reden, weil die in der Nähe von Basel leben und nichts anderes verstehen. In der Schule haben wir zwar richtiges Englisch gelernt, aber sonst wird dort nur Globo gesprochen, weil es eine internationale Schule ist. In Genf haben viele der internationalen Organisationen ihren Sitz, entsprechend wimmelt es dort von Leuten aus allen Teilen der Welt.«

»Und Russisch?«

»Da hat mir ein Freund ein bisschen was beigebracht.«

»Das scheint dir leichtzufallen. Ich kann mir das gar nicht vorstellen, eine andere Sprache zu sprechen.«

Urs nickte sinnend. »Es fällt mir nicht schwer, stimmt. Ich glaube, je mehr Sprachen man kann, desto leichter lernt man noch eine.«

Na toll. Was konnte man darauf sagen? Ariana betrachtete die Infusionspumpe und den tropfenden Beutel und die Kanüle an der rechten Hand des Fusionstechnikers und fühlte sich ausgesprochen dämlich.

Doch gerade als sie das Gefühl hatte, völlig in dunklen Wolken zu versinken, sagte Urs: »Ich fand das übrigens *toll*, wie du das alles gemacht hast. Mit den Spritzen und so und wie du jemanden aufgetrieben hast, der die Nadel da legt ... Genial.«

Sie sah ihn zweifelnd an. »Findest du?«

Er nickte und er sah kein bisschen so aus, als mache er sich lustig. »Klar. Ich bin froh, dass du da warst. Ich hätte überhaupt nicht gewusst, was ich tun soll.«

»Na ja«, meinte Ariana. »Ich bin die Tochter des Arztes hier, da ist das wahrscheinlich nichts Besonderes.«

Urs schüttelte den Kopf. »Ich kenne einen, der ist der Sohn von *zwei* Ärzten. Aber wenn er einen Tropfen Blut sieht, fällt er in Ohnmacht.«

»Ehrlich?«

»Ehrlich.«

Komisch. Auf einmal waren die dunklen Wolken weg wie nie gewesen. Als Urs lächelte, war sie sogar imstande zurückzulächeln.

Von ihm aus hätten sie noch ewig hier sitzen können. Er hätte sich den bärtigen Russen noch stundenlang angeschaut, wie er schnorchelte und röchelte, und sich mit Ariana über alles Mögliche unterhalten. Er hätte gern bis ans Ende aller Tage zugeschaut, wie sie dem Bewusstlosen den Blutdruck maß, den Puls fühlte, ab und an das Blutzucker-Messgerät zwischen seine Lippen schob und alles sorgfältig auf ein Stück Karton notierte.

Sie war irgendwie ... Schwer zu sagen. Sie war nicht wie die anderen Mädchen, die er kannte. Die an seiner Schule waren entweder Streberinnen, die nur Schulstoff im Kopf hatten, oder flippige Tussis, die nur an Partys und Klamotten dachten. Ariana dagegen war so ... *handfest*. Genau, das war das Wort. Sie hatte Ahnung vom richtigen Leben, weil man das hier auf dem Mars haben musste. Weil man nicht lange lebte, wenn man es nicht hatte.

Aber leider trudelten nach und nach die anderen Marskinder ein. Zuerst Ronny, gleich darauf Carl und Elinn. Sie sagten zwar Hallo zu ihm, aber kühl und reserviert und im Nu herrschte wieder die eisige Atmosphäre, die er aus dem Schulraum kannte.

Ariana erzählte, was vorgefallen war, erst Ronny, dann noch einmal den beiden Geschwistern, und Urs fiel auf, dass er in ihrer Schilderung ziemlich gut wegkam, weitaus besser, als er sich selber eingeschätzt hätte. Die anderen sahen ihn darauf ein klein bisschen weniger kühl und zurückhaltend an. Immer noch wie einen Außerirdischen, klar, aber das war er in gewisser Weise von ihrem Standpunkt aus ja auch. Aber zum ersten Mal hatte er das Gefühl, dass sie vielleicht doch eines Tages Freunde werden konnten. In hundert Jahren oder so.

Ronny erzählte, dass jemand die Verstärker des Kom-Systems zertrümmert hatte und dass man keine Ahnung hatte, wer oder warum. Carl berichtete, dass eines der Flugboote vom Löwenkopf gekommen war, um nachzusehen, warum sich die Siedlung nicht mehr meldete. Und dann hatte ihnen jemand erzählt, dass Ariana und Urs mit einem Bewusstlosen auf der Tragbahre unterwegs gewesen seien.

»Ziemliches Glück für ihn, dass du dabei warst«, meinte Carl zu Urs.

Urs nickte, überrascht direkt angesprochen zu werden. Und es klang zum ersten Mal nicht so, als wolle Carl ihn auf Abstand halten.

Vielleicht würde es doch keine hundert Jahre dauern.

Dann wachte Jurij Glenkow das erste Mal auf. Einigermaßen zumindest. Er schlug die Augen auf, hob die Hand, betrachtete den Infusionsanschluss, sah sich um. »Was ist . . .?«

Da stand Ariana schon neben ihm. »Alles in Ordnung«, sagte sie in ruhigem Ton. »Sie brauchen sich keine Sorgen zu machen. Ruhen Sie sich aus.«

Der Mann fuhr sich mit der freien Hand zitternd durch den Bart. »Ich kann mich doch nicht ausruhen. Ich habe keine Zeit . . .«

»Doch, Sie haben Zeit. Keine Sorge.«

»Ja?« Glenkow sah sie mit großen dunklen Augen an. »Ist das so? Dann ist es gut.«

Damit dämmerte er wieder weg.

Um die Mittagszeit gingen Carl und Ronny los, um etwas zu essen zu besorgen, und Urs registrierte, dass sie ihm auch etwas mitbrachten – Brote, die mit einer Paste aus gewürzten Linsen gefüllt waren und unglaublich lecker schmeckten.

Später wurde Jurij Glenkow dann richtig wach. Er wollte wissen, was passiert war, und Ariana erzählte ihm die Geschichte ein drittes Mal. Daraufhin winkte er Urs zu sich heran, drückte ihm die Hände, Tränen der Dankbarkeit in den Augen. »Wie gut«, stieß er hervor. »Wie gut, dass du dabei warst, mein Junge.«

Sie gingen die Ereignisse noch einmal durch. Glenkow wollte auch die letzte Kleinigkeit erfahren. Also erzählte Urs von dem plötzlichen Zusammenbruch und wie er den Rover um einen Felsen hatte herumlenken müssen. »Und dann?«, fragte Glenkow. »Um Himmels willen, dahinter ist doch der steile Abhang! Voller Geröll! Eine einzige Rutschpartie! Und unterhalb davon all diese Steine!«

»Ja«, nickte Urs. »Stimmt genau.«

»Und da hast du den Rover hindurchgesteuert?« Der Russe schüttelte den Kopf. »Das traue ja nicht einmal ich mich.«

»Galaktisch!«, kommentierte Ronny. Und Urs bildete sich ein, dass eine gewisse Anerkennung in seinem Blick lag.

Endlich gingen die Schirme der Computer wieder an. Die Displays der Kommunikatoren zeigten wieder das gewohnte Bild. Und wenige Minuten später, so, als hätte er darauf warten müssen, betrat Dr. DeJones die Krankenstation.

Er wirkte erschöpft und ziemlich genervt. Er begrüßte sie geistesabwesend und sagte dann: »Ich muss mir erst mal das Gesicht waschen, entschuldigt mich bitte.«

Als er zurück kam, hatte er den weißen Kittel übergestreift und das Stethoskop in der Hand. Er wollte die fünf hinausschicken, aber Glenkow bestand darauf, dass sie blieben, und so sahen sie zu, wie Dr. DeJones ihn untersuchte, seine Herztöne abhörte und ihm etwas Blut abnahm.

Danach begann er, ihm Vorhaltungen zu machen. »Ich habe Ihnen schon tausendmal gesagt, dass Sie aufpassen müssen mit dem Alkohol. Mindestens.«

»Doktor, der Alkohol war am Samstagabend und es war nicht viel«, beteuerte Glenkow. »Fragen Sie JewgeniJ, er war tödlich beleidigt, weil ich nur ein Glas getrunken habe.«

»Jedenfalls haben Sie sich zu viel Insulin gespritzt, das ist offensichtlich. Was soll ich machen? Ich kann Ihnen keine dieser automatischen Sonden implantieren. Wir haben keine und außerdem halte ich sowieso nichts davon.«

»Doktor, ich schwöre beim Grab meiner Mutter, ich habe heute Morgen den Blutzucker gemessen wie immer, der Wert war wie immer und ich habe mir vier Einheiten gespritzt wie immer. Ich habe nichts anderes gemacht, als ich jeden Tag mache.«

»Das will ich sehen. Wo ist Ihr Injektor?«

Glenkow deutete in die Zimmerecke, wo, auf einem Stuhl zusammengeknüllt, der Raumanzug lag und darauf sein Overall. »In der linken Beintasche.«

Arianas Vater suchte in dem Haufen herum und zog schließlich etwas hervor, das wie ein dicker dunkelblauer Kugelschreiber aussah. »Ich lese mal das Protokoll aus, wenn Sie nichts dagegen haben.«

»Nicht das Geringste«, sagte der Russe und verschränkte die Arme, soweit es die Infusion zuließ. Nachdem der Arzt hinausgegangen war, zwinkerte er den Kindern zu und flüsterte: »Er hat schlechte Laune. Das ist selten bei ihm, nicht wahr?«

Die Tür ging wieder auf. Dr. DeJones kam zurück, schweigend, das Gesicht undurchdringlich, ein Lesegerät, an das der Injektor über ein Kabel angeschlossen war, in der Hand. Er hielt es Jurij Glenkow hin. »Was sagen Sie dazu?«

Der Fusionstechniker bekam große Augen. »Das kann nicht sein!«

»So ein Protokoll pflegt nicht zu lügen, deswegen hat man es ja. Es waren jeden Tag um die vier Einheiten, das ist richtig, auch mal fünf oder mal nur drei –aber heute Morgen um 7:21 Uhr haben Sie sich *sechzig* Einheiten injiziert. Kein Wunder, dass Ihr Blutzucker in den Keller ist.«

»Nein«, beharrte Glenkow. »Das ist nicht wahr! Ich weiß doch, was ich eingestellt habe.« Er langte nach dem Injektor. »Hier, an diesem Knopf habe ich gedreht, bis das Display auf vier gestanden ... Halt mal.« Er drehte den metallenen Stift, betrachtete ihn von allen Seiten. »Das ist nicht mein Injektor.«

Urs sah, wie Arianas Vater unwillig die Stirn furchte, ganz genau so, wie es seine Tochter oft tat. »Es ist der Injektor, den ich gerade aus Ihrem Overall gezogen habe.«

»Ja, aber schauen Sie, der Halteclip ... An meinem Injektor

hat sich die Verchromung an der Spitze abgelöst, während sie hier noch in Ordnung ist.« Er schraubte das Gerät auf, zog die halb gefüllte Vorratsampulle heraus, betrachtete sie und reichte sie dann dem Arzt. »Schauen Sie mal. Sind Sie sicher, dass das mein Insulin ist?«

Dr. DeJones schüttelte die Ampulle skeptisch. »Hmm«, machte er. »Das sieht seltsam aus. Warten Sie, das muss ich rasch im Labor untersuchen.« Er streckte die Hand aus. »Geben Sie mir den Injektor auch mit.«

Fünf Minuten später war er zurück. Nun wirkte er ausgesprochen beunruhigt. »Sie haben recht, das war ein anderes Insulin. Eines mit einer Depotwirkung von zwei bis vier Stunden. Kein Wunder, dass Sie so plötzlich umgekippt sind.«

»Jemand hat meinen Injektor ausgetauscht!«, erkannte Glenkow.

Dr. DeJones nickte besorgt. »Ja. Und was das Schlimmste ist: Er hat den anderen Injektor so manipuliert, dass er immer sechzig Einheiten spritzt, egal, auf welchen Wert man ihn einstellt.«

»Dann war es ein Mordversuch!«, rief Ronny aufgeregt.

Thor Eikanger hieß er also, der neue Mitarbeiter von Urs' Vater, der auf den Anruf ihres Vaters hin aufgetaucht war. Er hörte sich mit finsterem Gesicht an, was man ihm erzählte, und nickte ab und zu verstehend.

»Sie haben recht«, erklärte er schließlich ernst. »Wir müssen davon ausgehen, dass das ein Versuch war, Mister Glenkow zu töten. Wäre er alleine unterwegs gewesen, hätte es böse enden können.« Er schaute sie und Urs unter seinen zusammengezogenen Augenbrauen hervor an. »Das habt ihr beiden gut gemacht.«

Ariana sah Urs verhalten, aber stolz lächeln. Er schaute sogar zu ihr herüber und sagte: »Das meiste hat Ariana gemacht. Ich habe bloß den Rover gefahren.«

Worauf Jurij Glenkow etwas auf Russisch einwarf, das keiner von ihnen verstand, nur Urs, der leicht rot anlief.

»Wie auch immer«, unterbrach Eikanger und faltete die Hände, »kommen wir zu dem, was zu tun ist. Als Sicherheitsbeauftragter übernehme ich ab sofort die Ermittlungen in diesem Fall. Und die erste Maßnahme ist, über Mister Glenkows Zustand absolutes Stillschweigen zu bewahren, vor allem darüber, dass er wieder wach ist und dass wir entdeckt haben, dass sein Injektor manipuliert wurde. Offiziell werden wir bis auf Weiteres sagen, dass er nach wie vor im Koma liegt und niemand weiß, wieso.« Er sah in die Runde. »Das gilt für alle Anwesenden.«

Dr. DeJones holte tief Luft und sagte dann: »Ich muss dagegen Protest einlegen. Es gehörte bisher nicht zu den Umgangsformen, die wir hier auf dem Mars pflegen, uns gegenseitig bewusst anzulügen.«

Eikanger nickte geduldig. »Ich nehme aber an, es gehörte bisher auch nicht zu Ihren Umgangsformen, einander nach dem Leben zu trachten, oder?«

»Das allerdings auch nicht.«

»Mit anderen Worten, wir sind uns einig, dass sich die Umgangsformen geändert haben«, sagte der breitschultrige Mann. »Genau deshalb will ich, dass Mister Glenkow abgeschirmt wird. Der Täter braucht nicht zu erfahren, dass er sein Ziel nicht erreicht hat. Solange er noch darauf wartet, wird er nichts anderes unternehmen – und vor allem nervös werden. Und dann kriegen wir ihn vielleicht.«

»Ich kann doch nicht tagelang im Bett bleiben«, protestierte Glenkow. »Was ist mit den Inspektionen? Wer soll die machen?«

»Die sind nicht so dringend«, erwiderte Eikanger.

»Was heißt *nicht so dringend?* Den Nordreaktor habe ich jetzt fast zwei Wochen lang nicht gesehen. Da muss jemand hin!«

»Das wird nicht auf ein paar Tage ankommen.«

»Außerdem«, mischte sich Arianas Vater ein, »gehören Sie sehr wohl mindestens einen Tag ins Bett, zur Überwachung nämlich.«

»Dann schicken Sie mir jemanden, dem ich erklären kann, was er tun soll. Roger Knight zum Beispiel, der war schon öfter für mich unterwegs.«

Der Sicherheitsmann schüttelte den Kopf. »Keine weiteren Kontakte. Egal, was es ist, es kann zwei Tage warten.«

Nachher saßen sie draußen im Vorraum und redeten. Urs drehte sich inzwischen der Kopf. Ihm war, als hätte er das alles schon einmal erlebt. Zumindest diesen Vorraum hatte er schon einmal gesehen, auch wenn er noch nie vorher hier gewesen war. Alles kam ihm bekannt vor, die Schiebetür, die Anordnung der Stühle ... Aber er hätte nicht sagen können, woher. Wahrscheinlich hatte er einmal ein Foto gesehen. Oder irgendeiner der Berichte, die im Fernsehen gekommen waren, hatte die Krankenstation gezeigt.

Sie redeten über den Vorfall, ob es wirklich ein Mordversuch gewesen war oder ob es nicht auch andere Erklärungsmöglichkeiten gab. Wer hätte ein Interesse daran haben sollen, den armen, alten Mister Glenkow umzubringen? Auf jeden Fall niemand der bisherigen Siedler, das stand fest. Wenn überhaupt, dann musste es jemand von den Neuankömmlingen gewesen sein.

Und sie redeten über die Rettungsaktion. Wie viel Glück

Mister Glenkow gehabt hatte, wie gut Urs und Ariana die Situation gemeistert hatten und dass sie ihm das Leben gerettet hätten.

Es war so viel Lob auf einmal, dass es Urs plötzlich nicht mehr aushielt und zornig sagte: »Wisst ihr, was? Mir wäre es tausendmal lieber gewesen, wenn *ihr* mir das Roverfahren beigebracht hättet und ich nicht erst Heldentaten hätte vollbringen müssen.«

Peng. Da herrschte auf einmal peinliche Stille. Sie sahen ihn mit großen Augen an und Urs dachte: *Oh Mist, jetzt habe ich alles verdorben!*

Doch dann nickte Elinn und sagte: »Das stimmt. Wir sind dir von Anfang an aus dem Weg gegangen. Das war falsch.«

»Und ganz schön gemein«, fügte Ronny hinzu. Er hob entschuldigungsheischend die Hände und meinte: »Aber wir dachten, du wirst uns im Auftrag deines Vaters ausspionieren.«

Urs seufzte. »Da habt ihr leider nicht ganz unrecht. Er hat tatsächlich Andeutungen in diese Richtung gemacht.«

»Und?«, fragte Ronny.

»Ich spioniere nicht. Ehrenwort. Das habe ich ihm auch gesagt.«

Carl meinte verlegen: »Dich auf Abstand zu halten, war eigentlich meine Idee. Tut mir leid. Ich wäre auch nicht gern so behandelt worden, wie wir dich behandelt haben.« Er sah betreten zu Boden. »Aber weißt du, wir hatten es wirklich nicht leicht die letzten Jahre, seit dein Vater hier Statthalter ist.«

»Mir wäre es auch lieber gewesen, er wäre auf der Erde geblieben, das kannst du mir glauben«, meinte Urs.

»Aber jetzt bist du hier«, erklärte Elinn, »und deswegen gehörst du von nun an zu uns.« Ein eigenartiger Glanz trat in ihre Augen. »Ich glaube, die Marsianer wollen das so haben.«

Was hatte *das* nun wieder zu bedeuten? Zumindest in diesem Punkt hatte sein Vater nicht unrecht gehabt: Elinn Faggan war wirklich ein äußerst merkwürdiges Mädchen.

Aber die anderen schienen auf sie zu hören. Was vielleicht noch merkwürdiger war.

Carl sah auf die Uhr. »Schon so spät? Heute ist die Zeit wirklich wie im Flug vergangen.« Er stand auf, sah in die Runde. »Kommt, lasst uns etwas essen gehen.«

Es dauerte einen bangen Moment, bis Urs begriff, dass mit »uns« von nun an auch er gemeint war.

Spät an diesem Abend, gerade als er ins Bett gehen wollte, fiel Carl auf, dass sein Kommunikator nicht da war. Er musste ihn irgendwo liegen lassen haben. Das war ihm bisher selten passiert, andererseits war bisher auch selten an einem einzigen Tag so viel Aufregendes los gewesen.

Er überlegte. Wann hatte er das Gerät zum letzten Mal benutzt? Am Morgen, im Schulraum. Danach hatte das Kom-System ohnehin nicht mehr funktioniert. Aber er hatte ihn später noch einmal in der Hand gehabt, wann war denn das gewesen? Hatte er ihn in der Kantine noch bei sich? Er war sich nicht sicher. Aber die hatte ohnehin schon zu. Ob er noch einmal in den Schulraum hinaufgehen sollte? Sie waren zu den Labors gegangen, hatten Professor Caphurna natürlich nicht angetroffen – er war am Löwenkopf gewesen, mit seiner ganzen Mannschaft – und dann waren sie alle drei in den Schulraum zurückgekehrt.

Er konnte einfach an ein Terminal gehen und AI-20 bitten, den Kommunikator anzupeilen, aber gerade als er an diese Möglichkeit dachte, fiel ihm ein, wo er das Ding gelassen hatte: in der Medizinischen Station! Er erinnerte sich, wie er es auf einen der Stühle gelegt hatte, und da lag es wahrscheinlich noch immer.

Ob es etwas brachte, wenn er dort jetzt noch vorbeiging? Wenn Dr. DeJones Patienten in der Krankenstation hatte, war meist rund um die Uhr jemand da, entweder er selber oder ein Pflegehelfer.

»Ich geh noch mal kurz weg«, sagte er seiner Mutter, die im Wohnzimmer saß und Musik hörte.

»Ja, ist gut. Bleib nicht so lange«, murmelte Mutter. Sie sah aus, als sei sie schon eingenickt gewesen. Elinn schlief längst.

Die Gänge der Siedlung lagen still und verlassen, die Beleuchtung war abgedunkelt, wie es nachts üblich war. Der weiche Belag schluckte das Geräusch seiner Schritte. Eine Stimmung erschöpfter Müdigkeit lag über allem. Es war einfach zu viel los gewesen. Und nun musste auch noch die Asiatische Station evakuiert werden! Diese Nacht schliefen die zehn Leute der Besatzung ein letztes Mal in dem Zelt, das man neben den Kuppeln aufgestellt hatte; morgen würden sie Notunterkünfte in der Siedlung beziehen. Es gab, wie Mutter erzählt hatte, Diskussionen darüber, ob sie mit der BUZZ ALDRIN zur Erde zurückkehren oder bleiben sollten. Wie es aussah, kam der Wunsch zurückzufliegen von der Besatzung selber, aus einem asiatischen Ehrgefühl heraus, das Nichtasiaten schwer begriffen. Nun, man würde sehen; das war eine Frage, die letzten Endes anderswo entschieden werden würde. Auf jeden Fall bedeutete es eine Menge zusätzlicher Arbeit.

Carl bog gerade um die Ecke, als er etwas sah, das ihn dazu brachte, abrupt stehen zu bleiben und einen Schritt rückwärts zu gehen, zurück in den Schutz der Mauer.

Da kam jemand aus der Tür der Medizinischen Station!

Ein Mann mit wild abstehenden blonden Haaren, der die Schiebetür so leise wie möglich schloss, sich einmal kurz umsah und dann eilig davonging.

Carl stockte der Atem. Das war niemand anders gewesen als Wim Van Leer, der Journalist!

# 18 Ein verräterisches Video

An diesem Morgen wünschte Tom Pigrato sich, er wäre längst in das große Arbeitszimmer umgezogen. Dort hätte er jetzt nach Herzenslust unruhig auf und ab tigern können, und genau danach war ihm gerade. Aber hier war das nicht machbar, zwischen Wand und Schreibtisch waren es kaum zwei Schritte.

Früher war ihm dieses Zimmer gemütlich vorgekommen, weil es ihn an sein Büro auf der Erde erinnert hatte.

Womöglich fing er doch an, sich allmählich an die Verhältnisse auf dem Mars zu gewöhnen? Ein beunruhigender Gedanke.

Es ging ihm auf die Nerven, wie seelenruhig Thor Eikanger auf dem Stuhl sitzen bleiben konnte. Ihn selbst hielt es nicht in seinem Sessel. Auch wenn er nur herumstand und auf den Zehen wippte, wenigstens das musste sein. Er hatte schlecht geschlafen, sich eigentlich die ganze Nacht nur sorgenvoll gewälzt. Die Situation war dramatisch. Eine Krise. Unter Garantie war schon eine wütende Video-Mail von Senator Bjornstadt unterwegs, darauf konnte man wetten. Beinahe sehnte er die Zeiten zurück, als er sich nur über dumme Streiche und Unachtsamkeiten der Kinder hatte aufregen müssen.

»Ein Mordanschlag?«, sagte er schließlich, als ihm die

Pause, die Eikanger machte, zu lange dauerte. »Ist das nicht ein bisschen weit hergeholt?«

In diesem Augenblick klopfte es an der Tür. Marciela streckte den Kopf herein. »Entschuldigen Sie die Störung«, sagte sie zu Eikanger, dann wandte sie sich ihm zu. »Ich wollte nur Bescheid sagen, dass ich jetzt gehe. Urs ist schon los. Du hast die Wohnung also für dich.«

Pigrato runzelte die Stirn. »Du gehst? Wohin denn?«

Seine Frau hob die Augenbrauen, was wohl bedeutete, dass sie ihm das schon einmal erklärt, er aber nicht zugehört hatte, und dass sie ihm vor seinem Assistenten deswegen keine Szene machen wollte. »Ich bin heute wieder bei den Leuten in der Küche. Wir wollen weiterexperimentieren, wie sich Rezepte der italienischen Küche auf Marsbedingungen anpassen lassen.«

Pigrato musste lächeln. »Das klingt vielversprechend. Gut, ich weiß Bescheid.«

Nachdem seine Frau die Tür wieder zugezogen hatte, brauchte Pigrato einen Moment, um zu dem ernsten Thema umzuschalten, das er und Eikanger besprachen. Er war froh, seine Familie endlich wieder bei sich zu haben, froher, als er nach außen hin erkennen lassen wollte. Aber im Moment sorgte er sich vor allem um sie. Im Augenblick wäre es ihm lieber gewesen, seine Frau und seinen Sohn auf der Erde zu wissen, in der relativen Sicherheit einer europäischen Großstadt.

»Das passt nicht zu den Leuten, die hier leben«, sagte er und ließ sich nun doch auf seinen Sessel fallen. »Mord! So etwas hat es in der Marssiedlung noch nie gegeben, nicht einmal annähernd. Nichts, was schlimmer gewesen wäre als eine Schlägerei.«

»Das mag sein. Aber einmal ist immer das erste Mal.«

Pigrato fuhr sich mit der Hand über das Gesicht. Seine Haut fühlte sich unangenehm teigig an. »Ich weiß nicht«, bekannte er. »Das erscheint mir trotzdem alles sehr weit hergeholt zu sein. Wer hätte etwas davon, Glenkow zu ermorden?«

Eikanger hob die Schultern. »Das weiß ich auch nicht. Tatsache ist, dass sein Injektor manipuliert wurde.«

»Ist das sicher? Könnte er nicht einfach defekt sein?«

»Diese Art Defekt kommt bei diesen Geräten nicht vor, hat mir Doktor DeJones glaubhaft versichert.«

Pigrato rieb sich das Kinn. »Wer von den Neuankömmlingen wusste überhaupt, dass Jurij Glenkow an Diabetes leidet?«

Eikanger nickte. »Das ist eine gute Frage.«

»Die wir ihm einmal stellen sollten, oder?«

An diesem Morgen verließ Urs zum ersten Mal, seit sie auf dem Mars angekommen waren, die Wohnung mit einem guten Gefühl. Er würde zu den anderen hinaufgehen in den Schulungsraum und diesmal würde es keine doofen Kopfhörer und kein kollektives Schweigen geben. Im Gegenteil, wahrscheinlich würden sie ihm weiter Löcher in den Bauch fragen, genau wie am Abend vorher.

Sie waren zusammen in die Kantine gegangen, hatten noch etwas zu essen bekommen von einem der Küchenhelfer, der missmutig was gemurmelt hatte von wegen »Reißt das jetzt ein, dass alle ohne Voranmeldung kommen, oder was?«, und die ganze Zeit hatten sie ihn ausgefragt, regelrecht verhört über das Leben auf der Erde. Das würde so schnell auch nicht aufhören. Jede winzige Kleinigkeit, die er beiläufig erwähnte, veranlasste sie zu weiteren Fragen. Die hatten wirklich keine Ahnung, wie es zuging auf der Erde.

Wälder, Seen, Meere – das kannten sie nur aus Filmen. Eine Stadt mit einer Million Einwohnern, so etwas konnten sie sich überhaupt nicht vorstellen.

Sie würden nicht großartig zum Lernen kommen an diesem Vormittag, das stand mal fest. Jedenfalls nicht, soweit es die Schullektionen im Computer betraf.

Ehe er zum Schulraum hinaufging, wollte er aber Mister Glenkow noch einen Besuch abstatten und nachsehen, wie es ihm ging.

Das scheiterte zunächst beinahe an einem von Vaters Assistenten, Graham Dipple, der mit finsterem Gesicht und verschränkten Armen auf einem Stuhl vor der Tür saß, die zum Krankenzimmer führte, und ihn nicht vorbeilassen wollte. Zum Glück kam in dem Moment Dr. DeJones dazu, der den mageren Mann aufklärte: »Aber, Mister Dipple! Er hat Glenkow doch gerettet. Er ist in alles eingeweiht.«

»Schön«, knurrte Dipple in einem Ton, der klarmachte, dass er das überhaupt nicht schön fand, und ließ ihn passieren.

Mister Glenkow freute sich, ihn zu sehen. Gleich darauf beschwerte er sich darüber, hier eingesperrt zu sein und, wie er es nannte, als »Lockvogel« zu fungieren für die Ermittlungen des Sicherheitsbeauftragten. »Ein Stück Käse in einer Mausefalle, das bin ich«, grummelte er.

Außerdem, behauptete er, ging es ihm schon viel besser. Praktisch sei er einsatzfähig. »Aber der Doktor will mir das nicht glauben.«

Anschließend wollte er wissen, was es Neues gab, und Urs musste ihm alles haarklein erzählen, was er über die Evakuierung der Asiatischen Marsstation und die Sabotage des Kom-Systems wusste.

»Das ist doch höchst verdächtig«, meinte Glenkow.

»Wenn du mich fragst, dann hängen diese Vorfälle alle miteinander zusammen.«

In diesem Augenblick ging die Tür auf und zu Urs' Überraschung sah er seinen Vater zusammen mit dem Norweger, Thor Eikanger, hereinkommen.

»Wolltest du nicht im Schulraum sein?«, fragte ihn Vater gleich mit misstrauischem Blick.

»Da geh ich schon noch hin«, erwiderte Urs.

»Sobald wir uns fertig unterhalten haben«, fügte Jurij Glenkow hinzu.

Vater war sichtlich schlechter Laune. »Du gehst besser gleich und kommst später wieder«, meinte er. »Wir müssen mit Mister Glenkow reden.«

Der Fusionstechniker legte Urs die Hand auf die Schulter. »Jetzt schicken Sie meinen Assistenten nicht weg. Sie haben Ihren ja auch dabei. Der, der mich hier als Lockvogel für den Mordbuben gefangen hält.«

»Alles, was ich tue, dient letzten Endes nur zu Ihrem Schutz«, erklärte Eikanger ernst.

Vater zuckte mit den Schultern. »Gut, dann bleib eben.«

Der Norweger begann mit seinen Fragen. »Mister Glenkow, haben Sie einen Verdacht, wer Ihnen nach dem Leben trachten könnte?«

Der Russe schüttelte den Kopf. »Nein. Niemand.«

»Könnte es persönliche Gründe geben? Eifersucht? Haben Sie Kontakte zu einer kriminellen Organisation? Würden Sie ein Vermögen hinterlassen?«

»Alles Quatsch«, versetzte Glenkow unwillig. »Ich habe nur die paar Kröten, die mir die Raumfahrtbehörde zahlt, und die setzen auf einem Bankkonto auf der Erde Staub an. Was soll ich denn auch damit? Ich hab hier doch alles, was ich brauche.«

Eikanger nickte. »Das sind Fragen, die ich Ihnen stellen musste, bitte verstehen Sie.«

»Ich versuch's ja«, knurrte der Russe.

»Wer wusste, dass Sie an Diabetes leiden?«, fragte nun Vater.

Jurij Glenkow schüttelte den Kopf. »Normalerweise leide ich nicht daran. Ich hab's halt.«

Urs musste sich ein Grinsen verbeißen. Er wusste genau, dass solche Spitzfindigkeiten seinen Vater schnell auf die Palme brachten.

Aber er beherrschte sich. »Wie auch immer«, sagte er mit spürbar erzwungener Geduld, »wer wusste davon? Vor allem, wer von denen, die neu angekommen sind?«

»Niemand«, erwiderte Glenkow. Dann fing er an zu grübeln. »Doch, halt. Der Journalist. Ich glaube, dem habe ich es erzählt.«

»Sie *glauben . . .?*«, wiederholte Eikanger.

»Er hat mich interviewt. Am Samstagabend auf dem Fest. Na ja, was heißt das – wir haben eben geredet, über alles Mögliche, und er hat sein Gerät mitlaufen lassen. Und irgendwie sind wir auch auf das Thema gekommen, wie gesund oder ungesund das Leben hier auf dem Mars eigentlich ist, und soweit ich mich erinnere, habe ich da erwähnt, dass ich Diabetes habe.«

»Sie meinen Wim Van Leer?«

Glenkow nickte. »So heißt er, glaube ich. Ja.«

Carl bemerkte, dass Ariana schon zum zweiten Mal innerhalb einer Viertelstunde auf die Uhr sah. Wahrscheinlich wunderte sie sich auch, dass Urs Pigrato immer noch nicht da war.

»Er scheint sich das jetzt endgültig angewöhnt zu haben«,

meinte sie schließlich. »Nicht zum Unterricht zu kommen, meine ich.«

»Das wird ihm AI-20 nicht lange durchgehen lassen«, erwiderte Carl. Er selber hatte diese leidliche Erfahrung auch schon machen müssen. Zwar stand die Künstliche Intelligenz den Kindern in der Regel bei allem zur Seite, selbst bei Unternehmungen, die den Rahmen des Erlaubten, nun ja, ein wenig dehnten. Bloß was den Unterricht anging, da kannte sie kein Pardon. Wenn aus den Lernprotokollen Nachlässigkeit, Schlamperei oder Faulheit abzulesen war, rief sie gnadenlos die Eltern an und petzte. Und man konnte machen, was man wollte, das war ihr nicht abzugewöhnen.

»Vielleicht ist das auf der Erde anders?«, meinte Ronny. »Kann doch sein. Schließlich ist dort eine Menge nicht so wie bei uns.«

»Schule ist überall gleich«, widersprach Ariana. »Das siehst du im Fernsehen. Vormittags ist immer Schule und nachmittags oft auch noch.«

»Wir fragen ihn einfach.« Ronny musterte seinen Schirm, fand offensichtlich wenig interessant, was da stand, und sah wieder weg. »Eigentlich ist er gar nicht so übel. Urs, meine ich.«

Ariana nickte. »Ja. Es war ziemlich gemein von uns, ihn so links liegen zu lassen.«

Der gestrige Abend war interessant gewesen, fand auch Carl. Aus irgendeinem Grund konnte man Urs Dinge fragen, die Erwachsene entweder nicht wussten oder die man sie sich nicht zu fragen traute.

Ronny stützte das Kinn in die Hände. »Ich weiß immer noch nicht, was ein *Magnet Scooter* ist. Habt ihr das verstanden? Irgendwas mit Magnetfeldern, auf jeden Fall.«

»Ausgerechnet«, brummte Ariana.

»Ich glaube, ich habe das mal im Fernsehen gesehen«, erzählte Carl. »Man steht auf einem Brett, etwa so lang« – er deutete mit den Händen eine Länge von ungefähr einem Meter an – »und das schwebt auf einer Art Magnetkissen. Das funktioniert bloß in speziell dafür gebauten Hallen. Und weil du praktisch keine Reibung hast, wirst du irre schnell.«

Ronny runzelte die Stirn. »Das klingt ziemlich schwierig.«

»Ist es bestimmt auch. Da brauchst du ein Reaktionsvermögen wie ein Computer.«

»Und Urs kann das?« Ronny stieß einen Pfiff aus. »Galaktisch.«

Unten auf dem Vorplatz entfaltete sich seit ein paar Minuten emsige Betriebsamkeit. Eine Menge Leute in Raumanzügen war zu sehen. Sie machten sämtliche Rover startklar, beluden sie mit verschiedenen Gerätschaften, unter anderem mit etlichen Recyclinggeräten, wie man sie auf langen Expeditionen anstatt der Sauerstoffpatronen verwendete, die zwar angenehmer im Gebrauch waren, aber den Nachteil hatten, dass man sie alle paar Stunden aufladen musste. Es war nicht schwer zu erraten, dass diese Expedition zur Asiatischen Station aufbrechen würde, um die Besatzung zu holen und an Ausrüstung, was noch zu gebrauchen war. Was vielleicht weniger war, als man dachte: Carl hatte jemanden erzählen hören, eine der Kuppeln sei zum Teil bereits eingestürzt.

In diesem Augenblick gab sein Kommunikator jenen Signalton von sich, der den Eingang einer E-Mail anzeigte.

Die anderen sahen ihn neugierig an. Carl musterte seinerseits das Gerät verwundert, bis ihm einfiel, von wem er eine Antwort erwartete. »Ah! Ich ahne, wer das sein könnte«, sagte er und rief den E-Mail-Eingang auf.

Und er war es. Michael Visilakis.

*Liebe Marskinder!*
*Es freut mich, dass ihr den Kontakt zu mir nicht abreißen lasst, nicht einmal jetzt, da ihr weltberühmt seid für eure Entdeckung im Daedalia Planum.*

*Was eure Frage nach dem werten Kollegen Wim Van Leer angeht, muss ich gestehen, dass ich ihn nicht persönlich kenne. Dazu ist die Welt doch zu groß, selbst die etwas überschaubarere Welt der Presse. Aber natürlich ist mir der Name ein Begriff. Van Leer gilt als einer der besten Reporter der Welt; er hat schon jeden Preis bekommen, den es in unserer Branche gibt, den berühmten Stirling-Preis nicht weniger als vier Mal, was einsamer Rekord ist.*

*Trotzdem wundert es mich, dass man ausgerechnet ihn zum Mars geschickt hat. Soweit ich weiß, arbeitet er nämlich seit zwei Jahren nicht mehr als Reporter, sondern hat eine hochrangige Stelle im Medienkonzern GLC angenommen.*

*Falls ihr das nicht wissen solltet: Der Vorstandsvorsitzende von GLC, Chandra Maikhala Singh, ist einer der prominentesten und radikalsten Köpfe der Heimwärtsbewegung.*

*Michael Visilakis*

»Für den werden wir immer die ›Marskinder‹ bleiben«, maulte Elinn.

»Die Heimwärtsbewegung?«, wiederholte Ariana zweifelnd. »Was hat das zu bedeuten?«

»Dass hier etwas faul ist«, sagte Carl. »Oberfaul.«

Es ergab sich, dass sie alle auf einmal gingen. Das Überwachungsgerät, das mit der Manschette am Oberarm von Jurij Glenkow verbunden war, gab plötzlich einen Signalton von sich, worauf Dr. DeJones befand, dass der Patient wieder dringend seine Ruhe brauchte.

»Er ist nicht mehr der Jüngste«, flüsterte er ihnen zu, nachdem er die Tür des Krankenzimmers von außen geschlossen hatte. »Er wird noch mindestens zwei Tage brauchen, bis er so fit ist, wie er jetzt schon zu sein glaubt.«

Urs' Vater sah auf die Uhr. »Mir kommt das ganz gelegen, ich bin ohnehin in fünf Minuten mit Jed Latimer oben im Maschinenraum verabredet.« Er blickte seinen Sicherheitsassistenten an. »Sie halten mich bitte auf dem Laufenden, was die Ermittlungen angeht. Und für dich«, sagte er, an Urs gewandt, »wird es langsam Zeit, dich wieder an einen geregelten Tagesablauf zu gewöhnen. Haben wir uns verstanden?«

»Ja«, nickte Urs betreten.

Er sah seinem davoneilenden Vater nach, sah zu, wie sich die automatisch auffahrende Schiebetür der Medizinischen Station hinter ihm wieder schloss – und wusste auf einmal, wo er diesen Vorraum schon gesehen hatte!

»Wir kommen ein andermal wieder«, sagte Eikanger gerade zu Dr. DeJones, als Urs herausplatzte: »Kann man die Tür da von innen verriegeln?«

»Wie bitte?«, fragte der Arzt.

Urs war schon an der Wand neben der Tür, suchte den unteren Teil davon ab und fand eine kleine Klappe, die sich öffnen ließ und hinter der ein klobiger Drehschalter saß. »Damit, oder? Stimmt das? Verriegelt man damit die Tür?«

Dr. DeJones machte Riesenaugen. »Ähm . . . keine Ahnung.«

»Ich darf es ausprobieren, ja?« Ohne eine Antwort abzuwarten, drehte Urs den Schalter herum, sprang dann zur Tür und prüfte, ob sie sich öffnen ließ. Das tat sie nicht und sie ließ sich auch von Hand nicht aufschieben.

»Das sehe ich zum ersten Mal«, bekannte der Arzt.

»Woher weißt du das?«, fragte Thor Eikanger scharf.

Urs schluckte. Er wäre damit vielleicht besser nicht einfach so herausgeplatzt. Jetzt blieb ihm nichts anderes übrig, als zuzugeben, dass er eine Virtu-Brille eingeschmuggelt hatte.

Also erzählte er die Geschichte von Anfang an. Wie er in den Virtu gegangen war, wie beim zweiten Mal die Eiswand da gewesen war, wie er sie überwunden hatte und wie er dann doch nur ein paar langweilige Video-Sequenzen gefunden hatte, darunter eine, auf der ein blonder Mann eine Tür verriegelte, sich vergewisserte, dass sie tatsächlich verschlossen war, und dann davonging.

Eikanger blickte unergründlich auf ihn herab. »Und du denkst, das war diese Tür?«

»Ja. Ganz sicher.«

»Hast du den Mann erkannt?«

Urs schüttelte den Kopf. »Nein. Das war aus einem ganz komischen Winkel aufgenommen . . .« Er drehte sich um, suchte die Decke ab, bis er die Kamera fand. »Da. Von dort aus.« Er hob verlegen die Schultern. »Ich habe, ehrlich gesagt, auch nicht auf ihn geachtet. Ich habe gehofft, dass es ein Game ist und irgendwo ein Monster auftaucht oder so was. Aber dann war es doch bloß eine Aufnahme.«

Dr. DeJones blickte äußerst ratlos drein. »Ich verstehe ja nichts von diesen Dingen, Virtuelle Räume, Cyberspace und so weiter. Aber ich wundere mich doch, wie eine Aufzeichnung des Überwachungssystems dorthin kommt.«

»Ich mich auch«, nickte der Norweger. »Vor allem, weil das eine Aufzeichnung wäre, die in den offiziellen Logs fehlt.« Er sah Urs an. »Denkst du, wenn du dir die Sequenz noch einmal anschauen würdest, dass du dann erkennen könntest, wer der Mann ist?«

»Bestimmt«, meinte Urs. »Auf jeden Fall könnte ich es versuchen.«

»Meinst du, du könntest mir beibringen, wie man mit so etwas umgeht? So einer ... wie heißt das? Virtu-Brille? Ich würde mir das nämlich am liebsten selber ansehen.«

Urs nickte bereitwillig. »Klar. Kann ich Ihnen zeigen.« Wenn er damit dazu beitrug, dass der Anschlag auf Mister Glenkow aufgeklärt wurde, blieb ihm das Donnerwetter wegen der eingeschmuggelten Brille vielleicht erspart.

»Womöglich jetzt gleich?«, fragte Eikanger.

Urs nickte. »Kein Problem.«

Das war doch alles Blödsinn. Ronny lag zurückgelehnt in seinem Sessel, glotzte den Schirm an, ohne wahrzunehmen, was darauf zu sehen war, und hörte missmutig mit, wie die anderen über Wim Van Leer herzogen, den Journalisten. Besonders Carl. Der brauchte anscheinend immer jemanden, den er verdächtigen konnte. Erst hatte er sie alle angestiftet dem Jungen von der Erde aus dem Weg zu gehen, der ja schließlich auch nichts dafürkonnte, dass er der Sohn Pigratos war. Und jetzt wollte er sie alle anstiften, den Journalisten auszuspionieren. Bloß weil der bei einer Firma war, die irgendwas mit dieser Heimwärtsbewegung zu tun hatte.

Darunter konnte Ronny sich ohnehin nichts vorstellen. Ein seltsamer Name, fand er. Was war daran so bemerkenswert, sich *heimwärts* zu bewegen? Die meiste Zeit war man doch sowieso daheim, oder?

Dieser Wim Van Leer war nämlich ein toller Typ. Kein bisschen eingebildet. Wie der ihn am Sonntag interviewt hatte, das war große Klasse gewesen. Er hatte darauf geachtet, dass Ronny ordentlich angezogen und frisiert war. Hatte ihm Tipps gegeben, wie man sich bei einem Fernsehinterview verhält. Was man nicht tun soll – zum Beispiel, sich im Gesicht kratzen oder in der Nase bohren. Dann hatte er ein paar Späße gemacht, die alle Nervosität verscheucht hatten. Er hatte sich genau zeigen lassen, wie Ronny sich das Fliegen mit den Simulatorprogrammen selber beigebracht hatte. Und er hatte jede Menge Fragen dabeigehabt, die die Mitglieder des Fliegerverbandes gesammelt hatten. Zum Leben auf dem Mars. Ob er Angst gehabt habe bei dem Flug zum Löwenkopf. Quatsch, kein bisschen. Wie es war, zum ersten Mal ein *richtiges* Flugzeug zu fliegen. Dass ein echtes Flugzeug sogar leichter zu fliegen war als ein simuliertes, das hatte sich Van Leer nicht recht vorstellen können. Dabei war es so: In einem richtigen Flugzeug spürte man die Schräglage, man bekam am ganzen Körper mit, wie es in der Luft lag – das war schon was anderes, als bloß die Bewegungen auf dem Schirm zu sehen und ein bisschen den Steuerknüppel zu bewegen.

Das war ausgemachter Schwachsinn, dass Van Leer etwas mit dem Anschlag auf Mister Glenkow zu tun haben sollte. Aber was für einen Zweck hatte es, wenn er das sagte? Auf ihn hörten sie ja doch nicht.

Ronny beschloss, dass er Mister Van Leer warnen würde.

Er stand auf, schnappte seinen Kommunikator, steckte ihn in die Tasche. Carl entwickelte gerade den Plan, dem Journalisten aufzulauern und sein Zimmer zu durchsuchen, während er unterwegs war. »Wir müssen irgendeinen Beweis in der Hand haben, bevor wir mit unserem Verdacht zu jemandem von der Stationsleitung gehen«, erklärte er. »Sonst nehmen die uns nicht ernst.«

»Und wie willst du in sein Zimmer reinkommen?«, fragte Ariana. »Das können nur Pigrato und seine Leute, die haben Schlüssel, die alles hier in der Siedlung öffnen. Zumindest dieser Thor Eikanger, das weiß ich von meinem Vater.«

»Nicht nur«, widersprach Carl. »Die Leute von der Wartung können in jede Wohnung, jemand wie Jed Latimer zum Beispiel . . .«

Ronny räusperte sich. »Ich bin mal 'ne Weile unterwegs«, erklärte er.

Sie sahen ihn alle mit großen Augen an.

»Muss was erledigen«, fügte er hinzu, schaltete seinen Schirm aus und ging.

Wie sollte er es machen? Er konnte den Journalisten einfach anrufen, aber dagegen sträubte sich etwas in ihm. So eine schwerwiegende Angelegenheit musste unter vier Augen besprochen werden. Also rief er auf dem Weg nach unten die Künstliche Intelligenz an und fragte, wo Wim Van Leer zu finden sei.

»Das darf ich dir eigentlich nicht sagen«, erwiderte AI-20 mit ihrer sanften, ausdruckslosen Computerstimme.

Ronny grinste. Er kannte die KI gut genug, um zu wissen, dass sie mit dem Wort *eigentlich* Verhandlungsbereitschaft signalisierte. »Es ist furchtbar wichtig«, sagte er also.

»Er ist in seinem Zimmer und will nicht gestört werden.«

»Und wo ist das genau?«

»2/31.«

Zehn Minuten später klingelte Ronny an der Wohnung 31 im Bereich zwei. Es rumpelte aus dem Zimmer dahinter, die Tür öffnete sich zu einem misstrauisch schmalen Spalt und das von dünnen Falten durchfurchte Gesicht des Journalisten kam zum Vorschein.

»Ah, unser junges Flieger-Ass«, sagte er freundlich, als er Ronny sah, doch die Tür ging deswegen keinen Millimeter weiter auf. »Was kann ich für dich tun?«

»Ich muss Ihnen etwas Wichtiges erzählen«, erklärte Ronny entschlossen.

Der Journalist seufzte. »Hat das möglicherweise Zeit bis

morgen? Ich schreiben ämlich gerade an einem wichtigen Bericht, der heute noch rausmuss.«

Ronny rieb sich nervös die Hände. »Carl hat herausgefunden, dass Sie für die Heimwärtsbewegung arbeiten, und jetzt denkt er, dass Sie deswegen auch was mit dem Anschlag auf Mister Glenkow zu tun haben. Und er will Beweise sammeln. Er stiftet die anderen an, Sie zu beobachten und ich finde das alles so unfair. Dauernd bringt er uns dazu, fiese Sachen zu machen, erst gegen den neuen Jungen und jetzt gegen Sie . . .«

Nun öffnete sich die Tür doch noch. »Das klingt ja höchst interessant«, sagte der Journalist ruhig. »Komm herein. So etwas kann man nicht zwischen Tür und Angel besprechen.«

Erleichtert trat Ronny über die Schwelle. Es war eine kleine Wohnung, fast ohne Möbel. Und es roch seltsam, nach ungewaschenen Kleidern.

»Wissen deine Freunde, dass du hier bist?«, fragte der Journalist, während er die Wohnungstür hinter ihm schloss.

»Nein«, sagte Ronny.

»Verstehe.« Er deutete auf eine angelehnte Tür am anderen Ende des Flurs und schob Ronny in diese Richtung. »Und du sagst, das mit Mister Glenkow war ein *Anschlag?*«

Ronny erschrak, als ihm einfiel, dass er ja versprochen hatte, über diese Sache Stillschweigen zu bewahren. Das hätte er überhaupt nicht erzählen dürfen!

»Das ist bloß so eine Theorie«, sagte er zögernd. Es klang lahm. Er hatte nicht den Eindruck, dass Van Leer ihm das abnahm.

In dem Zimmer, in das sie kamen, gab es nur ein ungemachtes Bett, einen großen Tisch und zwei Stühle. Ein Space-Container voller Reisegepäck stand in einem Eck, der Deckel lag achtlos daneben, ein paar Kleidungsstücke hingen darüber an Nägeln, die einfach so in die Wand geschlagen waren. Auf dem Tisch stapelten sich Teller aus der Kantine mit eingetrockneten Essensresten, allerhand Speichereinheiten lagen herum und mitten im Chaos stand ein tragbarer Computer, ein Modell mit Tastatur. Wie es aussah, hatte Van Leer daran gearbeitet, als Ronny ihn gestört hatte.

»Bitte.« Der Journalist schob ihm einen der beiden Stühle hin, dann setzte er sich selber wieder auf den Platz vor seinem Computer. »Und jetzt erzähl mir doch mal mehr über diese Theorie.«

Ronny wusste nicht, wohin er schauen sollte. »Also, das ist wirklich nur so eine ... na ja, eine Theorie eben ... ein Verdacht ...«, druckste er herum. »Weil Mister Glenkow so ganz plötzlich ohnmächtig geworden ist, da dachte ... ähm, also, da dachten wir ...« Er stockte. Sein Blick war auf ein unscheinbares Glas mit einem dicken grauen Gummistopfen gefallen, in dem sich eine schleimige, pelzige grüne Masse befand, die blumenkohlartige Muster bildete.

»Ja?«, meinte der Journalist. »Was dachtet ihr?«

»Wir dachten, dass ...« Wie das aussah! Als könne man zusehen, wie es mehr wurde.

Der Mann mit den ungekämmten strohblonden Haaren folgte Ronnys Blick. Dann beugte er sich über den Tisch und nahm das Glas in die Hand. »Du fragst dich, was das ist?«

Ronny nickte. »Sieht eklig aus.«

»Ja, nicht wahr?« Er drehte es, betrachtete es von allen Seiten und lächelte dabei ein sehr, sehr eigenartiges Lächeln. »Das ist der Schimmel, der die Asiatische Station vernichtet hat.«

Sie gingen die *Main Street* entlang. Man hörte den Springbrunnen plätschern, in einem der Gänge weit weg rief jemand etwas – man verstand allerdings nicht, was – und irgendwo klapperte Metall gegen Metall.

»Hast du wirklich erwartet, dass der Zugang zum Virtuellen Raum hier auf dem Mars genauso funktionieren würde, wie du es gewohnt warst?«, fragte Thor Eikanger.

Urs bemühte sich, ihn nicht anzusehen. »Ich habe nicht darüber nachgedacht. Auf der Erde funktioniert es überall.«

»Wir sind hier sehr weit weg von der Erde.«

»Ja«, sagte Urs.

Der breitschultrige Norweger schien nie zu lächeln. Alles, was er tat, tat er mit einem geradezu Furcht einflößenden Ernst. Urs war froh, dass er das Thema nicht weiter vertiefte.

Sie überquerten gerade die *Plaza*, als Eikangers Kommunikator summte. Er zog ihn so schnell aus der Tasche, dass Urs beinahe zusammengezuckt wäre. »Ja? Mmh, verstehe. Einen Moment . . .« Er hielt kurz die Hand vor die Mikrofonöffnung und sagte leise zu Urs: »Geh ruhig schon mal vor und hol die Brille. Ich komme gleich nach.«

»Okay«, nickte Urs. Was er im Weitergehen von dem Gespräch noch mitbekam, klang allerdings nicht so, als würde es schnell enden.

Er atmete unwillkürlich auf, als er zu Hause war und die Tür hinter sich zumachen konnte. Wenn er doch nur den Mund gehalten hätte! Womöglich waren die Video-Sequenzen inzwischen gar nicht mehr da, und dann?

Er ging in sein Zimmer, kramte die Brille hervor. Am besten, er sah schnell nach, was Sache war, ehe er sich wieder mit Eikanger traf. Nur rein, nachsehen, ob alles noch an Ort und Stelle war, und wieder raus. Eine Minute für einen geübten Virtu-Runner wie ihn.

Er setzte sich gar nicht erst, stülpte nur die Brille über, justierte die Kontakte, bis er das charakteristische Kribbeln unter der Schädeldecke spürte, und schaltete ein. Und los ging's. Im Stehen. Die Mutprobe für Anfänger, weil man umfallen konnte wie ein gefällter Baumstamm, wenn man sich nicht im Griff hatte. Aber Urs hatte sich im Griff.

Die Eiswand war noch da. Jetzt, da er wusste, wo sich der Zapfen befand, genügte ein Gedanke und er war dort. Hob die Arme, machte das V, gab die Zahl ein, passierte die Wand. Und schon während er auf die in unnennbarer Ferne glänzenden Lichtpunkte zujagte, erkannte er, dass es mehr waren als das letzte Mal.

Viel mehr. Ein richtiggehendes Warenlager an perlmuttfarben schimmernden Würfeln in allen Größen, kreuz und quer in der Gegend verteilt. Urs steckte seinen Kopf in einen davon, den größten: Er blickte in eine schwach erleuchtete Reaktorhalle, die ein bisschen anders aussah als die, in der er mit Mister Glenkow gewesen war. Also wohl der Nordreaktor. Eine Gestalt in einem Raumanzug turnte in dem Gestell unter der Hallendecke herum, befestigte eigenartige Gegenstände daran, immer mehr und mehr, es wollte gar kein Ende nehmen ...

Das dauerte Urs zu lange. Er zog den Kopf zurück, sah sich um, suchte nach dem Würfel, den er letzte Woche vorgefunden hatte.

Da. Dieser. Ja, Treffer. Wieder von schräg oben die Gestalt im Halbdunkel, die die Schiebetür verriegelte.

Diesmal erkannte Urs den Mann. Etwas Heißes durchflutete ihn: Angst!

Aber das konnte doch nicht sein! Doch nicht ... Und was hatte das zu bedeuten? Urs verließ den Würfel, sah sich in panischer Hast um, nahm den nächsten Quader. Da! Ein halbrunder Raum, rundum Metall, wie er für die Module der Oberen Station typisch war. Entlang der Wände Schaltschränke, deren Türen geöffnet waren. Und ein Mann, der mit einem Brecheisen die Installationen darin zertrümmerte, für jeden Schrank nur zwei, drei gewaltige Schläge brauchte.

Auf dieser Aufnahme war kein Zweifel möglich. Es war ...

Im nächsten Augenblick durchzuckte es Urs wie ein elektrischer Schlag und die virtuelle Realität um ihn herum zerbröselte zu grauem Staub.

Er taumelte. Ein harter Griff um den Oberarm hielt ihn, bewahrte ihn davor zu fallen.

Was ...? Was war los?

Urs begriff mühsam, dass jemand ihm die Virtu-Brille einfach vom Kopf gerissen hatte.

Gleich darauf verflüchtigten sich die Schleier um ihn herum und er sah zu seinem Entsetzen, wer.

Es war Thor Eikanger, der vor ihm stand, die Brille in der einen Hand, Urs' Oberarm in der anderen und einen gnadenlosen Blick in den Augen.

Der Mann, den er eben noch die Verstärkeranlage hatte zertrümmern sehen.

»Das war dumm von dir«, sagte der Norweger mit der Statur eines Wandschranks. »Sehr, sehr dumm.«

# 19 Gefangen in der Zwischenwelt

Urs versuchte, sich loszureißen, aber Eikangers Griff war unnachgiebig wie eine Stahlklammer. »*Sie* waren das!«, schrie er. »*Sie* waren in der Medizinischen Station! Und Sie haben auch die Verstärker kaputt gemacht! Ich wette, Sie waren das auch mit Mister Glenkows Injektor. Lassen Sie mich *los!*«

Eikanger ließ ihn nicht los, schüttelte ihn im Gegenteil voller Zorn. »Du Idiot!«, herrschte er ihn an. »Warum hast du das gemacht? Warum hast du mir nicht einfach deine verdammte Brille gebracht, wie ich es dir gesagt habe?!«

»Sie sollen mich loslassen«, wiederholte Urs. »Lassen Sie mich los oder ich schreie.«

Die Augen des Norwegers funkelten. »Dann schrei doch. Hier hört dich sowieso keiner.«

Das stimmte wahrscheinlich sogar. Ihre Wohnung lag abseits der übrigen Wohnbereiche, vermutlich eine Art Statussymbol, weil sein Vater der Statthalter der Erdregierung war.

Eikanger schien unschlüssig, was er nun mit ihm machen sollte. Und je länger er grübelte, desto fester schloss sich seine Faust um Urs' Arm.

»Sie tun mir weh«, protestierte Urs und zerrte mit der freien Hand am Klammergriff des Mannes.

»Musstest du unbedingt noch einmal in den Virtu?«, schnaubte der, ohne Urs' Bemühungen zu beachten. »Verdammt noch mal, ich *hasse* es, wenn ich jemandem wehtun muss. Ich hasse es, verstehst du?« Etwas wie Verzweiflung verzerrte sein Gesicht. »Aber es gibt Dinge, die einfach sein müssen. Dinge, die man tun muss, auch wenn sie einem nicht gefallen. Weil zu viel auf dem Spiel steht, viel zu viel.«

Urs begriff mit jähem Schrecken, dass er etwas gesehen hatte, das er nicht hätte sehen sollen. Etwas Verräterisches. Dass er nun zu viel wusste.

Und dass Eikanger ihn deswegen womöglich töten würde.

Er musste sich befreien, koste es, was es wolle. So schnell wie möglich, solange der Riese noch grübelte. Urs drehte sich zur Seite, so, als versuche er, auf diese Weise aus dem Klammergriff zu entkommen, stellte den Fuß nach außen, sodass er damit ausholen und herumwirbeln und zutreten konnte, präzise dahin, wo es am wehesten tat ...

Keine Chance. Urs wusste nicht einmal genau, was geschah, nur dass Eikanger ihm plötzlich beide Arme auf dem Rücken gedreht hielt und er sich nach vorn beugen musste, um nicht zu schreien vor Schmerz.

»Lass den Blödsinn«, schnaubte er über Urs' Kopf hinweg. Dann zerrte er ihn durch den Raum, mit nur einer Hand, wie einen sperrigen Sack. Mit der anderen zog er Schubladen auf, durchwühlte die Sachen darin.

Urs keuchte, dachte fieberhaft nach. Er musste Zeit gewinnen. Vielleicht kam sein Vater zurück, um etwas aus dem Arbeitszimmer zu holen. Wenn er den Kerl nur lange genug hinhielt. Wenn er ihn zum Reden brachte ...

»Was waren das für Aufnahmen?«, stieß er hervor. »Ausschnitte von Überwachungsvideos, oder?«

»Halt den Mund«, knurrte Eikanger und knallte die Schubladen wieder zu. Dann zerrte er ihn weiter, hinaus in den Vorraum.

Urs stöhnte auf. Er hatte das Gefühl, die Arme ausgekugelt zu bekommen. »Warum haben Sie die überhaupt aufbewahrt?«, ächzte er. »Für Ihr Erinnerungsalbum? Damit Sie Ihren Enkelkindern mal zeigen können, was Sie Tolles in Ihrem Leben geleistet haben?«

»Ich bin nicht stolz darauf, was ich hier tue«, erwiderte der hünenhafte Mann hinter seinem Rücken. »Aber es muss eben getan werden.« Sie standen beim Wandschrank. Irgendwas klapperte und raschelte. »Die Forschungsarbeiten an den blauen Türmen müssen aufhören, um jeden Preis. Und wenn die Regierung nicht begreift, dass sie leichtfertig das Leben der gesamten Menschheit aufs Spiel setzt, ist es die Pflicht klar denkender Menschen, sie dazu zu zwingen.«

Er fing an zu reden. Das war gut. Hoffentlich. »Dann hätten Sie die Aufnahmen aber doch einfach löschen können«, rief Urs mühsam.

»Man kann Überwachungsvideos nicht einfach löschen. Der gesamte Datenstrom wird mit digitalen Schlüsseln authentiziert. Sobald man nur ein einziges Bit ändert, wird Alarm ausgelöst. Aber wenn man Administratorzugriff hat, kann man Teile davon in den Virtuellen Raum stellen. Dann bleiben die Daten unangetastet, aber das System meldet die betreffenden Passagen trotzdem als nicht vorhanden. Ah, hier, das müsste gehen«, sagte Eikanger. Offenbar hatte er gefunden, was er suchte, was immer es war.

Es gab ein ratschendes Geräusch. Im nächsten Moment fühlte Urs, wie Klebeband um seine Handgelenke gewickelt wurde. Eikanger fesselte ihn! Also würde er ihn doch nicht umbringen. Und das Klebeband gab nach, ein bisschen nur, aber Urs konnte spüren, dass die Fessel Spielraum bot. Spielraum, der sich später vielleicht mit viel Mühe und Geduld erweitern ließ ...

Bloß was hatte Eikanger mit ihm vor? Er konnte ihn kaum gefesselt und geknebelt durch die Siedlung tragen, dazu war zu viel los. Und hier in der Wohnung konnte er ihn auch nicht lassen.

Urs spürte den Schweiß unter seinem Hemd rinnen. »Sie waren das im Nordreaktor, nicht wahr?«, stieß er hervor. Ablenken. Ihn weiter zum Reden bringen. Vielleicht ergab sich doch noch eine Chance. Vielleicht kam Vater rechtzeitig ...

»Vorwärts«, sagte Eikanger nur und gab ihm einen Schubs in den Rücken. Offenbar war er der Ansicht, die Fesseln seien schon stabil genug. Urs hielt die Arme absichtlich ruhig, um ihn nicht erkennen zu lassen, wie irrig diese Annahme war.

Eikanger dirigierte ihn in das riesige, leere Arbeitszimmer, quer hindurch zu einer Tür, hinter der eine ebenfalls unbenutzte Kammer lag. Ein lächerliches Versteck. Er brauchte nur gegen die Tür zu hämmern und es würde in der ganzen Wohnung nur so hallen.

Doch der Norweger schob ihn weiter vor sich her, zückte etwas Metallisches – ein Werkzeug?, einen Schlüssel? – und entfernte damit ein Stück der hinteren Wandverkleidung. Eine roh in den Felsen gehauene Aussparung kam zum Vorschein, in der ein paar Leitungen liefen und ein Schaltkasten auf halber Höhe an den Stein geschraubt war.

Urs sträubte sich, als er begriff, dass Eikanger ihn in diese Grotte stecken wollte, von deren Existenz außer ihm vermutlich niemand etwas ahnte. »Das können Sie nicht machen«, flehte er, doch der Norweger packte ihn nur wortlos, legte ihn auf den kalten Felsboden, umklammerte seine Beine mit einem Arm und umwickelte die Fußgelenke ebenfalls mit Klebeband.

Dann sah er Urs an, eine Furcht einflößende Mischung aus Trauer und Entschlossenheit im Blick. »Es tut mir leid um dich, Urs Pigrato«,sagte er. »Ich will, dass du das weißt. Aber ich habe keine andere Wahl. Wenn wir die Marssiedlung einfach in die Luft sprengen, wird die Regierung eine neue errichten – größer, näher bei den Türmen und noch besser geschützt. Wir würden nur einen Aufschub erreichen, aber keine Rettung. Deshalb muss es so aussehen, als seien die menschlichen Niederlassungen auf dem Mars das Opfer von Gefahren geworden, die wir niemals beherrschen werden. Schimmel – dagegen kämpft die Raumfahrt schon, seit es sie gibt. Und Meteoriten –gegen die kann es nie wirklich Schutz geben. Das wird ein Umdenken zur Folge haben. Die Menschen werden erkennen, dass wir im Weltraum nichts verloren haben. Sie werden die Finger von den blauen Türmen lassen, von denen wir nicht wissen, wer sie erbaut hat und warum – und welche Bedrohung wir wecken, wenn wir daran herumspielen.« Thor Eikanger richtete sich auf, griff nach der Kleberolle und riss noch einen großen Streifen davon ab.

»Wieso Meteoriten?«, fragte Urs zitternd.

»Für morgen Nachmittag um kurz nach fünf Uhr ist der Einschlag eines großen Meteoritenschwarms auf dem Mars vorausgesagt. Bloß – diese Meteoriten gibt es überhaupt nicht. Wir haben sie erfunden und das Gegenteil kann niemand beweisen. Es wird auch niemand auf die Idee kommen, den Metoritenschwarm anzuzweifeln, denn einer dieser Meteoriten wird im Nordreaktor einschlagen und ihn irreparabel zerstören.« Eikanger beugte sich vor und drückte Urs den Klebestreifen über den Mund, strich ihn rechts und links bis an den Hals. »Besser gesagt, ich habe dafür gesorgt, dass es so aussehen wird.«

Er tätschelte ihm die Wange, mit einem schmerzlichen Ausdruck im Gesicht, als litte er selber Qualen. »Du verstehst? Niemand darf erfahren, wie es wirklich bewerkstelligt wurde. Im Interesse der Menschheit.«

Dann erhob er sich und setzte die Wandverkleidung wieder an ihren Platz. Es wurde dunkel und Urs hörte, wie sich seine Schritte entfernten.

Was für eine beschissene Situation! Er holte tief Luft. Sie roch nach Steinstaub und Kälte. Und was für ein blöder Kerl! Urs legte den Kopf zurück, versuchte, sich zur Seite zu drehen. Auf seinen gefesselten Armen zu liegen, war ausgesprochen unangenehm, und vor allem konnte er so nicht besonders gut daran arbeiten, die Fesseln zu lockern. Aber egal, in welche Richtung er sich zu drehen versuchte, immer scheiterte er entweder am Fels oder an der Wand zur Kammer. Es war einfach zu eng hier.

Egal. Die paar Stunden würde er durchstehen, bis seine Eltern zurück waren. Er konnte trotz allem die gefesselten Beine anheben und damit gegen die Wandverkleidung bummern. Spätestens wenn es Nacht wurde, würden sie ihn hören.

Er zerrte an den Fußfesseln. Ganz so einfach, wie er geglaubt hatte, war das doch nicht. Der Klebestreifen lockerte sich zwar ein bisschen, verdrillte sich dann aber zu einem unnachgiebigen Strang, der ihm ins Fleisch schnitt. Mist.

Er schrak zusammen, als er plötzlich wieder Geräusche hörte, Schritte, die rasch näher kamen, Hände, die an der Verkleidung hantierten. Oh nein! Eikanger hatte es sich nicht etwa anders überlegt und machte doch noch kurzen Prozess mit ihm?

Es war tatsächlich Eikanger. Er hielt einen dunklen Gegenstand in der Hand, aber es war keine Waffe, sondern die Virtu-Brille.

»Hast du schon einmal gehört«, fragte der Mann in seltsam beiläufigem Tonfall, »wie die Terroristen in Zentralafrika die Leute ruhig halten, die sie entführen?«

Urs riss die Augen auf. Was hatte das zu bedeuten?

»Sie setzen ihnen Virtu-Brillen auf, denen sie die Antennen abgebrochen haben«, fuhr der Norweger fort und tat genau das: Er brach dem Gerät, so ganz nebenbei, als sei es nur ein Stück Keks, die dicke, knubbelige, satellitenfähige und störgesicherte Antenne ab. »Das bewirkt interessanterweise, dass der Betreffende zwar in den Virtu gezogen wird, ihn aber nicht erreicht. Er bleibt in einem Zwischenzustand hängen, in dem einerseits die Dämpfung der Körperreaktionen wirksam ist, andererseits der Gedankenbefehl zum Abschalten der Brille nicht funktioniert. Eine höchst nützliche Fehlfunktion. So einen Gefangenen braucht man fast nicht mehr zu fesseln.«

Damit kniete er sich neben Urs auf den Boden, stülpte ihm die Virtu-Brille sorgsam über den Kopf, justierte die Schädelkontakte auf gekonnte Weise, die verriet, dass Eikanger selber ein erfahrener Virtu-Runner sein musste, und sagte: »Man wird dich hier übrigens nie finden. Dein Körper wird nicht einmal verwesen, sondern mumifiziert werden. Durch die Kälte.« Dann schaltete er ein.

Die Welt ringsum versank, verschwand, löste sich auf. Der Vorspann lief ab, Urs raste durch den Tunnel aufwärts, alles wie immer, aber dann verschwanden die Farben und verstummten die Töne und er hing in einem körperlosen, konturlosen Etwas, das weniger war als nichts, das nur ein betäubender Druck auf seinem Geist war, ein Nebel, in dem man nichts hörte, nichts sah, nichts fühlte. Nach einer Weile schien selbst die Zeit stillzustehen.

Wim Van Leer stellte das Glas behutsam wieder an seinen alten Platz. »Es stimmt, dass ich für die Heimwärtsbewegung gearbeitet habe. Aber diese Stellung bei GLC, die dein Freund wahrscheinlich entdeckt hat, war in Wirklichkeit Teil meiner Recherche über die wichtigsten Köpfe dieser Bewegung. Ich will ein Buch darüber schreiben, was sich hinter den Kulissen der Heimwärtsbewegung abspielt, und dafür waren die zwei Jahre im Dunstkreis von Chandra Maikhala Singh äußerst wertvoll.« Der Journalist lächelteRonny traurig an. »Aber weißt du, was schade ist? Dass ich GLC *einen Tag* vor der Entdeckung der blauen Türme verlassen habe. Das hat mich geärgert. Obwohl ich andererseits sonst nie zum Mars gekommen wäre, ärgert es mich noch immer, denn ohne Zweifel haben sich in der Heimwärtsbewegung nach diesem Tag höchst interessante Dinge abgespielt. Und da ich die nicht mehr mitbekommen habe, kann ich mein Buch eigentlich nicht mehr schreiben. Weil es unvollständig sein wird.«

Ronny sah Van Leer ratlos an. Er verstand nicht, was ihm der Mann mit den wirren blonden Haaren und den winzigen Fältchen um die Augen sagen wollte. »Heißt das, dass Sie mit dem ... ähm, *Unfall* von Mister Glenkow tatsächlich nichts zu tun haben?«

»Eins muss ich zugeben«, sagte Van Leer schmunzelnd, »Jurij Glenkow kann ein Geheimnis bewahren. Ich habe mich gestern Abend zu ihm ins Krankenzimmer geschlichen – ich musste dazu erst diesen glatzköpfigen Assistenten Pigratos, der ihn bewachte, Farukh oder wie er heißt, weglocken; mit einem etwas unfeinen Trick ...«

»Was für ein Trick?«, wollte Ronny wissen.

»Den verrate ich dir, wenn du mal etwas älter bist«, grinste der Journalist. »Jedenfalls, Glenkow hat mit keinem Sterbenswörtchen angedeutet, dass es bei seinem Missgeschick nicht mit rechten Dingen zugegangen –« Der Computer gab einen Signalton von sich. Van Leer sah auf die Uhr, nahm dann das Glas mit dem Schimmel und ließ es in der Brusttasche seines Hemdes verschwinden. »Ich bin jetzt mit Dr. De-Jones verabredet. Willst du mitkommen?«

Ronny schüttelte den Kopf. »Ich muss in den Schulungsraum. Ein bisschen was lernen.« Und den anderen sofort brühwarm erzählen, was hier los war.

Da war etwas. Eine Bewegung im Unbeweglichen. Eine Strömung unterhalb des Stillstandes. Etwas, in das man sich einhängen konnte, ganz automatisch, Virtu-Runner-mäßig, und das einen mitzog.

Ja, warum nicht? Es war doch egal, wo man war, wenn die Zeit aufgehört hatte zu vergehen.

Ein warmer Strom. Ein Kitzeln. Wie war das möglich?

Die Bewegung zog einen mit, obwohl da eine Wand war. Plötzlich wurde ein Schlupfloch sichtbar, ein ganz, ganz kleines, und da saugte es einen hinein. Einfach so. Durch die Mauer. Plopp.

Urs, genau, so hieß er. Und eigentlich war er nicht hier, in diesem grauen Zylinder mit den glänzenden Wänden aus Licht, in dem er sich kaum bewegen konnte. Eigentlich war er gefangen, gefesselt und bioelektronisch gelähmt, sein Körper zumindest, der bald verdursten würde, vielleicht schon dabei war, weil viel Zeit vergangen sein konnte oder wenig, wer wusste das? Er spürte diesen Körper nicht mehr, aber er erinnerte sich wieder, was geschehen war. Thor Eikanger, der Assistent seines Vaters. Der Verräter. Der ihn zwischen virtueller und realer Welt eingesperrt hatte.

Irgendwie war dieser enge Zylinder hier auch eine virtuelle Welt. Allerdings eine, in der er nichts tun konnte. Nichts, außer eine virtuelle Bewegung zu machen, die sich anfühlte, als würde er durch einen Tunnel robben.

Also robbte er.

»Sind Sie wahnsinnig?!«

Dr. DeJones riss hastig ein Paar Plastikhandschuhe aus einem Spender, ehe er das Glas entgegennahm, das ihm Wim Van Leer mit unbekümmerter Miene entgegenhielt.

»Wahnsinnig? Keineswegs«, erklärte der Journalist. »Im Gegenteil, meiner Auffassung nach war es höchst vernünftig von mir, eine Probe des Schimmels zu nehmen, ehe er völlig vernichtet wurde.«

»Das Glas hätte zerbrechen können. Sie hätten die Marssiedlung damit auslöschen können.«

»Na, na, na. Jetzt dramatisieren Sie es nicht so. Ich habe natürlich gewartet, bis feststand, dass die Kälte und das Vakuum – was von beidem, wissen wir ja auch noch nicht, nicht wahr? – dem Widerling tatsächlich dauerhaft den Garaus machen, und dann erst das Glas hergebracht. Und ich habe den Probenbehälter, wie ich Sie bitten möchte zu bemerken, mit Überlegung ausgewählt. Es handelt sich um dickwandiges Sicherheitsglas. Der luftdicht schließende Gummistopfen wird es Ihnen erlauben, mit einer Kanüle hindurchzustechen und Substanz zu entnehmen, ohne dass diese mit der Luft der Station in Kontakt kommen kann.«

Der Arzt musterte ihn wie einen Schwachsinnigen. »Und wozu sollte ich das tun?«

»Na, um die genetische Sequenz zu ermitteln«, entgegnete

der Journalist. Er deutete auf eine Maschine im Hintergrund des Labors. »Das ist doch, wenn mich nicht alles täuscht, ein Bio-Assembler, oder?«

»Stimmt. Aber wie die Bezeichnung schon ahnen lässt, ist er dazu da, Stoffe zu *assemblieren*, also zusammenzusetzen. Nicht umgekehrt.«

Wim Van Leer schüttelte missbilligend den Kopf. »Doktor – Sie wollen mir doch nicht erzählen, dass Sie nicht wissen, dass ein Bio-Assembler natürlich auch *disassemblieren*, also zerlegen kann? Dazu muss man nicht viel von Nanotechnologie verstehen.«

Dr. DeJones furchte missgelaunt die Stirn. »Na schön. Angenommen, ich kann die genetische Sequenz ermitteln – was dann? Was bringt das?«

»Dann«, sagte der Journalist, »schicken wir die Daten an das Archiv des Amtes für Waffenkontrolle. Ein guter Freund von mir arbeitet dort und er wird uns schnell und unbürokratisch sagen, ob diese Sequenz bereits bekannt ist.«

Der Arzt musterte das Glas in seiner Hand mit gewachsenem Widerwillen. »Sie denken, das ist gar keine Mutation? Sondern eine Art biologischer Kampfstoff?«

Der blonde Europäer lehnte sich mit verschränkten Armen gegen den Türrahmen. »Anfang unseres Jahrhunderts sind fürchterliche Dinge entwickelt worden. Glauben Sie mir, die Archive des Amtes für Waffenkontrolle sind ein Kabinett des Grauens.«

Er robbte. Und robbte. Und robbte.

Da vorn war etwas. Ein Licht. Bewegtes Licht. Schatten. Farben. Darauf robbte er zu.

Nach einer Weile begann er sogar, etwas zu hören. Geräusche. Stimmen.

Eines der Geräusche, das die ganze Zeit zu hören war, kam ihm bekannt vor. Ja, das kannte er. Es war das Geräusch von Wasser.

Etwas *plätscherte* da vorn!

Er robbte. Und robbte. Und robbte. Bis es nicht mehr weiterging. Bis er mit dem Kopf feststeckte in etwas, für das es keinen Namen gab, weil das nicht die virtuelle Welt war, die er kannte. Es gab kein Vorwärts mehr, aber auch kein Zurück.

Dafür sah er ein Bild – verzerrt, verbogen, verdreht. Er erkannte es trotzdem. Er sah die *Plaza*. Und den Springbrunnen in ihrer Mitte. Von dort kam das Geräusch plätschernden Wassers, das er gehört hatte.

Menschen gingen über den Platz, deren Gesichter verwaschene Schemen waren, die er nicht unterscheiden konnte. Er rief nach ihnen. *Hallo! Hilfe! Hören Sie mich?!*

Doch sie hörten ihn nicht. Sie gingen weiter.

Nachdem er alles vorbereitet hatte, schloss Dr. DeJones die gläserne Abdeckung über dem Arbeitsbereich des Bio-Assemblersbesonders sorgfältig und prüfte ein weiteres Mal, ob alle Halterungen zugeschraubt waren. Der Schimmel, der im Inneren des Probenglases eklige, blumenkohlartige Muster bildete, war ihm unheimlich und er gedachte, sich von diesem Gefühl zu äußerster Wachsamkeit anspornen zu lassen.

Er drückte einen Knopf, worauf eine Pumpe im unteren Teil des Gerätes leise wummernd ansprang. Der Assembler war etwa doppelt so groß wie ein Kühlschrank und stand ähnlich einem Krankenbett auf Rollen, deren Bremsen festgetreten waren. Die Pumpe sorgte für Unterdruck im Inneren der Abdeckung: Wenn diese leck werden sollte, würde

Luft *ein*strömen, sodass nichts daraus entweichen konnte, zumindest für einige Zeit.

Schließlich war es so weit. Er rief auf dem Steuerungscomputer des Bio-Assemblers das vorbereitete Programm ab und gemeinsam mit dem Journalisten sah er zu, wie sich die Probennadel auf den Gummistopfen herabsenkte, ihn durchstach und im Inneren in die grüne, schleimige Masse eintauchte. Die Zahlen auf dem Schirm begannen, rasend schnell hochzuzählen: das Zeichen, dass die Desequenzierung begonnen hatte.

»Erzählen Sie mir mehr über die Heimwärtsbewegung«, meinte er zu Van Leer. Irgendwie waren sie im Lauf der Vorbereitungen auf das Thema gekommen. »Ich finde es erstaunlich, dass Maikhala Singh Sie überhaupt angestellt hat, obwohl er wusste, dass Sie ein kritischer Journalist sind. Er musste doch befürchten, dass Sie in Wirklichkeit ein Spion sind.«

»So erstaunlich ist das gar nicht. Erstens wäre ich nicht der Erste, der sich von einem Kritiker der Heimwärtsbewegung zu ihrem Fürsprecher gewandelt hätte, und zweitens hält Maikhala Singh sich für einen rechtschaffenen Menschen. Er hat nicht im Mindesten das Gefühl, etwas verbergen zu müssen.« Van Leer machte eine wegwerfende Handbewegung. »Was man immer so liest –dass zwanzig Prozent der Weltbevölkerung mit der Heimwärtsbewegung sympathisieren oder sogar fünfundzwanzig –, das weckt ein völlig falsches Bild. Es gibt ein paar prominente Sprecher und bekannte Gesichter, die in der Öffentlichkeit stehen, aber was da ›Bewegung‹ heißt, ist in Wirklichkeit nur ein Sammelbecken für eine Vielzahl verschiedener Richtungen. Was sie gemeinsam haben, ist eigentlich nur das Ziel, die Raumfahrt einzustellen und alle außerhalb der Erde lebenden Menschen zurückzuholen.«

»Genau«, nickte der Arzt. »Das ist das, was wir hören. Und zwanzig Prozent oder noch mehr, das finde ich schon viel.«

»Das wäre viel, wenn die Heimwärtsbewegung eine politische Partei wäre. Aber das ist sie nicht. Es ist nur ein Name für ein paar Dutzend Gruppierungen, die sich ansonsten auf nichts einigen können und die das gemeinsame Ziel auch jeweils ganz anders begründen.«

Dr. DeJones bemerkte am Boden zwischen seinen Füßen ein kleines schwarzes Plastikteil, das die unterhalb des Assemblers austretende Abluft hervorgeweht haben musste. Er hob es auf. »Wie muss man sich das vorstellen?«

»Das ist ein Spektrum, bunt wie ein Regenbogen«, erklärte der Journalist. »Da sind zum Beispiel Politiker, die befürchten, eine weitergehende Besiedelung des Weltraums könnte die mühsam erreichte politische Einheit gefährden . . .«

»So ein Blödsinn«, meinte Dr. DeJones und betrachtete das kleine schwarze Teil nachdenklich. »Keine andere Region hat die Erdregierung so fest im Griff wie uns.«

»Eben, und was heißt schon Besiedelung? Die Raumstationen mitgerechnet, sprechen wir von nicht einmal zehntausend Menschen, die außerhalb der irdischen Atmosphäre leben.« Van Leer hob die Hand, zählte an den Fingern ab: »Weiter gibt es die religiösen Gruppen, die mehr oder weniger immer dahingehend argumentieren, dass Gott den Menschen die *Erde* als Lebensraum gegeben hat; von anderen Planeten war nicht die Rede . . .«

»Hätten die Menschen zu der Zeit, als die verschiedenen heiligen Schriften entstanden sind, überhaupt verstanden, was mit anderen Planeten gemeint ist?«, fragte Dr. DeJones. Was war das nur für ein Teil? Es kam ihm irgendwie bekannt vor.

»Gute Frage«, nickte der Journalist. »Aber passen Sie auf, wem Sie die stellen.« Er kam zum Mittelfinger: »Dann sind da diejenigen, die sagen, dass Raumfahrt teuer ist und man das Geld lieber für etwas anderes ausgeben sollte . . .«

»Da ist allerdings was dran, würde ich sagen«, nickte der Arzt.

Van Leer wiegte den Kopf mit den ungebändigten blonden Haaren. »Ja. Andererseits nimmt der Raumfahrtsektor mit all seinen Industrien und so weiter heute wirtschaftlich den Platz ein, den vor hundert Jahren die Produktion von Waffen und Kriegsgerät aller Art innehatte. Ich kann mir nicht helfen, aber ich finde das einen Fortschritt.« Der Ringfinger war dran. »Es gibt eine Menge ökologisch orientierter Gruppen, die befürchten, dass die Besiedelung anderer Planeten die endlich so schön sinkenden Bevölkerungszahlen wieder nach oben treiben könnten. Sie setzen auf den Bevölkerungsrückgang, um zum ländlichen Leben zurückkehren zu können . . .«

»Die sollten mal herkommen und sich bei Irene Dumelle melden. Dann könnten sie ihr ländliches Leben schneller haben als gedacht«, brummte Dr. DeJones. Er beugte sich zur Seite, spähte in den Spalt zwischen dem Assembler und dem Einbauschrank daneben. Das war doch, wenn ihn nicht alles täuschte . . .

»Und schließlich«, meinte Van Leer und umfasste den kleinen Finger seiner linken Hand, »gibt es unter all diesen im Großen und Ganzen rechtschaffenen Menschen, die eben anderer Meinung sind als wir –was ja ihr gutes Recht ist –, einige rabiate Zeitgenossen, die von ihrer eigenen abweichende Meinungen eben *nicht* zu dulden gedenken –auch wenn sie sich gegen die Mehrheit stellen. Das sind diejenigen, die für den schlechten Ruf der Heimwärtsbewegung sorgen. Extremisten und Radikale, die auch vor Gewalt nicht zurückschrecken.«

»Eine Minderheit, sagen Sie?« Dr. DeJones löste die Fußbremsen und zog den summenden Bio-Assembler ein wenig von der Wand weg.

»Ein paar Tausend, vielleicht sogar nur ein paar Hundert Leute, die aufgrund des Begriffs ›Heimwärtsbewegung‹ aber glauben, starken Rückhalt in der Bevölkerung zu haben und ...Sagen Sie mal, was *machen* Sie denn da eigentlich?«

Dr. DeJones zog den großen Apparat noch ein wenig weiter hervor und ging links davon in die Hocke. Wie er es sich gedacht hatte. Er zeigte dem Journalisten das schwarze Plastikteil. »Das ist ein Stück, das von der Abdeckung des externen Datenanschlusses abgebrochen ist«, erklärte er. »Es hat unter dem Bio-Assembler gelegen.«

»Und?«

»Ich wundere mich, wie es dahin kommt.«

Van Leer hüstelte belustigt. »Ähm . . . es wird heruntergefallen sein.«

»Ja schon.« Dr. DeJones erhob sich wieder und rieb sich nachdenklich den Nasenrücken. »Aber zwei Dinge sind merkwürdig. Erstens hat meine Tochter hier letzte Woche sauber gemacht, und zwar gründlich. Und zweitens . . .«

»Ihre Tochter wird andere Vorstellungen von Gründlichkeit haben als Sie«, meinte Wim Van Leer. »Kenne ich von meinen Kindern.«

». . . und zweitens habe ich diesen Datenanschluss überhaupt noch nie benutzt«, schloss Dr. DeJones.

Nun stutzte der Journalist doch. »Sind Sie sicher?«

»Der Bio-Assembler ist ans Datenfunknetz angeschlossen wie jedes andere Gerät hier auch. Es gibt keine Veranlassung, Daten mühsam durch ein Kabel einzuspeisen.«

Van Leer kam um den Assembler herum, um die Sache aus der Nähe zu betrachten. »Vielleicht hat ihn jemand hervorgezogen, so wie Sie gerade, und beim Zurückschieben ... Ah nein, der Anschluss liegt vertieft, ich sehe es. Da kann man nichts versehentlich abbrechen.« Er blinzelte. »Merkwürdig.«

Carl regte sich auf, als Ronny von Wim Van Leer erzählte. »Dir kann man wohl auch nichts mehr anvertrauen, was?«, schnaubte er. »Muss man jetzt immer damit rechnen, dass du losgehst und alles ausplauderst?«

»Ich hab die Nase voll, dass du ständig Leute verdächtigen musst«, versetzte Ronny. »Erst hast du uns auf Urs gehetzt, der in Wirklichkeit total in Ordnung ist, und jetzt willst du uns auf den Journalisten hetzen.«

»Den du natürlich total in Ordnung findest, nur weil er dich groß und breit interviewt hat«, gab Carl zurück.

»Du bist ja bloß neidisch.«

»Du spinnst ja wohl völlig. Als ob jemand scharf drauf wäre, stundenlang blöde Fragen zu beantworten und –«

»Hey, ihr Streithammel«, unterbrach Ariana. »Anstatt uns zu zoffen, sollten wir lieber runtergehen und schauen, was mein Dad und dieser Van Leer zu besprechen haben, oder?«

»Und wir sollten Urs mitnehmen«, fügte Elinn hinzu.

Carl hockte mit eingezogenen Schultern hinter seinem Schirm. »Wie denn, wenn er nicht da ist?«, brummte er.

Ariana warf Elinn einen Blick zu. Die zog ihren Kommunikator aus der Tasche, wählte eine Nummer, lauschte kurz und sagte dann: »Hallo, Urs, hier ist Elinn. Wir wollten dir nur Bescheid sagen, dass wir jetzt in die Krankenstation gehen. Da ist irgendwas los, was vielleicht interessant ist.

Komm vorbei, falls du das abhörst.« Sie steckte das Gerät wieder ein. »Er hat sein Gerät nicht an.«

Das war ein bisschen seltsam, weil man seinen Kommunikator eigentlich immer eingeschaltet hatte. Außer nachts.

»Ob er krank ist?«, überlegte Ariana.

»Wir sollten mal nach ihm sehen«, nickte Elinn.

Aber wahrscheinlich war Urs die marsianischen Sitten einfach noch nicht gewöhnt. Vielleicht machte man das auf der Erde heutzutage ja ganz anders, wer wusste das schon so genau?

»Lasst uns gehen«, meinte Carl und stand auf.

Sie ließen die Schirme an, zogen nur die Tür zu und gingen zum Fahrstuhl. Von dort aus sahen sie, dass sich im Vorraum der Schleuse knallbunte Plastikboxen in allen Größen stapelten. Von irgendwoher roch es intensiv nach Desinfektionsmittel.

»Ah, richtig«, nickte Carl. »Yin Chi und seine Leute kommen ja heute Nachmittag.«

»Da wird ganz schön was los sein die nächsten Tage«, meinte Ariana.

Die Türen des Aufzugs öffneten sich.

Und was jetzt? Kein Vor, kein Zurück. Er sah, aber man sah ihn nicht. Er hörte, aber man hörte ihn nicht.

Und der Springbrunnen auf der *Plaza* zitterte.

Urs ... sein Name war Urs Pigrato, das durfte er nicht vergessen! ... Urs betrachtete den dünnen Wasserstrahl, der glitzernd aus dem runden, ummauerten Becken in der Mitte des Platzes aufstieg. Er bebte, zuckte unruhig, schien für Augenblicke in sich zusammenzusinken, um dann wieder schimmernd in die Höhe zu sprudeln.

Und das war keine Erscheinung, die ihm die virtuelle

Welt vorgaukelte. Selbst die Menschen, die vorbeigingen, wandten ihre schemenhaften Gesichter dem Brunnen zu. Manche blieben kurz stehen. Manche schüttelten den Kopf.

Urs betrachtete den Wasserstrahl, lange, lange, und bemerkte irgendwann Regelmäßigkeit in dem Zucken, dem Beben, dem Sinken und Aufsteigen. Immer wenn er einatmete – ja, auch hier in der Welt zwischen allen Welten atmete er, ein künstliches, sich wie Plastik anfühlendes Atmen –, immer dann sank der Strahl in sich zusammen. Und wenn er ausatmete, stieg er wieder befreit in die Höhe. Gerade so, als stecke Urs in der Wasserleitung.

Sofort kam ihm die Idee, auf diese Weise Morsesignale zu senden, und er schöpfte wieder Hoffnung. Zwar konnte er nicht morsen – wer konnte das wohl heutzutage noch, im Zeitalter der Virtuellen Räume, der Permanenten Kommunikation, holografischer Terminals und einem Internet der fünften Generation, das dabei war, das Sonnensystem zu erschließen? –, aber er kannte die uralte Signalfolge SOS, kurz – kurz – kurz, lang – lang – lang, kurz – kurz – kurz, die auch heute noch manchmal in Abenteuerfilmen eine Rolle spielte. SOS, das würden die meisten Menschen als Notsignal erkennen.

Er atmete ein. Hielt die Luft an. Stieß sie wieder aus.

Es war gar nicht so einfach. Der Wasserstrahl wackelte, ließ Tropfen hüpfen, alles Mögliche – nur kein klares Signal. Er versuchte es, strengte sich an, atmete tiefer ein, rascher aus, suchte nach anderen, ergänzenden Bewegungen . . .

Schließlich war er so erschöpft, dass er eine Weile die Augen zumachen und verschnaufen musste.

Als er sie wieder öffnete, sah er ein paar Gestalten um den Brunnen herumstehen. Rätselhafterweise war eine der Gestalten nicht einfach ein verwaschener Farbfleck, sondern klar und deutlich zu erkennen. Und nicht nur das: Er kannte sie!

Es war Ariana.

Als sie unten an der *Plaza* aus dem Aufzug traten, fiel ihr Blick sofort auf den Springbrunnen in der Mitte des Platzes, dessen Wasserstrahl kläglich zuckte und gluggerte, immer wieder zu versiegen drohte, um dann doch aufs Neue loszusprudeln.

»Sieht aus, als hätte sich irgendwas in der Düse verfangen«, meinte Elinn und trat an den Beckenrand. Sie spähte hinab in das quecksilbrig schäumende Wasser. »Man sieht nichts.«

»Vielleicht gibt auch einfach die Pumpe demnächst den Geist auf«, sagte Carl.

Sie standen einen Moment da, gefangen vom Anblick der unruhigen Wassersäule. »Ein bisschen sieht es aus wie jemand, der atmet«, meinte Ariana schließlich.

Ronny hüpfte einmal auf den Brunnenrand und wieder hinunter und sagte dann: »Was ist jetzt? Ich dachte, wir wollen in die Medizinische Station gehen?«

»Ja, kommt.« Ariana wandte sich ab, ruckartig, als müsse sie sich losreißen. »Besser, wir beeilen uns.«

Sie gingen. Sie wandten sich ab und gingen davon, die *Main Street* hinab, ließen ihn zurück ...

Wieder einmal.

Ihm war kalt und er war erschöpft. Aus der matt leuchtenden Röhre, in der er feststeckte, drang Kälte in seinen Körper, nicht nur in seine virtuelle Gestalt, sondern wirkliche Kälte, eine Kälte, die wehtat. Urs. Ja, das war der Name. Das durfte er nicht vergessen. Urs. Auch wenn er müde wurde. Auch wenn er jetzt ein wenig schlafen musste.

Da war eine vage Erinnerung an eine roh in den Fels geschlagene Höhle hinter einer Wandverkleidung, an einen Jungen, der dort lag, gefesselt, von einer defekten Virtu-Brille gelähmt, außerstande, mehr als Andeutungen von Bewegungen zu machen. Aber es war eine Erinnerung, die nur kurz aufblitzte, wie ein Traum, und gleich wieder verschwand. Schlafen. Es wurde Zeit zu schlafen.

# 20 Der Brunnen auf der *Plaza*

Auf dem Weg zur Medizinischen Station wuchs eine Unruhe in Ariana, die sie sich nicht erklären konnte. Was war bloß los? Sie hatte nichts angestellt, keine Standpauke zu erwarten ...Okay, sie hatte die Mail an ihre Mutter immer noch nicht geschrieben, aber das war es auch nicht ... Dieser zitternde Wasserstrahl hatte sie irgendwie völlig durcheinandergebracht.

Sie betraten die Medizinische Abteilung, alle vier. Die Tür zum Labor stand halb offen und Vater und der Journalist standen vor dem Bio-Assembler, der ein gutes Stück von der Wand weggerückt war, und waren in ein Gespräch vertieft.

»Hallo«, sagte Ronny, der vorausging, zu dem Mann mit der blonden Sturmfrisur, »jetzt bin ich doch gekommen. Und ich habe die anderen mitgebracht.«

»Die mich ausspionieren wollen, verstehe«, schmunzelte der Journalist und Ariana sah Carl richtiggehend rot werden! Sie musste grinsen. So hatte sie ihn ja noch nie gesehen.

»Ariana, das ist praktisch, dass du gerade kommst«, wandte sich Vater an sie. »Sag mal, als du letzte Woche sauber gemacht hast, kannst du dich erinnern, ob du da auch unter dem Bio-Assembler herausgefegt hast?«

Was sollte das denn nun für eine Frage sein? »Klar«, erwiderte Ariana unwillig. »Sogar mit dem Feuchter. Ich hab dabei deinen roten Bleistift wiedergefunden, erinnerst du dich nicht?«

»Richtig!« Vater richtete mit einer triumphierenden Geste den Zeigefinger auf den Journalisten, als wäre es ein Degen. »Was ich gesagt habe. Also ist das Stück von der Abdeckung im Lauf der Woche darunter geraten.«

»Logisch«, nickte Van Leer.

»Und am Freitagmorgen war die Station auf rätselhafte Weise abgeschlossen.« Er schilderte den Vorfall kurz. »Passt das womöglich irgendwie zusammen?«

Ariana und die anderen sahen einander ratlos an. »Was ist denn los?«, fragte sie schließlich. »Man könnte meinen, hier wird ein Mordfall untersucht.«

»Wer weiß, wer weiß«, nickte der Journalist ihr zu, wandte sich ab, rieb sich grübelnd das Kinn, ging ein paar Schritte. »Vielleicht passt sogar noch etwas anderes dazu. Erinnern Sie sich an die Durchsage von Mittwochmorgen? Dass das Postsystem durch eine übergroße Mail von der Erde überlastet war? Ich dachte ja, ich sei der Übeltäter – meine Redaktionen schicken mir manchmal die Schnittfassungen meiner Beiträge zur Endabnahme, und das sind wirkliche Datenmonster –, aber es war nicht so. Ich habe bei allen angefragt und alle waren empört, dass ich ihnen nicht zutraue, die Postregeln für Mails zum Mars zu kennen. Mit anderen Worten«, fuhr er fort und hob dozierend den Zeigefinger, »jemand *anders* hat am Dienstag und Mittwoch diese Riesenmail bekommen. Bloß – was war das für eine Mail?« Er seufzte und sah sich mit betretenem Gesicht um. »Ich fürchte, ich bin nicht gut in diesen Kriminalgeschichten. Einen Moment lang schoss mir die kühne Hypothese durch den Kopf, es könne sich bei dieser riesigen Mail um den Gencode des Schimmels gehandelt haben, der die Asiatische Station zerstört hat. Und der Empfänger der Mail habe sich in der Nacht auf den Freitag hier eingeschlossen, die Daten von einem tragbaren Computer per Kabel auf den Bio-Assembler überspielt, um mit diesem den besagten Schimmel zu erzeugen, den er anschließend irgendwie an Ort und Stelle gebracht hat. Doch obwohl diese Hypothese so offensichtlich falsch ist, bekomme ich sie nicht mehr aus dem Kopf. Und solange ich sie nicht aus meinem Kopf kriege, ist da auch kein Platz für eine andere Theorie.«

»Wieso ist sie offensichtlich falsch?«, fragte Carl verwundert zurück.

»Weil man, mein Junge«, erklärte Van Leer mit einer ausladenden Geste zum Bio-Assembler hin, »mit dieser Maschine zwar alle möglichen Substanzen erzeugen kann – Medikamente, DNS, Impfstoffe –, aber keine *Zellen*. Lebende Zellen zu assemblieren, das geht grundsätzlich nicht und wird nie gehen, nicht mit unserer Art von Nanotechnologie. Denn eine lebende Zelle verändert sich fortwährend, arbeitet, transportiert Stoffe herein und heraus, bereitet ihre Teilung vor, und das würde sie auch tun, während sie noch unvollständig ist, weil sie viel schneller ist als jeder Assembler, und folglich wäre sie abgestorben, ehe der sie fertig gebaut hätte.«

»Ach so«, nickte Carl.

»Logisch«, meinte auch Ariana.

Ihr Vater schüttelte den Kopf. »Das mit den Zellen stimmt, aber das hätte er in dem Fall nicht müssen. Sie brauchen keine Zellen zu assemblieren, wenn Sie einen Schimmelpilz haben wollen.«

Van Leer riss die Augen auf. »Sondern?«

»Sporen. Eine einzige reicht schon. Das sind trockene, reglose Gebilde, die selbst extreme Außenbedingungen überstehen. Man braucht sie nur in eine geeignete Umgebung zu bringen – Feuchtigkeit, Wärme –, dann entsteht Schimmel daraus.«

»Sind Sie sicher? Haben Sie so was schon mal gemacht?«

Vater nickte. »Penicillin«, sagte er einfach. »Es ist etwa acht Jahre her. Unsere Kultur war abgestorben, und wir brauchten es dringend für jemanden der eine Lungenentzündung entwickelte und die üblichen Mittel nicht vertrug. Ich habe zwei Anläufe gebraucht, bis es klappte, aber dann funktionierte es prima.«

Wim Van Leer klatschte in die Hände. »Dann war es so! Dann ist die Frage nur noch: Wer war es?«

»Jemand, der einen tragbaren Computer hat«, sagte Ronny.

»Wie Sie zum Beispiel«, ergänzte Carl.

Der Journalist hob verdutzt die Augenbrauen und wollte etwas erwidern, doch Arianas Vater warf ein: »Da fällt mir ein, dass Urs Pigrato den Mann ja gesehen hat. Ich habe nicht ganz verstanden, wieso, aber er hat offenbar auf einer Überwachungsaufnahme genau den Moment verfolgt, in dem der Unbekannte die Stationstür von innen verriegelt hat.«

Fünf fragende Augenpaare sahen ihn an. »Und?«, meinte Ariana schließlich. »Wer war es?«

»Das wusste er nicht. Ein blonder Mann, mehr war ihm nicht aufgefallen.«

Wim Van Leer hüstelte, als sich alle Augen auf ihn richteten. »Nun, die Beschreibung passt allerdings auf eine Menge Leute in der Siedlung.«

Vater ging an ihnen vorbei in den Vorraum, wo er auf einen Punkt an der Decke deutete. »Das ist die Kamera. Und hier unten« – er drehte sich um und zeigte auf eine unscheinbare Klappe an der Wand, in Höhe der Fußleiste – »ist die Verriegelung. Von der ich, offen gestanden, bis heute früh nichts wusste.«

»Vater!«, ächzte Ariana. Manchmal konnte er wirklich so was von weltfremd sein. »Die habe ich schon mit vier entdeckt. Ich habe mich einmal eingeschlossen und Mom und du habt mir eine halbe Stunde lang zureden müssen, damit ich mich beruhige und den Hebel wieder umlege. Erinnerst du dich nicht mehr?«

Vater sah sie völlig verwundert an. »Ähm . . . wirklich?«

»Ich *glaub's* ja nicht. So was vergisst du?«

»Entschuldigung«, hob Van Leer die Hand. »Vielleicht ist deine Erinnerung da ein bisschen, na, sagen wir, *gefärbt*. Vermutlich haben deine Eltern nur beruhigend auf dich eingeredet, bis jemand gekommen ist, der die Tür von außen geöffnet hat.«

»Das geht nicht«, sagte Ariana.

»Was?«

»Wenn man die Tür mit diesem Hebel verriegelt, kann man sie nicht von außen öffnen.«

Van Leer schüttelte den Kopf. »Das würde gegen sämtliche Sicherheitsvorschriften verstoßen, die ich kenne.«

»Es stimmt aber«, mischte sich Carl ein, dessen Mutter solche baulichen Besonderheiten natürlich kannte. »Man hat die Verriegelung damals falsch herum eingebaut und das Gegenstück hat nicht gepasst. Bis der nächste Flug gestartet ist, der ein Ersatzteil hätte mitbringen können, wurde die Art Verriegelung nicht mehr hergestellt. Und danach hat man es gelassen, weil es Wichtigeres gab.«

»Ich denke, ihr habt bestens ausgestattete Werkstätten hier . . .?« Der Journalist stutzte. »Halt mal. Wenn das stimmt – wie hat dann Eikanger die abgesperrte Tür am Freitagmorgen von außen öffnen können?«

Sie sahen einander an. Etwas lag in der Luft, dass es Ariana kalt den Rücken herunterlief.

»Überhaupt nicht«, flüsterte Carl.

Ariana sah, dass ihr Vater blass geworden war. »Wir waren eine gute halbe Stunde in der Werkstatt, weg von der Tür ... Vielleicht war sie schon offen, als Eikanger ankam«, sagte er mit belegter Stimme.

»Oder Eikanger hat sie von *innen* geöffnet«, sprach Van Leer aus, was alle sofort gedacht hatten. »Weil *er* derjenige war, der den Bio-Assembler benutzt hat.«

Vater fasste sich erschrocken an den Hals. »Um Himmels willen«, stieß er hervor. »Eikanger hat Urs gebeten, ihm die Sache mit dem Virtuellen Raum zu zeigen. Sie sind beide zusammen weggegangen!«

Pigrato war sofort gekommen. Mit steinernem Gesicht hörte er sich an, was man ihm zu erzählen hatte. Und er gab zu, dass er nicht wusste, wo sein Sohn Urs war. Sein Kommunikator liege ausgeschaltet zu Hause auf seinem Bett.

»Eikanger?«, meinte er schließlich. »Das ist eine gewagte Anschuldigung, muss ich sagen. Der Mann kommt immerhin vom Amt für Waffenkontrolle.«

»Auch dort gibt es Sympathisanten der Heimwärtsbewegung«, erwiderte Van Leer. »Ich würde sogar behaupten: *Gerade* dort.«

»Hmh.« Der Statthalter überlegte, dann bedeutete er ihnen, einen Moment still zu sein, zückte seinen Kommunikator und wählte eine Nummer. »Mister Eikanger? Pigrato hier. Wo sind Sie gerade? Im Maschinenleitstand, verstehe. Ich, ähm, bin auf der Suche nach meinem Sohn und Dr. DeJones sagte mir, dass Sie heute früh mit ihm zusammen die Medizinische Station verlassen haben ...?« Er schaltete auf »Laut«.

»Stimmt«, hörten sie Eikanger sagen. »Aber das ist schon

eine ganze Weile her.« Seine Stimme klang ausdruckslos, aber nicht im Mindesten so, als fühle er sich ertappt.

»Dr. DeJones meinte, Urs habe Ihnen etwas zeigen wollen«, hakte Pigrato nach.

Ein tiefer Atemzug. »Eigentlich schon. Urs hat erzählt, dass er ein Interface für den Virtuellen Raum mit zum Mars gebracht hat, und ich habe gefragt, ob er mir das mal zeigen kann. Ich habe auf ihn gewartet, während er nach Hause gegangen ist, um es zu holen, aber dann ist er doch nicht mehr zurückgekommen. Vielleicht war es ihm unangenehm, weil die Raumfahrtbehörde die Mitnahme solcher Geräte ja eigentlich untersagt.«

»Und was war dann?«

Eikanger räusperte sich. »Ich habe die Sache nicht weiter verfolgt. Sie wissen ja, wie das ist – kaum denkt man, es wird ein ruhiger Tag, kommt schon die nächste dringende ...« Auf einmal klang er beunruhigt. »Ähm, es hat vielleicht nichts zu bedeuten, aber ich habe gerade einen Blick in die Logs geworfen und da steht ein Schleusendurchgang für Ihren Sohn vor knapp zwei Stunden.«

»Wie bitte?«

»Jetzt mache ich mir doch etwas Sorgen«, erklang die Stimme des Sicherheitsbeauftragten. »Ihr Sohn wird doch keinen Unsinn machen, nur wegen einer Virtu-Brille ...?«

Auf einmal sahen sie äußerste Besorgnis, ja Angst im Gesicht des ungeliebten Statthalters. »Prüfen Sie nach, ob sein Raumanzug tatsächlich weg ist«, rief er. »Und wenn ja, organisieren Sie sofort eine Suchaktion. Die Flugboote sollen vom Löwenkopf zurückkommen, auf der Stelle!«

Der Journalist kniff skeptisch die Augen zusammen, schüttelte den Kopf. »Da ist was faul«, hörte Ariana ihn murmeln. »Ich glaub das nicht.«

Im nächsten Moment hallte der Alarm durch die Gänge der Siedlung.

Auf einmal rannte alles und Ariana rannte mit. Die Stimme von AI-20 drang aus Lautsprechern und Kommunikatoren, gab Anweisungen und Informationen. Als sie die *Plaza* erreichten, kamen Leute aus allen Gängen, eilten die Wendeltreppe zur Oberen Station hoch ...

Und der Springbrunnen zitterte immer noch. Ariana blieb stehen.

»Was ist denn?«, riefen die anderen. »Komm schon, wir müssen uns beeilen!«

Trappel, trappel, trappel. Die Schritte hallten, der Aufzug ratterte. »Ich komme ja«, rief Ariana zurück und beeilte sich, den anderen zu folgen.

Aber da war wieder dieses Unbehagen. Ein ziehender Schmerz. Etwas lief falsch, ganz schrecklich falsch ...

Sie blieb stehen, auf halber Höhe. Nein, so ging das nicht.

»Geht schon mal ohne mich«, sagte sie hastig zu den anderen. »Ich muss noch etwas ... erledigen.« Ohne eine Antwort abzuwarten, drehte sie sich um und rannte die Treppe wieder hinab, auf der ihr alle entgegenkamen.

Die *Plaza* lag verlassen, als sie wieder unten war. Sie sah sich beklommen um. Und jetzt? Drehte sie jetzt durch oder was war los?

Der Springbrunnen wirkte immer noch unruhig, wenn er auch nicht mehr so verrückt spielte wie vorhin, als sie heruntergekommen waren. Er sprudelte beinahe so gleichmäßig wie sonst, bloß alle paar Augenblicke ging so etwas wie ein Zucken durch ihn hindurch. Wie ein ... *Pulsschlag*. Ja. Genau so sah es aus.

Sie zog ihren Kommunikator hervor und wählte die Nummer der Künstlichen Intelligenz. »AI-20, kannst du ermitteln, woher diese Unregelmäßigkeiten im Strahl des Springbrunnens kommen? Es sieht aus, als würde irgendwo jemand mit einem Hammer gegen die Leitung schlagen. Wie ein Notsignal.« *Notsignal?* Was redete sie bloß für einen Blödsinn? Das war ihr einfach so herausgerutscht, ohne nachzudenken.

»Der Strahl des Springbrunnens«, erklärte die Künstliche Intelligenz mit so ruhiger Stimme, als sei sie nicht gleichzeitig vollauf damit beschäftigt, eine Suchaktion zu organisieren, »kommt nicht aus einer Wasserleitung, sondern aus einer Pumpe im Boden des Beckens. Der Austausch des Wassers erfolgt über ein anderes System. Insofern kann ausgeschlossen werden, dass irgendwo jemand mit einem Hammer auf nicht ratsame Weise hantiert.«

»Und woher kommt dieses . . . Pulsieren?«

AI-20 zögerte einen spürbaren Moment, was bedeutete, dass eine gründliche und umfassende Abfrage der Subsysteme erfolgte. »In der Tat scheint es durch regelmäßig auftretende Schwankungen in der Stromversorgung der Pumpe verursacht zu werden.«

»Und woher kommen die?«

Noch längeres Zögern. »Es scheint sich um einen äußeren Einfluss zu handeln, der irgendwo zwischen den Schaltkästen 0-AW-301 und 0-BF-193 auf die entsprechende Leitung einwirkt.«

Ariana starrte den Strahl an und hatte einen Herzschlag lang den Eindruck, nicht Wasser zu sehen, sondern Blut. Das Zucken war wie ein Pulsschlag – und zwar einer, der immer *langsamer* wurde!

»AI-20«, sagte sie beklommen, »wo liegen diese Schaltkästen?«

Er schreckte hoch, als die enge Röhre ringsum, in der er geschlafen und die ihn mit Kälte durchdrungen hatte, zu grauem Staub zerbarst und ihm auf einmal der Kopf wehtat und die Arme und der Rücken. Keine Röhre mehr, stattdessen farbige Schleier und Schlieren ringsumher. Und Stimmen, die seinen Namen riefen. »Urs!«, riefen sie. Das war sein Name. Er hatte es nicht vergessen.

»Urs! So sag doch was! Doktor . . .!«

»Auf dem nackten Felsboden, du meine Güte! Und oben herrschen sechzig Grad minus . . .«

»Schauen Sie nur! Er hat mit der abgebrochenen Antenne der Brille die Isolierung der Stromleitung abgeschabt bis auf das Metall – ein Wunder, dass er nicht . . .«

»Wärme. Was er jetzt zuallererst braucht, ist Wärme.«

Dann hüllte ihn etwas wunderbar ein, ließ ihn zerfließen, brachte alle Erinnerungen wieder. Er erwartete, wegzudriften in einen erlösenden Schlaf, doch der kam nicht; er verharrte weiter in einem Zwischenbereich, zwischen Wachen und Traum diesmal, hörte alles, was gesagt wurde, verstand, was es bedeutete, und begriff, dass sie das Wichtigste noch gar nicht wussten. Woher auch?

Er spürte, wie die Muskeln seines Gesichts ein Lächeln formen wollten. Also würde er doch zurückkommen zur Erde und er musste nicht einmal mehr etwas dafür tun. Es war schon alles getan. Thor Eikanger war sein Peiniger gewesen, aber auch sein Verbündeter. Er würde die Aufgabe der Marssiedlung erzwingen. Urs hatte den Plan begriffen. Wenn der Nordreaktor zerstört war, hing die gesamte Existenz der Siedlung am Südreaktor. Und nach den Vorfällen der letzten Tage würde man kein Risiko mehr eingehen, sondern alle Siedler mit den nächsten Raumschiffen evakuieren, die zur Erde flogen.

Alles, was er zu tun hatte, war – zu schweigen. Und schweigen, das war einfach.

»Urs.«

Er kannte diese Stimme. Er öffnete die Lider, sah ein Gesicht, das er auch kannte. Etwas dunklere Haut als die anderen. Glatte schwarze Haare. Und wilde, ungestüme Augen ...

Da war etwas, das zu tun war. Er setzte zum Sprechen an, musste schlucken, hustete, befeuchtete die Lippen, versuchte es wieder.

»Es ist alles gut«, sagte jemand. »Streng dich nicht an.«

Doch. Er musste sich anstrengen. Dieses eine Mal noch.

»Jemand muss zum Nordreaktor«, krächzte er.

»Was?«

»Nordreaktor«, wiederholte er. »Ist vermint. Zeitzünder. Siebzehn Uhr.«

Er hörte, wie jemand zum Kommunikator griff und Befehle gab, die sich dringend anhörten. Gut. Er sank zurück, schloss die Augen und konnte sich endlich dem Fluss überlassen, diesmal einem, der sich warm und gut anfühlte.

# 21 Die Botschaft der Marsianer

Die ersten zwei Tage nach seiner Rettung – und der Rettung der Marssiedlung – lag Urs nur in dem großen weißen Bett in der großen weißen Krankenstation und schlief mehr oder weniger die ganze Zeit, überwacht von stillen Geräten, die ruhige Kurven zeigten. Ariana besuchte ihn jeden Tag, saß an seinem Bett, und wenn er aufwachte, erzählte sie ihm, was er versäumt hatte. Wie Roger Knight mit einem Flugboot und ein paar Männern zum Nordreaktor geflogen war und wie sie den Zeitzünder der Minen entschärft hatten. Wie man Eikanger festgenommen hatte. Dass er den Sprengstoff aus dem Sprengmittellager der Bauleute gestohlen und Plastikattrappen zurückgelassen hatte, damit es nicht auffiel. Wie noch am selben Abend über die Nachrichtennetzwerke die Meldung verbreitet worden war, der Meteoritenschwarm habe einen Reaktor der Marssiedlung zerstört, und wie Experten erklärt hatten, es bleibe angesichts der offenbar gewordenen Gefahren des Weltraums nun nichts anderes übrig, als umgehend zu evakuieren. Wie sich die Siedler im Fernsehraum gedrängt hatten, um zu sehen, wie man sie quasi bereits für tot erklärte. Und wie Wim Van Leer gelacht und händereibend gesagt hatte: »Die werden sich wundern! Was für ein Spaß!«

»Und?«, wollte Urs wissen. »Was ist passiert?«

»Er hat eine ausführliche Reportage zusammengestellt und zur Erde geschickt«, berichtete Ariana. »Mit allem Drum und Dran – Bilder von den zerstörten Kuppeln, vom Kampf gegen den Schimmel, von den Minen und von Eikanger in der Gefängniszelle. Er hat die Hintergründe geschildert und inzwischen ist jede Menge Leute verhaftet worden, im Mondobservatorium, in Toronto, ein ganzer Geheimbund, wie es aussieht, und – hey, du hättest sehen sollen, wie du im Fernsehen aussiehst!«

Urs ruckte hoch. »Ich? Ich war im Fernsehen?«

»Das unschuldige Opfer dunkler Machenschaften«, nickte Ariana. »Haarscharf dem Tode entronnen. Du wolltest einfach nicht aufwachen, während Van Leer dich gefilmt hat.«

»Ich bin erledigt.« Urs fiel zurück, verschwand fast in den Kissen. »Ich brauche mich auf der Erde nicht mehr blicken zu lassen.«

Eine Weile starrten sie beide schweigend Löcher in die Luft. Dann sagte Ariana: »Pff, die Erde. Wen interessiert die schon?«

So ein Overall sah vielleicht nach nichts aus, aber er fühlte sich tatsächlich bequem an. Ariana hatte ihn besorgt, nachdem er sie gebeten hatte, ihm alles beizubringen, was man über Raumanzüge wissen musste. Sie war mit ihm in einen Lagerraum im tiefsten Untergeschoss gegangen, hatte ihn eingehend mit einem Maßband vermessen, war die Regalreihen entlanggegangen und mit einem flachen grauen Päckchen zurückgekommen. Nicht gerade die aktuelle Mode wie gesagt, aber verdammt bequem.

»Die meisten Leute denken, es sei normal, dass ein Raumanzug drückt«, erklärte Ariana. »Aber das ist Quatsch. Wenn man richtig damit umgeht, sitzt er wie eine zweite Haut.«

Sie standen im Vorraum der Schleuse drei. Es war früh am Nachmittag und sie hatten den ganzen Schleusenbereich für sich.

»Zuerst ist wichtig, dass man nicht irgendetwas darunter anzieht, sondern diesen Overall«, fuhr Ariana fort. »Wenn du eine Hose, einen Gürtel, Hemden oder Pullover anhast, darfst du dich nicht wundern, dass es drückt und kneift, wenn du einen Raumanzug darüber zerrst.« Sie zog an dem grauen, unscheinbar aussehenden Stoff des einteiligen, ziemlich eng anliegenden Kleidungsstücks. »Das ist nämlich kein gewöhnlicher Overall, sondern eine speziell für den Einsatz von Raumanzügen entwickelte Unterbekleidung, die genau auf den Druckanzug abgestimmt ist.«

»Okay«, sagte Urs. »Das muss einem auch mal jemand sagen.«

»Die meisten wissen es nicht. Nicht mal die, die schon ewig auf dem Mars leben.«

Sie nahm ihren Anzug aus der Halterung, Urs den seinen und sie stiegen hinein. Die Stiefel anschließen, klick, klack. Die Handschuhe überstreifen und einrasten lassen. Das zumindest ging ihm inzwischen ganz gut von der Hand, auch wenn die einzelnen Handgriffe noch bei Weitem nicht so flüssig aufeinanderfolgten, wie er das bei Ariana beobachten konnte.

Urs bewegte probehalber die Schultern. »Du hast recht. Es fühlt sich schon total anders an.«

»Ach was, das ist erst der Anfang«, erwiderte sie. »So weit kennen das die meisten.« Sie setzte ihren Helm auf und arretierte ihn mit einer so raschen, mühelos wirkenden Bewegung, wie andere eine Mütze aufsetzten.

Urs nahm seinen Raumhelm auch auf. Etwas ungewohnt war es immer noch, Glas um sich herumzuhaben – auch wenn es in Wirklichkeit, wie er inzwischen wusste, kein Glas war, sondern ein hoch kompliziertes Hightech-Material –, aber zugleich hatte es auch schon etwas Vertrautes, Beschützendes. Er schob den Verriegelungshebel um, der Helm rastete ein, frische Luft umströmte ihn.

»Gehen wir nach draußen«, sagte Ariana. Dann drehte sie sich um und nahm den Schraubenzieher aus dem Regal, den sie den ganzen Weg hierher in der Hand getragen hatte.

»Was willst du damit eigentlich?«, fragte Urs.

»Wirst du gleich sehen.«

Sie passierten die Schleuse. Auch das hatte Urs jetzt schon oft genug erlebt, um es nicht mehr seltsam zu finden. Aber als die Türen beiseiteglitten und sie die flache, gerippte Metallrampe hinab in den rötlich braunen Sand traten, da fand er es doch wieder aufregend.

Er war auf dem Mars. Wirklich und wahrhaftig, er war auf einem anderen Planeten, in einer wilden, ungezähmten fremden Welt, die Menschen nur duldete und auch nur, solange sie jede einzelne Sekunde lang aufpassten bei allem, was sie taten.

Ariana trat zur Seite, sodass sie sich gegenüberstanden.

»Wie fühlt sich dein Anzug an?«, fragte sie.

»Gut«, sagte Urs. »Viel besser als je zuvor.«

»Spannt er nicht ein bisschen?«

Urs sah an sich herab. Ja natürlich. Die Ärmel und Hosenbeine waren prall, aufgebläht vom Druck der Luft im Inneren. In den Schultergelenken hatte er das Gefühl, dass seine Arme von selber hochsteigen würden, wenn er sie nur ließ.

»Na ja«, meinte er. »Das ist nicht zu vermeiden, oder? Immerhin steht der Anzug unter Druck.«

Er hörte sie lachen. Sie breitete die Arme aus. »Schau mich an. Ist meiner auch so prall wie deiner?«

»Ähm . . .« Nein, das war er tatsächlich nicht. Im Gegenteil. Er saß genauso hauteng an ihr wie vorher der Overall.

»Komm mit«, sagte sie und marschierte auf das metallene Gestell zu, das die Kugel des Moduls fünf stützte. Sie deutete auf eine Querstrebe. »Stell mal ein Bein hier drauf.«

Urs hatte keine Vorstellung, was das werden sollte, tat aber wie geheißen. Wobei es einiger Anstrengung bedurfte, das Bein so stark anzuwinkeln gegen den Innendruck des Anzugs.

»Gut. Und jetzt halt still.« Sie ging um ihn herum, packte etwas entlang der Außenseite seines Beins, das er bis zu diesem Moment für eine Ziernaht gehalten hatte, und riss sie mit einem ratschenden Geräusch auf. Es war keine Ziernaht. Natürlich nicht – so weit, dass man Verzierungen an Raumanzügen anbrachte, war die Entwicklung dann doch noch nicht. Es war eine Stofflasche, die mit einer Art Klettverschluss befestigt war.

Und darunter sah Urs eine lange Reihe von – *Schrauben!*

»Was ist das?«

Ariana setzte den Schraubenzieher an eine der Schrauben und begann, langsam zu drehen. »Die Hülle eines modernen Raumanzugs«, erklärte sie dabei, »besteht aus, ich glaube, achtzig verschiedenen Schichten. Wärmedämmung, Feuchtigkeitsableitung, Luftisolation, Strahlenschutz und so weiter. Was man eben so braucht. Und zwei dieser Schichten enthalten ein kompliziertes Geflecht aus Spanndrähten.« Sie setzte das Werkzeug an die nächste Schraube, drehte auch an der. »In Wirklichkeit sind es natürlich keine gewöhnlichen Drähte, sondern irgendwelche, was weiß ich, Netze aus Kunststofffasern oder so. Wichtig ist nur, dass man sie mit diesen Schrauben hier verstellen kann.« Sie deutete auf die Schraubenköpfe, die abwechselnd schwarz und silbern glänzten. »Die Fasern verlaufen an manchen Stellen senkrecht zueinander. Die silbernen Schrauben regeln die eine und die schwarzen die andere Richtung. Da muss man ein bisschen experimentieren, so lange, bis es sich gut anfühlt.«

So langsam fiel bei Urs der Groschen. »Das heißt, man kann den Anzug überall da, wo er sich aufbläht, dichter an den Körper heranziehen?«

Ariana grinste. »Schwer von Begriff bist du nicht, das muss man dir lassen.« Sie trat ein Stück zurück. »Probier mal, wie es sich jetzt anfühlt.«

Urs nahm das Bein von der Strebe. Verblüffend! Auf einmal ließ es sich im Gelenk bewegen, als trüge er eine ganz gewöhnliche Hose. Ein etwa handbreites Stück lag so eng an, als hätte man ihn in den Anzug hineingenäht.

»Abgefahren«, gab er zu und machte ein paar Kickbewegungen. Das ging auf einmal ganz leicht. Dann stutzte er. »Und wie komme ich da jemals wieder raus? Muss ich dann alle Schrauben wieder aufdrehen?«

Ariana gab ein unwilliges Schnauben von sich. »Ich nehme alles Lob zurück. Hast du mich vorhin etwa schrauben drehen sehen?«

»Nein.«

»Also. Wie lautet die logische Schlussfolgerung?«

Urs überlegte. »Vermutlich gibt dieses Geflecht nach, sobald man den Verschluss des Raumanzugs öffnet. Und merkt sich alle Einstellungen.«

»Genau. Und sobald du deinen Raumanzug wieder anziehst und schließt, geht er wieder in genau diese Position.« Ariana fuchtelte mit dem Schraubenzieher. »Das dauert etwa eine halbe Minute und fühlt sich ein bisschen seltsam an, wenn man es das erste Mal erlebt. Ich sag das nur, damit du gewarnt bist und nicht denkst, der Anzug zerquetscht dich.«

Urs nickte sinnend. Das war alles ziemlich schlau ausgedacht. Er stellte das Bein zurück auf die Strebe. »Mach weiter. Ich will nicht länger als dummer Luftballon herumlaufen.«

Eine halbe Stunde später rannten sie ausgelassen den Ringwall hinunter und hüpften in weiten Sprüngen, die Urs einfach unglaublich vorkamen, über die flache, endlos scheinende Ebene dahinter.

Es war *fantastisch!* »Hey«, schrie er, »ich habe das Gefühl, ich fliege!«

Ariana lachte nur, nahm Anlauf und sprang empor, drehte einen doppelten Salto und kam so sicher wieder auf die Füße, als mache sie das jeden Tag schon vor dem Frühstück mindestens zehn Mal.

»Okay!«, rief Urs. »Ich nehme alles zurück. *Du* fliegst!«

Später kamen sie an eine Felskante, von der aus es hinabging in eine atemberaubende, weite Schlucht voller schroffer Felsen, großer, seltsam runder Steine und sandiger Dünen.

»Die Jefferson-Schlucht«, erklärte Ariana.

»Wow!«, sagte Urs.

Sie deutete hinab. »Siehst du den Felsen da mit dem Querriss, der wie ein Grinsemund aussieht?«

»Ja.«

»Wer als Erster dort ist.« Und sie rannte los. Keine Chance für einen Erdling, sie einzuholen, aber Urs gab sich alle Mühe.

Ariana wartete auf ihn, das Gesicht zum Himmel erhoben, der heute von einem klaren, dünnen Sandgelb war. »Schau«, sagte sie und zeigte auf zwei dicht benachbarte helle Punkte auf halber Höhe. »Die Monde. Phobos und Deimos. *Angst* und *Schrecken* heißt das übersetzt.«

»Ja«, sagte Urs. Das hatte er gewusst. Aber es war etwas anderes, hier inmitten dieser unfassbar fremdartigen Einöde zu stehen und die beiden Marsmonde tatsächlich zu *sehen!*

»Sie laufen in entgegengesetzter Richtung. Deimos ist ein ziemlicher Langweiler; er braucht zweieinhalb Tage vom Aufgang im Osten bis zum Untergang im Westen. In der Zeit begegnet Phobos ihm mindestens fünf Mal.«

Urs dachte an den Mond der Erde und wie groß und erhaben er in manchen Nächten am Himmel prangte. Verglichen damit waren die Marsmonde nur lausige, kleine Felsbrocken.

Eigentlich, fiel ihm ein, waren es auch überhaupt keine richtigen Monde, sondern Asteroiden, die irgendwann einmal in das Schwerefeld des Mars geraten und nicht mehr entkommen waren und seither um ihn kreisten.

Plötzlich hatte er das Gefühl, dass ihn jemand von der Seite musterte. Bestimmt Ariana. Er grinste, wandte den Kopf – aber Ariana war es nicht, die sah immer noch unverwandt zum Firmament empor, als gäbe es irgendetwas Hochinteressantes auf Phobos oder Deimos zu sehen.

Schade.

Urs schaute umher, hatte immer noch dieses kribbelnde Gefühl, beobachtet zu werden. Da, da war was. Eine Bewegung im Sand, ein kreisförmiges Verrutschen von Sandkörnern, Staub, der sich langsam, wie von Geisterhand, zu einem zylindrischen Wirbel erhob.

Er berührte Ariana am Arm. »Da«, sagte er. »Schau mal.«

Ariana hatte für das Phänomen nur einen beiläufigen Blick übrig. »Das ist ein Sandteufel. Die sieht man um diese Jahreszeit ziemlich häufig. So ein kleiner ist nicht gefährlich. Die großen, die haben manchmal Durchmesser bis zu fünfhundert Metern und sind mehrere Kilometer hoch. Die sind gefährlich, vor allem durch die elektrische Ladung, die sie aufbauen.« Sie zögerte, dann fügte sie hinzu: »Manche vermuten, dass die Expedition, auf der Elinns und Carls Vater ums Leben gekommen ist, in einen solchen Sandteufel hineingeraten ist.«

»Aha«, nickte Urs. Das klang nicht gut.

Der Wirbel erhob sich, wurde zu einer hauchdünnen, unwirklichen Windhose, zu einem langsamen, transparenten Tornado. Es sah beeindruckend aus, selbst wenn das nur ein kleiner Sandteufel war ...

»Ich habe das Gefühl, dass er mich anschaut«, bekannte Urs.

Jetzt musterte ihn Ariana von der Seite. Allerdings mit äußerster Skepsis im Blick. »Ah ja?«

»Nur so ein Gefühl«, erwiderte Urs.

Der Wirbel drehte sich mit majestätischer Geruhsamkeit. Dunkler Staub tanzte entlang seiner äußeren Umrandung, kam bis in etwa zehn Meter Höhe und sank dann wieder herab. Auf dem Boden ruckten hier und da Sandkörner; es sah aus, als harke ein unsichtbarer Gärtner ziellos umher.

»Gleich fällt er in sich zusammen«, prophezeite Ariana. »Er dehnt sich noch ein bisschen aus, dann kommt alles von einem Moment zum anderen zum Stillstand.«

Doch wie um sie Lügen zu strafen, zog der Wirbel sich zusammen und wurde dabei schneller. Er nahm richtiggehend Fahrt auf, und hatte er am Anfang noch einen Durchmesser von vielleicht dreißig Metern gehabt, verdichtete er sich nun auf einen Kreis von zehn, von fünf, von zwei Metern. Und er wirbelte immer schneller.

»Das ist jetzt ungewöhnlich«, gab Ariana zu.

Immer enger wurde der Radius und nun schrumpfte das,

was sie da sahen, auch in der Höhe. Inzwischen durchmaß der sich wie irr drehende Zylinder aus Staub und aufgewirbeltem Sand keinen halben Meter mehr. Und bildeten sie sich das nur ein oder fing er nun an, zu glitzern und zu funkeln, beinahe zu brennen? Es sah fast so aus, als entfache eine wahnwitzige innere Reibung ein Feuer, das es auf dem Mars eigentlich nicht geben konnte.

Sie sahen nur noch eine wirbelnde Masse aus Staub, Sand und Gestein, ein verrückt gewordenes Mahlwerk, einen auf Zimmergröße geschrumpften Tornado. Und was immer es war, es hörte auf einmal auf, ein Wirbel zu sein, und war nur noch eine dunkle, wogende Wolke. Gleichzeitig war diese Wolke keine formlose Masse, sondern zeigte Linien, Muster, wurde förmlich durchzuckt von Strukturen, die im einen Moment aussahen wie verzerrte Gesichter, im nächsten wie geometrische Formen.

Und diese Wolke begann zu glühen. Immer heller und heller wurde es in ihr, bis ihr zuckendes Inneres strahlte wie geschmolzenes Eisen, schwer und heiß und glutflüssig.

Urs hörte Ariana jenen unwilligen Laut ausstoßen, den er inzwischen gut an ihr kannte. »Das darf nicht wahr sein«, knurrte sie. »Das wird doch nicht etwa darauf hinauslaufen, dass wir Elinns Leuchten sehen?«

Urs musterte sie, dann wieder die Wolke, die keine zweihundert Meter von ihnen entfernt immer heller und heller wurde und allmählich richtig gefährlich aussah. Ungefähr so, als bahne sich eine Fusionsreaktion unter freiem Himmel an.

»Diese Raumanzüge haben nicht zufällig Kameras eingebaut?«, fragte er.

»Unsere nicht. Nur die Expeditionsanzüge.«

»Schlecht, oder?«

»Ja. Ziemlich schlecht.«

Der Widerschein der glühenden Masse war inzwischen so hell wie die Flamme eines Schweißbrenners, erhellte die Wände der Schlucht, warf harte, zitternde Schatten, schien bis zum Himmel hinaufzureichen. Und auf einmal wurde ein Knattern in ihren Helmlautsprechern hörbar, wurde immer lauter, wurde zu einem Kreischen, das klang wie eine sich festfressende elektrische Säge.

»Das ist ja nicht auszuhalten«, schrie Urs.

Ariana zog ihren Kommunikator aus der Oberschenkeltasche, sah darauf, streckte ihm das Display hin. »Schau dir das an«, verstand er. Die Anzeige zuckte und irrlichterte, zeigte wirre, verzerrte Formen. »Das ist irgendwas Elektrisches!«

»Vielleicht sollten wir ein bisschen weiter weggehen!«, schrie Urs zurück.

Doch in demselben Augenblick verschwand alles, als wäre es nie gewesen.

Sie standen wie erstarrt.

»Wir haben das gerade nicht bloß geträumt, oder?«, fragte Urs, als das Singen in seinen Ohren nachließ.

»Nein«, sagte Ariana. »Das haben wir nicht geträumt. Das war fast genau so wie damals am Löwenkopf, als die Türme aufgetaucht sind.« Damit setzte sie sich in Bewegung, auf die Stelle zu, an der eben noch diese glühende Wolke gewesen war.

Urs folgte ihr. Er dachte überhaupt nicht darüber nach, ob es gefährlich sein mochte, was sie taten. Alles passierte wie von selbst.

Da vorne an der bewussten Stelle lag etwas. Etwas Kleines, Dunkles, Schimmerndes.

»Ich werd verrückt«, hörte er Ariana sagen. »Das ist ein Artefakt.«

Sie ging vor der Stelle in die Hocke, die aussah wie blank gefegt. In einem Kreis von einem halben Meter Durchmesser war nur noch nackter Fels zu sehen. Nicht das kleinste Sandkorn lag da.

Nur dieses dunkle, glänzende, leicht oval geformte Etwas, das aussah wie ein Stein oder ein Tropfen schwarzen Teers.

Ariana berührte es vorsichtig mit der Fingerspitze. Dann, als nichts geschah, nahm sie es in die Hand und betrachtete es.

»Und jetzt«, hörte er sie sagen, »schnappe ich endgültig über.«

Sie streckte ihm den Stein hin. Es stand etwas darauf, in großen, schief geratenen Buchstaben.

Ein Name.

*ELINN.*

Eine knappe Stunde später saßen sie in Elinns Zimmer, alle fünf – und wunderten sich erneut. Sie hatten erwartet, dass Elinn ausflippen würde, doch stattdessen betrachtete sie den flachen, schimmernden Stein mit einem rätselhaften, beinahe erleichtert wirkenden Lächeln.

»Ich bin froh, dass ihr das gefunden habt«, sagte sie schließlich.

Sie stand auf, ging zu ihrer Truhe und holte etwas heraus, das in ein Stück Stoff eingewickelt war. »Dann kann ich euch endlich das hier zeigen.« Sie schlug das Tuch zurück. Darin lag ein großes Artefakt, auf dem, ebenfalls in schrägen, ungelenken Buchstaben, *URS* stand.

Urs fielen fast die Augen aus dem Kopf. Er beugte sich vor, berührte den Stein, der kalt und hart war, wie es sich gehörte ... Trotzdem. Es war kaum zu fassen.

»Den habe ich zwei Tage nach dem Gespräch mit dem

Professor gefunden«, erzählte Elinn. »Er hat abends angerufen, weil er was gemessen hat, aber ich habe nichts davon verraten.« Sie sah Urs an. »Ich habe gedacht, die Marsianer wollen uns damit sagen, dass wir dich bei uns aufnehmen sollen.«

»Und was denkst du jetzt?«, fragte Urs zurück.

Elinn zuckte mit den Schultern. »Ich weiß es nicht.«

Carl nahm beide Artefakte in die Hand, das mit *ELINN* in die rechte und das mit *URS* in die linke. »Damit können wir unmöglich zu Professor Caphurna gehen«, meinte er. »Der glaubt uns nie im Leben, dass wir die nicht selber gemacht haben.«

Die fünf sahen einander an. Und seltsamerweise wussten alle, was Elinn sagen würde, noch ehe sie es sagte.

»Ja. Es wird uns nichts anderes übrig bleiben, als das Geheimnis auf eigene Faust zu enträtseln.«

– Fortsetzung folgt –

Andreas Eschbach

## Das Marsprojekt

### Das ferne Leuchten

Ariana, Ronny, Carl und Elinn sind auf dem Roten Planeten geboren und aufgewachsen. Doch im Jahr 2086 sollen sie plötzlich gemeinsam mit allen Marssiedlern zur Erde zurückkehren. Die vier Jugendlichen jedoch sind fest entschlossen, auf dem Mars zu bleiben. Besonders Elinn, die aus medizinischen Gründen auf der Erde nicht überleben könnte. Gemeinsam hecken die Freunde einen Plan zur Rettung der Marskolonie aus und machen dabei eine unglaubliche Entdeckung.

Andreas Eschbach

## Das Marsprojekt

### Die gläsernen Höhlen

Unruhe herrscht unter den Marsbewohnern – jeder Tag kann jetzt bahnbrechende neue Erkenntnisse über außerirdisches Leben auf dem Planeten bringen! Eine Expedition wird losgeschickt und Carl ist mit an Bord. Seine Schwester Elinn und seine Freunde Ariana, Ronny und Urs versuchen derweil den Inschriften auf den mysteriösen Steinen ihr Geheimnis zu entlocken. Bisher wissen nur die Marskinder von ihrer Existenz. Doch dann überschlagen sich die Ereignisse: Die Expedition entdeckt neue rätselhafte Bauwerke. Und plötzlich verschwindet Carl so spurlos wie vor Jahren sein Vater …

Arena

Auch als E-Book erhältlich

320 Seiten • Arena-Taschenbuch
ISBN 978-3-401-51000-2
www.arena-verlag.de